目 录

第一章

· ·

六指

1

父亲从楼上下来了。

他手里提着一只白藤箱,胳膊上挂着枣木手杖,顺着阁楼的石阶,一步步走到院中。正是麦收时分,庭院闲寂。寒食时插在门上的杨柳和松枝,已经被太阳晒得干瘪。石山边的一簇西府海棠,也已花败叶茂,落地的残花久未洒扫,被风吹得满地都是。

秀米手里捏着一条衬裤,本想偷偷拿到后院来晒,一时撞见父亲,不知如何是好。

她已经是第二次看见衬裤上的血迹了,一个人伏在井边搓洗了半天。几只蜜蜂嗡嗡闹着,在她身前身后飞来飞去。蜜蜂的叫声使她的担忧增加了。她觉得肚子疼痛难捱,似有铅砣下坠,坐在马桶上,却又拉不出来。她褪下裤子,偷偷地用镜子照一照流血的地方,却立刻羞得涨红了脸,胸口怦怦直跳。她胡乱地往里塞了一个棉花球,然后拉起裤子,扑倒在母亲床上,抱着一只绣花枕头喃喃道:要死要死,我大概是要死了。她的母亲去了梅城舅姥姥家,卧房空无一人。

现在的问题是,父亲下楼来了。

这个疯子平时很少下楼。只是到了每年的正月初一,母亲让宝琛将他背到楼下厅堂的太师椅上,接受全家的贺拜。秀米觉得他原

3

本就是一个活僵尸。口眼歪斜,流涎不断,连咳嗽一声都要喘息半天。可是,今天,这个疯子,竟然腿脚麻利、神气活现地自己下楼来了,还拎着一只笨重的藤条箱。他站在海棠树下,不慌不忙地从袖子里掏出手绢来擤鼻涕。难道说他的疯病一夜之间全好了不成?

秀米看见他带着箱子,似乎要出远门的样子,无意间又瞥见手中衬裤上棕褐色的血痕,一时心慌意乱,便冲着前院大叫起来:宝琛,宝琛!歪头宝琛……她在叫家里的账房,可惜无人应答。地上的花瓣、尘灰,午后慵倦的太阳不理她;海棠、梨树、墙壁上的青苔,蝴蝶和蜜蜂,门外绿得发青的杨柳细丝、摇曳着树枝的穿堂风都不理她。

"你叫唤什么?!不要叫。"父亲道。

他缓缓转过身来,把那脏兮兮的手绢塞入袖内,眯缝着眼睛瞅着她,目光中含着些许责备。他的嗓音像被砂纸打磨过的一样,低沉而暗哑。她还是第一次听见他和自己说话。由于终年不见阳光,他的脸像木炭一般焦黑,头发如飘动的玉米穗,泛出褐黄。

"你要出门吗?"秀米见宝琛不在,只得稳了稳心,壮起胆子来问了他一句。

"是啊。"父亲说。

"要去哪里?"

父亲嘿嘿笑了两声,抬头看了看天,半晌才道:"说实话,这会儿我也还不知道呢。"

"你要去的地方远吗?"

"很远。"他脸色灰灰地支吾了一声,一动不动地看着她。

"宝琛,宝琛,歪头宝琛,死狗宝琛……"

父亲不再理会她的叫声。他缓缓走到秀米的跟前,抬起一只手,大概是想摸摸她的脸。可秀米尖叫了一声,从他的手底下逃开了。她跳过竹篱,站在菜园里,歪着头远远地看着他,那条衬裤在手里绞

4

来绞去。父亲摇摇头，笑了一下。他的笑容像灰烬，又像石蜡。

就这样，她看着父亲提着箱子，佝偻着背，不紧不慢地出了腰门。她的脑子里乱七八糟的。心头怦怦乱跳。不过，父亲很快又踅了回来。水獭似的脑袋从门外探进来，似笑非笑，一脸害羞的样子，眼睛东瞅西看。

"我要一把伞。"他小声说，"普济马上就要下雨了。"

这是父亲留给她的最后一句话，当时她并不知道。秀米抬头看了看天。没有一朵云，蓝幽幽的，又高又远。

父亲从鸡窝边找到了一把油布伞，撑开来。伞面已让蛀虫吃得千疮百孔，伞骨毕露，再合上，抖一抖，就只剩下伞骨了。他犹豫了一会儿，将破伞小心翼翼地支在墙边，提起箱子，倒退着走了出去，就像是担心惊扰了什么人似的，轻轻地带上门。两扇门都合上了。

秀米长长地吐出一口气来，将裤子搭在篱笆上，赶紧绕过花廊，到前院去叫人。宝琛不在，喜鹊和翠莲也不在。这疯子真的会挑日子，就像是和一家老小商量过的一样，堂前、厢房、柴屋、灶膛，就连马桶帘子的后面也找遍了，就是寻不出半个人影来。秀米只得穿过天井，来到大门外，四下一望，已不见了父亲的踪迹。

她看见隔壁的花二娘正在门前的竹匾里晒芝麻，就问她有没有看见父亲，花二娘说不曾看见。秀米问她有没有看见喜鹊和翠莲，花二娘又说不曾看见。最后她问起宝琛来，花二娘就笑了："你又不曾让我看住他，我哪里知道。"

秀米正要走，花二娘又叫住她道："你家老爷不是锁在阁楼里了吗，如何出得了门？"秀米说："我也不知他如何能出来，嗨，反正走了就是了。我是看着他从腰门出去的。"花二娘也有点急了。"那要赶紧央人去找。他这样昏头昏脑的人，要是一脚踩到茅坑里淹死了，也是白白地送了性命。"

两人正说着话,秀米看见翠莲拎着满满一篮子金针,从村东过来。秀米就赶过去迎她。翠莲一听说这事,倒也不显得心慌,兀自说道:"你说他拎着箱子,这会儿也走不远,我们赶紧去渡口截他。让他过了河,要找他可就难了。"说完,她搁下篮子,拉起秀米的手,两人就朝津渡跑去。

翠莲是一双小脚,跑起来浑身乱抖,胸前波涛汹涌。铁匠铺的王七蛋、王八蛋兄弟只看得两眼发直,嘴都合不拢了。在路上遇见两个割麦的人,问起来都说没有看见陆老爷打这经过。两人又往回跑,跑到村头的池塘边上,翠莲两腿一歪,就坐在了地上,脱下绣花鞋来揉她的脚,又把绿袄的襟扣解开,呼哧呼哧地喘气:"我们这么疯跑,也不是办法,你爹既不走渡口,也只有村后一条路了。还是赶紧告诉歪头要紧。"

"只是不知他跑哪里去了。"秀米说。

"我知道,"翠莲说,"十有八九,是在孟婆婆家看牌,你来拉我起来。"

翠莲穿上鞋,披了绿袄,秀米搀她起身,两人就朝村中的一棵大杏树跌跌撞撞而去。翠莲这才想起来问,老爷何时下的楼?说了哪些话?喜鹊怎么也不在家?为何不拖住他?颠来倒去地问了半天,忽然又生起气来,"我说阁楼门上的锁开不得,你娘偏要让他到亭子里晒什么太阳,这下倒好。"

孟婆婆在杏树下摇棉花,纺车转快了,棉线就要断。嘴里骂骂咧咧,在跟自个儿生气。翠莲道:"婆婆歇一歇,我问你一句话,我们家宝琛来没来婆婆家打牌?"

"来了,怎么没来?"孟婆婆嘀嘀咕咕地说,"刚从我这赢了二十吊钱走的。他手里紧了,就到我这里抠我两文棺材钱,赢了就走,再央他打一圈也是不能,临走还吃我两块大柿饼。"

她这一说，翠莲就笑了起来："婆婆往后再不要与他打牌就是。"

"我不和他打，和谁打？"孟婆婆道，"普济这地方就这么几个老搭子，缺了谁都凑不满一桌子。也怪我手气背，纺棉花也断线。"

"婆婆知道他去哪儿了吗？"

"我看着他拿着我两块柿饼，一路走一路吃，喜滋滋地往村后去了。"

"是不是去了孙姑娘家？"翠莲问道。

老婆子笑而不答，翠莲拉着秀米正要走，孟婆婆又在身后道："我可没说他在孙姑娘家。"说完仍是笑。

孙姑娘家在村后的桑园边上，独门独户的小院。院外一块水塘，塘的四周挂下一绺绺野蔷薇或金银花，院门紧闭，寂然无声。门口坐着一个驼背老头，头发全白了，正在那儿歪靠在墙上晒太阳。看见两人从水塘那边绕过来，老头就警觉地站起身来，老鼠似的小眼睛骨碌碌乱转。翠莲对秀米说："你在塘边站着不要动，待我去把宝琛喊出来。"说完就踮着小脚快步过去。老头一看翠莲气势汹汹，张开双手就来拦她，口里叫道：

"大嘴，你要找哪一个？"

翠莲也不理他，推开门就往里闯。老头一下没拦住她，就伸手死死拽住她衣襟不放。翠莲转过身来，立刻把脸放了下来，大眼一睁，朝他脚前啐了一口："老不死的，你敢再碰我一下，我就即刻把你摁到塘里呛死！"老头又气又急，脸上却憋出一堆笑来，压低了声音说："姑娘说话小点声。"

"怕什么？你这小院这样静僻，你家那个小婊子在床上就是地动山摇，也没人听见。"翠莲冷冷笑了一声，越发大喊大叫起来。

"俗话说，骂了丁香，丑了姑娘，"老头道，"你不怕污了人的耳朵，难道就不怕脏了你的嘴？"

"放你娘的臭屁！"翠莲骂道，"你要是再不松手，我一把火把你这窖子烧个精光。"老头撒了手，气得直跺脚。

翠莲正要往门里走，里面厢房的门开了，跌跌滚滚跑出一个人来。正是歪头宝琛。他来到院门前，头依旧歪向一边，一边胡乱系着扣子，一边嘿嘿地笑着：

"大嘴，大嘴你说，这天儿……到底会不会下雨？"

还果然下起了雨。大雨一直从傍晚下到半夜。天井的积水高过花坛，眼看就要漫到回廊里来了。母亲已经从梅城回来了，她斜靠在厅堂的太师椅上，望着门外的雨帘子不住地叹气。翠莲也是哈欠连天，手里扯着一绺麻线，怎么也理不出个头绪。喜鹊挨着母亲坐着：母亲叹气她也叹气，母亲咂嘴，她也跟着咂嘴。她们都不说话。窗户被风吹得嘭嘭直响，屋顶沙沙的雨声已经连成了一片。

"你好好的，去摘什么金针。"母亲对翠莲说。这话她已经说过不少遍了，见翠莲不搭话，又对喜鹊说："你也是个没耳朵的人，我叫你等新麦收上来再去磨面，你偏要急吼吼地往磨房跑。"最后她又看了看秀米，冷冷说道："你爹虽说是疯了，可毕竟是你爹，你要是死拖活拽把他拦住，他也不见得会在你手上咬一口。"最后，她又骂起死狗宝琛来，翻来覆去还是那几句话。等到她骂够了，就问喜鹊道："那歪头这一整天到底跑哪儿去了？"喜鹊只是摇头。翠莲也推说不知道。秀米见翠莲不说，也不吱声。她的两个眼皮直打架，连雨声听上去也不那么真切了。

到了后半夜，宝琛才回来。他提着马灯，高挽着裤腿，垂头丧气地来到厅堂中。他已带人把方圆十几里的地面都搜了个遍，一直追到山脚下关帝庙，问过的人没有一千也有五百，还是没有得着半点儿消息。

"他难道是上了天不成？"母亲叫道，"他一个疯子，又拎着箱子，这会儿工夫能走到哪里去？"宝琛站在那儿，一声不吭，身上不住地往下滴水。

2

父亲是如何发的疯？这宗疑案多年来一直沉沉地压在秀米的心头。有一天，她向私塾先生丁树则问起这件事，老头儿把脸一沉，冷笑了两声，说道："回家问你娘去。"秀米又回来问母亲。她的母亲当即把筷子往桌上一拍，拍得桌上的四只碗同时跳了起来。在她的记忆中，四只碗同时跳离了桌面，也许就是父亲发疯的真正原因。她又去缠翠莲。翠莲蛮有把握地说："不为别的，都是韩昌黎的那张狗屁《桃源图》惹出来的事。"秀米问她谁是韩昌黎，翠莲说，就是当年大败金兀术的那个人。他老婆梁红玉，是名满天下的大美人。后来，秀米读过韩愈的《进学解》，知道韩昌黎不是韩世忠，他的老婆也不是梁红玉，翠莲的解释不攻自破。她又去问喜鹊，喜鹊的回答是："就这么疯了呗。"

在她看来，一个人发疯是不需要什么理由的，而且人人都有发疯的一天。

最后，她只得从宝琛的嘴里套话。

宝琛从十二岁时就跟在父亲左右，父亲因"盐课"一案受到株连，在扬州府学任上罢官回籍，他是唯一跟随父亲南迁的随从。据宝琛说，的确曾有过一张《桃源图》。那是丁树则在父亲五十寿辰时送给老爷的礼物。父亲罢官来到普济的头几年，两人诗词酬唱，酒食征

9

逐,颇有相见恨晚之意,那张宝图据说是韩昌黎的真迹,原是丁家藏书楼的镇楼之宝。二十多年前,丁家藏书楼在一场大火中化为灰烬,这张宝图却奇迹般地存留下来。〔《桃源图》:传说为唐代韩愈所绘。普济丁氏代代相传,后又几易其手。1957年8月,经北京市和江苏省文物局组成的专家小组鉴定,被证明是伪迹。现藏于普庆市博物馆。〕此图既为金匮之藏、名山之业,又是烬余所有,丁树则却能慷慨相赠,可见两人关系实在非同一般。

直到有一天,宝琛拎着一壶开水上楼泡茶。在楼下就听得一片噼噼啪啪的声音。上去一看,原来是两个人打架。丁先生打老爷一巴掌,老爷回他一耳光,两人不说话,站在那儿死打。宝琛也看得发了呆,竟一时忘了劝架。直到丁树则连血带痰吐出一颗门牙来,老爷这才住了手。那丁树则呜呜地叫着,捂着脸跑下楼去,不一会儿就派他的门生送来一封绝交书。老爷在油灯下展开来书。一连看了七八遍,嘴里啧啧称奇,道:好字好字。他的腮帮子也肿得老高,说起话来,嘴里像是衔着一枚鸡蛋。两人因何故交恶,宝琛也说不出个所以然来,只是叹道:天底下的读书人,原本就是一群疯子。

这是宝琛的解释。

先生丁树则的解释是:父亲在写给丁树则的一首诗中,借用李商隐《无题》诗典故,错把"金蟾啮锁烧香人"一句中的"金蟾"写成了"金蝉"。

"这显然纯属笔误。你父亲做学问是半瓶子醋,但李义山的诗,他还是熟的,不至于当真闹出这么大的笑话。我好心给他指出来,决无半点讥讽之意。谁知他一下就恼了,当场嚷着要与我查书核对。明知自己错了,还要强词夺理,一副盛气凌人的老爷架子。他既罢了官,就不是什么老爷了。他中过进士,我不曾中得;他做过州官,我不曾做过,但好端端的一只癞蛤蟆,也不能因为认得你进士、府学教授,

10

就变出一只知了来。他听我这么说，站起来就给了我一个耳光，牙也给他打落了一颗。"几年后，丁树则说起这件事依然恨气难消，他还张开嘴来，露出粉红色的牙床，让学生查验。因此，秀米有时又觉得，父亲发疯的缘由就是丁先生那颗被打落的门牙。

不管怎么说，反正父亲是疯掉了。

父亲自从得了韩昌黎的那幅宝图之后，将它藏在阁楼之上，视若珍宝，不肯轻易示人。丁树则和父亲闹翻后，曾叫家人屡来索取，父亲只说，"若他本人来取，我自当面奉还。"这丁树则与老爷反目之后，想起那张宝图，心中不免隐隐作痛。不过，既是赠人之物，若要他自己上门强硬索取，还是放不下那张老脸。宝琛说，父亲是看着那张图发疯的。

翠莲每天早晨待父亲起床后，都要去替他铺床叠被。有一次，她看见父亲的床铺整整齐齐，人却伏在书桌上睡着了。桌上摞满了书。那张图上圈圈点点，落满了灯灰。翠莲将他推醒，问他为何不到床上去睡？父亲也不答话，他揉了揉布满血丝的眼睛，转过身来，直勾勾地盯着她看。翠莲见他目光清虚，神态怪异，就拢了拢耳畔的头发，问道："这么些年，老爷还没有看厌么？"

父亲仍是一动不动地看着她。半晌才叹了一口气，道："翠莲，你看我，像不像个乌龟？"

翠莲听他这么说，就撇了父亲，连滚带爬地冲下楼来，将父亲的话原原本本地说给母亲听。母亲当时正为着宝琛瞒着她去梅城逛窑子的事而生气，也就没顾上理她。谁知当天晚上，一家人正在厅上准备吃饭，父亲忽然推门进来了。这是他两个多月中第一次下楼。不过，他身上什么衣裳也没穿。看着他赤身裸体的样子，厅堂里所有的人你看看我，我看看你，一时都惊呆了。不过，父亲依然蹑手蹑脚地走到了喜鹊的背后，突然伸手蒙住了她的眼睛，问她：

"猜猜看。我是谁？"

喜鹊吓得一缩脖子,抓着筷子的那只手在空中乱挥了一通,怯怯答道:"是老爷。"

父亲像个孩子似的笑了笑,说:"你猜对了。"

母亲吓得一口饭含在嘴里,半天说不出话来。那一年,秀米十二岁。直到现在,她还记得父亲寂然一笑,满脸成灰的样子。

母亲似乎不相信父亲会突然发疯。至少,她对父亲的痊愈还抱着很大的指望。开头的几个月,她并不着急。先是请来了郎中唐六师,给他猛灌汤药,遍体扎针。秀米记得父亲只穿着一条短裤衩,被宝琛绑在藤椅上,身上缀满了金针,杀猪般地吼叫。随后是和尚作法,道士驱鬼。再往后,阴阳先生和瞎眼神巫也跟着来了,把那麻衣相法、六壬神课、奇门遁甲全都试了个遍,就差把他的骨头拆下来放在锅里煮了。从初春折腾到夏末,父亲倒是安静下来了,人却一圈圈地胖起来,走起路来,一身的肥肉晃来晃去,连眼睛都被挤成一条缝了。

这年夏天,父亲在花园里散步,走得累了,往石桌上轻轻一靠,桌子就翻了。宝琛从村里叫来了几个壮汉,打算把桌子扶正,几个人唱着号子舞弄了半天,那桌子还是纹丝不动。父亲只要一高兴,就爱打人玩。他一巴掌能把宝琛打得原地转上个四五圈。有一天,他不知从哪里弄来了一把长柄大弯刀,在园子里兀自砍起树来。母亲领着家人赶过去时,只见那把弯刀上下翻飞,寒光闪闪,所到之处,树木花草望锋而倒。他已经砍倒了一片紫藤,一棵石榴,三株苍柏,两竿虬龙爪,母亲让宝琛上前阻拦。那宝琛鹿伏鹤行,猿臂轻舒,围着父亲走出了一连串漂亮的八卦步,就是近不了身。这件事促使母亲做出了一个大胆的决定,她让村里铁匠铺的王七蛋、王八蛋兄弟连夜打造铁链铜锁,她要把父亲像牲口一样地拴起来。她来到土地庙,把自己的想法和土地一说,神仙满口答应;与观音一说,观音立刻托梦给她,叫她快快实施,而且铁链子要造得越粗越好。可是没等到王氏兄弟把锁链送来,父亲这边又出了事。一天深夜,父亲在阁楼里无端地放起火来,等到刺鼻的浓烟把家人呛醒,火舌已经舔到阁楼的屋檐了。这一次,歪头宝琛终于显示出了他对主子的忠肝义胆,他披着一条用井水蘸湿了的棉被冲进火海,奇迹般地扛出了体重比他大三倍的父亲,怀里夹着一摞书,嘴里还叼着父亲视若珍宝的《桃源图》,只可惜已被大火燎去了一角。而整座阁楼都在大火中付之一炬。

这场突如其来的大火使母亲终于领悟到,父亲的发疯、家中一连串的不幸都是由那张宝图所引发,便去与宝琛商量。宝琛说,既然这张图原来就是丁家旧物,丁树则两次三番派人上门催讨,还不如做个顺水人情,把图还给人家,也是一举两得。虽说宝图已经被火烧去一角,纸质发黑,又硬又脆,仔细裱一裱,也算是完璧归赵。母亲一听有理,就依了宝琛,第二天一早,院中的阁楼废墟上青烟未熄,她就怀揣宝图,出了腰门,往那丁先生家中一路而去。走到丁家的西窗下,听得有人悄声说话,便不由得驻足细听。丁树则的老婆赵小凤说:

"……他陆家平白无故地霸着咱家的宝物,死活不肯归还,这下倒好,一把火烧了精光。这图在咱家,搁了几辈子了,逢凶化吉,遇难呈祥,没有一丁点儿事出来,可一旦到了那缺德人家就怪事不断。这宝图岂是那没福分欠道行人能看的?白白地带他发了疯。"一席话,说得母亲转身就走,她气咻咻地回到家里,当场就要把图烧掉,翠莲道:"烧它做什么,不如让我拿去做鞋样子。"说完,一把抢下图来,回自己房里去了。

到了夏末,母亲让宝琛请来工匠,重修后院的阁楼。时值九月换季之时,暴雨不断。那十几名木匠和泥瓦匠硬是把这一处秀巧的庭院糟蹋成了臭气熏天的牛圈。这些人不受约束，到处乱闯，见到喜鹊和翠莲，也不闪避，只拿那眼睛东瞧西看，吓得秀米一个多月不敢下楼。

其中有一个名叫庆生的，年纪十八九岁，生得虎背熊腰，胸脯像墙垛一般厚实，走起路来叮咚有声，把那门上的铜环把手震得直晃荡。他有个外号，叫做"不听使唤"，平时在院子里四处游荡，连师傅也管他不住。他的手要是不听使唤，就会跑到翠莲的腰上捏一把，他的脚要是不听使唤，就能趁喜鹊洗澡时误入厢房，害得喜鹊精赤条条地从澡盆里跳出来，钻入床下。母亲和宝琛去找他师傅理论，那老头只是笑："他就是不听使唤，死活不听使唤。"

阁楼竣工的那天，秀米站在楼上的窗口，看着那些工匠们离去。那个庆生的确奇怪，别人好好走路，就他偏要倒着走，一边走，一边拿眼睛上上下下打量着这座院宅。一边看，一边频频点头。当他的眼睛看到站在窗口的秀米时，两个人彼此都吃了一惊。他向她打手势，挤眉弄眼，一脸坏笑。他就是这样倒退着往村外走，直到撞在了村口的一棵大楝树上。这伙人离去之后，母亲带着家人用铁锨铲去厅堂的污泥，用石灰粉刷墙壁，用薰香驱散满屋的恶臭，把被工匠坐塌的太师椅送出去修理，足足忙了七八天，才使院宅恢复了昔日的安宁。

王氏兄弟把铁链铜锁送来了，可是这会儿又用不上了。父亲经过那次大火的惊吓，安静得像个熟睡的婴儿。成天坐在阁楼旁的凉亭上发呆，或是对着那只净手洗面用的瓦釜说话。没事老爱吮吮手指头。阁楼的西侧，有一座酴醾架。架下摆满了花。花丛中有一石几，每到初夏，酴醾花开，一朵朵小白花纷披垂挂，花香清幽，父亲就会让宝琛扶着，走下楼来，在酴醾架下的石几旁坐上整整一个下午。

这年冬天，母亲要摆拜师酒，让秀米跟人入塾读书。挑来挑去，还是挑了丁树则。秀米刚去的那些日子，丁树则也不讲课也不教她识字，只是不住地骂她的父亲。他说，虽然父亲满嘴是归隐哀世之叹，也曾模仿陶渊明到塘边篱畔采点野菊来泡茶，可他的心却没有一刻离开过扬州府的衙门。所谓"翩然一只云中鹤，飞来飞去宰相衙"。

秀米问先生，父亲为何要放火烧书？先生答道："你父亲在官场受人排挤，一腔怒火无处可发，最后只得拿书来煞气。似乎一生失败，皆为读书所误，在他不曾发疯的时候，他就嚷嚷着要把全村的书尽数烧掉，说来说去，还是贪恋官场声色。你看他，这么一把年纪，还要养个雪白粉嫩的妓女在家做甚？"秀米知道他说的是翠莲。秀米又问：那父亲为何又要挥刀砍树呢？丁树则答道："那是因为他要在院里栽种桃树。他曾来跟我商量，要在全村家家户户的门前都种上桃树，我当时还以为他在说笑呢。"

"他为什么要种桃树呢？"

"因为他相信，普济地方原来就是晋代陶渊明所发现的桃花源，而村前的那条大河就是武陵源。"

"怎么会呢？"

"疯子么，怎能绳之以常理？还有更荒唐的事呢，他要在普济造一条风雨长廊，把村里的每一户人家都连接起来，哈哈，他以为，这样一来，普济人就可免除日晒雨淋之苦了。"

丁先生对父亲肆意的嘲讽和辱骂反而激起了秀米对他的同情，而且，她怎么也弄不懂，父亲要造一条风雨长廊又有什么错？

"可……"

丁树则见她问个没完，就皱起了眉头，不耐烦地向她摆摆手，道："以你现在的年纪，要明白这些事还太早啦。"

现在，秀米已经十五岁了。在父亲离家出走的这个夜晚，她躺在床上，听着屋顶上飒飒的雨声，闻着黑暗中青苔和雨的味道，睡意全无。她知道,要弄清楚父亲发疯的真正原因,她也许还太小:要明白普济以外的广袤世界究竟发生了什么事,她依然是太小了。

3

这一天家中来人不断。

先是渡口的舵工谭水金和他老婆高彩霞登门说事儿。昨天下午因无人摆渡,水金和儿子谭四一直在船舱中下棋。他们父子俩都下得一手好围棋,技艺是祖上传下来的。水金说,他的祖父就是在与人下棋时劫尽棋亡,口吐鲜血,一命归西的。那天下午,他们一共下了三盘棋,前两盘谭四赢了,最后一盘没下完,就下起大雨来。水金说:"那雨下得好大哟。"高彩霞说:"大,大,大极了。"母亲耐着性子听他们聒噪,后来还是忍不住插嘴问道:"你们,看见我家老爷子了吗?"高彩霞说不曾看见,水金也直摇头:"昨天下午,并不曾有一个人过河,不要说人,就连鸟儿也未曾飞过去一只,我们大清早赶来,就是为了告诉你们这事。我们未曾看见你家老爷。我和儿子一直在船里下棋来着,一共下了四盘。"高彩霞说:"不是四盘,是三盘,后来没下完就落雨了。"他们又颠来倒去地说了一通,晌午时才悻悻离去。

谭氏夫妇刚走,宝琛又不知从哪儿领来一个衣衫褴褛的老婆子。这婆子一口咬定,她是眼看着父亲离去的。母亲问她,父亲是朝哪个方向走的? 婆子道:"你们先端点东西来我吃。"喜鹊见状赶紧去了厨房,端来了满满一盘蒸米糕。老人也不说话,用手抓过来就吃,她一口气吃掉了五只,又在怀里揣了三只,重重地打了个饱嗝儿,往外就走。翠莲拦住她道:"你还没有说我家老爷去了哪儿呢。"老婆子就用手指了指屋顶:"上天啦。"

"老人家,你这话怎么说的?"宝琛道。

老婆子又用手指了指天井上方的屋檐:"上天啦。你们不用等他了。一朵紫红祥云从东南方飘过来,落在你家老爷的脚前,立时变作一只麒麟,你家老爷骑上它就上了天啦。飞到半空中,落下一块手帕……"老人抖抖索索地从腋下扯出一块帕子来,递给翠莲:"你来看看,是你家老爷的不是?"

翠莲接过手帕,看了又看,说道:"这当真是老爷的手帕,帕子用得旧了,可角上的梅花还是我替他绣的呢,错不了。"

"那不就是了。"老婆子说完,拢袖而去。

老人离开之后,母亲面有不豫之色,眼神也显得玄远、清虚起来,半天才说:"要说老爷上了天,这也不太可能,可那方手帕又是从哪里来的呢?"

到了午后,秀米刚想上楼去睡中觉,门外来了一个穿红袄的妇女,看上去二十来岁,脸上麻麻点点。她说她走了半天的路,连鞋帮都走得脱了线。这女人来自北里,距普济约有十二三里。母亲让她进屋喝茶,女人就是不肯,她说她只说几句话,说完了还要往回赶。她倚着院门,告诉母亲昨天发生的事。

大约是傍晚前后,大雨已经下过好一阵子了,她才想起来,猪圈的屋顶上还晒着一筛子黄豆,就冒雨过去端。远远地就看见屋檐下缩着个人,拎着一只箱子,拄着手杖,正在那儿避雨。"我当时并不知道他是你家老爷,那雨下得又大又急,我就请问他是从哪里来,他说他是普济村人。我又问他去哪里。他只是不肯说。我就请他去屋里坐坐,等雨停了再赶路,他又不肯。我把黄豆端回去,把这事说给婆婆听,婆婆说,既是普济村人,也算是乡邻,你好歹借他一把伞。我打着伞再去找他,哪里还有他的影子?那雨下得又大又急。到了半夜,我家男人从二舅家吃完酒回来，说是普济村来了两个提马灯的人，寻访一位走失的老爷，我就知道躲雨之人定是你家老爷无疑，故而特地赶来报与你们知道。"

麻脸女人说完这番话，就要告辞离去，母亲再三挽留她，麻脸只推说要赶回去收麦，连水也没喝一口就走了。

那个女人刚走，母亲就催促宝琛赶紧找人沿路去寻。宝琛正待要走，隔壁的花二娘笑嘻嘻地领进一个人来。

最后一个来到家中的客人与父亲的走失无关。这是一个四十来岁的男子，蓄着小胡子，头发梳得整整齐齐，一身白色的上装，戴着一副夹鼻镜，嘴里叼着一柄大烟斗。

母亲一见他，脸上的阴霾一扫而光。她一边问长问短，一边将客人让进客厅。秀米、喜鹊和翠莲也都到厅堂与他相见。这人跷着二郎腿，在厅堂里抽烟，一副志得意满的样子。自从父亲变疯之后，秀米还是第一次闻到烟草的味道。这人名叫张季元，据说是从梅城来。母亲让秀米叫他表叔，后来又改口让她叫表舅。这时，那个名叫张季元的人忽然开口说话了："你就叫我表哥吧。"

母亲笑着说："这样一来辈分就乱了。"

"乱就乱吧。"张季元满不在乎，"这年头什么都乱，索性乱它一锅粥。"说完，旁若无人地哈哈大笑起来。

又是一个疯子。他剔着指甲，抖着腿，说起话来摇头晃脑。秀米与他刚一见面，就不由得心里一怔。

他皮肤白皙，颧骨很高，眼眶黑黑的，眼睛又深又细，透出女人一般的秀媚。虽说外表有点自命不凡，可细一看，却是神情阴冷，满脸的抑郁之气，似乎不像是活在这个世上的人。

他是来梅城养病的，要在普济待上一阵子。既是养病，他不肯待在梅城,却偏偏要跑到乡下来干什么?外婆在世时,她也曾随母亲去过几次梅城,怎么从来也没见过这个人?据母亲说,这位表哥倒是颇有些来历。他去过东洋,长年滞留于南北二京,见多识广,写得一手好文章。张季元一来,母亲就在厅堂陪他说话,一直说到上灯时分,这才吩咐吃饭。她又让翠莲把后院父亲的那座阁楼打扫干净,预备让他歇脚。饭桌上,宝琛和喜鹊对他很恭敬,都称他为大舅。母亲叫他季元,只有翠莲对他爱理不理,不拿正眼儿看他。那张季元口若悬河,说起外面的情形,张口变法,闭口革命;一会儿"尸骨成堆",一会儿"血流成河",说得宝琛长吁短叹:"这世道,怕是要变了啊。"

饭后翠莲一个人在厨下洗碗。秀米就悄悄溜进去与她说话。她们聊了一会儿疯婆子的手帕,又说起了宝琛和孙姑娘的事。翠莲说得津津有味,秀米听得似懂非懂。提起今天下午刚到的这位客人,翠莲也是一头雾水,摸不着头脑。翠莲道:"他姓张,你娘姓温,又没有姊妹,他算是你家哪门子亲戚?只怕八竿子也打他不着。我在你家这么些年,从来就没听说过这个人。说是来普济养病,你看他那样子,像是个有病的人吗?走起路来叮叮咚咚,震得家里的水缸都嗡嗡作响。最奇怪的——"

翠莲伸出脖子,朝外瞅了瞅,接着说道:"最奇怪的一件事儿,你娘昨天刚从梅城回来,这小胡子既是拿准了要来普济养病,为何昨天不与你娘一起回来?再说了,老爷子前脚出门,小胡子后脚就跟了来,就像是两个人约好了似的,你说怪不怪?"

秀米又问,表哥今天在饭桌上说起的"血流成河"可是真的?翠莲说:"当然是真的,如今,天下可要大乱啦。"

秀米听她这样说,忽然沉默不语,一个人闷闷地想她的心事。翠莲见她站在水槽边痴痴发愣,就用手指蘸了水来弹她的脸。

"你说,普济要是乱起来,会是什么样子?"秀米问。

“嗨,什么事都可以预料,唯独这个‘乱’没法想见。”翠莲答道。“每一次‘乱’都大不相同,只有到它乱起来的时候。我们才知道它是怎样的。”

透过卧室北屋的窗户,她可以看见后院的阁楼。在那些枝叶繁茂的大树的浓阴中,阁楼就显得低矮和寒碜。当年曾祖父之所以选择这片地方盖园子,据说就是因为看上了这几棵大树和树边的一条清澈的溪流,溪流的两岸长满了芦苇和茅穗。那时的普济还只是一个十几户渔民的小村落,曾祖父的园子把溪流揽了进来,这样一来,坐在庭院之中就可以钓鱼了。秀米小时候曾看到过一幅炭笔画,画中的小溪栖息着成群的野鸭,连垛墙、房顶上都落满了野鸭,还有那些飞往南方过冬的候鸟。据母亲说,当年她和父亲来到普济的时候,溪流已经干涸,只是在那些被太阳晒得发烫的大大小小的鹅卵石的中间,有一缕脉脉的水流蜿蜒而过。只是芦苇还在疯长。后来,父亲在溪流之上用太湖石叠了一座假山,山上修了凉亭和阁楼,并于假山旁辟了一处柴房。柴房的墙根种了一溜凤仙花。每到深秋花开,翠莲就会去摘一些花瓣,捣碎了来染指甲。

张季元占据了父亲的阁楼,这使秀米多少产生了这样一个幻觉:父亲并未离开。阁楼的灯整夜整夜地亮着。除了一日两餐(早饭他是不吃的),他很少下楼。翠莲每天早晨都要去楼上替他收拾房间,每次从楼上下来,她都要主动向秀米通报最新的见闻。

“他在睡大觉。”第一天,翠莲这样说。

“他在剔指甲。”第二天,翠莲满不在乎地说。

“他在马桶上拉屎呢,”第三天,翠莲用手在鼻前扇着风儿,“臭死了,呸呸呸。”

到了第四天,翠莲的通报变得冗长而复杂:“这白痴看着老爷用过的那只瓦釜发呆。他问我这个瓦釜是从哪里来的,我告诉他,这是老爷从一个叫花子的手中买来的,这白痴就连声说'宝贝,宝贝'。这瓦釜原是叫花子讨饭盛粥用的,老爷一直在用它来洗手洗脸,有什么稀罕的。我正待要走,他又叫住我,道:大姐慢走,我来向你打听一个人⋯⋯"

"我问他打听何人,那小胡子就嘿嘿笑了两声,低声道:在普济一带,大姐可曾听说有过一个六指的木匠?我就对他说,木匠村里倒是有一个,可惜不是六个指头。他又问我,邻近的村庄有没有?我回他说:夏庄有一个六指人,却又不是木匠,而且两年前就死了。他无端地找个六指人干什么?"

到了第五天,翠莲从阁楼上下来,什么话也没有说。

"今天那个白痴又在干什么?"秀米问。

"他不在,"翠莲说,"可桌上还点着灯,人却不知道去哪儿了。"

这是张季元第一次在普济失踪。母亲不着急,也不过问。翠莲问起来,母亲就把脸一沉,说:"他的事,你们不用管!他出去几天,自然会回来的。"

这天中午,喜鹊正在教秀米做针黹,张季元却不知从哪里钻了出来,把她们吓了一跳。

"这是谁的裤子?"秀米听见张季元在她们身后问道。

秀米回头一看,他手里捏的,正是自己的衬裤。父亲出走的那一天,她把它忘在后院的篱笆上了。经过一场大雨,让太阳晒了好几天。衬裤已经板结成一个饼子了。她看见那白痴把裤子抖开,兀自在那儿两面细细观瞧。秀米又急又羞,气得浑身发抖,她跳起来朝他冲过去,一把抢下裤子,径自上楼去了。

秀米刚刚上了楼,就听见了嘚嘚的马蹄声。循声望去,她看见官兵的马队在村外的大道上扬起了漫天的沙尘,正沿着河边,朝西边的

什么地方疾走而去。在正午的阳光下,她看见那些官兵帽子上的缨
络像猪血一样艳丽,随着骏马的奔跑,上下起伏,前后披拂。

4

她又开始流血了。起先是一点点,棕色的,像朱痣那样。随后颜
色加深,变为黑色,黏稠的血把她的大腿弄得滑腻腻的。她已经换了
两条衬裤了,可是不一会儿血又透出来。整整一个上午,秀米躺在床
上一动也不敢动,她担心稍一动弹就会血流不止。最终会要了她的
命。前两次,血流了三四天突然停住了,可现在它又来了。腹痛如
绞,睡思昏沉,就像是有一把灶铁在搅动着她的肠子。这一次,她不
敢再照镜子了。她宁肯死掉,也不愿再去看一眼那处流血的、丑陋的
伤口。

她多次想到了死。如果必须一死,她也不愿意一丈白绫,一口水
井,或者一瓶毒药了此一生,但除此之外她也想不出另外的死法。那
应该怎么去死呢? “黄沙盖脸”是戏文中唱的,不知是怎样一种死法,
每当她看到戏文中的杨延辉唱到“黄沙盖脸尸不全”的时候,就会激
动得两腿发颤,涕泪交流,既然要死,就应当轰轰烈烈。昨天中午,她
在上楼的时候,偶然瞥见从村中经过的官兵的马队,看到那些飞扬的
骏马,漫天的沙尘,樱桃般的顶戴,火红的缨络以及亮闪闪的马刀,她
都会如痴如醉,奇妙的舒畅之感顺着她皮肤像潮水一样漫过头顶。
她觉得自己的脑子里也有这样一匹骏马,它野性未驯,狂躁不安,只
要她稍稍松开缰绳,它就会撒蹄狂奔,不知所至。

秀米从床上坐起来换棉花球。棉球已经变成了黑色。她忽然觉
得屋里的所有的物件都是黑色的,连窗户外的阳光也是黑色的。她

在马桶上坐了半天,又去绣花,绣了两针,忽而心烦意乱起来,一生气,就去抽屉里翻出一把剪刀来,把绣花用的红绸剪得粉碎。

不行,得找个人去问问。

她不愿意把这件事告诉母亲。当然,村里的郎中唐六师她也指望不上,这个糟老头平时给人治病总是不说话,号脉、开方、收钱,一声不响。倘若他冷不防说出一句话来,病人多半就没救了。他最喜欢说的一句话就是:准备棺材吧。他在说这句话的时候简直开心极了。

家中剩下的三个人中,宝琛宅心忠厚,最让人放心,可惜他是个男的,这样的事怎能向他启齿?喜鹊是个没主意的人,胆子又小,而且懵里懵懂。想来想去,秀米决定向翠莲求救。

翠莲原籍浙江湖州,父母早亡,八岁时即被舅舅卖到余杭,十二岁逃至无锡,栖身尼姑庵中。有一天晚上,她和师傅明惠法师去运河的船上偷蚕丝,没想到上了船,就下不来了。那条船一直把她们带到四川的内江,历时两年有余。明惠法师因祸得福,在船上怀了孕,生下一对双胞胎,从此名正言顺成了船主夫人,出没于风口浪尖之上。而翠莲则开始了更为漫长的逃亡生涯。她先后逗留过五家妓院。嫁过四个男人,其中还有一个是太监。当陆侃从扬州的一家青楼中替她赎身的时候,她已经游历了大半个中国,最远到过广东的肇庆。

在扬州的那些年中,她一共逃跑过三次,每一次都功败垂成。她似乎对逃跑上了瘾。陆侃曾经问她:"你为什么总要逃跑?"翠莲回答说:"不知道,我喜欢跑。"

"你打算上哪里去?"

"不知道,先逃了再说。"翠莲答。

陆侃罢官之后,曾把她叫到书房中长谈。他对翠莲说:"这次你用不着逃了,我给你一点银子,你爱去哪儿去哪儿吧。"

谁知翠莲一听就叫了起来:"你这不是明着赶我走吗?"

陆侃说:"你不是自己要走的吗,平时拴都拴不住?"

翠莲说:"我不要走。"

陆侃终于明白了:她不要走,她要跑。

到了普济之后,她又偷着跑了一次。一个多月之后,她衣不蔽体哭着回来了,头发蓬乱,打着赤脚,这一次她是被飞蝗和饥荒逼回来的,差一点丢了性命,她瘦得连陆侃都差一点没认出来,两条腿都肿了。养好身体之后,陆侃端着一壶茶,到她房中来看她。陆侃抿着嘴,笑嘻嘻地问她:"这下你可不会跑了吧?"

"这可说不定。"翠莲说,"有机会,我还是要跑的。"

一句话当场让陆侃把嘴里的茶水喷了一墙。

最后,孟婆婆给陆侃出了个主意。她献计说,要防翠莲逃跑,只有一个办法。陆侃赶紧问她是什么办法,孟婆婆道:"你们家再买一个使唤丫头。"陆侃大惑不解,"再买两个也成,可这也不能阻止她逃跑啊。"孟婆婆道:"老爷你想想,那翠莲从小就是跑惯的,你越拦她,她就越要跑,她不是嫌你衣食不周,而是管不住那双脚,就像那吸大烟的,管不住自己的手。你若要断她的烟,就得断她的瘾。"

"怎么个断法?"

"还是那句话,再买个丫头来。"孟婆婆说。

"婆婆这话是怎么说的?"陆侃还是有点摸不着头脑。

"你们一面把人买进,一面对翠莲说,我们新买了佣人,你要走,随时可以走,我们再不指着你。这样一来,她必定再也不会逃了。老爷你想啊,她每一次要逃走的时候,就会想,人家告我随时可以走,又没人拦我,家里也新买了佣人,逃起来就没意思了。老爷你再想想,每一次逃跑都是事先被允许了,她逃起来还有个什么意思。时间一长,这瘾就断了根了。"

陆侃一听,连连点头。妙计妙计,佩服佩服,想不到这个目不识丁的乡村婆子还有这么一番见识。于是,当即着她帮着寻访,只要那手脚粗大,性格温顺的,如果价钱合适,相貌亦可不论,一旦找到,即可带来相看。

孟婆婆嘻嘻一笑,道:"这人呢,我早已替你预备好了,至于钱呢,你们看着给点就成。"

孟婆婆说完就回去了。不一会儿就把自己家中的一个什么远房外甥女拖了过来。

秀米还记得喜鹊上门时的情景。她手里抱着一个花布包裹,走到天井中就站住了,低着头,咬着嘴唇,用脚磨着地上的青苔。孟婆婆过去拉她,她就是不动。孟婆婆一着急,就啪啪给了她两个耳光。喜鹊也不哭,亦不躲闪,只是死活不动脚。

孟婆婆骂道:"你整日赖在我家,一人要吃三人的饭,让我一家老小去喝西北风啊,再让家里那个不要脸的老鬼上了你的身,到时候湿面粘了手,甩都甩不脱。我好不容易才说动了陆老爷,替你寻了这户好人家,你这狗娘养的东西,狗咬吕洞宾,不识好人心。"说完又是一巴掌。

这孟婆婆看见秀米父母从后院过来了,就满脸堆下笑来,又是替喜鹊理头发,又是替她抚背,嘴里道:"好丫头,你能修到这么一户人家,你那死去的爷娘,九泉之下有灵,在阴曹地府,也会笑得合不拢嘴的。"随后,孟婆婆又踮着小脚走到母亲的身边,轻声嘱咐说:"这孩子,性子温良,要打要骂,当牛当马,都不碍事。只有一样,老爷、夫人千万不能在她面前提起'砒霜'二字。"

"这是为何?"母亲问。

"这话说起来就没边儿,等我有工夫,再慢慢说与你听。"孟婆婆说完,从母亲手中接过那袋钱,放在耳边摇了摇,就欢欢喜喜地走了。

秀米来到东厢房的时候,翠莲正躺在床上睡中觉。她看见秀米痴痴地站在床边,脸红气喘,眼中噙满泪水,吓了一跳。赶忙从床上起来,扶她在床沿坐下,又给她倒了一杯茶,这才问她出了什么事。

"我要死了。"秀米忽然大声叫道。

翠莲又是一愣:"好好的,怎么忽然要死要活起来?"

"反正是要死了。"秀米抓过床上的帐子,在手里揉来揉去。翠莲摸了摸她的额头,稍稍有点热。

"到底是什么事,你说出来,我来帮你拿个主意。"翠莲说着,就过去把门关上了。这间房子四周没有窗户,关了门,屋里一下就变黑了。

"慢慢说,天大的事我给你担着。"

秀米就让她发誓,决不能把这事说出去。翠莲犹豫了一会儿,果真就闭上眼睛,发起誓来。她一连发了五个誓,而且一个比一个刻毒,最后,她连自己祖宗八代都给骂了个遍,秀米还是不肯说,坐在床沿大把大把地掉眼泪,把胸前的衣襟都弄湿了。翠莲本来就是个急性人,刚才在发誓的时候,无端地骂了几遍自己的祖宗,心里想,自打记事的年头起,就从来没曾见过祖宗的半个人影。心里一酸,也流下泪来。

她隐约记起舅舅来到湖州将她带走的时候,天下着大雨,雨点落在池塘里,就像开了锅的粥糊糊儿。这么说起来,自己家的门前原来也有一块池塘。她这一发誓,就记起了自己的出身来,她一直以为自己对于家乡的记忆是一片空白,现在她终于明白了,原来自己在湖州的确曾经有过一个家,门前也有一方池塘,她仿佛听见了许多年前的雨声。她的眼泪又流出来了。

翠莲默默地哭了一阵,既伤心又畅快。"你不说也罢,"翠莲蠕着鼻子道,"我来猜一猜,要是我猜中了,你就点个头。"

秀米看了她一眼,就使劲儿地点了点头。

"我还没猜呢,你乱点头干什么?"翠莲笑了笑,就胡乱猜了起来。她一连猜了七八遍,还是没有猜着,最后,翠莲就有点儿急了,道:"你要是实在不肯说,跑来找我干什么?我这会儿正累着呢,那腰儿痛得都快断了。"

秀米问她怎么会腰痛的,是不是夜里着了凉。

翠莲说:"还不是来那个了。"

"'那个'是什么?"秀米又问她。

翠莲笑道:"女人身上的东西,你迟早也是要来的。"秀米又问她疼不疼。翠莲说:"疼倒是不太疼,可就是肚子胀得难受,坐在马桶上又什么也拉不出来,烦着呢。"秀米再问她,来的是什么?有没有什么法子治一治?翠莲就不耐烦地答道:"流血呗,三五日自然会好的,治它做甚?做女人就是这一点不好,一个月少不了折腾一次。"

秀米这下不再问了。她扳起指头,一五一十地算起账来,算了半天,兀自喃喃说道:"这么说,老爷出走已经两个月啦?"说完又点点头,轻声道:"原来如此……"她从翠莲的枕边拿起一个发箍来,在手里看着,嘻嘻地笑了起来:"你这发箍是从哪儿弄来的?"

翠莲说,那正是正月十五从下庄的庙会上买的,"你要喜欢,就拿去好了。"

"那我就拿去用了。"秀米把发箍别在头发上,站起来就要走,翠莲一把把她拽住,狐疑道:"咦,你不是找我来说什么事的吗?"

"我何曾要跟你说什么事?"秀米红了脸,嘴里只是笑。

"咦,这就怪了,你刚才不是要死要活地直抹眼泪,还要我赌咒发誓,害得我无端骂起自己的祖宗来。"

"没事儿,没事儿,"秀米咯咯地笑起来,朝翠莲直摆手,"你接着睡你的觉吧,我走了。"说完,拉开门就一阵风似的跑了。秀米一口气跑回楼上自己的卧室,长长地嘘出一口气来,然后伏在被子上哑声大笑。她笑得差一点岔了气。两个多月来憋在胸中的烦闷和担忧一扫而光。她觉得肚子也不像先前那么疼了。她舀来水把脸洗了洗,别上红色的发箍,换了一身新衣裳,搽了胭脂,扑了粉儿,在镜前照了又照,随后,咧开嘴笑了起来。她感到浑身有使不完的劲儿,像个牛犊似的在楼上走了几个来回,又咚咚地跑到楼下,满院子乱闯乱窜起来,她似乎从来没有这样轻松过。

喜鹊正在厨房里收拾猪头。她用一把镊子拔着猪毛。秀米闯了进去,也不与她搭话,一把抢过那把镊子来,道:"你先歇一会儿,我来替你拔。"说完就像模像样地就着窗下的阳光拔起猪毛来。喜鹊说:"还是我来吧,小心弄脏了你的新衣裳。"秀米就把喜鹊一推,笑道:"我就是喜欢拔猪毛。"

喜鹊不知道她今天怎么了,无端的怎么会爱干这活儿,只拿眼睛瞧着她,兀自站在灶下发呆。秀米胡乱地拔了一会儿毛,又回过身来对喜鹊说:"这猪的胡子拔不下来倒也罢了,连它的眼睫毛也是滑溜溜的,夹它不住。"一句话说得喜鹊"扑哧"笑了起来。正要过去教她,不料,秀米把镊子朝盆里一丢,说道:"算了,还是你来吧。"说完,身影一闪,立刻就不见了。

秀米从厨房里出来,正愁无处可去,忽而听见院子里响起了噼噼啪啪的算盘声。

宝琛正在账房里打算盘。他一只手打算盘,一只手蘸着唾沫翻账本儿,那头依旧一边歪着。秀米扶住门框,把头朝里探了探。宝琛道:"秀米今天没睡中觉啊?"

秀米也不说话,径自走进房里,在他对面的椅子上坐下来,斜着身子看了他半天，这才说道："你这头成天这么歪着，能看见账本上的字吗？"

宝琛笑道："头歪，眼睛却是不歪。"

秀米道："你要硬是把头正过来，那会怎么样呢？"

宝琛抬眼看了她一会儿，不知她怎么会生出这样的怪念头。把那歪头摇了摇，笑道："丫头，连你也来拿我开心，这头长歪了，能正得过来吗？"

秀米说："我来试试。"

说完站起身来，把宝琛的头抱住转了两转，嘴里道："当真转不过来。宝琛，你先不要算账，来教我打算盘吧。"

宝琛说："好好的，你要学算盘做什么？ 你看见哪个姑娘打算盘来？"秀米见他不肯，就索性把他的算盘拿起来一抖，害得宝琛一迭声地叫苦："好好的账，被你一搅，全乱了！"说完仍是嘻嘻地笑。

宝琛见秀米没有马上就走的意思，就拿出一锅儿烟来抽。"丫头，我来问你一件事，你来帮我拿个主意。"

秀米问他什么事。宝琛说，他准备回一趟庆港老家，把他的儿子接过来一起住。"虎子已经四岁多了，他娘又瘫在床上，我怕他到处乱跑掉到塘里。把他接到这边来吧，又怕你娘不答应。"

"接过来就是了，没事的。"秀米满不在乎地说。好像这事儿她已经问过母亲，而母亲已经答应了似的。过了一会儿，秀米像是想起什么事，问宝琛道："你那儿子叫什么来着？"

"叫虎子。他娘喜欢叫他老虎。"

"他的头歪不歪？"

宝琛一听，又气又急，又不好发作。心想，这丫头今天是吃错什么药了，大中午不睡觉，专拿我来开心。他又干笑了两声，一本正经地说："不歪不歪，一点也不歪。"

从宝琛的账房里出来，秀米在天井里的石阶上倚门而坐。她看见门口池塘边有一个妇女正在捣衣，棒槌敲击的声音在天井里发出嗡嗡的回声。地里的棉花已经长得很高了，黑油油地一直延伸到河边，风儿一吹，就露出叶子下的棉铃。田里没有一个人。天井的屋檐下，几只燕子喳喳地叫着。墙上的青苔又厚又浓，像一块绿毡子，亮晶晶的。太阳光暖烘烘的，阴凉的南风吹到脸上，舒畅无比。她在那儿坐了半天，东看西看，想着一些不着边际的事。

5

这天早上，母亲在吃饭时对秀米说，自打父亲出走之后，她已经有两个多月没去丁树则先生家读书了。丁先生昨晚又来催问。只说是无功不受禄，嚷着要把拜师时的束脩尽数退还。"你在家闲着也没事，不如去他那里胡乱读几篇书，识些字也好。"

秀米本来想，经父亲这么一闹，她就不用去丁树则家活受罪了，没想到先生倒是好记性，三番两次来家中催逼。听母亲这么说，放下碗筷，秀米只得硬着头皮往丁先生家走去。

丁树则读书数十载，不要说一官半职，连个秀才也不曾中过。老来设馆授徒，收些俸例，以供椒水之需。不过，普济人家让孩子来跟他读书的却是寥寥无几。这倒不是出不起那份俸例，而是舍不得孩子让他打。这丁树则教书的规矩极严，学生要是背错一个字，就往他屁股上打十下，写错一个字打二十下，背诵默写全对了，丁先生还是要打，只说是让学生长点记性，以后不要出错。秀米第一次去跟他念书时，看见他的五六个学生全都站在屋里念书，甚是奇怪。一问才知道，原来是屁股都被打肿了。要是碰上一个用嘴巴翻书的，那不用问,一定是他两只手都被打得不能动弹了。

丁先生从来不打秀米。这并不是说秀米的书念得特别好,而是由于她是先生的徒弟中唯一的女孩子。先生不仅不打她,还破例允许她读书时吃点心。她还是不喜欢他。她受不了先生嘴里那股臭烘烘的大蒜味儿。先生带他们读书时,她最害怕他发"突"或者"得"这样的音,因为每当他发这样的音,唾沫星子带着口水就会射出去好远,一直落到她的脸上。他还喜欢用他那脏兮兮的手来摸她的头,有时竟然还会摸她的脸!他只要一走近她,她就拼命地把脑袋扭到一边儿,常常把脖子扭得转了筋。

丁树则平常爱管闲事儿,最爱与人争辩。除了人家媳妇生孩子他插不上手之外,村里所有的事,不论大小,他都要过问。他最喜欢做的事就是帮人家争讼打官司。可官司一旦让他沾了手,没有不输的。久而久之,村里人都把他当作那无用的书呆子一般看待,只有师母赵小凤把他看成是个宝。每逢丁树则与人争辩,双方各执一词、委决不下的时候,丁师母就会拿着个花手帕,一扭一扭地走到两人中间,笑嘻嘻地说:你们不要争,你们不要吵,把理由说出来我听听,我来替你们评判评判。等到两人把各自的理由一说,丁师母总是这样作结论:"你(她丈夫)是对的,你(她丈夫以外的任何人)是错的,结束!"

秀米一走进丁先生的书房,就望见丁树则的右手上缠了一层厚厚的纱布,眉头紧蹙,脸上颇有难言之苦。"先生,您的手怎么啦?"秀米问。先生脸上的肉兀自跳了两跳,像笑不像笑地红了脸,嘴里一会儿"喔喔喔喔"地叫着,一会儿又"嘶嘶"地从牙缝往里吸凉气。看来他的手是伤得不轻。秀米正要转过身去问师母,只见老师把脸一沉,喝道:"你先把那《鲁仲连义不帝秦》背来我听,其余无须多问。"

秀米只得坐下来背书,第一段刚完就背不下去了。先生又让她背《诗经》,秀米就问他背哪一篇?先生这会儿似乎有点支持不住了,也不答话,举着右手,站起身来,让师母搀着,两人径自回里屋去了。秀米满腹狐疑,忽见一个头上一撮黄毛的孩子正在那儿写大字,就凑过去问他,先生这手怎么就伤了?小黄毛是舵工谭水金的儿子,名叫谭四。他见四下无人,就低声道:"他是碰到钉子上了。"秀米又问他,好好的,怎么会碰着钉子?黄毛就咻咻地笑,说道:"尴尬人难免尴尬事。"

原来,这丁树则平时在设馆授徒之余,闲来无事,常爱捉那飞虫玩。久而久之,竟然练就了一身徒手捉虫的绝技。不论是蚊子、苍蝇,还是蛾子,只要一飞人先生的房中,就是死路一条。先生只消大手一挥,往往手到擒来。倘若这飞虫栖息于墙上,先生一巴掌拍过去,更是百发百中。俗话说,瓦罐不离井上破,将军总在阵前亡,先生的技艺再精湛,却也有失手的时候。

"今天早上,窗口飞进一只苍蝇,先生或许是老眼昏花了,伸手一揽,硬是没有捉到,不由得恼羞成怒。在屋里找了半天,定睛一看,见那肥大的苍蝇正歇在墙上。先生走上前去使出浑身的力气,抡开巴掌就是一拍,没想到那不是苍蝇,分明是一枚墙钉。先生这一掌拍过去。半天拔不出来。害得他好一顿嗷嗷乱叫。"黄毛说完,伏在桌上咻咻地笑。

秀米笑了一阵,见先生已从天井中走来,就赶紧给谭四递眼色。

先生仍让她背书。背过《诗经》,又背《纲鉴》。秀米在背书,先生就躺在藤椅上哼哼,肥胖的肚子一起一伏,依然嘶嘶地倒吸着凉气,弄得秀米"扑哧"一声又笑了起来。先生皱着眉头问她笑什么,秀米也不回答,只在那翻眼睛,白的多,黑的少。先生也拿她没办法。

"罢罢罢,"先生从椅子上坐起来,对正在憋住劲不让自己发笑的小黄毛说，"谭四，你过来。"小黄毛见先生叫他，赶紧从椅子上溜下来，来到先生跟前。先生又对秀米说："你也过来。"

丁树则从怀里摸出一个信封来，递给秀米："你们两个人给我到夏庄去送封信。夏庄，你们两个都是认得的吧？"秀米和谭四都点了点头。夏庄离普济不远，秀米和翠莲赶集的时候去过几次。

丁树则刚把信递与秀米，又取了回去。信没有封口，先生拿到嘴边一吹，信囊就鼓起来，先生用那只不曾受伤的手从里面取出信胆，抖开来，上上下下地又读了一遍，一边看一边频频点头，最后又把信装入信封，再次递给秀米，这才说：

"你们沿着村西的大路向东，一直走，然后转一个大弯，就可以看见夏庄了。到了夏庄的村口，你们就会看见有一块大水塘，大水塘中间有一座坟包，上面长有芦苇呀、茅草呀什么的，你们不要管它。拿眼睛朝那塘的对岸看。对岸有三棵大柳树，中间一棵柳树正对着的那个宅子，就是薛举人的家。你们要把信当面交与薛举人。若他不在家，原信带回，千万不可交与别人。记住了，不要忘记。谭四这孩子贪玩，秀米你要管着他点，路上不要让他玩水。薛举人要有回书给我，你们就带回来，若没有就算了，早去早回。"

丁树则说完了这番话，忽然又像是想起了什么事，对秀米说："刚才我看完信，有没有把信放进信封里去？"秀米说："放进去了。"丁树则道："真的放了吗？"

"我看见信放进去的，"秀米说，"不然您再看看？"她把信递给先生。丁树则用手捏了捏，又斜着眼睛朝信封内瞄了一眼，这才放心。

秀米带着谭四一路出了普济村，沿着河朝西走去。谭四说："这封信想必十分要紧，我早上看见先生写好信，装进去又抽出来，抽出来又装进去，来回验看四五次。"

秀米就问他,以前有没有见过薛举人,谭四说在先生家曾见过他两次,是夏庄的财主,脸上有一颗大乌痣。

不一会儿,他们就来到了村东的那座大庙边。〔皂龙寺:始建于天启元年。据传,当年在修造这座庙的时候,有一条巨大的黑色游龙在庙宇的西南方出现,一连三天,盘伏不去。道光二十二年毁于雷击。为普济学堂旧址。1934年重修。1952年改建为普济小学,1987年恢复旧观,更名为绍隆寺。〕庙宇早已破烂不堪,正中的一方大殿,瓦片都落光了,露出一根根黑黑的椽子来。只有两边的配殿还能住人,远远看上去,就像是一只正在褪毛的鸭子。秀米还记得,有一年从夏庄赶集回来,母亲曾带她去庙里躲过一次雨。庙前有一处用泥土垒造的戏台,荒草丛生,已经很久没有在这儿唱过戏了。庙宇年久失修,平时只有乞丐或游方僧人偶尔在那里歇脚。普济人要烧香拜佛,就坐船到对岸去。

他们来到夏庄村口,已近中午。果然是一洼池塘,三棵柳树,塘中一座坟包。薛举人家的院门关着,用手推一推,里面上了闩。谭四敲了门,半天无人应答。秀米把耳朵贴在门上听了听,似乎有人说话,嗡嗡的,听不太真切。秀米转过身来,忽然看见在池塘的对岸,一个戴毡帽的人正在树阴下钓鱼。听到敲门声,那钓鱼的就弓起腰来,歪过身子朝这边探头探脑地张望。秀米拉拉谭四的袖子,朝那边指了指,那人立刻脑袋一缩,蹲下身去,茂密的苇丛遮住了他。

谭四在门上拍了半天,又直起嗓子朝里面喊了两声,依然无人应门。谭四就对秀米说:"不如我们把信封从门缝里塞进去算了。"秀米说:"不成,丁先生交代我们亲自把信交给薛举人的。"谭四道:"里面上了闩,说明屋里有人,怎么没人出来?"说着又把脸贴住门缝朝里窥望,他这一看,嘴里"哎哟"大叫了一声,吓得一屁股坐在了地上。

他这一叫,门就开了。一个穿长衫的伙计将门开了一条缝,把身子探出来,问道:"你们要找谁?"

"吓死我了,吓死我了!"谭四还坐在门槛边的台阶上,妈啊妈啊地直叫唤。

"我们找薛举人。"秀米道。

"你们从哪里来?"那人问道。

"从普济来。"秀米说。

她又回过头去,朝池塘对面望了望,她看见那钓鱼的帽檐压得很低,猫着腰,隔着芦丛,仍朝这边张望。在亮晃晃的光线下,秀米能看见他的背驼得很厉害。

那伙计又上上下下把他们打量了半天,这才低声说道:"你们跟我来。"

原来,门里是一条狭长的夹道,两边的垛墙很高,阳光照不进来,阴森森的,似乎一眼望不到头。到了很里面,另有一道院门,这才是薛举人的住处。难怪刚才敲了半天的门,里面的人听不见。

进了院子,秀米看见槐树下系着两匹马,一匹是红色的,另一匹是白的,都在那儿摆着尾巴,空气中有一股清新的马粪味儿。薛举人家一定是来了许多客人,她听见了嘈杂的说话声。似乎还有人为什么事而争吵。穿过天井和前院的厅房,后面又是一个大院子,在院子的西南角有一处凉亭,亭子里挤了一堆人。穿长衫的伙计在廊下站住了,对他们说:"你们在这儿等一等,我去叫薛举人来与你们说话。"

这伙计是个男人,可说起话来却像个女人似的,嘤声嘤气的。

秀米见伙计走了,这才问谭四,"你刚才为何失声大叫?把我吓得魂都丢了。"谭四说:"我正拿眼睛朝里面瞧,没想到里面的那鬼东西也贴住门,拿眼睛往外瞧,两个人的睫毛都快碰到一起了,你说让人害怕不害怕?"

"怎么会是他?!"秀米嘴里喃喃说道,突然目光躲躲闪闪,神色陡变。

"你说谁?"谭四一脸恍惚地看着秀米。她的脸色先是发青,转而又发白,缩着脖子,嘴里的牙齿咯咯打架,也不说话,只顾用手来拽他的衣裳。谭四往远处一看,原来,亭子那边有三个人正朝他们走来。

从亭子里走来三个人,走在前面的是刚才那位伙计,中间的那人身材魁梧,眉角有一颗大乌痣,想必他就是薛举人了。而走在最后的那个人,手里托着一只茶杯的,正是张季元。

三个人走到他们跟前,薛举人朗声道:"你们找我有什么事?"

秀米愣了一下,从怀里抖抖索索地摸出老师的信来,也不敢抬头,递给谭四,谭四又递与薛举人。

薛举人接过信看了看,似乎有点不高兴,说了一声:"又是这个丁树则。"就拆开信凑到太阳下看了起来。

张季元走到秀米的身边,把一只手搭在她的肩上,嘴里轻声说道:"我来这里看朋友,没想到这么巧,遇上了你们。"

她的心突突乱跳,只觉得半个肩膀都是麻酥酥的。秀米不敢抬头看他,只是在心里暗暗骂道:拿开!快把你那该死的手拿开!她想稍稍挪动一下身体,可她的脚就是不听使唤。她的身体抖得更厉害了。

张季元终于把那只手挪开了。他身上有一股淡淡的烟味儿。他在喝茶,茶杯和杯托相碰,叮当有声。过了一会儿,她听见张季元笑了笑,把脸凑到她耳边说:"看你吓得什么似的,别怕,我与薛兄是多年的老朋友了,我们谈点儿事。"

秀米不理他。他嘴里的热气熏得她的耳朵直痒痒。她远远地看见,凉亭那边有几个人倚柱而立,正小声地说着什么。凉亭旁的一株梨树,不知为何,断为两截。

薛举人看完信后,笑道:"丁树则这条老狗,成天缠着我。"

"是不是让你想法在京城替他补个闲差?"张季元说。

"一点不错。他口口声声说与家父是八拜之交,可我在京时与家父说起,他老人家却说从来就不认得这个人。"薛举人说,"又写来这许多诗文,哼!狗屁不通。"

"他哪里知道,今天补了典史,明天人头落地。他倒挺会凑热闹。"张季元笑道。

薛举人道:"倒也是,七十多岁的人了,犯得着吗?"

随后,薛举人对谭四说:"你回去告诉丁先生,就说信已收到,薛某改日专程登门拜答。"说完,拿眼睛瞅了瞅秀米,又看了看张季元:"既是你家表妹,不妨请他们稍作盘桓,吃了饭再走。"

秀米一听,也不接话,只是拼命摇头。

张季元道:"表妹平时很少出门,今天冷不防在这里撞见了我,吃了惊吓,不如让他们先回吧。"

"也好。"

依然是那个伙计送他俩出门。刚刚走到天井里,猛听得后面两人哄然而笑。她不知道表哥和薛举人为何大笑,但她听得出那笑声没一点正经。只恨得牙根酸酸的。那谭四一路问长问短:你表哥从哪里来?怎么在普济从来没有见着过?怎么会在这里碰见?既是你表哥,为何吓成那样?秀米只顾低头走路,不一会儿就出了阴冷的夹道,来到外面的大太阳下。那伙计说了声"恕不远送",就把院门关了。

院外没有一个人。池塘对面的那个钓鱼的老头这会儿也已不见了。谭四道:"这人死了,为什么要把尸首葬到塘中央去?"秀米知道谭四说的是池塘中间的那个坟包,不过这会儿秀米对它不感兴趣。她推了推小黄毛谭四的胳膊。朝池塘对面指了指:"你刚才看见有一个人在那钓鱼吗?"

黄毛说他不曾看见。

"他刚才还在那钓鱼的,怎么一会儿人就不见了?"

"大概是回家吃饭去了呗。人家钓鱼,关你什么事?"

绕过池塘,他们走到刚才那人钓鱼的地方。稀疏的苇丛中,秀米看见一根钓竿横卧在水上,被风吹得摆来摆去。她就过去,把钓竿拿起来看。原来只是一根竹竿而已。上面既没有丝线,也没有渔钩。

奇怪!

黄毛只在那儿催她快走,他的肚子已经饿得咕咕叫了。

两个人一前一后朝普济走去。秀米觉得自己就像是做梦似的。张季元从哪里来?他到普济来究竟想做什么?薛举人又是什么人?还有池塘边的那个戴毡帽的老头,她明明看见他在那儿钓鱼,为何钓竿上既没有浮标,也没有线钩?

她隐约知道,在自己花木深秀的院宅之外,还有另一个世界,这个世界是沉默的,而且大得没有边际。一路上他们不曾碰到一个人。秀米觉得天又高又远,眼前的小渠、沟壑、土丘、河水,甚至太阳光都变得虚幻起来。

到了村中,秀米就让黄毛去丁先生那里回话,自己一个人往家中走去。她看见翠莲正在塘边洗帐子,就朝她走过去,没来由地问了一句:"大嘴,你说……夏庄到底有没有个薛举人?"

"你是说薛祖彦哪,怎么没有?他爹不是在京城里做大官的吗?"翠莲道。

秀米"噢"了一声,就径自上楼去了。

6

一天晚上,全家正围在桌子旁吃饭,张季元又开始讲他那个"鸡三足"的笑话了。这个笑话他前几天已经说过一遍了,这会儿又兴致勃勃地从头讲起,大家全在笑。喜鹊笑,是因为她的确觉得这个故事好笑,即便张季元讲上一百遍,她还是要偷偷发笑,牙齿磕碰着碗边,咯咯地响。母亲笑是出于礼貌,照例嘿嘿地笑两声,表明她在听。翠莲大概是觉得这是一个老掉牙的笑话,普济村人人会说,而喜鹊竟然咯咯地笑个不停,因此她也笑。宝琛是好脾气,对谁都是笑嘻嘻的,再说明天一大早,他就要回庆港接儿子去了,不过他一笑起来就有点夸张。

唯独秀米不笑。

张季元一边谈笑,一边不时地朝她眨眼睛。那眼神很复杂,似乎要与她为今天上午的见面达成一个默契,或者说,共同保守一段秘密。即便不抬头看他,秀米也能觉出他的眼睛亮晶晶的,好像他所说的话变成了另一种完全不同的语言,从湿湿的眼睫毛里飘溢而出,浮在晦暗的光线中。秀米低头吃饭,好不容易挨到张季元把笑话说完了,却不料喜鹊忽然愣愣地问道:"那鸡怎么会有三只脚的呢?"看来她根本就没听懂,大家又哄笑了一场。

宝琛第一个吃完饭,丢下筷子,甩甩袖子,走了。翠莲对母亲说:"今天就不该把盘缠先给了他,少不了又要拿到后村去填那无底洞。"

母亲说:"你怎么知道他要去孙姑娘家?"

"嗨,那粉蝶儿今天下午来借筛子,我瞅见他们在廊下说话,又拉又扯,恨不得立时就……"翠莲说。

母亲不让她说下去,一个劲儿地给翠莲使眼色。又看了看秀米,仿佛在猜测秀米能不能听得懂她们所说的话。

张季元吃完了饭,依然赖在那儿不走。他歪在椅子上用牙签剔着牙,剔完牙又去剔指甲,把十个指头都剔了个遍,最后又把那牙签咬在嘴里,一会儿伸手捻一下灯芯,一会儿抬头看着天窗,像是在琢磨着什么事。过了一会儿，他从怀里摸出一只小铁盒子，一柄烟斗，他往烟斗里塞了烟丝，凑在灯上点了火，吧嗒吧嗒地抽了起来。

孟婆婆不知从哪里闯了进来，她来找宝琛打牌。翠莲笑着说："他今天有了新搭子了。"

孟婆婆说："这样最好，我最烦宝琛那东西，赢了几文小钱儿，就得意地在那儿哼小曲，哼得人心里七上八下的，不输才怪呢！"说完，就过来拉母亲。母亲经不起她苦劝，就说："好，今天就陪你们打两圈。"临走时，又嘱咐翠莲和喜鹊把家里的床都换上凉席。孟婆婆接话道："天都这么热了，是该换席子了。"说完，就拉着母亲走了。

母亲一走，翠莲俨然就是总管了。她让喜鹊去烧锅开水，把席子烫一烫。竹席子一年不用，都怕是长了虫子了。秀米一见喜鹊要去烧水，就让她多烧一点，她正好把头发洗一洗。翠莲说："晚上洗头，只怕是大了嫁不出去。"

"嫁不出去才好呢！"

"老话说，女的不愿嫁，男的不想嫖，都是天底下最大的谎话。"翠莲笑道。

秀米说，反正她不嫁人，谁也不嫁。

这时，张季元把他那大烟斗从嘴里拔了出来，忽然插话道："没准儿往后真的不用嫁人了。"

翠莲一听，先是一愣，然后笑了起来："大舅，你倒说得轻巧，这姑娘大了不嫁人，爷娘留她在家煮了吃？"

"这个你就不懂了。"张季元道，似乎对翠莲的话不屑一顾。

"我们乡下人，没见过世面。比不得大舅见多识广。"翠莲揶揄道，"可照你这么说，这天下的女子都不嫁人，都不生孩子，这世上的人早晚还不都死光啦。"

"谁让你不生孩子啦？当然要生孩子，只是不用嫁人。"张季元煞有介事地说。

"不嫁人，你到石头缝里弄出孩子来不成？"

"你但凡看中一个人，你就走到他家去，与他生孩子便是了。"张季元道。

"你是说，一个男的，但凡相中了一个女孩，就可以走到她家里去与她成亲？"

"正是。"

"不需要三媒六聘？也不用与父母商量？"

"正是。"

"要是那女孩儿的父母不同意怎么办？他们拦住门，不让你进去。"

"那好办，把他们杀掉。"

翠莲简直不相信自己的耳朵。张季元疯话连篇，可翠莲拿不准他当真这么想，还是在逗她开心。

"要是女孩自己不同意呢？"翠莲问道。

"照样杀掉。"张季元毫不犹豫地说。

"假如……假如有三个男的，都看上了同一个姑娘，你说该怎么办？"

"很简单，由抽签来决定。"张季元笑嘻嘻地说。他从椅子上站起身来，看来他打算离开了，"在未来的社会中，每个人都是平等的，也是自由的。他想和谁成亲就和谁成亲。只要他愿意，他甚至可以和他的亲妹妹结婚。"

"照你这么说，整个普济还不要变成一个大妓院啦？"

"大致差不多。"张季元道，"只有一点不同，任何人都无需付钱。"

"大舅可真会说笑话，要真的那样，你们男人倒乐得快活。"翠莲挖苦道。

"你们不也一样？"

张季元哈哈大笑。他笑得直喘气。最后，他转过身去，捋了捋头发，走了。

"放屁。"张季元走后，翠莲啐了一口，骂道，"这小胡子，成天没有一句正经话，闲得发慌，就拿我们来开心。"

翠莲在灶下替秀米洗头。

豆沫是早上从豆腐店讨来的，这会儿已经有点馊了。秀米说，用这豆沫洗头，就是不如枸杞叶煞痒，黏糊糊的，一股发霉的豆渣味。翠莲说："这会儿我到哪里去替你弄枸杞叶去。"两人正说着，忽然听见院外人语喧响，步履杂沓，弄堂里，水塘边，树林里到处都有人猛跑。脚步声和嘈杂的人语像一个巨大的漩涡，嗡嗡的，从四面八方汇聚而来，又一圈圈地散开。村子里的狗全都在叫。

"不好！好像出什么事了。"

翠莲说了一句，丢开秀米，到窗前往外窥探。

秀米的头发湿漉漉的。她听得见头发往盆内滴水的声音。不一会儿，就见喜鹊跑到厨房门口，把头伸进来，喘着气说，出事啦！

翠莲问她出什么事了，喜鹊就说，死人啦！翠莲又问她谁死了，喜鹊这才道："是孙姑娘，孙姑娘死了。"

"她今天下午还来借筛子，有说有笑的，怎么突然死了呢？"翠莲道，说完了甩手上的水，跟着喜鹊跑出去了。

院子里忽然变得一片沉寂。秀米的头上都是豆泡泡，这些泡泡落在盆里，在水面上浮动着，随后"噗"的一声就碎裂了。她闭着眼睛，伸手在灶台上摸索着水瓢，她想从水缸里舀点水，把头浇一浇。就在这时，她听见了咚咚的脚步声。有人正朝厨房走来。她的心猛地往下一沉。

"外面出什么事了?"张季元扶着门框,问道。

该死!果然是他!她不敢回过头去看他,嘴里支支吾吾地道:"听说,听说是孙姑娘死了……"

张季元轻轻地"噢"了一声,似乎对这事没什么兴趣。他仍然站在那儿。

走开,走开,快走开!秀米在心里催促他赶紧离开。可张季元不仅没有走开,相反,他跨进门槛,走到厨房里来了。

"你在洗头吗?"张季元明知故问。

秀米心里有气,嘴上还是"嗯"了一声,赶紧抓过水瓢,从水缸舀了水,浇在头上,胡乱地搓了搓。水一直流到了脖子里,凉凉的。

"要我帮忙吗?"

"不不,不用。"秀米听他说这样的话,心跳得更厉害了。她还是第一次跟他说话。

"你不要加点热水吗?"张季元再次问道。他的声音又干又涩。

秀米没再理会他。她知道张季元就在她身边不远的地方站着,因为她看见了他脚上穿的圆口布鞋和白色的袜子。该死!他竟然在看我洗头!真是可恶!他干吗要待在这里呢?

秀米洗完了头,正想找个东西来擦一擦,那张季元就把毛巾递过来了。秀米没有去接。她看见灶上有一块围腰,也顾不上油腻,抓过来胡乱擦了擦。然后把头发拢了拢,在头顶兜住。她仍然背对着他,似乎在等着他离开。

终于,张季元嘿嘿地讪笑了两声,丢下手里的毛巾,摇摇头,走了。

秀米长长地松了一口气。她看见他那瘦长的影子掠过天井的墙壁,在廊下晃了晃,然后,消失了。她站在灶边,将头发抖开,让南风吹着它,脸上依然火辣辣的。水缸中倒映着一弯新月,随着水纹微微颤动。

母亲是和翠莲她们一块回来的。她说她们在孟婆婆家坐下,刚打了一圈牌,就听得孙姑娘那边出事了,"宝琛那个死不要脸的,当着那么多人竟然就哭出声来了。"

秀米问她,孙姑娘是怎么死的?母亲也不正经回答她,只是说,反正死了就是了。秀米又去问喜鹊,喜鹊见母亲不肯说,她也就支支吾吾,只是不住地感叹道,惨,惨,真惨。最后,翠莲把她拽到自己屋里,悄悄地对她说:"往后咱们都得小心点,普济一带出了坏人了。"

"她不是下午还来借筛子吗?"秀米说,"怎么说死就死了?"

翠莲叹息道:"她来借筛子,是为了去地里收菜籽,要是不去收菜籽,就不会死了。"

翠莲说,孙姑娘在村后自家田地收菜籽,到了上灯时分还未见回转,宝琛去找她的时候,正碰上她父亲提着马灯去找人。两人结伴儿到了地头,就看见了她的尸首,衣服被人剥光了,嘴巴里塞进了青草,她就是想喊人,也张不开嘴呀。他们给她塞了太多的草。一直塞到喉咙口,宝琛给她抠了半天,也没抠干净,她的身上也没有刀伤,手上反绑着绳子。一只脚上还穿着鞋子,一只脚光着,身体早已凉了,鼻子里也没了气。两条腿在地上踢了个坑儿。大腿上全是血。唐六师郎中来给她验了尸,也没找着刀伤。孟婆婆说,这事儿可不像是本村人干的,这孩子平常就在村子里招蜂引蝶,还有她爹给她看门儿,大凡一个人想上她的身,给她几吊小钱就行了,不给钱也可以赊账。他们犯不着这样干。在那儿看热闹的人当中,有一个名叫大金牙的,是普济肉店的屠夫,人有点儿傻,听见孟婆婆这么说,就愣头愣脑地接话道:"那可说不准。"

孟婆婆嗔道:"那除非是你干的。"

那大金牙就嘿嘿地傻笑着说:"没准还真是我干的呢……"话没说完,大金牙的瞎眼老娘顺手就给了他一巴掌,说:"人家死了人,你倒还在这儿说笑!"

"这事没准儿真是大金牙干的呢?"秀米问。

"说笑罢了,你还拿它当真。"翠莲道。

秀米又问宝琛怎么还不回来,翠莲说:"他在那儿帮着老孙头搭凉棚呢。这些年,歪头在孙姑娘身上可没少花钱。这粉子一死,他哭得像泪人一般。"秀米又问她干吗搭凉棚,翠莲说:"照普济这儿的规矩。这人死在外头不能进屋,只能在外面搭个棚儿搁尸首。这天又热。少不得要连夜找木匠来打棺材。够宝琛那死狗忙活一阵子的。只是可怜了那粉蝶了,死都死了,光着身子让人摆弄来摆弄去。那老孙头,人都快急疯了,只说女儿还未出嫁,不叫男人看见她尸首,拦了这个又去拦那个,又如何拦得住,只得坐在塘边哭。"

秀米还记得父亲出走那天去过的那个池塘。四周开满了白色的金银花,像帘子一样垂挂在水面上。她还记得下午孙姑娘来借筛子时,遭翠莲抢白时那怯怯的笑。

"咱们往后都得小心点,听说江南的长洲出了土匪,前些天刚绑走了两个小孩。"翠莲说。

7

在孙姑娘的葬礼上,秀米走在最后一个。孟婆婆提着一只篮子,里面装着黄色的绢花,参加葬礼的人,每人一朵,戴在胸前。她走到秀米的跟前,篮子里的花朵刚好发完。孟婆婆就笑道:

"这么巧!就差你这一朵。"

秀米又看见了在江堤一侧远远行进的一队朝廷官兵。兵士们无精打采,昏昏欲睡,他们在烈日下行走得很慢。马蹄扬起漫天的尘土,马队的红色缨络上下披拂。当他们越过一个个土坡时,蜿蜒浮动,远远看上去就像一条游动的黑花蛇。可她听不到马蹄声。

秀米左顾右盼,就是看不见翠莲和喜鹊的影子。孙姑娘的棺木像是连夜打造的,还未来得及刷上油漆,白皮松板,上面覆盖着锦缎被面。她能看见和尚扛着幡花,铙钹鼓乐,吹吹打打,可是却听不见什么声响。

奇怪!我怎么听不见一点声音?

送葬的队伍在村外的棉花地里穿行,一路往东。刚刚出了村口,天空中乌云翻滚,树木摇晃,突然下起雨来。雨点落在厚厚的尘土里寂然无声。落在河道中,开出一河的碎玉小花。雨越下越大,她的眼睛快要睁不开了。

奇怪!这么大的雨,怎么听不到雨声?

送葬的人群开始出现不安的骚动,她看见抬棺的几个脚夫将棺材停在一座石桥上,跑到桥洞下避雨,人群潮水般四下消散。她看见宝琛和老孙头披麻戴孝,哭丧着脸,想把人们劝回来。

秀米开始朝村东的那座破庙飞跑。她一边跑,一边回头看。起先,她跟着一帮人朝庙里飞奔,很快,她发现只有自己一个人在跑。等到她气喘吁吁地跑到皂龙寺门口,秀米吃惊地发现,除了那口棺木孤零零地横在桥上之外,四下里已经没有一个人,连宝琛和老孙头也不见了。

奇怪,怎么没有人去庙里避雨呢?

她一口气跑到山门的屋檐下,看见张季元手里捏着一圈麻绳,正在冲她笑。

"你怎么在这儿?"秀米吓了一跳,双手护住自己湿漉漉的前襟,隐约觉得自己的乳房一阵阵胀痛。时值初夏,单衣初试,叫雨一淋,紧紧地粘在身上。她觉得自己的身上光溜溜的。

"我来听听寺里的住持讲经。"张季元低声道。他的头发也被雨淋得湿漉漉的。

"那些送葬的人为什么不来庙里避雨?"秀米问道。

"他们不能进来。"

"为什么?"

"住持不会让他们进来。"张季元探头朝门外看了看,凑在她耳边轻声道,"因为,这座庙是专门为你修的。"

"谁是住持?"秀米看了看庙里的天王殿,豪雨飘瓦,屋顶的瓦楞上已经起了一层水烟。

"在法堂念经。"张季元说。

"这座破庙已经多年没有和尚住了,哪里来的住持?"

"你跟我来。"

秀米顺从地跟着张季元,穿过一侧的游廊,朝法堂走去。一路上,她看见天王殿、僧房、伽蓝殿祖师堂、药师殿、观音殿、香积厨、执事堂都是空无一人,而观音殿和大雄宝殿都已屋顶坍陷,墙基歪斜,瓦砾中长满了青草。墙壁上苔藓处处,缝中开出了一朵一朵的小黄花,她能够闻到安息香和美人蕉的气味,雨水和尘土的气味,当然,还有张季元身上散发出来的淡淡的烟味。

法堂和藏经阁倒是完好无损。他们来到法堂的时候,住持身穿红黄两色的袈裟,正盘腿在蒲团上打坐念经。看见他们进来,住持就合掌施礼,随后站起身来。秀米不知如何还礼,正在慌乱中,忽听得住持说:"就是她吗?"

张季元点点头:"正是。"

"阿弥陀佛。"

秀米觉得这个住持好像在哪见过,只是一时想不起来了。只见住持缓缓转动着手里的念珠,嘴里念念有词,不时地抬头打量着她。秀米也呆呆地看着他,不知如何是好。忽然,她瞥见那住持左手的拇指边缀着一根软塌塌的东西,红红的,像一根煮熟的小香肠,顿时吓得魂飞魄散。她张开嘴想叫,可依然发不出什么声音。原来,原来表哥要寻找的那个六指人一直躲在村中的这座破庙里!

住持呵呵地笑了两声——脸都笑得浮肿起来了,说道:"季元,人既已带到,我们还等什么呢?"

"你们,你们想干什么?"

"姑娘,不用怕。"住持道,"每个人来到这世上,都不是无缘无故的,都是为了完成某个重要的使命。"

"我的使命是什么?"

"一会儿你就会明白的。"住持的脸上掠过一丝阴鸷的笑容。

秀米隐隐约约意识到了什么,全身的皮肤骤然收紧了。她在法堂里徒劳地乱跑了一阵,还碰翻香案前的一盏酥油灯,就是找不到门。那两个人也不着急,只是看着她笑。

"告诉我,门在哪儿?"秀米用哀矜的目光看着她的表哥,央求道。

张季元一把将她搂过来。他的手顺着她的大腿摸索着,把嘴贴在她耳边喃喃地说:"妹妹,门在这儿。开着呢。"他一边说着,一边将手里的绳子缠在她的手腕上。秀米见表哥要将自己绑起来,就用尽全身的力气大叫道:"不要绑我!"

这一次她听见了自己的声音,而且立即听到了答复。

"谁要绑你了?"

秀米睁开了眼睛。第一眼,她看见了天窗上泻下来的静静的阳光。接着她看见了刚刚挂上的新蚊帐,散发着幽幽的薰香味。随后她看见了在地上打翻的一盏油灯。她还听到了哗哗的声音,她看见喜鹊正在打扫着地上的玻璃。原来是南柯一梦。

"谁绑你啦?"喜鹊笑道,"我来叫你起来吃早饭,看见你一巴掌就把油灯打翻了。"

秀米还在那呼哧呼哧地喘气。她看见床头的香案上,一支安息香已经快要燃完了。

"怎么做了这么一个梦?"秀米惊魂未定地道,"吓死我了……"

喜鹊只是笑。过了一会儿又说:"你赶紧起来吃饭,待会儿我带你去孙姑娘家看水陆法会。"

秀米问起母亲和翠莲,喜鹊说,她们早就看热闹去了。她又问起张季元。她说出张季元这三个字的时候,心里忽然一怔。喜鹊说,在后院呢,也不知他在干什么。秀米痴痴地望着帐顶,半天才对喜鹊说,她不想去看什么水陆法会,也不想吃饭,她想在床上再赖一会儿。

喜鹊替她放下帐子,就下楼去了。

喜鹊刚下楼,秀米就听见楼下的巷子里有人在叫卖栀子花儿。她忽然来了兴致,想买一朵来戴,就从床上爬起来。可等到她穿好衣服下了楼,赶到巷子口,那卖花人已经不在那儿了。

她回到家中,在井边吊了水,洗了洗脸,随便吃了点东西,就在院子里四处晃悠。她走到井边,见喜鹊正在那儿洗衣裳,便走过去和她说话,刚说了没两句,忽见张季元沿着回廊,一摇一晃地朝这边走来。秀米心头一紧,心里想要闪避,那张季元早已三步并作两步,蹿到了跟前。

"嗨,"张季元满脸兴奋地说道,"后院养着的两缸荷花全都开啦!"

喜鹊瞥了秀米一眼,见她不接话,只得胡乱应承道:"开啦?开了好,开了好。"

这个白痴！荷花开了有什么可大惊小怪的。一想起刚才的那个梦,秀米心里就有气。她连看都不敢看他一眼。张季元赔着笑,问她要不要跟他去后院看看。看你娘个头!秀米在心里骂道。不过。她还是站住了,身子靠在楼梯边的墙上,嘴里道:

"表哥也会喜欢那些花花草草吗?"

"那就要看它是什么花了。"张季元沉思片刻,这样回答她,"兰生幽谷,菊隐荒圃,梅傲雪岭,独荷花濯淖污泥而不染。其志高洁,故倍觉爱怜……制芙蓉以为衣兮,集芰荷以为裳。"

最后两句是《离骚》中的句子,只可惜张季元将它说颠倒了。不过,秀米却懒得去点破他。

张季元见秀米没有马上离开的意思,忽然来了兴致,问道:"玉溪生诗中有吟咏荷花之句,堪称妙绝,你可记得?"

这原是《石头记》中黛玉问香菱的话。看来,这小胡子还有点酸。秀米真是不愿搭理他,便懒懒地答道:"莫非是'留得残荷听雨声'吗?"

不料,张季元摇了摇头,笑道:"你把我看成林妹妹了。"

"那表哥喜欢哪一句?"

"芙蓉塘外有轻雷。"张季元道。

听他这一说,秀米忽然想起小时候,她父亲带她去村外野塘挖莲时的情景,心里突然充满了一种空寂之感。父亲爱莲成癖,夏天时,他的书桌上总是摆着一盆小小的碗莲,以作清供。她还隐隐记得花朵是深红色的,艳若春桃,半敛含羞,父亲叫它"一捻红"。有时他也会将花瓣捣碎,制成印泥。

张季元又问她喜欢什么花。

"芍药。"秀米不假思索,脱口道。

张季元笑了起来。叹了一口气,道:"你这分明是在赶我走啊。"

秀米心里想：别看这白痴成天神神道道的，肚子里还颇喝了些墨汁，也难为他了。可嘴上依然不依不饶："这怎么是赶你走？"

"妹妹淹通文史，警心深密，又何必明知故问？"张季元道，"顾文房《问答释义》中说，芍药，又名可离，可离可离，故赠之以送别。不过，我还真的要走了。"说完，拽了拽衣襟，朝秀米摆了摆手，从前门出去了。

看着张季元的背影，秀米若有所思。因为有了早上的那个梦，她觉得在自己和张季元之间多了点什么，心里有点空落落的。

"你和大舅说的是什么话来？"喜鹊正在井边歪着脑袋问她，"我怎么听了半天，一句也听不懂？"

秀米笑道："都是些磨嘴皮子的废话，你要懂它做什么？"

喜鹊问她想不想去孙姑娘家看水陆法会。秀米说："你要想去就赶紧去吧。我到丁先生家走走。"

8

丁先生正在书案上写字。他的手上仍然缠着纱布，看到秀米进门来，丁树则就说，今天不读书。他要为孙姑娘写一则墓志铭，忙着呢。又问她为何不去看水陆法会，秀米说，她不想去。转身正要离开，丁先生又叫住她：

"你等等，待会儿我还有事问你。"

她只得留下来，懒洋洋地坐在窗下的一张木椅上，去逗那鸟笼里的两只画眉玩。丁先生不住地用毛巾擦脸，他的绸衣已经让汗水浸湿了。一边写，嘴里一边喃喃自语：可惜，可惜！可怜，可怜！秀米知道他在说孙姑娘。由于悲痛，丁先生有好几次不得不停下来拭泪擤鼻涕。她看到先生竟然把鼻涕抹在桌沿上，又用舌头去舔那笔尖上的羊毛,心里就觉得一阵恶心。可先生写了一张又一张,废弃的纸团丢得满地都是。一边丢,一边骂自己狗屁不通。最后宣纸用完了,又爬到梯子上,到阁楼上去取。他完全忘了秀米的存在,沉浸在对亡者的遥思和哀恸之中。秀米见先生手忙脚乱的样子,就过去帮他展纸、研墨,又替他把搭在肩上的酸溜溜的毛巾拿到脸盆里搓洗。盆里的水一下子就变黑了。

先生写得一手好文章,素来以快捷著称,先生自称倚马千言,不在话下。不论是诗词歌赋,还是帖括八股,总能一挥而就。若是有人来请他写个拜帖啦,楹联啦,寿序墓志什么的,往往一边与人谈着价钱,一边就把词章写好了。丁先生还有一个多年不改的习惯:只要是文章写完,那就一字不能改变。若要请他重写,更是痴人说梦。有一次,他给一个九十岁的老翁写一篇寿序,文章写完后,那人的孙子却发现祖父的名字写错了,只得请先生另写一幅,先生勃然大怒,嚷道:"丁某人做文章,从来不改,你只管拿去,凑合着用吧。"

孙子说:"名字都写错了,那算是谁在做生日呢?"

先生说:"这个我可管不着。"两人就在书房里吵了起来。最后丁师母小凤飞马杀到,立在两人中间仲裁评理。

"你没道理。"师母指着孙子的鼻尖说。她又转身对丈夫道,"树则,你是对的。"

"结束!"她又对两人同时宣布道。

孙子只得另外加了双倍的银两,好说歹说,先生这才破例替他另写了一幅,把爷爷的名字改了过来。

先生今天这是怎么了?秀米见他一会儿抓耳挠腮,一会儿猛拍脑门,一会儿又背手踱步,心中暗想:如果不是孙姑娘这篇墓志铭过于难写,那就是先生昨晚看尸体时受了太大的刺激。或者说,先生对孙姑娘的猝死实在想不通。先生在屋里来回踱步的时候,脸上悲痛哀婉的表情一望而知。"细皮嫩肉,说没就没。呜呼,呜呼!奈何,奈何!"先生不时喃喃自语道。不过,等到先生把这篇墓志铭写完了之后,还是颇有几分得意的。他叫秀米过来看,又怕她看不懂,还帮她从头至尾念了一遍。那墓志铭写的是:

> 姑娘孙氏,讳有雪,梅城普济人。父鼎成,以孝友闻于乡里。母甄氏。姑娘初生,大雪封门,寒梅吐蕊,因以有雪名之。概与霜雪松柏之操合焉。有雪生而徇通,幼而淑慎,气吐兰蕙,目含远山,清椒惠贞之志,温婉润朗之礼,普济乡邻,咸有称颂。及至稍长,丧其慈母,父颇多病,家贫几无隔夜之炊。有雪决然献其冰清玉洁之躯,开门纳客,虽有藕污之谤,实乃割股活亲。雅人骚客,皆受其惠,贩夫走卒,同被芳泽。卒为强人所掳,百般蹂躏摧残,有雪以柏舟之节拒之,竟至于死。
>
> 呜呼哀哉,千古艰难唯一死,伤心岂独息夫人。风人所叹,异世同辙,宜刊玄石,或扬芳烈,其辞曰:
>
> 国与有立,曰纲与维,谁其改之,姑娘有雪。奇节圣行,殊途而同归。奉亲有竹竿之美,宜家备桃夭之德;空山阒其少人,艳骨嘿其无言:铭潜德于幽壤,庶万代而不彰。

"怎么样?"老师问道。

"好。"秀米说。

"哪里好?你倒是跟为师说说。"

"全都好。"秀米道,"只是一般人恐怕看它不懂。"

先生遂开心地笑了起来,全然没有了刚才的悲泣之恸。秀米知道,不懂,是先生心目中文章的最高境界。先生有句口头禅,常常挂在嘴边:写文章嘛,就是要让人看它不懂。倘若引车卖浆之流都能读得通,还有什么稀罕?！不过,在秀米看来,先生这篇墓志铭,写得还算浅易。先生从头至尾给她解释了一通,又问她哪几句话写得最好,秀米说:"'奉亲有竹竿之美'以下五句,堪称妙绝。"

老师一听,哈哈大笑,连连夸她聪慧有悟性,若假以时日,将来必能青出于蓝。最后,又用那只受了伤的油手摸了摸她的脑袋。

先生正在得意之时,不料师母一挑门帘,走了进来,气咻咻地往桌边一坐,僵在那里,也不说话。先生就过去拉她,要她起来看看这篇墓志铭,写得好还是不好。师母一甩手,怒道:"好什么好?我看你算是白费了半天的心思。人家不肯。"

"二十吊钱,他也不肯出么?"丁树则道。

"什么二十吊,我最后让他给十吊钱,他还是不肯。"

"这又为何?"

"那老孙头,最是抠门。"丁师母似乎余怒未消,"他说闺女惨遭横祸,连殡葬、棺木、和尚道士的钱还不知在哪里呢,怎么有钱来作这些无用的勾当?又说姑娘出身寒门,况且尚未嫁人,生平亦无可以旌表之德,墓志一事,可以免了。只求一口薄棺材,草草埋了完事。说来说去,还是不肯出那点钱。"

"这婊子养的,成天关起门来在家里养汉子,赚那肮脏之钱,我倒有心替她洗刷,这一个上午,写得我头晕眼花,他却如此地不识抬举。"先生也动了气,骂道。

"还有更气人的呢!"师母将手绢挥了挥,接着说,"我问他十吊钱干不干,老头说,别说十吊,就是你家丁先生写好了白送给我,我也不能要,又要买石碑,又要找人刻,少不了又要花钱。"

丁先生一听,脸涨得像个熟透的茄子,一把抓过那张纸来,就要撕了,师母赶紧起来劝阻:"先别急着撕,我再托人去跟他说说。"

师母又把那篇墓志铭拿过来,从头至尾看了一遍,然后深情地凝望着先生,徐徐道:"老丁,你的文章又大有精进了。"

就在这时,秀米听见铙钹唢呐之声由远而近,从村后朝这边过来。师母对丁先生道:"孙姑娘出殡了,咱们也去瞅个热闹?"

"我不去,要去你去吧。"丁树则颓然坐在椅子上,还在那里生气。

师母又问秀米去不去。她看了先生一眼,问道:"先生适才说,要问我什么事?"丁树则无力地朝她摆摆手:"这事以后再说。"

秀米只得跟着师母出来。两人穿过天井来到院外,送葬的队伍已经到了门口了。秀米本欲回家,可跟在送葬的人群后面,不知不觉地来到了村口。她走在最后一个。一抬头,看见了孙姑娘的棺木被人高高抬起。棺木是连夜打造的,还未来得及刷上油漆,她不由得心中就是一沉,心里道:眼前的这个送殡的场面竟然跟梦中所见一模一样! 正在这时,她看见孟婆婆提着一只竹篮,站在门口的杏树下,正在给送葬的人发绢花,花朵是白色的,每人一朵。等到孟婆婆来到队伍的最后,篮子已经空了。孟婆婆笑了笑,把空篮子举起来,对着秀米晃了晃,道:

"这么巧! 偏偏就差你这一朵儿。"

秀米再也不肯往前走了。她呆呆地立在那棵亭亭如盖的大杏树下,一动不动。尽管她知道梦中的绢花是黄色的,而孟婆婆篮子里的是白色的,可她依然惊骇异常,恍若梦寐。天空高高的,蓝得像是要滴下染料来。她不由得这样想:尽管她现在是清醒的,但却未尝不是一个更大、更遥远的梦的一部分。

9

宝琛从庆港回来了,带来了四岁的儿子老虎。这孩子头倒不歪,但生性顽劣。浑身如焦炭一般漆黑,油光锃亮。身上只穿一条大红的短裤,跑起来就像一团滚动的火球。园子里到处都是他闪电般的身影,到处都是叮叮咚咚的脚步声。由于长年缺乏父亲的管教,初来普济,免不了惹出种种事端。刚来没几天,他就把邻居家的两只芦花大公鸡掐断了脖子,拎到厨房里,往地下一摔,对喜鹊说:"炖汤来我喝。"第二天,他钻到翠莲的床下拉了一堆屎,害得翠莲成天抱怨家里有一股死耗子的味儿。他还把花二娘屋檐下的马蜂捅得炸了窝。他自己毫发无伤,花二娘的脸倒是肿了足足一个月。

那些日子,宝琛每天都忙着在村里挨家挨户地登门道歉,口口声声要把儿子勒死,可他就是舍不得碰他一个指头,趁他睡着的时候,还要把他的身体翻过来,在他的屁股上亲上好几口。可是终于有一天,宝琛还真的差一点就把他给弄死了。

那天晚上,秀米和翠莲都在母亲的房里,几个人凑在一块做针线,忽然看到喜鹊神色慌张地跑上楼来,嘴里叫道:"不好,不好,宝琛要把老虎勒死了,正在满屋子找绳子呢! 我拦不住他,你们赶紧去个人劝一劝。"

翠莲一听,搁下剪刀就要走,母亲喝道:"谁都不许去!"吓得翠莲直吐舌头。喜鹊也怔了一下,僵在门槛边。

"这孩子,也真该好好管教管教,再不听话,哪里来的,还请他回哪里去!"

母亲又说。

这句话分明是说给楼下宝琛听的,而宝琛在院子里也果真听到了。除了更加卖力地折磨自己的儿子以示忠顺之外,他没有别的办法。他把老虎绑在廊下的柱子上,抡起了皮鞭没头没脑地一顿猛抽,打得那小东西哭爹叫娘,咿呀乱叫。直到那孩子的哭叫一声弱似一声,渐渐地没了动静,母亲才朝翠莲努努嘴。

秀米跟着翠莲来到楼下,看见老虎的脑袋已经明显软绵绵地耷拉下来。那宝琛还是打个不停,就像疯子一般。翠莲赶紧过去抢下鞭子,把孩子解下来。那孩子满脸都是血,鼻子一张一翕,眼看着只有进去的气,没有出来的气了。秀米看见柱子上的红漆,已经叫他打得落了一地。翠莲把孩子抱到自己的床上,又是掐人中,又是喷凉水,好不容易,老虎才喘出一口气来,叫道:"爹呀!"

　　宝琛也被吓傻了。听到儿子叫爹,他的眼泪哗哗直流。他跪在床边,把脸埋在儿子的胸口呜呜地哭。

　　秀米不知道宝琛和母亲为何生这么大的气。但既然宝琛下得了如此狠手,一定是小东西闯下了什么大祸。她去问喜鹊和翠莲,都推说不知道。喜鹊说不知道,她真的是不知道。可翠莲明显是欲言又止,嘴角还挂着笑,末了说了一句:

　　"有些事,你还是不知道的好。省点儿心吧。"

　　第二天家里就恢复了平静,就像是什么事也没有发生过。母亲甚至还让宝琛把孩子的脚量了尺寸,她要亲手给他做一双布鞋穿。秀米觉得这个村庄里正在发生的一切都是神秘的,所有的神秘都对她缄口不语。她的好奇心,就像一匹小马驹,已经被喂养得膘肥体壮,不由她做主,就会撒蹄狂奔。她发誓要把这件事情弄个水落石出。半个月后的一天,她终于等到了一个机会。

　　一个吹笛子卖糖饼的人来到了村中。老虎正蹲在池塘边玩,看着那个卖糖饼的人直咽口水。自从遭到父亲暴打之后,这孩子忽然走向了另一个极端,成天蔫不唧的,到哪儿都是往地上一蹲,死活不吭气。秀米走到他身边,也蹲下身来,对老虎说:"想不想让姐姐给你买麦糖吃?"老虎就咧开嘴笑了。他仍不吱声。秀米就过去买了一块糖芽儿来,放在他鼻子前。老虎伸手来拿,秀米手一抖,就闪开了。

　　"告诉我,那天你父亲为何下死力气打你?"秀米朝他眨眼睛。

"爸爸不让告诉人,死也不能说。"老虎道。

秀米又把糖芽儿在他眼前晃了一晃,那小东西的口水一下子就流出来了。

"我告诉你,你可不能再告诉别人。"老虎想了想,终于松了口。

"我谁也不说。"秀米拍着胸脯说。

"你真的想知道吗?"

"当然是真的。"

"你可一定不能告诉别人。"

"我们拉钩。"秀米和他拉了钩,"这下你可以说了吧?"

"你先把糖给我,我才能告诉你。"老虎说。

秀米就把糖给他。那孩子接过糖来,塞入口中,嚼了嚼,脖子一缩,就咽下去了。随后,他拍拍屁股,站起来就要走。

"你还没告诉我是什么事呢?"秀米想伸手捉他,可他的身上光溜溜的,又黑又滑,一下没拽住,让他跑了。

"没啦!"老虎跑到池塘的另一端,手指着天,冲着她喊道,"没啦!变成鸟儿飞啦!"

宝琛这次回庆港接孩子,顺道还去了上党、浦口、青州的一些地方。寻访父亲的下落。他几乎把这个州县附近的小村镇找了个遍,还是没有半点关于父亲的消息。

眼看着就到了九月末。父亲出走的时候,地里的棉花才刚刚开花儿,现在,家家户户都传来了弹棉花的声音。有一天,母亲和宝琛商量,是不是可以给父亲造一座衣冠冢。宝琛说:"不忙修坟,老爷虽说是疯子,可也不能说他一准儿就死了。更何况,他临出门带了箱子,还拿走了家中不少银票,明摆着不是寻死。"

"可我们也不能成天被他这事吊着,心里七上八下的。"母亲说。

"夫人不要着急,等到了农闲时,我再请人细细查访便是。只要老爷还活着就好。你若是无端修出这么一座坟来,老爷突然拎着箱子又回来了,那不是让人看笑话?"

母亲说,她已经问过菩萨了,此事倒也无妨。再说,依照普济旧俗,人已走失半年,造坟修墓,死活即可不论,"况他是个疯子,这世道又乱。即便是活着,山高水远,你又能知道他在哪里?替他造座坟,这事就算了了。"

宝琛还想争辩,母亲就把脸放了下来,"你只管雇人去修,其余无需操心。"吓得宝琛连忙改口,"修,修,我这就去张罗。"

最终迫使母亲放弃修坟决定的,是一个令人不安的消息。到了月末的一天,长洲陈记米店的老板派伙计来普济送信。这名伙计坐船来到普济的时候,天已经快黑了。

他说今天早上,不知从哪儿来了两位青衣僧人,到店里买米,"其中有一位僧人,长相与你家老爷一般无二。我家老板曾来普济收稻,见过陆老爷一面。又听说陆老爷走失半年,正在急急查访,因此一见僧人,便留了个心眼。我家主人问他是哪个庙里的高僧,出家前府上在哪里,两人都不言语,只是催促买米。因年头隔得久了,到底是不是你家老爷,我家主人倒也不能断定。正巧那天店里米已售完,新米还没有舂出来,因此约好先付定金,两日后再来取米。他们一走,我家主人觉得此事非同小可,想了半日,就命小的速来报与你们知道。我家老板的意思,到了明天,贵府去几个人,预先躲在店内,后天僧人一到,你们就可以隔窗相认。如果真是你家老爷。我家主人不枉这一番操心,也算是一件功德;如若不是你家老爷,幸勿怪罪。"

母亲赶紧让喜鹊弄火做饭,款待伙计。来人也不推辞,用过酒饭,也不耽搁,讨了松油,打着火把连夜赶回长洲去了。

10

第二天,母亲早早起来,带着秀米、翠莲和宝琛赶往长江对岸的长洲。喜鹊和老虎留下来看家。临走时,张季元冷不防从后院走了出来,睡眼惺忪的样子。脸也没洗,却揉着眼屎,拍着宝琛的肩膀说:"我与你们一同前去,如何?"

宝琛先是一愣,继而问道:"大舅,你知道我们去哪儿吗?"

"知道,你们不是要去长洲买米吗?"张季元道。

一席话说得母亲和翠莲都笑了起来。翠莲对秀米低声道:"买米?咱家每年佃户收上来的稻子,卖还来不及呢,这白痴竟然还要咱们去买米!"

宝琛笑道:"我们去买米,你去做什么?"

张季元说:"我去逛逛,这几天心里闷得慌。"

"你若肯去,那是最好,万一老爷发起疯来,我一个人真怕是弄他不住。"宝琛道。又回头看看母亲,似乎在征询她的意见。

"既是如此,秀米你就不要去了。"母亲想了想,皱着眉头道。

母亲话音刚落,秀米突然把手里的一只青布包裹往地上重重一摔。怒道:

"我早就说不想去,你死活要我跟你一块去,到了这会儿,又不让了,我也不知你到底是什么意思?"

她这么一叫,自己也吓了一跳。母亲呆呆地望着她,半天说不出话来,那眼光就像是不认识她似的。母女俩目光相遇,就如刀锋相接,闪避不及,两双眼睛像是镜子一般,照出了各自的内心,两人都是一愣。

翠莲赶紧过来劝解道:"一块去吧。老爷果真出家当了和尚,只怕是也劝不回,秀米去了,也好歹能让他们父女见上一面。"

母亲没再说什么,她一个人在前面先走了。走了几步,却又扭过头来看她,那眼光分明在说:这小蹄子!竟敢当众与我顶嘴!只怕她人大心眼多,往后再不能把她当孩子看……

翠莲过来拉她,秀米就是不走。张季元嬉皮笑脸地从地上拾起那个青布包裹,拍去上面的尘土,递给秀米,给她做鬼脸:

"我来给你学个毛驴叫怎么样?"

说完,果然咕嘎咕嘎地乱叫了一通,害得秀米死命咬住嘴唇,屏住呼吸,才没让自己笑出声来。

母亲和宝琛走在最前面,翠莲和张季元走在中间,只有秀米一个人落了单。普济地势低洼,长江在村南二三里远的地方通过,远远望去,高高的江堤似乎悬在头顶之上。很快,秀米就可以看见江中打着补丁的布帆了,江水哗哗的声音也随之变得清晰可闻。

天空阴沉沉的,空气中已经透出一丝微微的凉意。大堤下开阔的港汊和水田里长满了菱角和铁锈般的菖蒲。成群的白鹭扑棱着翅膀,点水而飞。秀米不知道翠莲和张季元在说些什么,只听他们不时传出笑声来,翠莲还时不时地捶上张季元一拳。每当这时,张季元就掉过头来看她。

秀米心头的那股火气又在往上蹿,她觉得所有的人和事都有一圈铁幕横在她眼前,她只能看到一些枝节,却无法知道它的来龙去脉。她长这么大,还没有一件事让她觉得是明明白白的,比如说,张季元和翠莲在说笑,她只能听见他们笑,却不知他们为什么笑,等到她走近了,那两个人却突然不说话了。秀米就像是跟自己赌气似的,故意放慢了脚步,可前头两个人见她落得远了,又会站在那儿等她。等到她走近了,他们也不理会她,仍旧往前走,说着话,不时回头看她一两眼。快到渡口的时候,秀米忽然看见两个人站住不动了。在他们前面,母亲和宝琛已经走上了高高的堤坝。她看见翠莲将一只手搭在张季元的肩膀上,将鞋子脱下来,倒掉里面的沙子。她竟然把手搭在他的肩膀上!而张季元竟然也用一只手托起她的胳膊,他们竟然还在笑。他们根本就没有理会她的存在,他们又接着往前走了。她开始在心里用最恶毒的念头诅咒他们,而每一个念头都会触及到她内心最隐秘的黑暗。

渡口上风高浪急,浑浊的水流层层叠叠涌向岸边,簌簌有声。谭水金已经在船上挂帆了,宝琛也在那帮忙。小黄毛谭四正从屋里搬出板凳来,请母亲坐着歇息。高彩霞手里端着一只盘子,请母亲尝一尝她刚蒸出来的米糕。翠莲和张季元隔着一艘倒扣的小木筏。两人面朝晦暗的江面,不知何故,都不说话。看见秀米从大堤上下来,翠莲就向她招手。

"你怎么走得这么慢?"翠莲说。

秀米没有接话。她发现翠莲说话的语调不一样了。她红扑扑的脸晕不一样了。她的畅快而兴奋的神色不一样了。

秀米觉得自己的心不断往下沉。我是一个傻瓜,一个傻瓜,傻瓜。在他们的眼里,我就是一个傻瓜。秀米手里捏弄着衣襟,反反复复地念叨着这几句话。好在高彩霞端着米糕朝她走来了。她让秀米吃米糕,又让谭四叫她姐姐,那小黄毛只是嘿嘿地笑。

水金很快升好了帆,招呼他们上船了。当时江面上东南风正急,渡船在风浪中颠簸摇晃,秀米走上跳板,张季元就从身后过来扶她,秀米恼怒地将他的手甩开,嘴里叫道:

"不要你管!"

她这一叫,弄得满船的人都吃惊地看着她。

一路上谁都不说话。船到江心,太阳从厚厚的云层里露了脸,透过帆船的竹篷,像铜钱一样在船舱里跳跃。张季元背对着她。阳光将一道道水纹投射在他的青布长衫上,随着船体的颠簸而闪闪烁烁。

他们抵达长洲的时候,已经过了中午了。陈记米店坐落在一汪山泉冲刷而成的深潭边。潭水清澈,水雾弥漫。一座老旧的水车吱吱转动,四周一片静谧。潭边一处茂密的竹林,一直延伸到半山腰上。老板陈修已和那个伙计早早迎候在店门前。母亲让宝琛拿出预先备好的一锭银子,交与陈老板,权作谢礼。那陈老板与宝琛谦来让去费了半天口舌,死活不肯收。几个人寒暄多时,陈修已就带着他们穿过那片竹林,来到竹林后边的小院歇脚。

这是一座幽僻精致的小院。院中一口水井,一个木架长廊,廊架上缀着几只红透了的大南瓜。他们在堂前待茶。老板说,这座小院已经空关了一年多了,屋顶上挂满了蜘蛛,今天上午他刚叫人打扫了一遍,"你们权且凑合着对付一两个晚上。"

翠莲问起,这座小院倒也干净别致,怎么会没人住?老板呆呆地看了她半晌,似乎不知从何说起,长叹了一声,就抬起衣袖来拭泪。母亲见状赶紧瞪了翠莲一眼,岔开话头,问起了米店的生意。老板看来悲不自胜,胡乱答了几句话,借口有事,就先走了。

秀米和翠莲住在西屋,有一扇窗户通向院子。窗下有一个五斗橱,橱子上摆着各种物件,但被一块红绸布遮住了。她正想揭开绸布看看,忽然看见张季元一个人探头探脑地走到了院子里。

他似乎对这里的一切都感到新鲜。走到木架廊下,用手指轻轻地碰了碰悬在头顶的南瓜。然后,他看见木架下搁着一张孩子用的竹制摇床,就用脚踢了踢。厨房边摆着两只盛水的大缸,张季元揭开盖子朝里面看了看。最后,他来到那口井边,趴在那口井上,一看就是好半天。这个白痴,一个人在院子里东瞅西看,也不知道他在看什么。

翠莲倒在床上,没话找话地跟秀米唠叨。秀米似乎还在为早上的事生气，因此对她不理不睬，勉强说上一两句，也是话里带刺，连她自己都觉得有点过分。翠莲倒是步步地退让，假装听不懂她的话，歪在床上看着她笑。母亲进屋来找梳子，她连看也不看她，兀自站在窗前，一动不动。母亲像是换了一个人似的，又是摸她的头，又是捏她的手，最后轻轻地搂着她的肩膀道："走，到我屋里去陪我说说话。你别说，住在这么个小院里真还有点瘆人呢。"

晚饭就安排在米店里。一张八仙桌紧挨着扬秕谷的风箱。在风箱的另一侧，是舂米用的大石臼，四周的墙上挂满了大大小小的网筛和竹匾，墙角有一个稻箱，一摞巴斗。空气中飘满了细细的糠粒，呛得人直咳嗽。饭菜还算丰盛，陈老板还特地弄来了一只山鸡。母亲一边和老板说着话，一边往秀米的碗里夹菜，同时拿眼角的余光斜斜地兜着她。母亲对她这么好，还是第一次。她的鼻子酸酸的。抬头看了母亲一眼，她的眼睛里竟然也是亮晶晶的。

吃完饭，张季元一个人先走了。母亲和宝琛陪着陈老板没完没了地说话，秀米问翠莲走不走。翠莲手里抓着一只鸡脑袋，正在用力地吮吸着，她说她待会儿要帮着人家收拾碗筷。

秀米只得一个人出来。她担心在回屋的路上遇到张季元，就站在门外的一棵松树下。无所用心地看着山坳里的灯火，脑子里乱七八糟地想着白天的事。那灯光像是星星撒下的金粉，浮在黑黢黢的树林里，看得她的心都浮起来了。她的心更乱了。

她估计张季元差不多已经回到那座小院了，才沿着米店山墙下的一条小路往前走。走到那个黑森森的竹林边上，她看见张季元正坐在一块石头上吸烟。他果然在那儿等她。跟她隐隐约约的预感一样。天哪，他真的在这儿！她的心又怦怦地跳了起来。她屏住呼吸，从他的身边经过。那白痴还在那儿吸烟，红红的烟火一闪一灭。她走得再慢也没有用。那白痴什么话也没说。他难道没有看见我吗？

就在秀米走过竹林的同时,张季元忽然没来由地叹了一口气,站起身来,道:

"这陈老板,家里刚死了人。"

就这样,秀米站住了。她回过身来,看着她的表哥,问道:"谁告诉你的?"

"没人告诉我。"张季元朝她走过来。

"那你怎么知道?"

"我当然知道。"张季元说,"而且不止死了一个人。"

"你自己胡编罢了。你凭什么说人家死了人?"

"我来说给你听,你看看有没有道理。"

他们在这么说话的时候,实际上已经并排地走在竹林里。竹林里已经有了露水,湿湿的竹枝不时碰到她的头,她就用手格开。因为说起一桩与自己毫无关系的事,她剧烈跳动的心此刻安宁下来。张季元说:"你还记得翠莲问那陈修己,这么好的小院为什么没人住,老板抬手拭泪吗?"

"记得……"秀米低声道。她不再害羞了。即便是表哥的胳膊碰着她,她也不害羞。

"我刚才在院子里看见,南瓜架下搁着一只孩子睡过的摇床,说明这个院子里是曾经有过孩子的。"

"那孩子到哪里去了?"

"死了。"张季元说。

"怎么会呢?"秀米吓了一跳,停下脚步,一动不动地看着她的表哥。

"你听我慢慢说。"张季元那苍白的脸上掠过一丝笑容。他们俩又接着往前走了。

"院子里有口井。我去仔细地察看过,那是一口死井,早已被石

"头填平了。"张季元道。

"可他们干吗要把井填死了呢？"

"这井里死过人。"

"你是说那孩子掉到井里淹死了？"

"那井壁很高，而且有井盖，井盖上压着大石头，孩子是不可能掉进去的。"张季元伸手替秀米挡住纷披的竹枝，却碰到了她的发髻。

"那你说，孩子是怎么死的？"

"病死的，"张季元说，"我和宝琛住的那间厢房，墙上贴着祛病符，说明孩子病很重，陈老板还替他做了降神会，请了巫婆来驱鬼。但那孩子还是死了。"

"那死在井里的又是谁？"

"孩子的母亲。她是投井死的。"

"后来，陈老板就把井填实了。"秀米说。

"是这样。"

"后来，陈老板在这座房子里也住不下去了。"

"是这样。"张季元说。

他忽然停了下来，转过身来，看着她。他们眼看着就要走出这片幽暗的竹林了。月亮已褪去了赤红色的浮晕，像被水洗过一般。她听见流水不知在什么地方响着。

"你害不害怕？"张季元柔声问她。他的嗓子里似乎卡了什么东西似的。

"害怕。"她的声音低得自己也听不见。

张季元就把一只手搭在她的肩膀上，说："不要怕。"

在这一刹那，她又闻到了他腋窝下的那股烟味。她听见自己的肩胛骨咯咯作响。任凭她怎样凝神屏息，她的喘息声还是加重了。竹林的喧响，清朗的月色，石缝中淙淙流淌的泉水都变成了能够听懂

66

的语言。她已经在心里暗暗打定了主意：不管表哥说什么，她都答应：不管表哥做什么，她的眼睛和心都将保持沉默。她又想起了许多天前的那个梦。她在梦中问他，门在哪儿？表哥把手放在她的裙子里，喃喃地说，门在这儿……

"妹妹……"张季元看着她的脸，似乎正在做一个重大的决定。秀米看见他眉头紧锁，神情骇异，在月光下，那张脸显得痛苦而忧郁。

"嗯。"秀米应了一声，抬头望着他。

"不要怕。"终于，张季元笑了笑，拍了拍她的肩膀，将那只手挪开了。

他们走出了那片竹林，来到了小院的门前。

表哥迟疑了一会儿，问她想不想在门口坐一会儿，秀米就说："好。"

两人并肩坐在门槛上，张季元又在往烟斗里装烟丝。秀米将双肘支在膝盖上，托着两腮。山风吹在她脸上，既忧伤又畅快。表哥问她平时读什么书，有没有去过梅城，又问她为什么平时总是愁眉不展，满脸心事。他问什么，她答什么。可凡是秀米问他的问题，张季元一概避而不答。秀米问他到底是哪里人，到普济干什么来了，因何要去找那个六个指头的人，那天在夏庄薛举人家干什么。张季元不是答非所问，就是嘿嘿地笑，什么话都不说。

不过，当秀米说起那天在池塘边看见一个钓鱼的人时，张季元的脸突然就变了。

他仔细地询问了每一个细节，嘴里狐疑道：奇怪，他既是在那儿钓鱼，钓竿上怎么会没有钩线呢？

"你还记得他长得什么样子吗？"张季元急切地问道，一下子从门槛上站了起来，把秀米吓了一跳。

"穿着黑布道袍，头戴一顶旧毡帽，是个驼背。"秀米回忆说。"我见他蹲在苇丛中探头探脑……"

"糟糕！"张季元的嘴里支支吾吾，"难道是他？"

"你认识他？"秀米问。现在，她真的有点害怕了。

"这事你为什么不早点告诉我？！"张季元黑着脸道。这时，他已经完全变成了另外一个人。

秀米没有吱声。她知道，对张季元来说，此事显然关系重大。

"不行，"张季元自语道，"不行，我得马上赶回去。"

"可这会儿渡口已经没有船啦。"秀米道。

"糟糕，恐怕要出事……"张季元愣愣地看着她，一时显得不知所措。

就在这时，他们都听见了竹林里的说话声，马灯的光亮忽明忽暗。母亲和宝琛他们回来了。张季元阴沉着脸，什么话也没说，一个人独自进屋去了。

这个白痴！怎么会忽然跟人翻起脸来？秀米怅然若失地回到房中，点了灯，兀自站在窗口。心里恨恨的，可她的脸还是那么烫。她有些后悔，不该提起那个钓鱼的驼背。翠莲端来了一盆水，让她洗脸，秀米也不理她。翠莲道："你睡不睡？今天走了一天的路，累得像死狗一样。你不睡，我可要先睡了。"说完，她脱去衣裳，倒在床上睡了。

秀米手无意中触碰到了五斗橱上红布盖着的一件什么东西。这个陈老板也真是蹊跷，好端端的东西，盖上红绸布干什么？她轻轻地碰了碰红布下的那个东西，软软的，像是女人梳妆用的香囊。她揭开绸布一看，吓得浑身一激灵，不由得失声叫了起来。

那是一双小孩穿的老虎鞋。

翠莲一骨碌从床上坐起来，吓得也张大了嘴，呆呆地看着她。过

68

了半天，秀米才对翠莲道："你说，这房子里到了晚上会不会闹鬼？"

"闹鬼？好好的，闹什么鬼！"翠莲一脸惊愕地看着她，目光也有点飘忽起来。

"这房子里，不久前刚死过一个孩子。"秀米道。她觉得满屋子都是那个病孩的影子。秀米连脸也没洗，就跳到床上去了。

"你可吓不住我。"翠莲笑了起来，"我胆子大是出了名的，你想动什么歪脑筋来唬我，没那么容易。"

"你什么都不怕吗？"

"什么都不怕。"翠莲说。

她说，有一次在逃跑途中，在一座坟地里睡了一个晚上。早晨她快要醒的时候，觉得有什么东西在弄她的头发，她伸手一摸，就摸到了一个圆滚滚的东西，"你猜它是什么？"

"不知道。"

"一条黑绿黑绿的大蟒蛇。我睁开眼，那鬼东西正用它的舌头舔我的脸呢。"翠莲得意地说，"这事要叫你遇上，还不要吓死好几回去。"

"蛇有什么好怕的，若是我遇见了，我也不怕。"秀米说。

"那你是怕鬼了？"

秀米想了想，在被窝里侧过脸来看了看她，又转过脸去看着帐顶，嘴里喃喃道："单单是鬼，我兴许还不怕，最怕那鬼不像鬼，人不像人的东西。"

"那就是张季元了？"

两个人哈哈大笑起来，笑得搂作了一团。两人闹了一阵，秀米觉得一点也不害怕了，心里也畅快了许多。笑够了之后，秀米忽然来了兴致，对翠莲道："我来与你说一桩事情，看看你到底是怕，还是不怕。"

"随你说什么,吓不倒我。"

"你去上马桶……"

"我这会儿又没尿,上什么马桶?"翠莲愣了一下,目光就有点迟疑。

秀米说:"我不是叫你上马桶,而是说,待会儿你想尿了,起来上马桶。这房中除了我们两个人之外,没有第三个人,对不对?"

"这不是明摆着吗?除了咱俩,哪还有别的人?"翠莲一边说。一边把头伸到帐子外边望了一眼。

秀米接着说道:"半夜里你起来上马桶,你知道,除了我们俩之外,这房中没有第三个人……"

"你就快说吧。"翠莲推了她一把,"我的心里已经咚咚咚地打起鼓来了。我先问一问,这屋里点灯不点?"

"点着灯,可更让人害怕。要是没有点灯,倒也不怕了。"秀米笑道,"你半夜里醒了,想撒尿,从床上爬起来,穿了拖鞋,你看见屋子里点着灯,像现在一样。你撩开马桶帘子,看见马桶上还坐着一个人,正朝你咧嘴笑呢。"

"什么人?"

"你猜。"

"我又哪里知道?"

"老爷。"

翠莲哧溜一下就钻到被子里去了。她在被窝里呜呜地叫了好半天,这才把头伸出来道:"你小小年纪,怎么会编出这样瘆人的事来吓人?我的胆儿都被你吓破了。"

"不是我吓你,他真的在那儿,不信你下去瞧瞧。"秀米一本正经地说。

"求求你,我的奶奶,你不要再说了,我的魂儿叫你吓没了。"翠莲又呼哧呼哧地喘了一会儿气,这才渐渐定下神来,"今天晚上,咱俩谁也别去用马桶了。"

第二天,他们早早来到陈记米店,只等买米的僧人出现。宝琛说,早上天还没亮,张季元就起身走了,慌里慌张的,也不知他有什么要紧的事。母亲也没多问,只是拿眼睛往秀米的身上瞅。过了好半天才说:"昨晚就听得你们屋里大呼小叫的,也不知道闹腾个什么事儿。"翠莲和秀米只是抿着嘴笑。陈修己怕他们寂寞难挨,特地炒了一盆松子儿,让伙计送过来。

他们从早上等到太阳落山,哪里有半个僧人的影子? 眼看着天就要暗下去,母亲只得起身告辞。陈老板依然苦苦相劝:"那帮僧人住在山里,路途遥远,不是说来就能来的。你们走这一趟也不容易,不妨多住些日子,别的不说,我这里米是吃不完的。说不定你们前脚走,他那里后脚就来了。"

母亲道:"此番造访,深扰潭府。陈老板高谊盛情,感激不尽。我这里有少许银两,聊供一茶之需,还望收纳。日后若得空闲,也请老板和尊夫人来普济走走。"

秀米听见母亲嘴里吐出"尊夫人"三字,心里就是一紧,难道陈老板娘子并没有死? 宝琛再次取出谢礼,与陈修己又推让了一回,陈老板这才收了。他见母亲执意要走,也就不再挽留,与几个伙计把他们一直送到通往渡口的大路上,这才挥手作别。

秀米见陈修己的身影远得看不见了。就拐弯抹角地向母亲打听起老板娘的事来。母亲道:"昨晚听老板说,老板娘不巧领着儿子去娘家帮着收棉花了,这次没能见到。"这么说,他家夫人和孩子都不曾死。秀米又去问宝琛,有没有看见院里有一口井?

"有啊。"宝琛道,"我早晚都从井里打水洗脸呢,怎么啦?"

11

他们回到普济家中,喜鹊已早早睡下了。等到叫开了门,喜鹊就神色慌张地对母亲说:夏庄那边出事了。

问她到底出了什么事,喜鹊颠来倒去地又说不清楚,一会儿说,那人头砍下来,血飙得老高;一会儿又说,从早晨开始,江堤上走的,村子里跑的尽是些官兵。他们有骑马的,也有不骑马的,有拿枪的,有拿刀的,乱哄哄,就像马蜂炸了窝一般。最后,她又说起老虎来:"那小东西一听说夏庄那里死了人,死缠着要我带他去看。我没有带他去,他就哭闹了整整一天,这才刚刚睡下。"

母亲见她语无伦次,东一榔头,西一棒子,气得直跺脚:"你尽说些没用的话!那夏庄到底是谁死了?"

"不知道。"喜鹊说。

"你慢慢说,不用着急。"宝琛道,"哪里来的这些官兵? 他们砍了谁的头?"

"不知道。"喜鹊只是摇头。

"那你刚才怎么说,人头砍下来,血飙得老高。"

"我也是听人说的。说是一大早,从梅城来的官兵,把夏庄围了起来,那人当场就被砍了头,尸首剁了几段扔到塘里,脑袋挂在村头的大树上。铁匠铺的王八蛋对我说的。他们弟兄俩与村里胆大的都赶去夏庄看了,那小东西也嚷着要去,我没有依他,再说,我哪里敢去?"

宝琛听她这么说,赶紧跑回房中看老虎去了。

翠莲道:"嗨,我还当什么事呢,这世上哪天不死人? 何况,他们夏庄死人,关我们什么事? 我的肚子都饿瘪了,还是先张罗一点饭来吃要紧。"说完就要拉喜鹊去厨房弄饭。

"你等等,"母亲把喜鹊拽住了,目光直直地看着她,"你可曾看见她大舅?"

"中午的时候,他倒是回来过一次。我问他,你怎么一个人先回来了,夫人他们呢? 见到老爷了没有? 他板着脸,也不说话。不多久,就见他从楼上拿下什么东西来,放到灶膛里烧了。我问他烧什么,他就说,完了,完了。我问他什么完了? 他说,什么都完了。不一会儿又跑出去了,也不知去了哪里。"喜鹊说。

母亲没再问什么。她看着地上自己的影子,又看了看秀米,半天才说,今天有点累,先去睡了,等会儿吃饭不用叫她。

这天晚上秀米一夜未睡。就像是和自己赌气似的。整整一个晚上,她倚着北窗,看着后院那片幽深的树林。阁楼一整晚都黑着灯。好不容易熬到天亮,她就琢磨着要不要去丁先生家探探消息,可没等她下楼,已听见丁树则和师娘在院子里嚷嚷了。

他们和母亲在厅堂里关起门来说话。丁先生刚到不久,孟婆婆和隔壁的花二娘跟着就来了,最后连普济当铺的钱掌柜和村里的地保也来找母亲说话,他们与母亲说了什么,秀米不得而知。快到中午的时候,母亲才把他们一一送出门去。丁先生临走时,立在门槛边对母亲道:"那个薛祖彦,也真是该死! 前几日我还让秀米给他送信,劝他悬崖勒马,迷途知返,可他仗着他老子在京城做大官,只把我的话当作耳边风,竟在乡下聚起一帮不三不四的乱党,密谋变乱天下,到头来怎么着? 还不是'咔嚓'一刀,死了个屌了……"

听他那么说,秀米就知道夏庄的薛举人被砍了头。〔薛祖彦(1849—1901),字述先。少颖悟,善骑射,性简傲。光绪十一年举人。

1901 年与蜩蛄会同仁联络地方帮会密议反清,以图攻占梅城。事泄被杀,卒年五十二。1953 年,遗骨迁入普济革命烈士陵园。〕

后来,她还听说,官府的探子已经盯上他好久了,本来早就想抓他,只是碍于薛老爷在京城的威势,一时没有动手。这一年的重阳节,宫内的侍卫给薛府送来了一壶金华美酒,薛老爷子跪在地上只顾谢恩,把头都磕破了,送酒的人手按刀剑,立在他房中就是不走。他们说,要亲眼看见他把酒喝下去,才去宫内复命。老头这才知道那是一壶毒酒。老头儿装疯卖傻,哭天喊地,就是不肯喝。最后侍卫们等得实在不耐烦了,就把他按在地上,捏住他鼻子,把那壶酒一滴不漏地灌了下去。那老头儿气都没来得及喘一声,踢脚蹬腿,七窍流血而死。那边老爷子死讯一到,这边的州府立即发兵抓人。大队人马杀到夏庄,冲入薛宅,将薛举人和妓女小桃红堵在了卧房之中。

梅城协统李道登与薛举人素来交厚。这次奉命前来围捕,存心与他行个方便。等到官兵将薛宅团团围住之后,李协统屏去左右,一个人进了屋,往那太师椅上一坐,把刀往上一横,抱拳说道:"年兄,多年恩遇,报在今朝,跑吧!"

那薛举人正缩在被子里发抖,一看有了活路,便精条条地跳下床,翻箱倒柜,收拾起金银细软来。那李协统看他忙得不亦乐乎,只是在那摇头。末了,薛举人把该拿的都拿了,就是忘了穿裤子。还问李协统,能不能把妓女小桃红一起带走。李协统笑道:"薛兄也是明事理的人,这会儿怎么忽然糊涂了起来?"

薛举人道:"兄长的意思是——"

就在这个时候,那床上的小桃红突然坐了起来,冷冷笑道:"你是个做大事的人,死到临头还做那贪生的春梦,你这一逃,李大哥又如何回去交差?"

这时,薛举人才知道那小桃红也是官府安排的眼线,吓得围着桌子乱转。他像毛驴推磨似的转了半天，这才道："李兄的意思，还是不让我走？"

李道登实在不忍看他，只得掉过脸去。那小桃红急道："李协统的意思，你这一逃，他就可以有理由杀你，好免掉你五百八十刀凌迟之苦。"

薛举人一听，就僵在那里。走又不是，不走又不是。最后李道登骗他说，你走得脱走不脱，全看你的造化，你只要能够远走高飞，天塌下来，小弟替你扛着就是。那薛举人一听，赶紧穿上裤子，也顾不得那些金银宝贝，朝外就走，一路上无人阻拦。当他蹿到院外门边，李道登早在门外一左一右，安排了两个刀斧手。手起刀落，那薛祖彦的人头就跳了起来，血喷了一墙。那小桃红像个没事人一样，走到屋外，对着看热闹的人说："我原当他是个什么了不得的英雄豪杰，原来也是个败絮其中的陈叔宝。"

到了晚上，一家正围着桌子吃饭，张季元突然回来了。他托着烟斗，仍像以前一样晃晃悠悠地走了进来。他的眼眶黑黑的，头发让秋露给打湿了，一绺一绺地贴在额前，背上的布衫还给剐破了。喜鹊替他盛了饭，那张季元又掏出一方手帕来在脸上抹了抹，强打起精神，装出一副没事人的样子来说道："我来给你们说个笑话。"

饭桌上无人答应。众人都不说话，只有老虎笑道："你先学个驴儿叫。"张季元觉得有点不自在，他看了看宝琛，看了看母亲，连喜鹊都在低头扒饭，头也不抬。他又看了一眼秀米，她也正手足无措地看着自己。

秀米见大伙儿都不说话，一个个铁青着脸，就接话道："表哥有什么好玩的笑话？不妨说来听听。"

她看见母亲狠狠地瞪了自己一眼，也装着没看见。放下筷子，托着下巴,听他讲故事。秀米本想缓和一下气氛,帮他搭个腔儿,没想到这一下可把张季元害苦了。他极力掩饰着自己的慌乱。左顾右盼,欲言又止,那笑话也讲得枯燥乏味,颠三倒四,明明是讲不下去的,又要硬着头皮往下说,弄得饭桌上的几个人,你看着我,我看着你。正巧那宝琛又放出一个响屁来,熏得大伙都屏住了呼吸。

那时,秀米已经从丁树则先生那里获知,张季元压根儿就不是她的什么表哥,而是朝廷通缉的乱党要犯。他来普济,原也不是养病,而是暗中联络党羽,密谋造反生事。师娘还说,那薛举人薛祖彦就是乱党首领,虽说立时就被砍了头,可那晚在他家借住的六七个革命党已被悉数拿获,正押往梅城,"这些人当中,要有一两个招架不住抽筋剥皮的酷刑,少不得要供出你的表哥来。"

张季元既是乱党,那母亲又是从何处与他相识?又如何能让一个非亲非故、朝廷缉捕的要犯在家中居住,长达半年之久?秀米满脑子都想着这些乱七八糟的事。

张季元总算把那个笑话说完,又吃了几口饭,这才正色对众人说,自从春天来到普济养病,他在这里一住就是半年。承各位抬爱,如今病也养得差不多了。天下没有不散的筵席,少不得就要离开普济。母亲似乎一直等着他说这句话,见他提出要走,也没有挽留之意,只是问他何时动身。

"我打算明天一早就走。"张季元说完,就从桌边站起身来。

"这样也好。"母亲说,"你先回楼上歇息,待会儿我还有话要来对你说。"

吃完饭,厅堂里就剩下了秀米和老虎两个人。她心不在焉地陪老虎玩了一会儿。宝琛就过来带他去账房睡觉去了。秀米转到厨房里,说要帮着翠莲和喜鹊收锅,可又碍手碍脚地插不上手。翠莲也是满脑子心事重重,手指不小心在锅沿上划了一个大口子,也没心思和她说话。秀米兀自在灶前站了一会儿,只得从厨房里出来,她走到天井里,看见母亲手里擎着一盏罩灯,从后院远远走过来。秀米正想上楼去睡觉,母亲从身后叫住了她。

"你表哥让你到他楼上去一趟。"母亲说,"他有几句话要当面问问你。"

"他要问我什么话来?"秀米一愣。

"他叫你去,你就去吧。他不肯对我说,我又哪里能知道?!"母亲厉声道,看也不看她一眼,举着灯就走了。秀米等到那墙上的灯光晃得没影了。又站在漆黑的廊下待了一会儿,心里恨恨道:她这是怎么了?自己不痛快,却拿我来煞气!墙脚的蟋蟀喊喊喳喳,叫得她心烦意乱。

阁楼上的门开着,灯光照亮了那道湿漉漉的楼梯,浓浓的秋雾在灯光下升腾奔涌。自从父亲出走以后,秀米还是第一次来到后院的阁楼。地上落满了黄叶,廊下,花坛上,台阶上,都是。

张季元在屋里正摆弄着父亲留下来的那只瓦釜。这只瓦釜,父亲从一个叫花子手中购得。原是那乞丐的讨饭家伙,不知他为何看得那样入迷。他翻来覆去地看它,口中喃喃自语道:"宝贝,宝贝,可真是件宝贝。"

看见秀米推门进来,张季元道:"这件宝物颇有些来历。你来听听它的声音。"说罢,他用手指轻轻地弹叩下壁。瓦釜发出了一阵金石相击之声,清丽无比,沁人心脾。秀米觉得自己的身体像一片羽毛,被风轻轻托起,越过山峦、溪水和江河,飘向一个不知名的地方。

"怎么样?"张季元问她。

随后,又用指甲弹了弹它的上沿,那瓦釜竟然发出当当的金石之声,有若峻谷古寺的钟磬之音,一圈一圈,像水面的涟漪,慢慢地漾开去，经久不息；又如山风入林，花树摇曳，青竹喧鸣，流水不息。她仿佛看见寺院旷寂，浮云相逐，一时间，竟然百虑偕忘，不知今夕何年。

秀米听得呆了，过了半晌，心中暗想，这世上竟还有如此美妙的声响，好像在这尘世之外还另有一个洁净的所在。

张季元像个孩子似的把耳朵贴在釜边谛听，朝她眨着眼睛。怎么看，都不像是一个亡命的朝廷要犯。

"这件宝物又叫'忘忧釜'，本用青铜铸造，原由一个道士在终南山中历时二十余年炼制而成。南人多不识此，称它瓦釜。"张季元说，"精通音律的人常用它来占卜，但听它的声音，便能预知吉凶未来。"

听他这么说，秀米忽然想到，自己刚才听得瓦釜之声，眼前一阵恍惚，觉得自己像一片羽毛飘在空中，最后竟落在了一个荒坟上。似乎是不祥之兆。

"据说，这物件还有一个很大的秘密，就是到了冬天，碰上下雪的日子，寒气凝结成霜冻——"张季元正说着，翠莲冷不防推门走了进来。她说夫人让她来给灯加点油。可她看了看灯，油还是满满的，就从头上拔下根簪子，挑了挑灯芯，掩上门，下楼去了。

张季元望着她笑。她也冲他笑。两个人似乎在说，我知道你为什么而笑，可谁都不愿意说破。不知为什么，她忽然觉得母亲很可怜。她的手上、身上全是汗。她用手指轻轻地叩击着釜壁，那声音让她觉得伤心。那声音令她仿佛置身于一处寂寞的禅寺之中。禅寺人迹罕至，寺外流水潺潺，陌上纤纤柳丝，山坳中的桃树都开了花，像映入落日的雪窗。游蜂野蝶，嘤嘤嗡嗡，花开似欲语，花落有所思。有什么东西正在一寸一寸地消逝，像水退沙岸，又像是香尽成灰。再想想人世喧嚣嘈杂，竟全然无趣。

她痴痴地坐在桌边，只顾满脑子地胡思乱想。不经意中，一抬头，发现表哥正贪婪地看着自己：大胆、暧昧而放肆，脸上苍白，眉头紧锁,整个脸部因为痛苦而扭曲了。他用舌头舔着上嘴唇,似乎想说什么,可又拿不定主意。

"你当真是朝廷乱党?"秀米问道。她的手在桌上按了一下,桌面上顿时有了湿湿的水迹。

"你说呢?"张季元苦笑着反问她。

"你打算去哪?"

"说实话,我也不知道。"张季元道,过了一会儿,他又说,"看得出,你有无数的事想问我。是不是这样?"

秀米点了点头。

"本来,我可以原原本本地告诉你答案,刚才,就在你上楼之前,我就打定主意跟你说实话。只要是你想知道的,我都可以告诉你。你问什么,我就答什么,绝无半点隐瞒。我是什么人?怎么会认识你的母亲?为什么来普济?与夏庄的薛祖彦到底是什么关系?我们因何要与朝廷作对?我要找的那个六指人又是谁?所有的这些,你都想知道答案,对不对?"张季元掏出一块皱巴巴的手帕揩了揩脸上的汗,接着说道:

"可是,不知为什么,最近的这些天来,我觉得我们正在做的事,很有可能根本就是错的,或者说,它对我来说一点都不重要,甚至可以说毫无价值,的确,毫无价值。好比说,有一件事,你一边在全力以赴,同时,你却又明明怀疑它是错的,从一开始就是错的。再比如你一直在为某件事苦苦追索答案,有时,你会以为找到了这个答案。可突然有一天,你发现答案其实不在你思虑之中,它在别的地方。你能听懂我说的话吗?"

秀米一脸茫然地摇了摇头。她确实不知道他在说什么。

"好了,不说这些,"张季元在自己的脑门上拍了一下,"我来给你看样东西。"他从床头的包裹内取出一只精致的小盒子来,递到秀米的手里。那是一个精致的小锦盒。

"这是给我的吗？"秀米问他。

"不是。"张季元道，"这东西我带在身上不方便。你替我好好收着，最多一个月，我还会到普济来的，那时你再还给我。"

秀米接过那个盒子，两面看了看。是缎绒面的，宝蓝色，像是女人用的首饰盒。

"最多一个月。"张季元在桌边坐了下来，"若是过了一个月，我还不回来，那就不会再来了。"

"为什么你就不来了呢？"

"那就说明，我已经不在这个世上了。"张季元道，"到时候。自然会有一个人来找你，你把这东西交给他就行了。"

"他叫什么名字？"秀米问他。

"你不用知道他叫什么，"张季元笑了一笑，"他是个六指人。你要记住，他的那根六指长在左手。"

"要是他一直不来呢？"

"这东西就归你了。你可以把它拿到首饰店里去，让金匠替你打一条项链什么的。"

"这是什么东西？我能打开来看看吗？"

"请便。"张季元说。

翠莲又一次推门进来了。她手里提着一只脚盆，胳膊上搭着一条毛巾，另一只手里还提着一壶水。她不敲门就走进来了。她把水壶和脚盆放在地上，将毛巾搭在椅背上，对张季元说："夫人吩咐，时候不早了，洗洗睡吧。这水都替你热过两遍了。"随后，她转过身来，对秀米说："咱们走吧。"

"我走了？"秀米看了她的表哥一眼。

"走吧。"

张季元站起身来。他们的脸挨得很近。这一次，秀米看得很清楚，他的脸上有一些麻麻点点的小坑。

秀米跟着翠莲走到楼下。她能感觉到身后阁楼上的门慢慢合上了。院子里一片漆黑。

12

秀米没有听见公鸡唱晓的啼鸣。她醒来的时候，看见屋里的灯还亮着，而照在墙壁上的太阳光已转成暗红色。空气中隐隐有了一丝寒意，秋已经深了。她懒懒地躺在床上，听见母亲在喊喜鹊。母亲在叫喜鹊的时候，她总是像闪电似的在院子里乱窜，以便在第一时间及时地出现在母亲的面前。母亲让喜鹊把后院阁楼上的被子和床单拆下来洗。

她知道张季元已经走了。

随着张季元的离去，家中又恢复了昔日的宁静。从春末到深秋，对秀米来说，这个家中发生的事情，比她此前经历的所有的事加在一起还要多。可对于别人，这些事就像夜晚落在瓦上的轻霜，到了早上，叫太阳一晒，就无影无迹，或者说，这些事从未发生过。

宝琛成天在外面催账。早出晚归。远一点的村子也要耽搁一两天。等到收完了账，他也照例一头扎在账房内，算盘拨得噼啪响。甚至在吃饭、走路时，他的脑子里想的也都是那些账目。翠莲把后院阁楼边的几间柴屋都腾了出来，收拾干净。用芦席围成一个个稻囤，只等佃户们把该交的谷子运进来。母亲携着喜鹊成天往裁缝铺里跑，她们已经在安排一家人过冬的棉衣了。只有秀米和老虎，整天没事，在园子里东游西逛，偶尔她会被母亲带到裁缝铺里量尺寸。有时候实在闲得发慌,就去丁树则先生家温课读书。丁树则已经派师娘赵小凤上门催要当年的束脩了。

到了立冬这一天,院子外面停满了送谷子的推车和粮担。孟婆婆带着丈夫过来帮忙。隔壁的花二娘手执一杆七星大秤,吆喝着斤两,忙着过秤。一根圆木扁担穿过秤纽,由王七蛋、王八蛋兄弟抬着。宝琛又要记账,又要打算盘,忙得不亦乐乎。母亲喜滋滋地。在屋子里走来走去,一会儿去厨房,一会儿去后院的谷仓,还要拿点心招待那些远道而来的佃农。翠莲、喜鹊忙着剁肉烧饭,整整一个上午,厨房里的砧板"橐橐"地响个不停。

那些佃农怀抱着扁担,缩头缩脑地沿墙根蹲了一排。宝琛叫到名字的,就赶过去看一看秤星。每到这时,花二娘总是笑嘻嘻地对他们说:"看准了,报个数儿。"

佃农轻声报过数之后,花二娘再去核准,然后高声报出斤两,宝琛坐在天井的桌边,飞快地拨着算盘,再报一遍数目,就算落了账。随后盛满谷子的麻袋就被送到后院的仓房里去了。孟婆婆踮着小脚,在院前院后来回跑着,秀米也不知道她在忙什么。

其中一个叫王阿六的佃户,一过秤,短了二十八斤。花二娘道:"怎么每年都是你,缺斤少两的。"她又问母亲如何处置,"年年都是他搞鬼,今年遇上风调雨顺的好年成,还是缺。我看你把他那六亩地收回来算了。"一句话,唬得阿六拉着他婆娘又是赔笑,又是作揖。

王阿六道:"不瞒大娘说。今年浑家接连生了两场病,又新添了一个孩儿,那六亩地倒荒了三亩,缺下的租子,来年一定补上,只是不要收我的田。"说罢,就死按住身边的一个孩子让他跪下来磕头,那孩子倔头倔脑,就是不肯磕头,王阿六不由分说,一大巴掌掮过去,那孩子嘴里就流出血来,哭叫着,满院子跑。秀米看见那孩子还穿着单衣。

打满补丁的裤子上还破了一块,跑起来破布一掀一掀的,露出两爿小屁股来。秀米再看那佃农的妻子,果然一副病恹恹的样子,脸色蜡黄,身上穿一件男人的破棉袄。棉袄没有扣子,只用碎布条扎在腰间,怀里还抱着一个婴儿,站在那儿流泪。

母亲见状,就动了恻隐之心,赶紧对花二娘说:"收了吧,来年再叫他补上。"那王阿六千恩万谢,跪在地上就磕起头来。又拉着妻子走过去对宝琛作揖。宝琛把算盘拨了拨,道:"免了免了。这短缺的租子,加上去年和前年的,拢共是一百二十七斤,我也不加你利钱,来年手脚勤快点,一并还了,我好替你销账。"王阿六脸上赔着笑,嘴里忙不迭地答应着,倒退着走开了。

孟婆婆拎了一篮子茨菰,到井边去剥。秀米见什么事都插不上手,就去帮她,与婆婆说些闲话。孟婆婆道。这个王阿六真是可怜。他的地倒是不曾荒,只是爱喝个酒,见了酒就没命。家里能卖的东西都卖尽了,把那老婆像牲口一样的折腾。六个孩子,倒也丢了三个。说完唏嘘不已。秀米忽然问道:"人家种出来的粮食,怎么会好端端地送到咱家来?"

孟婆婆一听,先是一愣,然后笑得前仰后合。她也不回答秀米的问话,只对宝琛喊道:"歪头,你知道这闺女刚才对我说什么?"宝琛似乎也听见了秀米的那句话,只是咧着嘴笑。正巧母亲从这儿走过,孟婆婆又对母亲说:"你猜猜,你家姑娘刚才对我说了句什么话?"母亲道:"她说什么?"孟婆婆就当众人的面把秀米的话学着说了一遍。正在那看秤的花二娘咯咯地笑了起来,笑得秤砣滑落到地上,差一点没砸着她的脚。秀米看见,那些门边站着的佃农也望着她笑。母亲道:"我家这闺女,别看她个子长得这么大,心眼倒是一点没长。白吃了这许多年的饭,哪里懂什么事?"

母亲走了之后,孟婆婆这才收住笑,对秀米说:"傻丫头,人家种了你家的地,粮食不送到你家来,难道还送到我家去不成?"

秀米说:"他们为何不种自己家的地?"

"你是越发糊涂了。"孟婆婆道,"他们这些穷棒子,别说地了,家里针还不知有没有一根。"

"我们家的地又是哪里来的?"

"或老祖上传下来的,或是花钱买来的,也有还不起债,抵过来的。"孟婆婆道,"傻孩子,你长这么大,就像是活在桃源仙境一般,这么丁点儿事也不明白,亏你还是读书识字的人。"

秀米还想跟她说什么,孟婆婆已站身起来,掸了掸身上的灰土,提着篮子,去井边吊水洗茭菰去了。

中午吃饭的时候,母亲担心那些庄稼人弄脏了屋子,就叫人把八仙桌抬到天井里去。十六七个佃农一看到抬来了桌凳,呼啦一下全部围上去落了座。那王阿六盛了一碗饭,自己也不吃,只顾上往碗里夹菜,那碗堆得像宝塔尖一样。王阿六离了饭桌,四下里找他那儿子。那孩子正在山墙外的草垛边,偎着他娘的膝盖,像是睡着了。王阿六在外面转了半天,就转到了山墙边,来到草垛前蹲下,把那饭碗送给他娘子。那女人一边摇头,一边就把膝盖上趴着的孩子唤醒。那孩子见了饭菜,也不拿筷子,用手抓起来就吃。那鼻涕拖得长长的,挂到碗里,也一股脑儿地被他吃了下去。

隔着窗户,翠莲和喜鹊看得直笑。翠莲先是咔咔地笑,笑了一会儿,她的脸忽然阴沉了下来,眼里又流出泪来。秀米以为翠莲又想起了自己在湖州的家。或是记起了自己的父母,心中悲伤。不料,那翠莲流了一会儿泪,又用手搂过秀米,认真地说道:"妹子,要是有一天,我讨饭讨到你家门上,你也盛下这一碗饭来让我吃。"

"你怎么想起说这样的话?"喜鹊道,"你在这里好好的,怎么又会去讨饭呢。"

翠莲只顾抬起袖子擦泪,也不理她。过了一会儿,怔怔说道:

　　"我当年在郴州的时候,曾遇到一个算命的人。那人也带着一个孩子,孩子也饿得半死了,我看着那孩子实在可怜,就给了他们两个馒头。正要走,那算命的就把我叫住了。他说,受人一饭之恩,当衔环结草以报。他说自己也没什么本事,可给人算命看相,倒也灵验。当场就让我报出生辰八字来让他算一算。我生下来连爹娘的面都不曾见过,哪里又知道个什么八字。他只得替我看了相,说我后半辈子,乞讨为生,最后饿死路头,为野狗所食。我就问他有无避祸的法子,算命人道,除非你找一个属猪的人嫁了,才能免除此祸。可我眼见得这年纪一点点地上了身,到哪里嫁个属猪的。"

　　"这算命的也就是这么一说,哪里当得了真?"秀米道,"说不定那算命的人就是属猪的,故意用这番话来吓你,诳你嫁给他也未可知。"

　　喜鹊道:"我想起来了,宝琛家的老虎倒是属猪的。"

　　她这一句话,说得翠莲破涕为笑,嘴里道:"难道还让我去嫁给他不成?"

　　翠莲总算是止住了眼泪,又对喜鹊说:"你老家是在哪里? 怎么会流落到普济来的? 听那孟婆婆说,你死活不能听见砒霜二字,又是怎么回事?"

　　喜鹊一听见砒霜,不由得哆嗦起来,两眼直勾勾的,嘴唇发紫,只是站在那儿发抖,半晌才落下泪来。她说,在五岁那一年,父母跟邻人争讼田产,眼见得官司快要打赢了,不料却被人在汤面里下了毒,父母和两个弟弟当场毙命。她吃得少,又被邻居捏住鼻子,往嘴里灌了一勺大粪,吐了半天,这才保住一条狗命。都知道遇上了强人,自家的亲戚怕引火烧身,无人敢收留她,就流落到普济,投奔孟婆婆来了。

　　"怪不得我看你每次吃饭都要把自己的碗洗了又洗。"秀米说,

"你是不是老担心有人要毒死你?"

"这都是打小落下的毛病。知道不会,可还是疑神疑鬼。"喜鹊说。

"都是苦命的人。"翠莲感慨道,她用眼睛睃了睃秀米:"谁能比得了你,前世修来的好命道,投胎在这么一户人家,无忧无虑,什么心事也不用想。"

秀米没有言语。心里想道:我的心事,你们又哪里知道了? 说出来恐怕也要吓你们一跳。她在这么想的时候,其实内心并不知道,一场灾难已经朝她逼近了。

张季元一走就是半个多月,很少有人再提起他。到了腊月的一天,秀米半夜里醒了。她忽然记起,张季元在临走之前曾交给她一只缎绒面的锦盒。她将它藏在衣柜里,一直没打开来看过。那里面到底装着什么? 这个疑问伴随着屋顶上簌簌的雪珠。在她脑子里跳跃着。天快亮的时候,她还是压抑不住一探究竟的好奇心,下了床,从柜子里翻出那只锦盒来,轻轻地打开它。

盒内装着一只金蝉。

差不多在同一个时间,张季元的尸体沿江顺流而下,绕过一片沙洲,拐入江堤下的一条窄长的内河。普济的一个猎人发现了他。当时河面已经封冻,他赤裸的身体和河面上的芦秆冻在了一起。宝琛不得不让人凿开冰层,才将他拖到岸上。秀米远远地看着他,也是第一次看着男人赤裸的身体。他眉头依然紧锁着,身体被冰块裹得严严的,整个人看上去,就像是一串冰糖葫芦。

母亲赶到河边,也顾不得众人的眼目,顾不得他身上的浮冰尚未融化,扑在他身上,抚尸大哭。

"不该逼你走。你走也罢,不该咒你死。"母亲哭道。

第二章

花家舍

1

　　光绪二十七年六月初三。仍晴。夏庄再会薛祖彦。薛言由德人代购七十八支毛瑟枪已在途中矣。张连甲借口母丧守孝。欲言退会。实则盖由大事将举,连甲心生惶恐而已。祖彦屡劝不果,渐有不豫之色,后竟勃然大怒,拔出剑来,指着张连甲骂道:退会退会,成天嚷着退会,退你娘个屄! 手起剑落,花园中的一枝梨树旋即断为两截。张遂默然。

　　中午时,薛家伙计带着秀米和一黄毛小儿来到后花园中。他们是来替丁树则送信的。秀米冷不防见到我,心中骇怕,脸色苍白,嗫嚅不能言。她兀自站在廊下,捏着衣角,牙齿咯咯打战。我把手搭在她肩上,她并不闪避,只是浑身上下抖个不停。目如秋水,手如柔荑,楚楚可怜之态,雪净聪明之致,令人心醉神迷。恨不得一把搂住她,把她的骨头搂得咯咯响。唉……

三年之后,当秀米重读张季元的这则日记时,已经到了前往长洲完婚的前夜。

这本日记是喜鹊在整理张季元床铺时发现的,就压在枕席之下。这个貌似拙朴的姑娘第一次显示了她过人的机敏:她没有声张,也没有禀告母亲,而是自作主张,将它悄悄地塞给了秀米。当然,由这本日记所引发的一连串的事,也远远超出了喜鹊的预料。

原来,秀米觉得身外的世界虽然藏着无数的奥秘,却始终对她保持缄默。她宛若置身于一处黑漆漆的封闭的屋子里,只能凭借暗弱的光线,辨别屋子的轮廓。可阅读张季元的这本日记,就像突然间打开了天窗,阳光从四面八方涌入屋内,又刺得她睁不开眼睛。

她花了差不多三天的时间读完了这本日记。这一切来得太快了,太突然了。她的心就像一片树叶被河中的激流裹挟而去,一会儿冲上波峰。一会儿又沉入河底。她觉得自己就快要疯掉了。她整夜整夜地睁着眼睛,躺在床上无法入眠。她吃惊地发现,人竟然可以连续四天不睡觉。半个月之后,她又有了一个新的发现:人居然可以连睡六天不醒。

当她终于醒来之后。看见母亲、喜鹊、翠莲都站在房中看她,村里的郎中唐六师正在桌上写着药方。她看着房里的这些人,就像不认识他们似的,对他们说了一大堆谁也听不懂的话。可在随后的一个多月中,她差不多没有和任何人说过一句话。

母亲担心她会走上父亲发疯的老路,照例请和尚、道士上门做神课。祛灾避邪。自从有一天她赤身露体走下楼来之后,老虎已经开始叫她疯子了。她的话多了起来,见到人就唠唠叨叨说个没完。张季元这三个字是母亲最不愿意听到的,也最终使她失去了耐心。当然,为秀米可能的发疯,母亲已经准备好了一个理由,那就是:这孩子从小就不大正常。她故意将口风泄露出去,说明她在心里已经接受了这样一个事实。

只有喜鹊知道其中的原委。一本日记竟可使人发狂,其内容必然非同小可。看来,读书人胡乱涂抹的东西也端端不可小视。她知道,追悔莫及和暗自流泪都于事无补,因此决定说出真相。正当喜鹊打算将日记之事对夫人和盘托出之际,秀米却在一夜之间突然恢复了神志。

这天早上,翠莲给秀米送去了一碗汤药,刚走到房门口,就被眼前的一幕吓呆了。她看见秀米将自己雪白的小拇指放在门框里,然后慢慢地将房门关上。由于房门与门框的挤压,小拇指开始一点点地变形,鲜血顺着门缝流了下来。这时,秀米对走上楼来的翠莲笑了笑,说:"你看,一点都不疼。"

翠莲真的被她这种疯狂的举动吓傻了。慌乱之中,也不上前阻止,竟然自己端起汤药一饮而尽。药汁的苦味使翠莲回过神来,自语道:"他妈的,我也疯了吗?嗯?"她赶紧从腰间抽出一方手帕,去给秀米包扎伤口,小拇指的指尖被完全压扁了,脱落的指甲盖血肉模糊。她听见秀米在她耳边不断地说:现在我觉得有点疼了。我知道疼了。真的,我现在觉得很疼。就这样,她依靠肉体尖锐的痛楚挽救了濒临崩溃的神志,奇迹般地复了元。

不过,作为精神复元的后果之一,就是她再也想不起张季元长什么样了。他的形象正在渐渐地远离她。甚至,就连河边那具冻成冰坨的躯体也在记忆中变得模糊不清了。

忘却是无法挽回的,比冰坨更易融化的是一个人的脸,它是世间最脆弱的东西。

当初,她第一眼看到张季元的时候,就觉得那张脸不属于这个尘世,而是一个胡思乱想的念头的一部分。渐渐地,这张脸变成了椅子靠背上的一方绿呢绒,变成了空寂庭院中闪烁的星斗。变成了天空浮云厚厚的鳞甲;变成了开满了花的桃树,露珠缀满了花瓣和梗叶,风儿一吹,花枝摇曳,花蕊轻颤,无休无止的忧伤堆积在她的内心。

秀米病好后不久,母亲就开始四处托人张罗她的婚事了。秀米对于成亲这件事没有什么兴趣,但也不推托。母亲让翠莲来探问她的心思,秀米满不在乎地对她说:"什么人都成,反正我是无所谓的。"

过了几天,亲家找好了,翠莲又去告诉她相亲的日子。秀米说:"哪一天都成,反正我无所谓。"

到了相亲的那一天,秀米将自己反锁在楼上的房间里。翠莲和喜鹊把手都拍肿了,她就是不开门。最后,母亲走到楼上来了,她隔着门缝,流着泪求她:"人,媒婆带来了,就立在院中,你好歹看一眼,好歹说句话,不要等到了长洲侯家,又来反悔。"

秀米这才知道自己要去的地方是长洲。自己未来的男人姓侯。秀米在屋里说:"不用看,你觉得顺眼就行了。到时候,他家来顶轿子,我跟着他去就是了。"

"孩子啊,你怎么能这么说话呢,婚姻大事岂能视为儿戏?"母亲道。

"嗨,"秀米叹了一口气道,"这身子本来也不是我的,谁想要,就由他去糟蹋好了。"

她这么一说,母亲放声大哭。秀米也在门里流泪。两人心中的一段隐秘彼此心照不宣。母亲等到哭够了,又劝秀米道:"你不看人家也行,可也得让人家瞧你一眼吧?"

秀米这才开了门,走到了廊下,懒洋洋地伏在栏杆上往天井里瞧去。一个老婆子领着一个头戴簇新呢帽的男子,也正在抬头看她。那男子不显得年轻,可也不见老,模样也还端正。秀米倒是希望他老一点,或者有点秃顶,麻脸一类的毛病,这样才会使她的婚姻有一点悲剧性。那些日子,她对自我作践简直上了瘾,觉得只有那样才解气。老婆子笑眯眯地看着秀米,嘴里不住问那男子:怎么样,白不白?男子就一迭声地道:白,白。蛮好,蛮好。那男人自打第一眼看见她,就呵呵、呵呵地傻笑,就像打嗝儿一样,笑声一截一截地往外蹦,还不住地伸出舌头舔一舔上嘴唇,就像嘴里正吃着什么东西。

秀米对婚事真的无所谓。在张季元日记中,她隐约知道了什么是桑中之约,什么是床第之欢,当然她知道的比这还要多得多。到了出嫁的前一天,她孤身一人躺在床上,拿起那本日记,凑在灯下翻来覆去地读,一边读一边和他说话。她还从来没有和一个人赤裸的内心挨得那样近。恍惚中她觉得张季元就坐在她的床前,就像是一对真正的夫妻那样谈天说笑。即便读到那些令人难堪的段落,秀米也不心慌,也不脸热,而是像个孩子似的咪咪地笑。

"张季元啊张季元,你张口革命,闭口大同,满纸的忧世伤生,壮怀激烈,原来骨子里你也是一个大色鬼呀。呵呵。"

她兀自笑了一阵,忽然又悲从中来。咬着被角呆呆地出神,随后无声地哭了起来,把枕头的两面都哭湿了。最后她长长地嘘了一口气,恶狠狠地在心里对自己说:嫁吧嫁吧,无论是谁,只要他愿意要,我就嫁给他,由着他去糟蹋便了。

2

秀米自从上了轿子之后,就迷迷糊糊地进入了梦乡。轿子在浓雾中走得很慢。在渡船的颠簸中,在轿夫们呼哧呼哧的喘息声中,她醒过来几次。她不知道走了多久,偶尔拨开轿帘朝外窥望,新郎骑在一匹瘦弱的毛驴上,正朝她傻笑,不过,他的脸看不真切。媒婆脸上涂着厚厚的胭脂和粉霜,笑嘻嘻地跟在他身后。太阳也是昏黄昏黄的。这天的雾水太大了,秀米坐在轿子里,都觉得头发湿漉漉的,几步之外,竟然不辨人影。只有毛驴那单调的铜铃声一路陪伴着她。

她想起昨天晚上,母亲对她说的话。她说:"明天一早,花轿一到,你只管跟他们走便是,不要来与我道别。"接着说,"早上千万不要喝水,免得路上不便。"最后又说,"按规矩,三天之后新媳妇要回门,长洲路远,加上兵荒马乱,你们就不要回来了。"说完,又哆嗦着嘴唇,忍着泪没有哭出来。今天早上临上轿前,秀米看见翠莲和喜鹊都蹲在墙根哭,宝琛带着老虎,也不看她。只是花二娘和孟婆婆踮着小脚,忙前忙后地帮着吆喝招呼。丁树则几天前就派人送来了一对楹联,那是用不同字体写成的十六个"喜"字。他远远地站在村口,手里拿着一根如意在背上挠痒痒。不过,在弥漫的晨雾里,他们的身影都是影影绰绰的。

她忽然有了一种担心。她觉得自己再也见不到母亲了。轿子一动,她的心跟着就浮了起来。很快,雾气就把她和普济隔开了。她的眼泪还是止不住地流了出来。让她担心的事还不止这一件。她想到了那只装在锦盒里的金蝉。它还锁在楼上的衣柜里。三年过去了,张季元所说的那个六指人一直没有露面。

过江后不久,在昏昏沉沉的睡意之中,她隐隐约约听到了轿外传来的闹哄哄的声音。大概是沿途的村人发现了迎亲的队伍,围过来看热闹,讨要喜糖。秀米对此一点都不感兴趣,她接着睡她的觉。奇怪的是,在嘈杂的喧嚷中竟然也传出女眷们一两声凄厉的尖叫,她甚至还听到了琅琅的刀剑相击之声,不过,秀米一点也没有在意。很快,她感到花轿突然加快了速度,到了后来,简直就是在飞跑。耳中灌满了呼呼的风声和轿夫们的喘息。秀米在轿子里被颠得东倒西歪,忍不住直想呕吐。

她掀开轿帘往外一看,脸上涂着厚厚胭脂的媒人不见了,运送嫁妆的人不见了,她名义上的丈夫和那头挂着铃铛的小毛驴也不见了。整个迎亲队伍就剩下了这四名轿夫,他们抬着她,在崎岖的道路上猛跑。

一名轿夫一边喘着粗气,一边歪过头,惊恐地对她喊:土匪,土匪! 日他娘,土匪!

　　秀米这才知道出事了。同时,她也听到了身后"嘚嘚"的马蹄声。

　　最后,轿夫们累得实在不行了,就把轿子歇在了一个打谷场上,自己逃命去了。秀米看见他们四个人并排着在开阔的麦地里跳跃了一阵,很快就消失在了浓雾之中。

　　秀米从轿子里出来,发现四周空荡荡的。打谷场边有一座残破小屋,没有人住。墙面歪斜,行将颓圮,屋顶的麦草早已变成灰黑色。屋顶上栖息着成群的白鹤,屋前卧伏的一头水牛,牛背上也落满了白鹤。不远处有一簇树林,隐隐约约的,被大雾罩得一片幽暗,只是偶尔传来一两声杜鹃的鸣叫。

　　她看见有几人,骑在马上,懒洋洋的,从不同的方向朝她聚拢过来。不过,秀米一点也不觉得害怕。这些在传说中青面獠牙的土匪,看上去与普通的庄稼人并没有什么两样。

　　一个头发谢了顶的中年人骑着一匹白马,到了她的跟前,勒住马头,脸上挂着笑,看了看秀米,对她说道:"秀秀,你还认得我吗?"

　　秀米不由得一愣。心里狐疑道,这个人怎么还能叫出我的小名?她抬头迅速地瞄了他一眼,乍一看,似乎还真有点眼熟,尤其是脸上的那条刀疤,只是实在想不起来,在哪里见过他。

　　"我不认得你。"秀米说。

　　"那么,我呢?"

　　说话的是一个二十出头的年轻人,骑着一匹枣红马,生得膀大腰圆,好像也在哪儿见过。说起话来瓮声瓮气的。"你认得我吗?"

　　秀米摇摇头。

　　那两个人互相对视了一眼,突然哈哈大笑。

　　"这也难怪,差不多有六七年了吧?"中年人道。

"整整六年。"年轻人说。

"我怎么记得是七年？"

"六年。没错，是六年。"

两个人正在那儿争辩，一个马弁模样的人朝这边走了过来："四爷，大雾就要散了。"

中年人抬头看了看天，点点头，然后对秀米说："那就先委屈你一下啦。"

秀米还没来得及说什么，一块黑布蒙住了她的眼睛。接着嘴里被人塞进了一团东西，她感到了咸咸的布味。那伙人将她绑结实了。仍然把她塞入到轿子里。不一会儿，那伙人就抬着轿子上路了。

蒙在眼睛上的黑布被取下来之后，秀米发现自己坐在了一条木船上。眼前的一切都是黑色的：船舱的顶篷，桌子，水道中的芦苇，脉脉的流水，都是黑色的。她闭上眼睛，斜靠在船舷上，试着活动了一下胳膊和腿脚，这才意识到自己的裤子湿湿的，她不知在什么时候撒了尿。不过，她不再为此感到羞辱。她再一次睁开眼来，重新打量四周的一切，隐隐的不安袭上心头。为什么我的眼睛看什么都是黑色的？她很快就有了答案，因为天已经黑了。

她看见了天空中现出的月牙儿和点点繁星，同时，她发现小船行驶在一片开阔的湖泊之中。每一艘船都用铁索连在一起，她数了数，一共七艘。她的船在最后。不一会儿，船舱里点起了灯，她看见七条船上的灯光在湖里映出了一条弧形的光带，就像一队人马打着灯笼在赶路。

这是什么地方？他们要带我去哪里？

除了风声，摇橹的水声以及水鸟扑着翅膀掠水而飞的鸣叫，没有人回答她。她的对面坐着两个人。这两个人她早上在打谷场都见过。那个秃顶的中年人似乎正歪靠在船帮上酣睡,他脸上的那条刀疤又长又深,从脸颊一直延伸到脖子上。他的一只脚搁在木桌上,正好压住了她随身带来的那个包裹。这个人居然能喊出我的乳名,我究竟在什么地方见过他?

紧挨着他坐着的是一个马弁。这是个十七八岁的小伙子,眉清目秀,身体看上去很单薄。他一动不动地盯着她看,目光有点怯生生的。秀米只要偶尔瞥他一眼,他就立即红了脸,低下头去,抚弄着刀把上红色的缨络。不知为什么,他的目光让她想起了张季元。他的一只脚也搁在木桌上,只不过,脚上的布鞋破了两个洞,露出了里面的脚趾。木桌上点着一盏马灯,边上有一根长长的烟杆。湖水汩汩地流过船侧,夜凉如水。空气中能够隐隐嗅到一股水腥味。秀米把脸贴在船帮上,湿漉漉的,她感到了一阵凉爽。

我应该怎么办?她问自己。

她想到了跳湖。问题是,她并不想跳湖,一点都不想。假如他们不想让她死,她即便跳下去了,他们也会把她捞上来。她尽力不去想以后的事,可孙姑娘是一个障碍。她一想到传说中孙姑娘赤身裸体的样子,心里就怦怦乱跳。她不知道这条船最终会把她带往何处,但很显然,她的命运不会比孙姑娘好多少。

她听到了一片沙沙声。小船已经驶入了一条狭窄的水道,两边的芦苇高大茂密,不时有芦秆扫过船帮。流水的声音更响了。那个马弁仍然在盯着她看。这个人怎么看都不像是个土匪,脸色苍白,略带一点羞涩,眼睛却是亮晶晶的。秀米试探着问他,船到了哪里,要去什么地方?他咬着嘴唇,一声不吭。正在这时,那个中年人忽然醒了,他揉了揉眼睛,看了看秀米,又白了马弁一眼,说道:

"烟。"

马弁似乎吓了一跳,他赶紧从桌上拿过那根烟杆,装上烟丝,双手递了过去。

"火。"中年人接过烟杆,又说了一句。

那小伙子又端起马灯,凑过去,让他点烟。灯光照亮了他们的脸。秀米看见马弁的手抖得厉害,他的嘴上有一圈细细的绒毛。中年人吧嗒吧嗒地吸了几口烟,然后对秀米说:"你当真不记得我了吗?"

秀米没有说话。

"你好好看着我,再想想。"

秀米低下头去,不再看他。过了半晌,那汉子又道:"这么说,你果然不记得我们了。庆生可是一直惦记着你呢。"

"庆生是谁?"秀米问道。她怎么觉得庆生这个名字听上去也有点耳熟。

"他有个外号,叫'不听使唤',"中年人冷冷一笑,"怎么样,想起来了吗?六七年前,你们家的阁楼失了火……"

秀米猛地一愣。她终于记起,六年前父亲的阁楼被烧掉之后,母亲让宝琛从外地请来了一批工匠。其中有一个叫庆生的,外号就叫"不听使唤"。她还记得,这批工匠临走的那天,庆生一边朝她看,一边倒退着往村外走,最后撞在了一棵大楝树上。

"你是庆生?"

"我不是庆生。"中年人道,"我叫庆德。庆生在前面那条船上,早晨在打谷场上你还见过他,他骑一匹枣红马。"

"你们不是手艺人吗,怎么……"

"怎么忽然当上了土匪,对不对?"这个自称叫庆德的人哈哈大笑,笑得眼泪都流出来了,"其实,不瞒你说,我们本来就是干这个的。"

过了一会儿,他又说:

"不错，我是泥瓦匠，庆生是木匠，我们替人干活，收人工钱。可那只是为了遮人耳目罢了。关键是，要探明雇主的家底。我们对穷人没什么兴趣。若是碰上了没什么油水的穷棒子，就只有自认倒霉，干完活。收点工钱就完事。这个时候，我们就是真正的手艺人。一般来说，我们的手艺还过得去。可你家不一样。你爹在扬州府待了那么多年，家里光是地就有一百多亩……"

庆德在说这番话的时候，那个马弁始终看着秀米。那眼神似乎在对她说：这下，你可惨啦！他见庆德抽完了烟，就赶紧替他又装了一锅儿。

庆德像是来了谈兴。他说起话来不紧不慢，一副病恹恹的口气。他猛吸了口烟，嘿嘿地笑了两声，接着说：

"不管做土匪，还是泥瓦匠，活都要做得漂亮。你们家阁楼的墙是我一个人糊的，像镜子一样平。我一辈子没有刷过那么漂亮的墙。对付像你这样的女人，我的手艺一样没话说，过两天你就知道了。你看，你的脸红了。我还没说什么，你的脸就红了。呵呵，我最喜欢会脸红的姑娘，不像窑姐儿。她们的风骚都是装出来的。今天一看到你，就知道你是个真正的骚货。你落到我们的手里，也不哭也不闹，我倒是头一回见到。嘴里塞了东西，身上绑着绳子，可竟然在轿子里呼呼大睡，不是骚货是什么？"

说到这儿，他忽然转过身去，看了马弁一眼，道：

"手。"

那马弁犹豫了一下，抖抖索索地把左手伸了过来。那庆德把烟锅儿在他手心里磕了一下，就磕出一个小小的火球来，那火球在他手心里刺刺地冒着烟，烫得那马弁在凳子上直跳。秀米闻到了一股皮肉烧焦的气味。

庆德把手搭在马弁的肩上，说：

"跳什么跳?! 不要跳。我又没有把它磕在你眼睛里,你跳什么? 应当管住自己的眼睛。不让你看的地方,你就一眼不要看。"随后又看了看秀米,"你干吗不睡一会儿? 船要到明天天亮才到呢。你不想睡一会儿吗? 我可要接着睡了。"

秀米是看着天一点点亮起来的。

在灰蒙蒙的晨曦中,她看见了湖岸边隐隐现出的一带寒山。山的坡度不大,山坡上长着稀稀疏疏的白桦树,再往上就是大片的松树和裸露的山石。她能听见湖水拍击堤岸的声音,以及附近村庄里传来的鸡叫,她知道船已经渐渐靠岸了。再往前走,是一片浓密的桑园。船队绕着桑园又走了半个多时辰,她终于看见了那片蜷缩在山坳中的村落,被初升的旭日衬得一片通红。

3

光绪二十七年六月初六。有微雨,午后始放晴。昨夜祖彦去了一趟梅城,步军协统李道登竟闭门不见。整整一个上午,祖彦骂声不绝。毛瑟枪已运抵西浦。暂于祖彦三舅家存放。饭后,梅芸去邻居家打牌,与秀米、翠莲二人闲话片刻,即上楼就寝。孰料刚刚睡熟,村中忽然人声鼎沸,脚步杂沓,似有大事发生。急急穿衣下楼。原来是村后孙氏遭遇土匪,轮奸致死。

孙氏者,暗娼也,死不足惜。革命功成之日,依律亦应归入十杀之列。小驴子呀小驴子,你不是口口声声说普济一带没有土匪吗? 简直是一派胡言。如今天下将乱,人心思变,江左匪患虽比不上山东、河南,亦非绝无仅有。我三年前路过丹阳时,差一点就落入劫匪之手。为今之计,能否联络到较有实力的地方武装,事关重大。在此危急之秋,清帮、土匪皆可为我所用。大功告成之日,再图除之不迟。

小驴子那儿,仍无消息。

此夜,月色迷离,夜凉如水。立于中庭,不觉浮思杳杳,若有所失。因见秀米在厨房洗头,就进去与她说话。她的肩膀被水弄湿了,月光下仍能看见裙子上细细的拼花。她的脖子是那么长,那么白。嘴里与她搭讪,心中却在暗想:若是就此在身后一把将她搂住,又将如何? 没准儿她就依了我也未可知。祖彦素有识人之明,几天前在夏庄初见秀米之时,曾对我道,此女虽生性冷傲,却极易上手,劝我放胆一试。这真能行得通吗? 如之奈何? 如之奈何? 不可,不可。克制,克制。

是夜久未入眠,中宵披衣独坐,成诗一首:

咫尺桃花事悠悠,风生帐底一片愁;
新月不知心里事,偏送幽容到床头。

秀米来到的这个地方名叫花家舍。当晚她就被人带到村庄对面的一座湖心小岛上。这个岛最多也只有十六七亩,与花家舍只隔着一箭之地。原先,岛与村庄之间有木桥相连,后来不知什么原因被拆除了,水面上露出一截截黑色的木桩,有几个木桩上还栖息着一只只水鸟。

岛上唯一的房舍年代已久,墙上爬满了茑萝和青藤。屋前有一个小院,用篱笆围起来,里面一畦菜地。门前有几棵桃树和梨树,花儿已经开谢了。这座小岛地势低洼,四周长满了杂树和低矮的灌木。遇到大风的天气。湖水就会漫过堤岸,一直流到墙根来。

这座孤零零的房子里住着一个人,剃着光头。不过,从她胸前晃荡的乳房仍可以看出她是个女的,年龄在三四十岁之间。她叫韩六。她被人从一处尼姑庵中掳到这里,已将近七年了,其间还生过一个孩子,没出月就死了。长年蜗居荒岛的寂寞使她养成了自问自答的毛病。秀米的到来,她多少显得有点兴奋。不过,她小心地掩饰自己的喜悦,秀米也装着没有察觉,彼此都提防着对方。

　　奇怪的是,秀米被人抛到这个小岛上之后,那伙人似乎把她彻底地忘掉了。一连半个月,无人过问。有一天中午,她看到一艘小船朝小岛驶来,竟然隐隐有些激动。不料,那艘船绕到岛屿的南侧忽然停住了。她看见船上有个人正在撒网捕鱼。秀米每天绕着湖边晃悠,累了就坐在树下,看着天边的浮云发呆。

　　张季元的那本日记她已经读过很多遍了,尽管她知道。每一次重读都是新一轮自我折磨的开始,但她还是时常从中获得一些全新的内容。比如,直到今天她才知道,母亲竟然还有一个名字,叫做梅芸。她想把这个名字和母亲的形象拼合在一起,这使她再一次想到了普济。她离开那里的时间还不到一个月,可她却觉得已过了几十年。很难说,这不是一个梦。

　　隔着波光粼粼的湖面,她可以看到整个花家舍。甚至她还能听见村中孩子们的嬉闹声。这个村庄实际上是修建在平缓的山坡上,她吃惊地发现村子里每一个住户的房子都是一样的。一律的粉墙黛瓦,一样的木门花窗。家家户户的门前都有一个篱笆围成的庭院,甚至连庭院的大小和格局都是一样的。一条狭窄的,用碎砖砌成的街道沿着山坡往上。一直延伸到山腰上,把整个村庄分割成东西两个部分。村前临湖的水湾里停泊着大大小小的船只,远远看上去,耸立的桅杆就像是深冬时节落光了叶子的树林。

　　这天上午,秀米和韩六在院中逗弄一群刚刚孵出来的小鸡。小鸡出壳不久,走两步就会栽倒在地上。韩六将菜叶子剁碎了喂它们吃。她蹲在地上轻声地与它们说话,她叫它们宝宝。秀米偶尔问起,为什么这么久,也不见一个人到岛上来?韩六就笑了起来。

"会来的。"韩六将一只小鸡放在手心里,抚摸着它背上的绒毛,"他们或许正在叫票。"

"叫票?"

"就是和你家里人谈价钱。"韩六说,"你们家交了赎金,他们就会把你送回去。"

"要是价钱一时谈不拢怎么办?"

"会谈拢的,他们不会漫天要价。除非你家的人一心想你死。"

"如果实在谈不拢呢?"

"那就剪票。"韩六不假思索地说,"他们割下你的一片耳朵,或者干脆剁下你的一根手指,派人给你爹娘送去。如果你家里人还不肯付赎金,按规矩就要撕票了。不过,他们很少这么做。我来这儿七年,只见他们杀过一个人。是个大户人家的闺女。"

"他们为何要杀她?"

韩六说:"那闺女火一样的刚烈性子,来到岛上就跳湖,跳了三次,救了她三次,最后她用脑袋去撞墙,又没撞死。他们眼见得这张花票留不住,就把她杀了。他们先是把她交给小喽啰们去糟蹋,糟蹋够了,就把她的人头割下来放到锅里去煮,等到煮熟了,就把肉剔去,头盖骨让二爷拿回家去当了摆设。他们最痛恨自尽。这也难怪。他们辛辛苦苦绑个人来,也实在不容易,从踩点、踏线到收钱、放人,差不多要忙乎大半年时间。人一死,什么也落不着。可官府的例银,照样还是要交。"

"怎么还要给官府交钱?"

"自古以来官匪就是一家。"韩六叹了口气,"不仅要交钱,还要四六分账。原来是五五分账，从去年开始变成了四六分账。也就是说，他们得来的赎金，有六成要交给官府。没有官府的暗中袒护，这个营生就做不下去。你要是不交，他们立马就派官兵来围剿，半点也含糊不得。原先是每年做一回，大多是霜降之后到除夕之前这段时间动手，现在每年少不得要绑个五六个人来。一般是花票和石头。花票指的是姑娘，绑小孩他们叫搬石头。"

韩六的话匣子打开了，关都关不住。

她说，这个村庄从外面看和别的村庄没什么区别。在平时他们也种地、打鱼。每年的春天，男人们就外出做工，帮人家修房造屋，实际上，这也是一个幌子。他们的真正意图是访察有钱的富人，物色绑架的对象，他们叫做"插签"。他们做事极隐秘，很少失风。

秀米问她是不是知道一个名叫庆生的人。

"那是六爷。"韩六道，"这里的头目有两个辈分。庆字辈的四个人，庆福、庆寿、庆德、庆生。庆六爷是老幺。观字辈的两个人。就是大爷和二爷。"

说罢，韩六看了秀米一眼，笑着说："瞧你身上穿的，就不是穷酸人家出身。不用担心。他们做事极有规矩，只要你家付了钱，他们连手指头也不会碰你一下。你就权且当作出来玩玩。不付赎金的事也不能说没有，如果是孩子，就让专人带到外地，远远地发卖了。如果是女人，又有些姿色的，可就麻烦了，先是'揉票'，然后就打发到窑子里去了。"

"什么是揉票？"

韩六忽然不作声了，她咬着嘴唇，若有所思。过了半晌，长长地叹了一口气，道："他们也叫开荤，三个大爷轮番到岛上来，每个人你都得侍候。他们把你折腾够了，才会卖到窑子里去。要是真落到这步田地，那可够你受的，他们有的是折磨女人的法子，也不知道是怎么想出来的。"

"你不是说,他们一共有六个人吗?"

"二爷和四爷对这种事没兴趣。听说二爷好男风,不近女色,不知真假。至于大爷,近些年来一直在生病,已很少过问村子里的事。甚至……"韩六犹豫了一下,接着道,"甚至有人说,大爷王观澄如今已不在世上了。"

4

差不多一个月前,秀米第一次踏上这座小岛的时候,看见那处荒僻的院落,那些花草和树木,看到云彩舒卷没有遮拦的天空,就有一种似曾相识的感觉。她觉得自己曾经来过这儿,一切都是那么的熟悉。就连房梁中的燕子窝,也都与她的记忆丝毫不差。

那天傍晚,韩六用木勺在水缸里舀水刷锅,不经意敲到了缸壁,那口水缸立刻发出一阵悠远的嗡嗡声,就像水面的涟漪,一层层地荡开去。她忽然就想起父亲阁楼上的那只瓦釜。张季元离开普济的前夜,曾约她去阁楼说话,他用手指轻轻地弹叩着,瓦釜发出了悦耳的金石之声。她觉得自己的身体像一片轻柔的羽毛,被风轻轻托起,越过山涧、溪水和江河,飘向一个不知名的地方。

原来竟是这儿……

在她当时纷乱的遐想之中,依稀觉得岛上还有一处荒芜的坟冢。为了证实自己的这种荒诞不经的念头,她哆哆嗦嗦地问韩六,在这座岛上是否有一座荒坟。韩六想都没想,脱口答道:

"有,就在房子西边的小树林里,你问这事儿干吗?"

秀米一听,刹那之间脸色变得煞白,没有一丝血色,怔在那里,神情木然。韩六看见她站在灶边目露虚光，整个人都吓得变了形，就赶紧过去，把她扶到椅子上坐定。那个瓦釜果然是件宝物，难道父亲从叫花子手中买来的这个瓦釜与那个躺在墓坟中的人有什么勾连吗？她不敢往下想。韩六劝解了半天，秀米也是一声不吭，兀自在那儿发呆。过了一会儿，当秀米将她的心事告诉韩六时，韩六笑道："我当什么事呢，看你吓成这样！这就是佛祖常说的前世。你前世到过这个地方，有什么好奇怪的？"

秀米当即就央求韩六带她去墓园看一看。韩六被她央逼不过，只得解了围裙，又去灶角擎了一盏灯，两人一前一后来到屋外。

在院宅的西侧，有一片清幽的树林。树林中有一畦菜地，菜花落了一地。菜地当中果然有一处墓园。坟冢由青砖砌成，砖缝中长满了青草。四周土围的墓栏早已颓塌，长着齐人高的蒿草。韩六说，这座荒坟是明代道人焦先的息影之地。坟冢前立着一块青石碑，由于闲来无事，碑文她不知看过多少遍了。秀米立即从韩六手中取过灯来细细观瞧。掸掉一层浮尘之后，碑石背面的字迹依然历历可辨。

焦先，字孝乾。江阴人氏，明亡归隐。于湖中荒岛结草为庐。冬夏袒露，垢污如泥。后野火烧其庐，先因露寝，遭大雪，至袒卧不移，人以为死，就视如故。先旷然以天地为栋宇，阔然合至道之前，出群形之表，入元寂之幽；犯寒暑不以伤其性，居旷野不以苦其形，遭惊急不以迫其虑，离荣忧不以累其心，捐视听不以污其耳目。羲皇以来，一人而已。

墓碑左下角有"活死人王观澄撰"的字样。这段铭文显然出自总揽把王观澄之手。可他为什么自称"活死人"呢？

韩六告诉秀米，王观澄正是为了寻访焦先的遗迹，才最终发现了这个湖心小岛的。他是同治六年的进士,点过翰林院。除资政大夫福建按察史。后迁江西吉安。中岁好道,顿生隐逸之念。遂抛却妻孥。四处游历,托迹于山水之间。

既然他有了出世之想,怎么好端端又做起土匪来了呢?

起风了。秀米坐在墓园的石阶上,听着飒飒的树声,不知为何,陡然想起了自己的父亲。她不知道他现在是否还活在世上。

湖里的浪头层层叠叠地卷向岸边,激起高高的水花,泼到岸上,又层层叠叠地退去。很快,天气突然转了阴,乌云翻滚,电闪雷鸣。不一会儿就下起雨来,整个湖面就像一锅煮开的稀粥,咕嘟咕嘟地翻着水泡。弥漫的水汽遮住了远处的山脉,花家舍亦被雨幕隔断。到处都是刷刷的雨声。

这天晚上,秀米早早就睡下了。很多年来,她还是第一次睡得这么沉。恍惚中她醒过来一次,那是韩六来她屋里察看窗户有没有关严。她糊里糊涂地坐起来,对她说了一句:

"今天是五月初七。"

韩六知道是在说梦话,笑了笑,带上门出去了。秀米倒头再次沉沉睡去。即便是在熟睡中,她也能感觉到窗缝中飘进来的阵阵凉气,带着湿湿的水味。

她当然不知道,此刻,有一艘乌篷船趁着夜幕,在浊浪滔天的湖中朝小岛驶来。有几次,他们已顺利靠岸,但南风又把船吹了回去。他们没有打灯笼。

秀米再次醒来的时候,灯还亮着。她还能听见院外的屋檐下刷刷的雨声,又密又急。南窗的木椅上坐着一个人。他浑身上下湿漉漉的,两只脚都搁在一只方凳上,手里托着一只白铜水烟筒,呼噜呼噜地吸着,听上去就像流水被什么东西堵住了似的。这个精瘦的小老头,正是五爷庆德。谢了顶的额头油光发亮,脸上的皱纹像干果一样堆挤在一起。他穿着一身黑色的绸布衣裳,衣襟敞开着,肚子上的皮早已松弛,一层层地叠在腰间。

"你醒啦?"老头儿低声地说一句,又侧过身子,将手中的引捻凑到灯上去烧,然后照例吸他的烟。

秀米吓得一骨碌从床上坐起来,抓过一只枕头紧紧地抱在怀中。

"我已经来了一会儿了,看你正在睡觉,舍不得把你叫醒。"老头儿嘿嘿地笑着说,"你要是还想睡,就接着睡,我不急。"说完,看也不看她一眼,兀自抖动着双腿。

秀米意识到,自己无数次为它担惊受怕的这个夜晚,就这样猝然降临了。她没有任何可以利用的经验,脑子里一片空白,甚至也忘了害怕。她的手指交织在一起,绞来绞去。不过,此刻她所能做的事,也只有呼哧呼哧地喘气而已。她感到自己的胸脯剧烈地起伏,太阳穴上的筋儿突突地跳个不停。

"你!你……"她一连说了七八个"你"字,连她自己也不知道自己要说什么。她喘息得更厉害了。

"昨天,我们派去普济的人回来了。"老头儿将水烟筒放在桌上,拿过一把梳子来,用指甲盖轻轻地刮着梳齿。"你猜怎么着?你娘不肯付钱。没想到吧?连我也没想到。

"她说,嫁出去的女儿泼出去的水,既然已经成了亲,她就不是陆家的人了。按理,这赎金就该夫家出。她说得很有道理,我们的人也无话可说。他们费了好大的劲才寻访到你在长洲的夫家,结果呢,他们也不肯出这笔钱。你婆婆说,这新娘子还未过门,在半路上就被人掳了去。这赎金当然该由娘家出。再说,他们已在当地为儿子另择了一门亲事,下个月就要办喜事了。他们无论如何不肯出这钱。你婆婆说得也有道理。只是我们没道理。原以为逮到一只肥鸭,没想到到最后还是竹篮打水一场空,今年官府的差交不了,我们只得把你交出去。

"梅城的何知府刚死了一个姨太太,你就过去好歹补个缺吧。俗语说,新鞋挤脚。我今天来,先把它撑撑大,让你开开窍,省得你到了府衙,笨手笨脚,服侍不好何大人。"

老头儿一席话,说得秀米手脚冰凉,面无血色,牙齿咯咯打战,暂时还来不及去怨恨她的母亲。

"不用害怕。"老头儿柔声说道,他的声音略显沙哑,像是从很远的地方传过来似的,空空的,"和我的那帮弟兄们比起来,我还算是文雅的。"

说着,老头儿忽然剧烈地咳嗽起来,咳得连腰都弯下来了。半天,从嗓子里咳出一股脓痰来,含在嘴里,看了看秀米,欲吐又止,最后硬是"咕咚"一声咽进肚里。他想以此来表明他的"文雅"。

秀米已经从床上跳下来了。她趿着鞋,怀里抱着那只枕头,满屋子找梳子,半晌才想起来。那梳子捏在老头儿的手上呢。她又开始手忙脚乱地穿衣服。老头儿静静地看着她,笑道:

"不要穿。你穿好了,待会儿我还得替你脱掉,何必呢?"

秀米觉得嘴里有一股咸咸的腥味。她知道自己把嘴唇咬破了。她蜷缩在床边,眼里闪着泪光,对老头儿一字一顿地说:

"我要杀了你。"

老头儿先是一愣,继而哈哈大笑。

他从椅子上站起来了。天哪,他,他居然当秀米的面就脱衣服!他居然脱得一丝不挂!!他朝秀米走过来了。

"别过来,你不能过来,不能!"秀米叫道。

"我要是非要过来呢?"'

"你会死的!"秀米愤怒地看着他,喊道。

"好吧,就让我舒舒服服地死一回吧。"老头儿走过来,很轻易地就将她的双手反剪到了背后,凑过脸去咬她的耳垂,嘴里喃喃道,"俗话说,埋没英雄芳草地,现在,就请你来杀死我吧。"

为了避开他的嘴,秀米的身体就尽量向后仰,很快,她就倒在了床上。那感觉就像是她自愿倒在床上的一样。在她意识到巨大羞辱的同时,她的身体却在迅速地亢奋。真是丢脸啊!我拿它一点也没办法!怎么会这样呢?她越是挣扎,自己的喘息声就越大,而这正是对方所希望的。天哪,他真的在脱我的衣服呢!秀米似乎意识到了什么,她的身体越来越僵硬。老头儿兴奋得像头公牛。"你的肉比我想象的还要白。白的地方白,黑的地方才会显得黑。"老头儿道。

天哪,他竟然……竟然说出这样的话来!!

老头正用力地将她的腿扳开。

天哪,他竟然来扳秀米的腿,难道他真的要……

这时,她听见老头儿说,你看,你看,我还没怎么弄你,你他娘的自己就先潮了。听他这么说,秀米又急又羞,在他的脸上啐了一口,老头儿就笑着用舌头去舔。

"你,你,你可真……"秀米想骂他,可她从来就没骂过人。她的脑袋在枕头上徒劳地晃动。

"真怎么样?"

"你可真是个……坏人!"秀米骂道。

"坏人?"老头儿大笑了起来,"坏人?哈哈!坏人,有意思。不错,不错,我是个坏人。"

老头儿还在她的脚上绑了串铜铃。老头儿说:"我这个人,没有什么别的嗜好,就喜欢听个铃儿响。"

她只要稍稍蹬一蹬腿,铃铛就会发出悦耳的当当声。她动弹得越厉害,铃铛的声音就越响,仿佛是对对方的怂恿或鼓励。没办法,真的是没办法。最终她放弃了抵抗。

后半夜,秀米睁着两眼看着帐顶,躺在床上一动不动。雨早已不下了,屋子外面有青蛙在"呱呱"地叫。她的身体的疼痛已不像刚才那么尖锐了。韩六挨着床沿坐着,不管她说什么,秀米都不吱声。韩六说,是女人总要过这一关。不管是你丈夫,还是别的什么人,总有这一关。想开点,事到如今,也只有想开点了。她又说,摊上这档子事,脑子里很容易就会想到死。可又不甘心。挺过去就好了。

她给秀米泡了一杯香茶,搁在床边的桌上,早已凉了。秀米两眼直勾勾地看着韩六,心里狐疑道,我怎么什么都想到了,就是没有想到死呢? 在普济时,凡是有这样的事,女人似乎只有自寻短见一条路。可我压根就没想死。她的确不想死。何况,张季元早已经不在人世,时光也不能倒流。想到这里,她忽然无端地怨恨起张季元来。这个白痴! 白痴! 她紧咬着嘴唇,泪水在眼眶里打转。

韩六说:"我去给你烧水,你把身子洗一洗。"

说完她又看了秀米一眼,就去灶下生火烧水去了。不一会儿,秀米就闻到了麦穗秆的焦香味。只是便宜了那条老狗! 她想。

等到秀米洗完澡,换了一身衣裳,天已经快亮了。韩六又让她在地上使劲地跳一跳。她说,这样,就不会怀孕了。秀米没有理她。韩六新沏了一壶茶来,两人隔桌而坐。

韩六道:"看你身上的穿戴,也不是个穷人,你娘怎么会舍不得那点银子?"秀米也不搭话,只是默默地流泪。过了半晌,才恨恨地道:

"天晓得。"

"不过,我总觉得,今天晚上的事有点不大对劲。"韩六心事重重地说,"依我看,这花家舍一定是出了什么事。"

秀米说,她对所有的事都没兴趣。

韩六道："总揽把卧病不起，二爷和四爷不近女色。就算你娘不肯交这笔赎金，按规矩，这头一晚也该轮到三爷庆福，五爷怎么敢抢先上了岛子？而且下着那么大的雨。这伙人也没有打灯笼，天不亮就走了。明摆着是背着人偷鸡摸狗。这五爷庆德原先是总揽把在福建的部属，你别看他蔫不拉唧的一个糟老头子，据说能骑善射，武艺高强。虽说王观澄只让他坐了第五把交椅，可六个头领中，要算他与王观澄关系最近。

"王观澄自从前年春天得了尿血之症，很少在公开场合抛头露面，这庆老五仗着自己与大爷的那层关系，常常假传圣旨，发号施令。他知道，一旦王观澄驾鹤归西，这总揽把之位怎么也轮不到他头上。在你来之前，这花家舍就传出风言风语，说王观澄早在去年冬天就已血尽而亡。这庆老五将大爷的死讯隐匿不报，厝棺地窖，密不发丧。一面挟天子号令诸侯，一面暗中私植党羽，收买人心，一旦时机成熟，这花家舍一场火并在所难免。"

"他们杀他们的，与我们何干？最好一把火，将这个花家舍烧得干干净净。"秀米道。

"傻丫头，你这话不通事理。他们哪怕杀得天昏地暗，也不关我们的事。这局面再乱，最后总得分个胜负雌雄，不管最终谁当了家，我们做女人的，都没有好果子吃。这伙人中，除了总揽把王观澄之外。剩下的几个人，没有一个好东西。二爷好南风，在家里养了七八个美貌小厮，成天做那令人发指的禽兽之事。表面上装聋作哑，时常泛舟湖上，钓鱼自遣，实则韬光养晦，相机而动，是一等一的精明人。此人很少说话，实则内心最为阴毒。

"三爷是个书呆子，此人最是无味。浑身上下散发着酸腐文人的臭气。天底下哪有这样的事？他一面趴在你身上乱咬乱拱，一面还要吟诗作赋。他要是与你过一夜，保险你得吐上两三回。五爷你已见过。我就不说了。这六爷庆生，几个头领之中算他年纪最小，外号'不听使唤'，你最要当心。此人倒是没什么心计，虽说草包一个，但臂力过人，据说能把一只石磨举过头顶，转得像陀螺一样。他杀人最为随便，敢说敢做。连二爷也惧他三分。这个人最难伺候，他要是不把你身上的每一根骨头都揉得脱了臼，是不会歇手的。

"唯独那个四爷，我来花家舍多年，从来没见过。此人深居简出，独来独往，行踪极为神秘。据说，家中养着一只鹦鹉……"

"姐姐是如何来到花家舍的？家又在哪里？"秀米问道。

这一问，韩六半天不言语。天已大亮。她吹了灯，站起身来："我的事，以后再慢慢说与你听罢。"

5

整整一个白天，秀米都在床上睡觉。中午的时候，她看见韩六到她屋里来过一次，与她说了几句话就离开了，她隐隐约约觉得韩六的话说得又快又急，似乎事关重大。但她实在太困了，只是睁开眼睛看了韩六一眼，说了一两句什么话，就翻过身去，重入梦乡。

她并未完全睡实。她瞥见天空昏黄昏黄的，像熟透了的杏子一样。屋外呼呼刮着大风。不知从哪里吹来了漫天的沙粒，在屋顶的瓦楞上叮叮作响。秀米最害怕刮大风。每到春末的时候，随着一场暴雨过后，普济就会出现一段扬尘天气。大风成天呜呜地叫着，牙缝中都灌满了沙粒。在沙尘中，她的心一点点地揪紧，觉得空落落无所依归。她还记得幼年时，一个人躺在普济家中的床上，宝琛、翠莲、喜鹊和母亲都出去了，只留下她一个人，躺在楼上，听着窗纸被沙粒打得噼啪直响，似睡未睡，将醒未醒。她觉得自己是那么的孤单！

现在她觉得自己变成了两个人。一个在遥远的普济：天色将晚，母亲像影子一样飘到楼上，坐在她床边，低声问她，秀秀，你怎么哭啦？另一个则被囚禁在被湖水隔绝的荒岛上，母亲没有答应交赎金，而她很可能回不去了。就像照镜子时常有的情景，她不知道哪一个更真切。

恍惚中，她听见有人推门进来，浑身上下被血染红了。这个人悄无声息地走到她床边，静静地看着她，脸上布满了痛苦的愁云。她不认识他。她看见这个人的脖子有一圈刀痕，又宽又深。黑色的血汩汩地流出来，顺着他的脖子流到衣襟上。

"我是王观澄。"来人道，"你不用害怕，我是来向你告别的。"

"可我不认识你。"秀米诧异道。

"没错，此前我们并不相识，不过……"

"你被人杀了吗？"秀米问他。

"是的，我这会儿已经死了。他这一刀砍得太深了，几乎把我的头都砍得掉下来了。其实，对付我这样一个七老八十的老头子，用不着那么大的力气。你不知道我有多么疼。"

"是谁杀了你？"

"我没有看清楚，他是从背后下的手。早晨起来，我觉得自己有了一点精神了，就去洗脸，他从屏风的后面走了出来，从背后下了手。我根本没有时间转过身来看他。"

"可你心里清楚是谁，对吗？"

"我能猜得到。"那人点点头说，"不过，这并不重要。我这会儿对它毫不关心，因为我已经死了。我能吃一点你的玉米吗？我实在是饿极了。"

秀米这才看见床头的桌上放着一穗煮熟的玉米，还冒着热气。那人也不等秀米答话，抓过来就啃了几口。

"你干吗要来找我？我并不认识你，连一次面也没见过。"

"你说得对，"那人一边吃着玉米，一边嘟嘟囔囔地说，"实际上我也没有见过你。不过，这不要紧。我知道你和我是一样的人，或者说是同一个人，命中注定了会继续我的事业。"

"我不知道自己要做什么，除了死。"秀米道。

"那是因为你的心被身体囚禁住了。像笼中的野兽，其实它并不温顺。每个人的心都是一个小岛，被水围困，与世隔绝。就和你来到的这个岛一模一样。"

"你是想让我去当土匪吗？"

"在外人看来，花家舍是个土匪窝，可依我之见，它却是真正的世外桃源。我在这里苦心孤诣，已近二十年，桑竹美池，涉步成趣；黄发垂髫，怡然自乐；春阳召我以烟景，秋霜遗我以菊蟹。舟摇轻飏，风飘吹衣，天地圆融，四时无碍。夜不闭户，路不拾遗，洵然有尧舜之风。就连家家户户所晒到的阳光都一样多。每当春和景明，细雨如酥，桃李争艳之时，连蜜蜂都会迷了路。不过，我还是厌倦了。每天看着那白云出岫，飞鸟归巢，忽然心有忧戚，悲从中来，不可断绝。每到这个时候，我就会对自己说：王观澄啊，王观澄，你这是干的什么事啊？我亲手建了花家舍，最后，又不得不亲手将它毁掉。"

"我不明白你在说什么。"

"你以后会明白的。"来人道，"花家舍迟早要变成一片废墟瓦砾，不过还会有人重建花家舍，履我覆辙，六十年后将再现当年盛景。光阴流转，幻影再生。一波未平，一波又起。可怜可叹，奈何，奈何。"

说完，那人长叹一声，人影一晃，倏忽不见。秀米睁开眼睛一看，原来是个梦。床前的橱柜上还搁着吃了一半的玉米。屋里光线阴晦，屋外大风悲号，树摇叶飞，像是有数不清的人在喊喊喳喳地说话。

秀米从床上起来，趿着鞋来到灶下。从水缸中舀了一瓢凉水，直着脖子灌了下去,抹了抹嘴,又来到韩六的房间。她看见房中的床铺叠得整整齐齐,床下一块木板踏脚上搁着一双绣花鞋,人却不知去了哪里。秀米将屋前屋后,院里院外,都找了个遍。最后。又沿着湖边寻了一圈,还是没见韩六的人影。抬头看了看湖面,波浪翻涌,云翳低垂,四顾茫茫,连条船也看不见。

秀米坐在湖边的一块石头上,看着湖中的那一溜歪歪斜斜的木桩发呆。木桩上已经没有了水鸟。随着天渐渐地黑了下来,木桩也变得模糊不清了,她只能看到水面上的一道弯弯的暗影,最后,连暗影也看不见了。她觉得手臂微凉,露水浓重,她的头发也变得湿漉漉的。狂风过后,天地再次归于沉寂。朗空如洗,一片澄碧,星光熹微,岸边的芦苇习习而动。花家舍亦是灯影幢幢,阒然无声。

月亮已经升得很高了。她看见湖中有艘小船。像是一个人打着灯笼在走夜路。不过,在很长一段时间中,那点灯光仿佛是静止不动的。秀米起先还以为是一艘捕虾船。等了半天,她终于看见那船朝岸边划过来了。木橹咯吱咯吱地响着,水哗哗地流过船侧。船拢岸边,摇橹人就放出一条窄窄的跳板来。韩六手里提着一只竹篮,正从船舱里弓着腰走出来。她一直在担心再也见不到韩六了。

原来,这天下午,韩六是被人接去花家舍念经去了。

回到屋里,秀米就问她去花家舍念什么经,韩六说是"度亡经"。秀米又问她干吗要念度亡经,是不是有什么人死了。韩六就"咦"了一声,吃惊地看着她:

"怪了,我走之前,不是到你房中,把这些事都跟你说了吗?"

"我也记得你到我床边来,与我说话,只是我太困了,不知你说了些什么。"秀米笑道。

韩六说,今天中午,她就看见廊下挂着的那串玉米已经生了虫子了，再不吃，就吃不着它了，就把它拿到锅里去煮。

"玉米煮熟了，刚拿了一穗在手里吃，花家舍就来了人，他们说大爷王观澄已经归了西。今天傍晚时分就要落葬。他们知道我是出家人，让我赶紧过去给他胡乱念几段经文。我当时吓了一跳，就问他，大爷怎么说死就死了？那人说，村中出了强梁，大爷叫人砍了脖子了。他也不愿多说话，只是催我快走快走，我想这么大的事，应当告诉你知道。谁知你睡得像个死人一样，摇你半天，才见你睁开眼。我把大爷被杀的事跟你一说，你还一个劲地点头呢。那人又在那儿催我，我就丢下玉米，跟那人上船走了。"

韩六问她有没有吃饭。

秀米道："你一走，我到哪里去吃饭。"

韩六笑道："那玉米不是在锅里摆着吗？"

说着，拎过篮子来，揭开一块蒙着的蓝布，从中端出一只陶钵来。打开盖子，里面盛着一只松鸡。秀米一天没吃饭，也真是饿极了，抓过松鸡，就啃了起来。韩六笑着看着她吃，还时不时地拍拍她的背，让她别噎着。

韩六说她去到花家舍的时候，正赶上小殓。王观澄的尸首已经停在了棺盖上，灵前没有彝炉高瓶，亦无高烛香台，只有两只瓷碗，里面盛着些许灯油，灯芯草燃着绿豆般的火苗，这大概就算是长明灯了。桌上供着寻常瓜果。再看那王观澄，身上的衣服亦是补丁摞补丁，就像那和尚穿的百衲衣，脚上的一双白底皂帮旧布鞋，也已被磨得底穿帮坍。厅堂内的陈设也是简单不过，十分寒碜。几个小厮丫头侍立两侧，他们的衣服也都破烂不堪。

韩六还是第一次见到王观澄，原来堂堂的总揽把竟然是这样一个糟老头子，脸上胡子拉碴，面容忧戚，因流了太多的血，脸色蜡黄。韩六跪在灵前的蒲团上，磕了几个头，然后就念起经来。

过不多久，从内屋走出一个女人来，年纪约有五六十岁。这个人手里拿着一根缝被针，一枚线板。韩六认得她是王观澄的管家婆子。也不知是害怕，还是别的什么原因，她的手抖得厉害。她把针递给韩六，又朝尸首努努嘴，韩六就明白了。她是让韩六去把王观澄的脑袋和脖子用线缝上。

那一刀像是从后脖梗子砍入。刀似乎有些钝了，因为她看见一些碎骨头渣子粘在脑后花白的长发上。韩六数了数，一共缝了六十二针，总算把脑袋缝上了。等到她缝完后要去找地方洗手时，那个老婆子忽然说：

"有劳师傅，一并替他抿了目罢。"

韩六慌道："你瞧他那眼睛，睁得像水牛一样，必得有一个亲近之人替他抿目，方可闭上。小尼与他非亲非故，岂敢造次？"

老婆子叹息道："总揽把无儿无女，孤身一人，我们几个虽跟他多年，连话也说不得一两句。再说我们也不懂规矩。这里的事，不论大小，一律听凭师傅做主便是。"

韩六犹豫了半天，这才答应。

"家中有无玉佩？"她问道。

老妈子道："总揽把生前极是节俭，不要说玉佩，连好一点的石头也不曾看见过，就连这口薄材，也是从旁人家中借来的。"

"有无胡珠？"韩六又问。

老妈子仍是摇头。

韩六转过身，看见灵台上供着的果盆中有一串樱桃，刚刚采来不久，上面还缀着水珠，就过去摘了一颗，掰开他牙齿，塞在他嘴里，这才替他抿了目。一连抹了六次，王观澄的眼睛还是闭不上。最后，韩六只得从衣兜中掏出一片黄绢手帕，替他遮了脸。韩六又让老妈子去箱子里找一身干净衣服来，她要替他换衣。一个丫头朝前挪了一步,道:"除了老爷身上穿的,再没见他穿过别的衣裳。要说冬天穿的棉袍,倒像是有一件,却又不合时节。"

韩六见她这么说,只得作罢。

大殓的时候,各路人马纷至沓来,全都聚在院外。那些大小头目进来磕头行礼,都带着自己的随从。这些随从一律身佩宝剑,手按剑柄,神情紧张。匆匆忙忙行了叩拜之礼,又退回院中。韩六知道,王观澄的暴亡,显然使各路头目加强了戒备,每个人都阴沉着脸,眉头紧蹙。等到他们叩拜完毕,韩六就吩咐大殓。几个匠人过来。七手八脚将尸首抬入棺内,正要钉上板钉,韩六忽然问道:"怎么没见二爷来?"

老妈子走上前来,悄声道:"我们早上已央人去请过他三次,他就是不露脸,中午我又让人去请,他家里人说他划船去湖里钓鱼去了。不用再等他了。"

韩六这才让木匠盖了棺,敲入木钉,披上麻绳。诸事安排停当,就听得院外有人喊了一声"起柩",她看见几个小厮抬着那口棺材,摇摇晃晃地出了门,又出了庭院,一路向西去了。

韩六说完了这些事,两人又闷坐了一会儿。秀米就把王观澄托梦给她的事也细说一遍。

韩六笑道:"什么事到了你嘴里,就变得神神道道的。按说这世间的事,大不了最后就是一个死,豁出性命一条,也没什么可怕的,只是这些事被你一说,就不由得让人毛骨悚然,好像这世上的一切就是假的一样。"

"它原本就是假的。"秀米叹了一口气,幽幽地说。

6

　　光绪二十七年九月十三日。大雨。在夏庄薛宅开会。下午商定《十杀令》。大致如下：一，有恒产超过四十亩以上者杀；二，放高利贷者杀；三，朝廷官员有劣迹者杀；四，妓女杀；五，偷盗者杀；六，有麻风、伤寒等传染病者杀；七，虐待妇女、儿童、老人者杀；八，缠足者杀；九，贩卖人口者杀；十，媒婆、神巫、和尚、道士皆杀。以上各款中，众人除第八条外均无异议。对第八条反对最烈者为王氏小和。他的理由是，普济、夏庄一带妇女缠足者不在少数。他自己的母亲、浑家、两个妹妹皆缠小足。后经众人再议，改为：自革命成功之日起，凡再有缠足者杀。

　　晚归普济，雨仍未息。身体极感疲惫。夜深时，梅芸上楼来，极缠绵。只得抖擞精神与之交战。我已不觉得有何乐趣，味同嚼蜡。无意趣而勉强交媾者，实乃人生至苦也。精神萎靡，未臻全功而泄。芸忽而诧异道："你在夏庄是不是被什么狐狸精吸了精气，怎么这样不顶事？"我只得发誓赌咒，温言相劝一番，芸儿仍不依不饶。略微休息片刻，为了证明自己并无二心，遂拿出十二分力气来再与她周旋。但我看见她脖子上的皱褶，背上的赘肉，粗大的胳膊，立即委顿下来，再怎么用力，却已是强弩之末了。

　　芸儿先是抽泣，继而低声唤道："你心里有了别的人，别以为我看不出来！"我正要分辩，不料芸儿忽然抬起头来，冷冷地看着我，从牙缝中挤出一句话来：

　　"你要是敢动她一个指头，我就把你的骨头拆下来喂狗！"

　　一句话，说得我浑身发冷，毛发倒竖。芸儿所说的"她"，定是秀米无疑。怪哉，我自从来到普济，总共也不曾与她打过几回照面,连话也不曾说过七八句,芸儿是如何看透我的心思?母女心意相通至此,实让人匪夷所思。妇人的眼光原比饿鹰还要毒上百倍,切不可大意。

一想到秀秀,我的劲头就来了,忽而力大如牛,芸儿呻吟不断,香汗淋淋,双目迷离恍惚。这婆子要是忽然间变成了秀米,那又如何?妹妹,妹妹,妹妹呀!在那梅芸的喘息声中,我趁机调侃道:"妹妹的身子是否也像姐姐这般雪白,这般丰满,像个炸开的馒头?"芸儿假装听不见我说的话,嘴里只顾哎哎啊啊,叫个不停。正在这时,忽听得门外有响动。芸儿受它一吓,眼睛就睁开了。急忙起身抓过衣裳,挡在胸前,拨开窗帘,朝院中观瞧。原来是宝琛的儿子老虎。此小儿刚从庆港来,极淘气。

祖彦与歌妓小桃红形影相随,旁若无人。我担心他早晚要出事。

只有在阅读张季元的日记时,秀米才觉得自己还活在这个世上。在普济的时候,那里的一草一木,一沙一石都蕴藏着无穷的奥秘,云遮雾罩让她看不透,也想不出个头绪。可如今她一旦知道了事情的底细,又觉得那些事是那样的无趣无味,让人厌腻。

她唯一想弄清楚的事,就是母亲与张季元是如何认识的?父亲在发疯前是不是知道这件事?父亲在赠给丁树则先生的诗中,为何会将"金蟾"错写成了"金蝉"?这与张季元临行前送给她的那只金铸的知了有无关系?她翻遍了张季元的日记。仍然没有找到一丝可以解开这个谜团的蛛丝马迹。

花家舍没有任何动静,日复一日,死一般空寂。秀米已经不记得时间了。她只是从湖面上木桩的阴影长短来推测光阴的流动。天已经变得酷热难当,岛上没有苇席,亦无蚊帐,到了晚上,连走路都会有一堆一堆的蚊虫撞到自己的脸上。她也没有可以替换的夏衣。韩六只得将自己一件长衫的袖子剪去,改成夏装,让她凑合着穿。夏天还好对付,要是到了冬天可怎么办?

当然,秀米知道自己没有必要想得那么远。她很可能看不到冬天。自从王观澄死后,她觉得已经熬了几百年了,可韩六告诉她,时间只过去了短短的一个多月。烦闷压得她透不过气来。这天拂晓,当秀米看见浓雾中忽然驶出一艘小船,朝小岛驶来时,她竟然兴奋地叫了一声。

那艘小船靠了岸,从船上下来几个人。他们手里各抱着一个封了盖的酒坛子。他们把酒坛抱到屋中,又一声不吭地回到船上,走了。到了中午时,对面的花家舍又驶来一条船。船上装着一些瓜果菜蔬。还有两尾装在木桶里的大鳜鱼,一副猪下水,一笼鲜虾,两只活鸡。一个围着白围腰的男人,手里拎着两把剁肉刀,从船上下来。这个人没有随船返回花家舍,而是径直来到了厨房,吩咐韩六将灶面收拾干净,他要来准备晚上的酒席了。

韩六见状,赶紧将秀米拉到一边,悄悄地对她说:“今天晚上,你可要倒霉了。”

“谁要到岛上来?”

“三爷庆福。”韩六道,“这个人早年读过几本书,虽说只是个半瓶子醋,可拉出那架势来,比那唐伯虎、纪晓岚还要风雅百倍。此人做事极考究,就连晚上煎茶的水,都要从花家舍运来。又是作诗,又是唱戏,可有得折腾了。”

秀米一听,就有点慌了手脚,站在那里,不知如何是好。

“不过此人不难对付,加上他又好喝口酒,等到了晚上,就多劝他喝几杯,他多喝一杯酒,你就少受一份苦。”韩六安慰了她一会儿,听见厨师在灶下叫她,赶忙就要过去。可走了几步,又回过头来,在她耳边悄悄地说:"你就当那身子是别人,由他去摆布。我有一个法儿,可惜你不会。"

"什么法子?"

"念经。"韩六道,"我一念经,就什么也不知道了。"

庆福来的时候,已经是上灯时分。除了两名随侍的丫头之外,并无旁人。这庆福完全是一副道士打扮,头戴青布道巾,身穿布袍,足蹬草履,腰束黄丝双穗,手执一面烫金黑面大扇,摇头晃脑,跌跌撞撞走进门来,也不说话,兀自用他那绿豆小眼睛滴溜溜盯着秀米看。一边看,一边点头。那嘴边的一丝流涎不觉已挂在腮边,笑得眼睛眯成了一条缝,不住地叹道:

"妹妹果然是桃杏带雨,樨桂含愁;秋水为神,芙蓉如面;白玉生香,海棠解语,妙绝妙绝……"

说完,径直来到秀米的跟前,躬身施礼。见秀米怒而不答,亦不以为意。笑嘻嘻地过去,一把捏住了她的小手,放在手里揉摸了半天,嘴里没来由地喃喃道:

"妹妹郁德柔婉,赋性艳冷,今日一见,魂飞魄荡。小生不才。今夜冒昧,愿侍奉妹妹去那云梦泽洞庭湖一游,以解多日渴念。不知妹妹意下如何?"

韩六见他疯话连篇,连忙过来拉开他,一面吩咐厨子摆酒开宴。

那庆福果然是一副好脾气,听韩六一番劝,就丢了秀米,自己来到桌边入了座。抖开那面纸扇,呼啦呼啦地扇了起来。

秀米先是不肯入座,经韩六频递眼色,死拖活拽,就在怀中藏了一把剪刀,坐在了他的对面。秀米见那老儿死盯着自己看,心中又羞又急,心里恨不得立即跳过去将他乱刀捅死。她抬头瞥了他一眼,见他面目丑陋,目光邪淫,又听他嘴里"妹妹妹妹"地乱叫,不由得眼中就坠出泪来。

桌上的菜肴早已排布整齐,那厨子也已筛了酒,正要给庆福斟上,谁知被庆福用折扇一格,喝了一声:"且慢!"吓得厨子把酒泼了一身。

"且慢,"庆福转身对侍立在身后的两名丫头说道,"红闲、碧静,你们哪一位先来唱一段戏文来听?也好助个兴儿。"一个丫头赶紧在他耳边问道:"三爷想听哪一出,哪一段?"庆福想了想,吩咐道:"你就唱'自叹今生,有如转蓬……'"

那丫头清了清喉咙,张开那樱桃小嘴,娇声娇气地唱了起来:

> 残红水上漂,梅子枝头小。
> 这些时看见淡了谁描?
> 因春带得愁来到,
> 春去缘何愁未消……

正唱到这里,那庆福眯着眼把扇子在桌上一敲,不耐烦地说道:"错了错了,又错了!春尽缘何愁未消。一字之差,意趣全无。"

那丫头一慌,愣了半晌,又改口唱道:

> 春尽缘何愁未消,
> 人别后,山遥水遥。
> 我为你数归期,
> 画损了眉梢。
>
> 自叹今生,有如转蓬,
> 隋堤柳絮转头空,

不知身在何处,烟锁云封。

……

丫头唱完,座中半天无人答话,那庆福也像是触动伤怀,兀自在那儿抓耳挠腮。那厨子抱过酒来,正要替他斟上,不料,那庆福忽又用扇子一格,道:"且慢。"那厨子又是一哆嗦。

庆福将自己面前的碗拿在手中,凑在灯前细细察看了一番,然后递给韩六道:"大姐再替我去灶下洗一洗,再用开水烫过拿来。"

韩六怔了一下,不知他是什么意思,但她还是一声不吭地接过那只蓝瓷碗,去灶下洗烫了一遍。

那庆福拿过碗来,依然是左看右看,末了忽然记起来,笑道:"不行,我还得自己再去洗一遍。"说完径自离座去洗碗了。

韩六笑道:"三爷莫非是担心有人在你碗里下毒?"

"正是。"庆福道。脸色忽然阴沉下来,"不是信不过大姐,如今花家舍风声鹤唳,人人自危,我也不得不防。"

秀米忽然想起喜鹊来。她也是每次吃饭都要自己将碗洗上好几遍,唯恐有人在她碗里放进砒霜。没想到这个土匪头目竟然和喜鹊是一样的毛病。一念之间,仿佛自己又回到了普济。再看屋外夜黑如墨,屋内一灯如豆,光影飘忽,不觉思绪纷扰,恍如梦寐:莫非这些人都是狐狸变的,自己原本并未离开普济,只不过偶然中闯入一处坟地了,中了狐狸鬼魅之魔?

秀米正低着头在那儿胡思乱想,忽听韩六道:"三爷你也太多心了。这处小岛平常人迹罕至,厨子也是你派来的,自然万无一失。退一步说,就是有人存心下毒,也应下在酒里……"

庆福嘿嘿冷笑道:"此话甚是。这酒也得你们先尝了之后,我才能喝。"

厨子遂给每人都倒了酒，也给自己斟了一杯。厨子先把酒喝了。庆福又用手指了指韩六，说了声：

"你。"

见韩六也喝了，又停了半晌，庆福这才端起酒来一饮而尽。然后抹抹嘴唇，叹了一声，对韩六道："大姐休要笑我。那二爷是何等聪明精细之人，每天饮酒用餐，必得佣人尝过之后两个时辰，眼见无事才肯自用。不料，机关算尽，到头来还是误了卿卿性命。俗话说，智者千虑，必有一失；不怕一万，就怕万一。"

"二爷死了？"韩六吃了一惊。

"死了。"庆福道，"两天前刚落了葬。"

"好好的，二爷怎么会死了呢？"

"总揽把被杀之后，我曾怀疑是二爷觊觎权位，对他暗中下了手。他这一死，说明总揽把不是二爷所杀。明摆着另有高人，只是尚未现身。"

"二爷是怎么死的？"

庆福又呷了一口酒，道："还不是有人在他碗里下了毒。刺客不仅凶残成性，而且智慧过人。明知道二爷每餐前要试毒，事先将那毒抹在碗底，待晾干之后再去盛饭，家人尝了自然无事，可等到二爷把饭吃完，却毒发吐血而亡。呜呼哀哉，龙驭上宾了。这个人躲在暗处，处心积虑，要结果你性命，防是防不住的。"

"这个人……三爷现在心里可有数？"

"除了小生之外，剩下的三个爷们儿都有嫌疑。大爷、二爷先后毙命，屈指算来，下一个就轮到在下了。我也不愿杯弓蛇影，去猜那猜不透的生死之谜。"说到这儿，他拿眼睛觑了秀米一下，笑道："只求妹妹可怜我这一回，过了今晚，也就此生无憾了。若是今夜死在妹妹的枕头上，那是最好，如果天假以命，让我苟延残喘，多活几日，日后恐怕还得求大姐收我做个徒儿,跟着姐姐找个洁净的庙宇,青灯长伴,烧香念佛,你看如何?"

庆福一席话,说得悲戚异常。那红闲、碧静两个丫头,也都掏出帕子拭泪。

韩六趁机劝道:"俗话说,万事不由人做主,一生总是命安排;今朝有酒今朝醉,活得一天算两晌。三爷也该想开点才好。"

"说得好,说得好。"庆福连声道。随后,咕咚咕咚一口气喝了三四碗酒,又对身边站着为他打扇的丫头说,"碧静,你也唱一曲,助一助酒兴。"

那个叫碧静的,正捡了一颗杨梅放在嘴里,见三爷让她唱曲儿,未及咀嚼就又将杨梅吐在手心里,略一思忖,开口便唱道:

> 懒把宝灯挑,慵将香篆烧。
>
> 挨过今宵,怕到明朝。
>
> 细寻思这祸殃何日会来,何日将消。
>
> 想起来今夜里心儿焦,
>
> 爷娘啊,
>
> 只怕是哭丧的刚走,报丧的又到……

一曲未了,那碧静忽然大放悲声,恸哭不已。庆福先是听得发了痴,后又不耐烦地对她摆摆手,欲言又止,伸手抓过酒壶,倒了酒,却不喝,双手托住下巴,又是一阵发愣。

韩六见众人都僵在那里,担心庆福悲极生怒,一时发作起来,倒也不好收拾,就笑着对庆福道:"三爷,我在庙里修行时,也曾在花师傅口里学得几首曲子,若是三爷不嫌弃,我这就来献个丑,也算凑个热闹罢。"

庆福托着下巴,眯着红红的眼睛,一动不动地看着她,似笑非笑。看样子已有六七分醉了。

那韩六唱的是:

> 释迦佛,梵王子,
>
> 舍了金山银山去。
>
> 割肉喂鹰鹊巢顶,
>
> 只修得九龙吐水混全身,
>
> 才成那南无大乘大觉尊。

唱毕,又向庆福劝了两碗。

"这酒里还是有毒。"庆福忽然道,"不然我怎么觉得心里七上八下,一阵阵发紧,眼看着就是落心要死的样子?"

韩六笑了笑,说:"三爷心中烦闷,酒又喝得急,故而有些醉意而已,要是这酒里真有毒,我们还不早死了? 三爷不妨吃两枚杨梅,喝一盏淡茶,醒醒酒,就好了。"

那庆福果然从果盘里捡出一颗杨梅,噙在嘴里,把那头转过来,看着秀米说:"妹妹在家时,可曾读过书? 会作诗不会?"

见秀米不搭理,他又说:"今夜月笼幽窗,清风扑面。你我二人,不妨去湖边走走,联诗对句,来个散步咏凉夜,不知妹妹意下如何?"

说罢,站起身来,绕过桌子,过来就要拉她。慌得秀米左右躲闪。韩六见状赶紧也跑过来,将庆福拖住,道:

"三爷,你也不看看,这外面燥热异常,蝙蝠夜啼,蚊唱成雷,萤火乱飞,哪有什么凉天、清风? 一边说着那绝妙好词,一边却又要噼噼啪啪地打起蚊子来,岂不是大煞风景,白白糟蹋了你一肚子的锦绣文章。再说外边黑灯瞎火,要是不留神摔上一跤,没准就要折了几根肋骨。终是无味无趣。既然三爷诗兴已起,箭在弦上,却也不得不发,不如我们几个就在屋里吟酒作诗,热闹一番。"

一席话,说得庆福频频点头。韩六将他扶回原处落了座,又在他的肩上捏了两捏。只见那庆福忽然眼睛里放出亮光来,捋了捋袖子,借着几分醉意,带着呼呼的痰音大声说道:

"要说作诗,你们几个女流之辈岂是我的对手。我们只来对句如何?我说上句,你们来对出下句。我以扇骨敲击桌面,十击为限,到时若是对不出来,就罚酒三大碗,如何?"

"若是我们对出来呢?"红闲道。

"我自罚酒一碗。"

韩六、红闲、碧静都说好。只有秀米低头不语。只见庆福又满斟了一碗酒,端起来一饮而尽,随口说出一句话来:

"海棠枝上莺梭急。"

随后果然用扇骨在桌面上敲击起来,当他敲到第三下的时候,碧静接口道:

"蒹竹荫中燕语频。"

"好句好句。"庆福赞道。又色迷迷地瞥了秀米一眼,接着道:"只是,我这枝'莺梭',可是硬邦邦的……"

一句话说得红闲、碧静面红耳赤。庆福旁若无人哈哈大笑,笑了半天,又说出了第二句:"壮士腰间三尺剑。"

庆福拿起扇子正待要敲,不料韩六脱口答道:"莫不是'男儿腹内五车书'?"

庆福道:"大姐对得还算工稳,只是落了俗套。我说壮士,你对男儿,甚是呆板,你看把'男儿'改成'女儿'如何?"

"'女儿'怎么说?"

"女儿胸前两堆雪,如何?"庆福嘻嘻地笑着,又说,"韩大姐那一句'男儿腹内五车书'也算对了,我自喝它一碗。"说完端起一碗酒,直着脖子灌了下去。他正要接着往下说,韩六道:"也不能光是三爷考我们,我们也来考考他,他要对不出,也罚他三碗酒。"

"既是大姐这样说,在下倒要领教领教。"庆福一拱手,"你们谁先说?"

"红闲姑娘,你给三爷来一句难的。"韩六道。

丫头红闲微微蹙了蹙眉,随口说出一句:"孤雁失途,月黑云高乡关远。"

"这一句平常之极,如何难得倒我?"庆福不屑一顾地看了她一眼,笑道,"我给你对:独龙迷津,桃浓梨淡花径滑。"说罢,一把搂过红闲,把手探入红闲裙下就是一顿乱摸,嘴里还轻狂地说道:"我来看看,它是滑还是不滑。"

那红闲虽是嘴里含笑,身体却是扭来扭去,拼命挣脱,两人正在嬉闹之时,忽听得门外有人嘿嘿地笑了两声。

方才秀米听得庆福语言浮浪,面目淫邪,羞得满面火烫。走又不是,不走又不是,恨不得寻个地缝钻进去。只是低着头,用指甲划刻着桌面的污垢,不知如何是好。忽然听见门外有人冷笑,还以为是听错了,抬头一看,见众人都呆在那里,张着嘴,像是被法师施了定身术,一个个僵坐不动。不由得身上起了一层鸡皮疙瘩。

过了半晌,她听见庆福颤声问道:"刚才谁在笑?你们都听见了未曾?"

他这一问,几个人也是你看看我,我看看你,都不言语。一阵穿堂风过,那桌上的三盏油灯早已灭了两盏,幸亏韩六眼疾手快,赶紧用手拢着那盏没有熄灭的灯。秀米抬头看时,众人的脸都已面目不清。几个人惊魂未定,门外又是"嘿嘿"两声。

这一次,秀米听得分外真切。那笑声像是一个耄耋老者发出的,又像出于一个乳臭未干的孩子之口。秀米不禁猛吸一口凉气,毛发倒竖,背脊都凉透了。

再看那庆福,早已拔剑在手。酒也醒了大半。那厨子也从灶下搜出一柄切肉大刀,两人拉开房门,出了院子。那红闲、碧静两个人吓得抱作一团,倚在桌边,簌簌发抖,弄得桌子吱吱作响。

"难道说,这岛上除了咱们俩,还有别的什么人不成?"韩六眼睛定定地看着秀米,这话显然是在问她。秀米的眼光与她一碰,不由得又是一惊。

工夫不大,两个人都回来了。庆福一进门,身体摇了两摇,手里的长剑"当啷"一声就落了地,只见他双手抱住根梁柱,身体就慢慢地滑落下去。厨子一见也慌了手脚,正要上前扶起他来,庆福却已趴在地上哇哇地吐了起来。韩六从腋下抽出手绢来替他揩嘴,对厨子说:"你们方才出去。看见什么人没有?"

"鬼影子也不曾见得一个。"厨子道。

韩六也不再说什么,待庆福吐完,将他扶到椅子上坐定。又去灶下打了一盆水给他漱口。洗了脸。红闲、碧静过来替他捶背揉胸,弄了半天,庆福才缓过一口气来。

"难道是他?怎么会是他?"庆福的眼光中藏着巨大的惊骇。如此自语了一番。又摇了摇头,"不可能是他,不可能。"

红闲问道:"三爷说的'他'是谁?"

庆福一听,忽然暴怒起来,把她重重地一推,嘴里狂叫道:"我他娘又哪里去知道!"

红闲一个趔趄,差一点撞到桌角上。她从地上爬起来,自己掸了掸身上的灰土,不敢怒,不敢吱声,也不敢哭。韩六泡了一杯香茶,递给他,庆福接了,只抿了一口,眼睛愣愣地看着门,嘴里仍是翻来覆去地嘀咕道："听声音,分明是他。我醉了酒,又未带随从,他要杀我易如反掌,怎么又不下手?"

韩六上前劝道："既然他不杀三爷,说明他比旁人还高看你几分。说不定,这次劫难,三爷倒能逢凶化吉。"

"未必,未必。"庆福摆了摆手,木然道,"他只是想戏弄我一番而已。不行,我一刻也不能在这儿待了。"说毕,突然站起身来。飞快地扫了秀米一眼,又莫名其妙地点了点头,叹了一口气道,"不行。我得走。就连这一夜,他也不放过我。"

庆福从地上拾起了长剑,说了声"告辞",就招呼丫头、厨子,连夜赶回花家舍去了。

"他到底还是怕了。"秀米冷冷地说。

差不多已是午夜时分。四下里,静寂无声,屋外漆黑一片。两人也顾不得收拾房子,桌上杯盘狼藉,地上污物发出阵阵的恶臭。

"换了谁,谁都怕。"韩六道,"我刚才一心劝他多喝点酒,好让你晚上少受点罪,没想到闹出这件事来。到这会儿,我还是五猫抓心,不得个着落。"

"那个人——"秀米说,"那个人,会不会还在岛上?"

韩六一听,慌忙起身,去把大门关了,上了闩,又抵了一根圆木杠子;这才靠在门上喘气："听三爷刚才的口气,他好像已知道是谁下的毒手,可又有点不敢相信,这说明,这个人似乎是平常人不太容易猜着的那一位。"

"猜他做什么?"秀米道,从怀中将那把剪刀取出来,放在桌上,"我原本已备下这把剪刀,那老狗要是想上我的身,我就一刀结果了他。这花家舍的事虽然蹊跷,说白了倒也简单。事情明摆在这儿:六个头领已死了两个,刚才那一个,也已经一条命去了半条,剩下的这几个人,免不了还是要一个个地死掉,死到最后一个,就是花家舍的新当家。用不着咱们去枉费心机。"

"说的也是。"韩六道,"你说这庆三爷,他能活到明儿早上吗?"

7

　　光绪二十七年十月初九。晴凉。昨日,长洲陈记米店老板陈修己派人来送信,失踪数月的陆侃有了消息。平明时分,芸儿即带着宝琛等数人赶往长洲一探究竟。因整日在家闲坐无事,我遂向宝琛提出一同前往长洲,也算散心破闷。讵料,临行前,芸儿与秀米发生激烈之争吵。

　　秀米原不肯去长洲。后禁不住母亲软磨硬套,勉强依允。可芸儿听说我亦要随同前往,遂立即改变主意,让秀米待在家中。如此出尔反尔,秀米焉能不急?仔细想来,事情实在是因我而起。起初,芸儿执意让秀米一同去长洲,究其根由,是不愿让她有与我单独相处之机会。而一旦我决定要去,她或许觉得秀米已无必要同往,何况她一个未出嫁的女子,依照乡村风俗,实不宜在生人面前抛头露面。芸儿心思极深、极细。秀米虽有察觉,却不明所以。唯我在一旁洞若观火。

　　途中,秀米一直在生她母亲的气,一个人赌气走在最后,渐渐就落了单。梅芸和宝琛走在最前面,我和翠莲走在中间。我们走一段,便得停下来等她,可一旦我们站住,她也就不走了。她在生所有人的气。

　　此女子平时不太言语,内心却极是机敏,多疑,且颇为任性。祖彦曾说,此女虽冷傲,却极易上手。我就有心挑她一挑,试她一试，往火焰堆中扔些劈柴，让火烧旺一些，遂假意与翠莲推搡嬉笑。

那翠莲本来就是妓女出身，生性浮浪，水性杨花。经我用言语一挑，不免莺声燕语，假戏真做起来。她先是在我的膀子上掐了一下，继而就大声喘息，过了不多一会儿，低声道："我都快受不了了。"我心里只得暗暗叫苦，假装没听懂她的话。她就像是一个湿面团，沾了手就别想甩掉。在大路上，光天白日之下，她竟敢如此，到了黑灯瞎火的晚上，还不知怎么样呢。她的臀部肥大，乳峰乱抖，腰肢细软，香粉扑鼻，衣裳俗艳，声音淫靡，言语不伦，真乃天底下一大尤物也。

她见我频频回首，看顾秀米，就问我，是不是在心里想着后面那一个？我未置可否。那婊子就推了我一把，笑道："新鞋子固然好，可穿起来挤脚，蔷薇虽香，可梗下有刺。"

一席话说得我头晕目眩，大汗淋漓，身体就有点流荡失守，把持不住。真是恨不得将她推入路边苇荡，立时与她大战二百回合。

又走了一段，在江堤下拐入一条小径。此处芦苇茂密，树木深秀。那婊子见四下无人，一路上淫绮之语不断，不住用她那三寸不烂之巧舌，探我心思。见我不理不答，她忽然问道："大哥，你是属什么的？"我告她是属猪的，那婊子忽然拊掌尖叫起来，把我吓了一跳。问起缘由，她说起许多年前，有个老乞丐受她一饭之恩，遂替她看相算命。说她中年有难，必得嫁与一属猪之人，方可避去祸患。她竟然编造出这样荒谬绝伦的事来诬我，女人之自作聪明，由此可见一斑。这婊子百般挑逗未果，最后就使出一个毒招：她忽然趴在我肩头，低低一阵浪笑，然后说："人家底下都湿了么！"

此招甚毒。

我若是那没有见过世面的毛头小伙,或是那贪色轻薄、灵魂空虚之徒,吃她这一招,必然陷她泥淖之中,焉能逃脱?

我见她这般不知羞耻,只得拉下脸来,喝道:"湿湿湿,湿你娘个头!"那婊子经我一吓,叫了一声"天哪",然后就双手捂着脸,丢下我跑远了。

到了渡口,秀米走上来了。还是那绿点小碎花的上衣,青布裤子,绣花布鞋。她虽与我相距颇远,可一股奇异的香味还是随着江风飘然而至。只要她一出现在我的视线之内,我的眼睛就一刻也离不开她。

现在,两个女人都在我眼前。我一会儿看秀米,一会儿看翠莲。一个杏花含雨,一个秋荷带霜;一个幼鹿鸣涧,一个马伏槽枥;一个是松枝苍翠,松脂吐出幽香,一个却已松树做成木门,只有一股桐油气。两相比较,雅俗立判。

妹妹呀,妹妹!

很快升好了帆,船老大招呼我们上船了。当时江面上东南风正急。渡船在风浪中颠簸摇晃。秀米走上跳板,身子摇摇晃晃,我就从身后过去扶她,谁知秀米恼怒地将我的手甩开,嘴里叫道:

"不要你管!"

她这一叫,弄得满船的人都吃惊地看着她。我虽有点自讨没趣,可心中却是一阵狂喜。

妹妹呀,妹妹!

晚上在陈记米店匆匆用过晚餐,一个人往回走。为什么我头脑昏昏,步履沉重?为什么我的眼睛一刻也离不开她?为什么我的心狂跳不已。就像那咚咚敲着的小鼓?为什么我的眼睛里都是她的影子？

　　我走到一处岩石边，听见那飞潭声喧，鼪鼯鸣叫；再看那山下灯火幢幢，人语喋喋，不觉酒气直往上撞，腹内翻搅，心如乱麻。我坐在冰凉的岩石上，呼吸着山谷中的松香，心中暗想，若老天成全我，就让她即刻走到我身边来吧。奇怪的是，我正这么想着，果然看见了她。

　　只见她出得米行，脚步蹒跚，神态恍惚，朝山下张望了一会儿，竟然一头扎进小路，朝这边走来。只有她一个人。妹妹呀妹妹。我的心跳得更急了，简直是要从喉头里跳将出来！

　　张季元啊张季元，汝为何这等无用？为这一等小女子，意志薄弱，竟至于此！想当初，汝只身怀揣匕首，千里走单骑，行刺那湖广巡抚；想当初，你从汉阳上船，亡命日本，一路上历经九九八十一难，几近于死，何曾如此慌乱？想当初……想不得也，那妙人儿已到近前。

　　我若是不言不语，她必是会一声不响从我眼前溜掉，此百世不遇之天赐良机亦将错过。若是我拦腰将她抱住，她万一喊叫起来，却又如何是好？正在左右为难之际，忽然心生一计。等她到得我的身后，我便长叹一声，道："这户人家刚死了人。"

　　这是什么话？简直不伦不类。她完全可以置之不理，不料，秀米忽然站住了：

　　"谁告诉你的？"她问。

　　"没人告诉我。"

　　"那你怎么知道？"她有的是好奇心。

　　我从石头上站起来，笑道："我当然知道，而且不止死了一个人。"

　　我开始挖空心思胡编乱造，先是说人家死了小孩，又说陈老板死了内人,秀米果然中计。不知不觉中,我们两人就并排走进了竹林中的小路。那小路只有一人宽窄,我们并排走,她竟然也不回避。我突然停下来,转过身看着她,她居然也在看着我,略带羞怯。只见玉宇无尘,星河泻影,竹荫参差,万籁无声,再看她娇喘微微,若有所待。恨不能双手将她搂定,搂得她骨头咯咯响。恨不能一口将她吃下去,就像一口吞下一只蜜柑,以慰多日怀念之苦。天哪,你以为这真能行得通吗?稍一犹豫,秀米却又侧过身往前走了,眼看我们就要走出这片竹林了。张季元啊张季元,此时不下手,更待何时?

"你害不害怕?"我再次站住,问她道。嗓子里似乎卡了什么东西似的。

"害怕。"

我把一只手搭在她肩上。这一搭,触到她绵软绸滑的衣裳,蘸着露水,凉凉的。又碰到她尖突的肩胛骨。这时,我的眼前突然浮现出梅芸那张阴沉的扁脸来,她正在暗处看着我冷笑,似乎在说:你若是敢动她一根指头,我就将你的骨头拆下来熬汤喝……

"不要怕。"终于,我拍了拍她的肩膀,将那只手挪开了。

出了竹林,我们又在门下的路槛上坐下来说话。秀米偶然提到,几个月前,她去夏庄给祖彦送信时,曾在门口池塘边见到一个身穿黑色道袍的驼背老头。听她这一说。不由得让我吓出一身冷汗!

难道是他?

此人又名"铁背李",是远近闻名的朝廷密探。不知有多少志士仁人把性命断送在他手上。如此说来,夏庄危矣!

整整一个晚上，我躺在床上辗转反侧，不能入眠。半夜里起来，坐在桌前，听着那月漏纱窗，树声簌簌，还有宝琛那如雷的鼾声，忽然就想把日记全撕了。我怎么会这样消沉，心思全被她占据？为着一个乡野女子，竟如此颓唐。一想到她仰望着自己的样子，就觉得世界上其他的一切都是那样的无趣无味。大事将举，此诚危急存亡之秋也，怎可用一己之私欲而葬送了十余年为之奋斗的伟业？季元啊，难道你将在日本横滨发过的誓全都忘了吗？不行，我要重新振作。

　　韩六进屋来了。她的脚步声轻得让人听不见，冷不防走到你面前，总让人吓一跳。她说，四爷庆寿派来的船已经到了。两个家丁也已在门外等候多时。

　　秀米合上张季元的日记，将它用花布包裹好，放入枕下，这才站起身来，到桌前梳头。她看着镜中的自己，嘴角忽然浮现出一丝苦笑。我干吗要梳头呢？难道要把自己装扮得更漂亮一些吗？她把梳子一丢，又去盆中舀了一点水，抹在脸上。她再一次摇了摇头：我干吗要洗脸？仍回到桌旁坐下。她的整个身心都还沉浸在张季元的日记之中，想到时光不能倒流，不觉惘然若失。

　　桌上搁着一通书信，是四当家庆寿昨晚派人送来的。墨迹娟秀，文辞简略，寥寥数字而已。书云：

　　　　芝兰泣露，名花飘零。弟有所闻，未尝不深惜三叹也。来日略备小茗，欲谋良晤于寒舍，乞望惠临。安楫而至，坦履而返。感甚！朽人庆寿。

　　那王观澄自称"活死人"，可叹如今已成了"死死人"。现在又来了一个"朽人",这花家舍的匪首,每人玩出的花样竟然还不一样！只是不知这庆寿是何等样人。秀米读罢来信,颇费踌躇。与韩六商量来商量去,一时不知如何是好。末了,韩六道:庆寿的为人,我因与他从未见过面,不便妄言。观他书信,倒也客气,"安楫而至,坦履而返"这句话,也是让你宽心,他不会动你一根汗毛。而"芝兰泣露,名花飘零"这一句,似乎亦在为你的遭遇叹惜不平。他若心存歹意,故意诓你,你即便不去,他还是会来的。再说句不好听的话,他就是打发几个手下,上岛来将你绑了去,你又能奈他何？

秀米还是第一次走近花家舍。隔着湖面,她曾无数次眺望过这个村落,漫无目的,心不在焉,她看到的只是一堆树,一堆房子,一堆悬挂在天空的白云。当小船离了小岛。往花家舍疾驰而去之时。秀米还是感到了一种深深的羞耻感。

船轻轻地拢了岸。踏过一条狭狭的带有铆钉的跳板,她从船上直接走到了一座凉亭里。这座凉亭是一个巨大的长廊的一个部分。长廊简陋而寒碜,由剥去皮的树干挑起一个顶篷,迤逶而去。曲径通幽,长得没有尽头。树干粗细不一,歪歪扭扭。奇怪的是,有些柳树的树干由于阴湿的空气的滋润,竟然又重新长出了一簇一簇的叶子。

长廊的顶篷是由芦秆和麦秸做成。有些地方早已朽蚀、塌陷,露出了湛蓝的天空。顶篷上的麦秸由于日晒雨淋都已发霉,变黑,风一吹,就会扬起一股缤乱的草灰。长廊里结满了蜘蛛网,点缀着些燕巢和蜂窝。两侧的护栏由更小更细的树干做成,有一些路段的护栏已经毁坏。

而凉亭则要考究得多,每隔几十丈远就会有一座,那是供村人栖息的驻脚之地。雕梁画栋,不一而足。穹顶画有二十四孝图、戏剧人物、吉祥鲤鱼、瑞龙祥凤。凉亭中间通常有一张石桌,四只石凳。四周砌有长椅,也可以坐人。地上一律铺着方方的青砖,有些青砖都已松动，踩上还会"吱"的一声，溅出一股泥浆来。秀米跟在两名家丁的身后，挑着砖走，可她不知道哪一脚踩上去会冒出泥水来，弄脏她的绣花鞋。

一路上，哗哗的水声一直陪伴着她。沿着长廊，有一条石砌的水道，忽左忽右，蜿蜒而去。湍急的水流清澈幽深，散发着阵阵凉气。秀米很快发现，这条长廊实际上是依照水道的流向而修筑的。她曾听韩六说过，这条由山泉汇集而成的水道是王观澄亲手设计的，它流经家家户户的厨房，花家舍的妇女在灶边即可用水道的水淘米做饭。

秀米忽然想起小时候，父亲在发病前后，曾与母亲有过一次激烈的争吵。争吵的缘由是父亲忽然异想天开地要请工匠在村中修造一座风雨长廊。按照父亲的设想，长廊将散居在各处的每户人家都连接起来，甚至一直可以通过田间。她记得母亲急得直跺脚，她对父亲叫道："你难道疯了不成？平白要造这样一个劳什子长廊做什么？"父亲呆呆地翻动着眼睛，对母亲的暴怒毫不为意，他笑了笑，对母亲说："这样一来。村子里所有人既不会被太阳晒，也不会挨雨淋了。"

多年以来，父亲的这一荒唐的设想，在饭后茶余被母亲多次提起，每次说起来她都会歇斯底里地笑。

不过，小时候，秀米总也不明白，父亲的想法到底有什么错。她去问宝琛，宝琛先是皱眉，然后叹道：有些事，在心里想想，倒也无妨，你若果真要去做它，那就呆了。可为什么心里能想，却不能去做它呢？秀米还是不明白。她又去问她的老师丁树则，丁先生道：桃源胜境，天上或有，人间所无。世上只有令尊这等的蠢材，才会这样去胡思乱想，白白让自己发了疯。那广东疯子康南海，比之令尊，更是有过之而无不及。蒙骗皇上，妖言惑众；张口大同，闭口变法；这老祖宗的千年不易之法，岂能由你无知小儿翻手为云，覆手为雨？

可是，令人惊讶的是，父亲这一疯狂的设想竟然在一个土匪窝里变成了现实。她看到的这座长廊四通八达,像疏松的蛛网一样与家家户户的院落相接。长廊的两侧,除了水道之外,还有花圃和蓄水的池塘。塘中种着睡莲和荷花,在炎夏的烈日下,肥肥的花叶已微微卷起,成群的红蜻蜓在塘中点水而飞。家家户户的房舍都是一样的,一个小巧玲珑的院子,院中一口水井,两畦菜地。窗户一律开向湖边,就连窗花的款式都一模一样。

再往里走,秀米就觉得微微有些晕眩。她觉得自己在走了好长一段路之后,似乎又回到了原来的地方。在一个院落中她看见了一个穿红色抽纱短衣的女孩,正在井边打水,而在另一处,她看见一个同样装束的女孩,同样的年龄,同样的羊角辫,正举着一根竹竿在树林里捉知了。看来,"在花家舍,蜜蜂都会迷了路"这句话绝非虚语。

大约半个时辰之后,秀米被带到了一个整洁的小院前。从外表看,这座院落与村中任何一处院宅并无两样,只是门口多了两位手持长矛的侍卫。

"到了。"一名家丁对秀米道,"请跟我来。"

院门是敞开的,经过一条长满青苔的碎砖小径,秀米来到了门廊下。家丁向她一躬身,道:"请稍候片刻。"说完,就低着头倒退着走了。

天井狭长、阴暗,与厅堂几乎连为一体,几根粗大的梁柱一字排开,支撑起一片歪斜的屋顶。厅堂的左侧露出一截木梯,与阁楼相通;一扇竹影掩蔽的小门通向后院,门外有潺潺的流水声。

堂上坐着一个穿着长衫的男人,背对着她。初一看还估算不出他的年龄。他正和一个身穿白衣的女子下棋。那女子倒有四十上下的年纪,头上盘着一个高高发髻,正在托腮沉思,纤纤的手指不时抚弄着桌上的一枚棋子。他们似乎都没有留意到门廊下站着的秀米。

靠墙有一排收拢的黑漆描金的屏风。楼板下垂下几只竹钩,挂着几串红辣椒,还有一只鸟笼,鸟笼里的那只鹦鹉正缩着脖子打量着她。地上依稀有几滴新鲜的鸟粪。香案上供着一尊观音像,香炉是由陶土烧制而成,那是一只张开嘴的蟾蜍。香炉里灰烬已冷,但她仍然可以闻到一股淡淡的安息香味。

落日的余晖从天竺花丛中移上西墙,又从西墙移到院外的一溜树冠上,光线也渐渐地变成暗红色,天色将晚。这时,她忽然听见那个女子轻轻地说了一句:不用数了,你一准是输了。那男的也不答话,仍是在一五一十地数着棋子,数到后来,还是输了。嘴里嚷着再下一盘,那女的就说:

"晚上再下吧,人家已来了好半天了。"

那男子扭过头来看了秀米一眼,随即起身,对那女子道:"人既已来了,你何不早说?"又转身对秀米拱了拱手,"久等了。得罪,得罪。"随后,朝她快步走来,上上下下地打量着秀米,嘴里不住地道:

"难怪,难怪。"

女子在一边笑道:"怎么样,我猜得没错吧?"

"没错,没错。"男人道,"庆生这小子,果然一副好眼力。"

这个男子想必就是四当家庆寿了,那女子又是谁呢? 秀米想。她一时还弄不明白他们刚才在说什么,只是低着头,两手钩在一起,绞来绞去。大概是屋里多了一名女子的缘故,秀米稍稍安了心。那女子也走过来。轻轻地拽了拽她的胳膊,笑道:"姑娘不用害怕。请随我来。"

秀米刚一坐下,那女子又忙着替她倒水沏茶,脸上带着笑。庆寿手捏一把折扇。也没有多余的客套,开口便道:

"今天请姑娘来,没有别的意思,只想问你几句话。按说我应当亲自登舟去岛上拜望,只是,你晓得,那样一个污秽之地,我这双脚委实踏不上去。想来想去,还是请内人修书一封,请尊驾稍移莲步,来舍下一叙，唐突之处，还望谅宥。”

听他这么说，秀米暗想，这位白衣女子大概就是他夫人了。庆寿说话的声音和缓、低沉，却自然透出一股刚武之气。再看他眉头微蹙，神态端庄，多半不是一个苟且之人，秀米悬着的一颗心又安帖了几分。

庆寿见秀米低头不语，就用折扇将木几上的茶盏往秀米的面前推了推，说了一声，"请用茶"，语调却是淡淡的，冷冷的。

正在这时，一个小厮跌跌撞撞跑进门来。立在堂下禀道："今晚是五爷的头七，那边来人请四爷去喝酒。"

庆寿将手里的扇子朝他摇了摇，沉下脸来道："不去。"

那小厮还怔在那儿不肯走，嘴里道："那我如何跟他们说？"

"什么也不用说，只说我不去就是。"庆寿遭。

小厮刚要走，那女子就把他叫住了，略一思索，便道："你去对他们说，四爷近来上了火，闹牙疼，喝不得酒。"

小厮走了之后，庆寿接着道："自打你来到花家舍的两个月中，鄙村发生了一连串的怪事，可以说是一日三惊。姑娘也许已经听说了。先是总揽把惨遭横祸，被人砍杀在家中。二当家随之亦被人下毒身亡，就在七天前，五爷庆德死在了羊圈里……"

"他也死了？"秀米忽然问道。

庆寿与那白衣女子互相看了一眼，似乎在说：她总算开口说话了……

"他与两头山羊一道被人剁成了肉酱。"庆寿冷冷一笑，继续说道，"五爷的家人要替他收尸装殓，可那尸首又如何收拾得起？最后，只得把羊粪全都铲了起来，装了满满一棺材，一葬了事。事到如今，就连傻子也看得出来，杀人者显然不止一个人，而且个个心狠手辣。

"若非事情到了火烧眉毛的地步，庆寿实在不忍惊动姑娘的清修。不瞒姑娘说,自从总揽把被杀之后,朽人心中已有盘算,谁知每猜必错,每料必空,弄到后来,这人就像是做梦一般,把脑壳想得都快裂了缝,还是一无所获。

"总揽把一死,我第一个想到的凶手就是二爷,他对总揽把职位觊觎已久,这在花家舍早已不是秘密。王观澄早在六年前就卧病在床,眼看着快要不行了,谁知他带病活了六年,病情不仅没有恶化的迹象,到了去年冬天,竟然又能下床散步了。到了春天,湖边的冰碴儿刚刚融化,湖水依然寒冽,他竟然在湖里游起泳来,而且在村中屡屡放出话来,这花家舍好好的一个桃花源,如今已变作了腥气熏天的妓院,不仅抢女人,连尼姑也敢抢。既然老天让他一夜之间痊愈,必然要重整纲纪,二爷如何不慌? 总揽把卧病之后,一直是二爷主事,花家舍变成今天这个样子,二爷难辞其咎。何况他只比大当家小四岁。他知道自己等不起。因此总揽把被杀之后,我们夫妇二人一致推定,凶手当属老二无疑。

"谁知,总揽把死后没几天,二爷就不明不白地被人下了毒,从而打消了我们对他的怀疑。二爷死后,我又觉得剩下的几个头领之中,老五庆德的嫌疑最大。庆德原是大爷的部将,虽说生性淫荡,平时喜欢拈花惹草,总揽把曾多次对他严加责罚;不过,早年在福建平息倭寇之乱时,他曾救过总揽把一命。在几个头领中,还要算他与大爷最近。在花家舍,他是唯一可以在总揽把家自由出入的人,如果他要下手,当然易如反掌。而且,我还听说,就在总揽把被杀的当晚,他还冒着大雨,带人上了小岛。这事极为蹊跷……"

一提到那个风雨交加的夜晚,秀米不由得一愣,脸上又羞又怒,眼光躲躲闪闪,头埋得更低了。好在白衣女子把这一切都看在眼里,赶紧岔开了丈夫的话,接口道:

"这件事不提也罢。现在老五人也死了,凶手肯定不是他。"

"那是当然。"庆寿脸色幽暗,神情凝重,不时用折扇挠着头皮,"可除了我之外,花家舍的头领只剩了三爷庆福和小六子庆生两个人。我们这两天一直在琢磨,事情到了今天这个地步,情况已渐渐明朗。无非是以下两种可能:第一,两人中必有一个是凶手;第二,两个人都是凶手。也就是说,他们两个人联手剪除异己。无论是哪一种情况,你晓得,这一刀都将很快砍到我们的脖子上。如果我们再这样等待观望下去,恐怕也挨不过这个夏天了。因此,我决定抢先下手。"

庆寿说完,从衣袋里摸出一个烟斗来,叼在嘴上。两名女仆端了两盏晚茶,是做得极考究的糯米糖藕。白衣女子让了两次,秀米这才勉强尝了一口。

"除了五爷庆德之外,我们听说,半个多月前,三爷庆福也到岛上去了。"白衣女子说,"我知道,姑娘恐怕不愿提及此事。就是说起来,这事也难以启齿。若是姑娘实在不愿说,我们也决不勉强。不过,此番浩劫,对整个花家舍都事关重大。姑娘若肯相帮,不妨告知,这二人上岛之后。说过哪些话?又有哪些不同寻常的举动?前前后后,一点一滴。都请据实相告,尤其是三爷庆福。倘若排除了三爷的嫌疑,我们便可专心对付那小六子。"

秀米想了想,叹了一口气,正要开口说话,一个头戴草帽、羊倌模样的小厮从门外急急地跑了进来,似乎有什么要事禀报。庆寿对秀米说了一句:"请等一等。"立即从椅子上站起来,走到了门廊下。秀米看见那羊倌踮着脚,凑在庆寿的耳边,一边小声说着什么,一边用羊鞭向外面指指点点。

时候不大,那羊倌告辞离开。庆寿仍回到茶几前坐下,脸上不露声色,嘴里吩咐道:"姑娘请说。"

秀米就把这些日子岛上发生的事一五一十地说了一遍。当她说到三爷庆福淫词艳曲,调笑嬉闹之际,猛听得门外有人"嘿嘿"冷笑一声时,庆寿不由得浑身一抖,手里的茶水泼了一身。他的脸忽然白得像涂了白粉的僵尸一般,秀米也吓了一跳。

"谁在屋外冷笑了?!"庆寿问。

"不知道。"秀米说,"庆福随后就带厨子出去搜寻,找了半天也没见半个人影。可我觉得那人不在门外……"

"那他在哪?"

"在屋顶上。"秀米道,"我觉得那人趴在屋顶上。"

"三爷当时一定吓坏了吧?"那白衣女子问道。

"他似乎听出了那人的声音。"秀米的目光也变得恍惚起来。"他嘴里不住地说'怎么会是他'?似乎他知道那人是谁。可又不敢相信。"

庆寿又是一怔。他和白衣女子飞快地对望了一眼。两人不约而同地说出两个字来:

"庆生?"

"我来到花家舍之后,还没有看见他到岛上来过。"秀米说。

"这个我们知道。"庆寿说。看上去他还是显得有点惊魂未定,"这小六子是二爷提拔起来的人,一直是二爷的心腹。这个人虽说有几分蛮力,看上去却没什么脑筋。如果真的是他,二爷的死怎么解释?俗话说'背靠大树好乘凉',他断然不会在自己羽翼未丰之时,先砍了那棵大树。再说,以一己之力与五位当家为敌,这似乎也不是小六子能干出来的事……这事果然蹊跷!"

"我们来问问无忧如何?"那女子笑了起来,抬头看了看笼子里的那只鹦鹉,道,"看看它怎么说。"

那鹦鹉果然听得懂人的语言,它懒懒地抖了抖羽毛,一动不动地望着主人,似乎也在皱眉沉思,过了一会儿,忽然道:

"庆父不死,鲁难未已。"

"它说得也对，三爷和六爷都是庆字辈的。"庆寿苦笑道。

两人说笑了一回，白衣女子忧心忡忡地望着丈夫，小声提醒道：

"会不会是三爷庆福贼喊捉贼，故意施放烟幕，好让我们对他失去提防？此人整天吟诗作赋，装疯卖傻，骨子里却也颇有些计谋。那双绿豆三角眼，一翻就是一串儿主意。"

庆寿慢慢捻动颏下的长须，沉吟道："我以前也一直在怀疑他。不过，刚才探子来报，庆福这小子，已经跑了。"

"跑了？"

"跑了。"庆寿点了点头，"他带着红闲、碧静两个丫头，赶着一头瘦毛驴从后山跑了。这会儿，差不多已经过了凤凰岭了。"

"他害怕了。"白衣女子叹道。

"岂止是害怕，他是被吓破了胆。"庆寿从鼻子里冷笑了两声，脸色又随即阴沉下来。

"难道真的是庆生？"

"不是他，难道是我不成？"庆寿从牙缝中挤出这句话来，停了片刻，又接着道，"是他，一准是他。人是他抢来的，他又是一个闻了女人味就没命的人，怎么会几个月没有到岛上去？而且这些日子，花家舍一天到晚都见不到他人影。更何况，庆德和庆福先后上了岛，他怎么会不知道？如此一反常态，隐忍不发，这又是为何？是他是他，这小子差一点把我给骗了。"

庆福的出走，使局势迅速明朗化了，同时也把小六子庆生直接推到了庆寿夫妇面前。就像岛上的雾气一散，岛屿的轮廓毕现，已无任何屏障。

"失陪了。"庆寿迅速地瞥了两人一眼，站了起来，转身要往外走。

"庆哥！"白衣女子急促地叫了一声。

"庆哥！"鸟笼里的那只鹦鹉也跟着叫了一声。

庆寿取下鸟笼，打开一扇小门，那鹦鹉一下就跳到了他的肩膀上，用它弯弯的喙去蹭主人的脸。庆寿轻轻地抚摸着它的羽背。嘴里喃喃自语道："无忧，无忧，我们投奔花家舍，原以为可以高枕无忧。白天一局棋，夜晚一卷书，却哪知，人在家中坐，祸从天上来……"

"依我看，此事还需再作斟酌。"

"事到如今，还有什么可斟酌的？"庆寿叹道，"你若不去杀他，他必然要来杀你。"

"庆哥，"白衣女子眼睛里噙着泪光，声音也变得悲切起来，"我们，我们为什么不能像庆福那样，远走高飞？"

"远走高飞？"庆寿回过头来，看了他的夫人一眼，随后歇斯底里地哈哈大笑。他笑得弯了腰，眼泪都流出来了，似乎要让几个月来积压在心中的疑问、猜疑、恐惧在笑声中一扫而光。"这算是个什么主意？连小六子都会觉得扫兴的。不过，你如果真的想走，就带着无忧一起走吧。"

"那你打算什么时候动手？"白衣女子问。

"今天晚上。"

8

秀米被送回岛上的时候，天已经完全黑了下来。

韩六做了锅南瓜糊糊，在灯下等她。她说，整整一个下午，她都在担心，她担心永远见不到秀米了。她还说米缸里的粮食快吃完了，好在盐巴倒还充裕。秀米问她，万一粮食吃完了怎么办？韩六安慰她说，还可以吃地里的菜，屋顶上的瓜豆。另外，这个岛上有好几种树叶都能吃，实在没辙了，就把那十多只小鸡宰了来吃。

说到这儿,韩六倒有点不好意思起来。她说,杀生有违佛家的戒律。那些小鸡就像她珍爱的孩子一样,原先一个人的时候,她最大的乐趣就是和它们说话,逗它们玩。她给每一只鸡都取了一个名字。它们都姓韩。可一窝小鸡孵出来,还没有来得及长大,她就一只一只把它们杀了来吃。

　　"罪过,罪过。"韩六道,"不过,鸡汤倒是蛮好喝的。"

　　那些小鸡已经在褪毛了,身上斑斑秃秃的,耸着身子在桌下慢慢踱着步子,很瘦,走起路来也是没精打采的。

　　秀米说了花家舍的事。村里仅剩的两个头领今晚就要火并,只是不知鹿死谁手。

　　"你知道那个穿白衣服的女子是谁吗?"韩六将蘸着瓜糊的指头在嘴里吮吸了一下,问她。

　　"不知道。"

　　"她是庆寿的亲姨妈。"韩六道,"也不知他们祖上犯下了什么罪孽,只因两人年龄相仿,从小玩在一块,到了女孩十六岁那一年,两人就做下了糊涂事,叫爹娘撞个正着。虽说四爷护着姨妈逃了出来,可他的两个哥哥、三个舅、一位叔公多年来一直在追杀他们,好取了他们的人头回去祭祖宗。最后王观澄收留了他们,还让他坐了第四把交椅。"

　　"花家舍的人不忌讳这事吗?"秀米问道。

　　"在花家舍,据说一个人甚至可以公开和他的女儿成亲,也不知真假。"韩六道,"这个村庄山水阻隔,平常与外界不通音信,有了这样的事,一点也不奇怪。"

　　"有一件事,我始终想不明白。"秀米说,"王观澄辞官隐居,本欲挣脱尘网,清修寂灭,怎么会忽然当起了土匪呢?"

　　韩六苦笑了一下,用手指了指心窝,叹了一口气,道:"他被自己的念头缠住了。"

"什么念头？"

"他想在人世间建立天上的仙境。"韩六说，"人的心就像一个百合，它有多少瓣，心就有多少个分岔，你一瓣一瓣地将它掰开，原来里面还藏着一个芯。人心难测，说的就是这个意思。一个人看透生死倒也容易，毕竟生死不由人来做主，可要真正看透名利，抛却欲念，那就难了。

"这王观澄心心念念要以天地为屋，星辰为衣，风雨雪霜为食。在岛上结庐而居。到了后来，他的心思就变了。他要花家舍人人衣食丰足，谦让有礼，夜不闭户，路不拾遗，成为天台桃源。实际上还是脱不了名、利二字。那王观澄自奉极俭，粗茶淡饭，破衣烂衫，虽说淡泊于名利，可他要赢得花家舍三百多号人的尊崇，他要花家舍的美名传播天下，在他死后仍然流芳千古，这是大执念。

"花家舍山旷田少，与外乡隔绝。王观澄要修房造屋，开凿水道，辟池种树，还要修造风雨长廊，这钱哪里来？他本人在做官时曾带兵打仗，自然会想到去抢。不过，他们专抢富贾，不害百姓，而且从来不杀人。开始时还好，抢来的衣物金银按户头均分，湖里打上来的鱼，也堆在河滩任村人自取。此地本来民风极淳朴，再加上王观澄的悉心教化，时间一长，百姓果然变得谦恭有礼。见面作揖，告退打恭，父慈子孝，夫唱妇随，倒也其乐融融。抢来的东西，人人争着拿最坏的，要把那好的让与邻居，河滩上的鱼，都拣最小的拿，剩下那大的，反倒无人去动，最后在河边腐烂发臭。

"可土匪也不是那么好当的，碰上大户人家的护院家丁，有刀有枪，真的打起来，也难有胜算。有一年在庆港抢一户姓朱的商人，不仅没有抢得些许财物，反而折了两名壮丁。这王观澄就想到了他做官时的那些掾属。二爷是团练出身，三爷是总兵，五爷是水师管带。

这三个人可都带着自己人马来的。平时在朝廷带兵,自然要受军纪的约束,可一旦来到花家舍当起了山大王,虽说对总揽把还有几分敬畏,可日子一长,王观澄又如何约束得住?再加上王观澄这些年操劳过度,一病不起,整天躺在床上,奄奄一息,也只得由着手下去胡闹了。"

"看来,事情就坏在这几个人手上。"秀米说。

"也不尽然。假如王观澄当初不引狼入室,花家舍也不会有今天。"韩六剔着牙齿,幽幽说道,"假使他当初一个人在岛上静修,就像那焦先一样自生自灭,花家舍还是花家舍:日出而作,日落而息,虽不会像后来那样热闹,但也不会有今天这样祸患。

"开始,他只是动了一个念头,可这个念头一动,自己就要出来做事,不由他来做主了。佛家说,世上万物皆由心生,皆由心造,殊不知到头来仍是如梦如幻,是个泡影。王观澄一心想在花家舍造一座人人称羡的世外桃源,可最后只落得一个授人以利斧,惨遭横祸的结局,还连带着花家舍一起遭殃。你闻闻,是什么味儿?像是什么东西被烧着了……"

韩六说到这里,用力吸了吸鼻子,又满屋子嗅了嗅,嘴里道:"哪儿来的这股焦煳味?"

秀米也四处嗅了嗅,再一看北窗,就吓了一跳。

她看见窗户上糊着的白纸忽然变得通红,还有火苗的光影在舔着窗棂。韩六也注意到了窗户外的火光,只说了声"不好",就从桌边跳起来,跑过去将窗户打开。花家舍那边早已燃起了冲天大火。

秀米也来到了窗口。两个人靠在墙上,呆呆地望着对岸的村庄。空气中弥漫着焦木炭的味道,间或还能听到"噼噼啪啪"木头炸裂的声音。大火似乎在村子的西北角,有一座房子的屋顶已经坍塌了,露出了一根根的木梁。浓烟旋转着,一团团地绞在一起升起来,随着风向朝岛上飘过来。火光也照亮了那座长廊,照亮了光溜溜的河滩和岸边密密的船只,还有湖面上的那座断桥。

在火光中,花家舍的一切看上去仿佛近在咫尺。秀米看见几个老者拄着拐杖,远远地立在河滩边张望,光着身子的孩子在光影中飞跑。有几个孩子趴在树上张望。哭喊声、狗叫声和呼呼的风声连成了一片。

"四爷和六爷杀起来了。"韩六道,"俗话说,虎豹相伤,苦了小獐。"

"烧吧!"秀米咬着牙齿低低地说,"最好一把火将这个花家舍烧个干干净净。"

说完她就离开了窗口,去桌边收碗盘。不过,嘴上虽这么说,她心里多少还有点惦记着那个白衣女子。她那纤细、长长的手指,她那哀戚的面容。那只挂在堂下的空空荡荡的鸟笼,还有那只会说话的鹦鹉,此刻都在眼前浮现出来。心里有了一种悲悯之感。

当然,她想得最多的还是王观澄的那个梦。她忽然觉得王观澄、表哥张季元,还有那个不知下落的父亲似乎是同一个人。他们和各自的梦想都属于那些在天上飘动的云和烟,风一吹,就散了,不知所终。

韩六到灯下来帮她收拾,随后两人又去灶下烧水沏茶。

韩六用劈柴在灶下生了火,火光将她胖胖的敦实的身影映照在墙壁上。秀米挨着她坐着,觉得很安心。她只要看到韩六,看到她红红的脸。粗大的胳膊,厚厚的嘴唇就觉得安心。不知道有多少个这样的晚上,她们两人坐在这个快要坍塌的屋子里,屋里一灯如豆,屋外群星闪烁。夜凉如水,蟋蟀在湖边叫个不停。有时,她们什么话也不说,可秀米就是觉得安逸,在那一刻,仿佛什么心事都没有了。

她喜欢结实的、耐久的、不会轻易损耗的东西。韩六恰恰就是这样的人。她的呼吸声都是那么粗重,像男人一样。要是晚上打起鼾来，整个床板都会跟着吱吱颤动。她喝粥的时候，总爱咂嘴，呼噜呼噜的，可秀米觉得这样挺好。在普济的时候，她只要在吃饭时弄出一丝响动，母亲就会用筷子敲她的头。

天热得难熬的时候，韩六竟然会只穿着一条短裤衩，裸露着上身在房子里走来走去，乳房饱满，一直堆到了胳肢窝里，乳头黑黑的，四周有一圈褐色的晕圈，整天在她眼前晃荡。她在吃李子的时候，竟然连果核都嚼碎了咽进肚子里去。有的时候，秀米会突然生下痴想，要是能与她在这个岛子上住一辈子该多好呀？这么想的时候，她自己也吃了一惊，因为她竟然对这个湖水环绕的岛屿产生了一种说不清的依恋之感。

"姐姐！"秀米将围腰解下来，搭在灶沿上，韩六挪了挪身子，让秀米和自己并排坐在了那条矮长木凳上。

"姐姐，你说这人心到底是怎么回事？"

"你只问自己便好了，何必来问我？"韩六笑道。她用灶铁挑着木柴，好让火烧得更旺一点，"圣人和强盗脸上都没写着字。有些人表面上衣冠楚楚，彬彬有礼，开口文君，闭口子建，可要是能看到他的心，说不定里面一团漆黑，满脑子的男盗女娼。

"人的心思最不好捉摸。就像黄梅时的天，为云为雨，一日三变，有时就连你自己也捉摸不透。要是在太平盛世，这人心因着礼法的约束，受着教化的熏染，仿佛人人都可致身尧舜；可一逢乱世，还是这些人，心里所有的脏东西都像是疮疔丹毒一般发作出来，尧舜也可以变作畜生，行那鬼魅禽兽之事。史书上那些惨绝人伦的大恶，大都由变乱而生，眼前的花家舍也是一样。你是读过书的人，这事不消我来说的。"

"要是劫后能有余生，姐姐，就让小妹跟你做个徒弟，去庙里修行，了此一生如何？"秀米道。

韩六莞尔一笑,嘴里却不答话。

"姐姐是不肯?还是嫌我慧根太浅?"秀米笑嘻嘻地去推她的胳膊。

韩六摇了摇头,仍是笑。过了一会儿,才道:

"我被他们掳到这个岛上来,早已破了戒。做不得你的师傅,你若非要出家,假如我们能够活着出去。替你另找一个法力深湛的法师便是。只是,我看你尘缘未了,实非常人。将来说不定还要成就一番大事。现在你是虎落平阳,龙困浅滩,命运乖违,故而一时有出世之念,当不得真的。"

"韩姐何故这样相激?我一个落难女子,遭土匪强掳至此。山高水远,家人束手,即便活在世上,也是多余。哪里还有什么龙虎之志?"秀米急了,眼里忽然沁出泪来。

"你嘴里这么说,心里却未必这么想。"韩六道。

"那你说我现在心里想什么?"

"我说破了,你可不许恼!"韩六正色道。

"有什么好恼的,你只管说。"秀米道。

"那我就说来你听。"韩六转过身来望着她,把她的脸端详了半天,这才慢慢道,"其实,你今天晚上从花家舍回来,脑子里一直在想着一件事。"

"什么事?"

"你在想,这个王观澄这般的无能,这花家舍要是落到我的手里,保管叫它诸事停当,成了真正的人间天国……"

一句话没说完,早把秀米吓得目瞪口呆,手脚出汗,周身一阵冰冷。呆了半天,心中诧异道:这个念头,倒是有过,当时也只是在头脑里一闪而过。可自己心中不经意所想,韩六又从何而知?刚才韩六关于"人心"的一番话,就已使秀米心生敬佩,看来,这个尼姑绝非庸

154

常之辈。可一想到自己一举一动,乃至整个心思。竟都在对方的洞察之下,秀米还是觉得脊背一阵阵发凉。

"说一句不中听的话,那王观澄要是换作了你。结果也还是一样的。"韩六接着说道。

"何以见得?"秀米笑着问她。

"你能想到的,以王观澄那样一个熟读经书的饱学之士。焉能想不到?你能做到的,王观澄那样一个为官四十余年,有城府,有心机的人又焉能做不到?古人说,事者,势也。势有了,事就成了。不然的话,任凭你如何算计折腾,最后还不是南柯一梦?那王观澄心心念念要造一个人间天国,只是在追逐自己的影子罢了,到头来只给自己造出了一座坟墓。"

韩六掸掸身上的草屑,站起身来,去灶上泡了茶,给秀米端了一盅来,两人仍坐在灶下说话。到午夜时分,秀米才回屋睡觉。

经过堂屋的窗下,她看见花家舍的大火已经熄灭,屋外一片漆黑。

9

光绪二十七年十月十一日。薛祖彦日前被杀。十月初九深夜,一队官兵从梅城出发,披星戴月,于夜半时分包围了祖彦的住宅。其时,祖彦与歌妓桃红正在酣睡。梅城协同与祖彦有同年之谊,趁乱当即杀之。那李协统原本就是夏庄人氏,他还担心将祖彦捉到县城之后,经不住夹棍之苦,供出一干乡亲,让生灵涂炭。此人虽是朝廷走狗,却行事周密,一丝不乱,亦仁亦谋,可敬可敬!祖彦头颅割下后,装入木枢送回梅城,尸体当即抛入村口苇塘之中。行大事不免流血,祖彦之捐躯,可谓死得其所矣。

秀米前日所言的垂钓者,定是密探铁背李无疑。如此说来,夏庄联络点早被他盯上。

唯会众诸人委实可恨。祖彦一死,即作鸟兽散。或逃往外地,或藏匿山林避祸。害得祖彦遗体在水塘泡了一天一夜。从长洲回普济后,当夜即央一位渔人前去收尸,置棺安葬于后山谷,花去纹银十三两。此款先由我垫付,待事成之日,再从我会会费中支取。

后又去联络会众,商议对策。不料,这些人一个个都已吓破了胆。或者借故不见,或者早已逃之夭夭。夜深时总算摸到了张连甲会员的门前。他家的屋子在夏庄西南,叩门山响,无人答应。后来,卧房里总算有了灯光。张连甲那婆娘敞着衣襟,妖里妖气,下身只穿一条短裤,出来开门。她问我因何而来,要寻何人,我即用暗语与她联络。她先是佯装听不太懂,后又道:"我们家没有你要找的人,你走吧。"我当即忍无可忍,气愤填膺,夺门一头撞进去。那婆娘吃我这一撞,也不敢叫,只揉着她那大奶子低声叫唤:"疼死我了,疼死我了,呀呀……"

我冲到内屋,那张连甲正披衣在床边抽旱烟。睡眼惺忪,连看都不看我一眼,我遂请他与我去分头联络,召集会议,商议眼下局势。那张连甲竟然眯缝着眼睛对我冷冷道:"你只怕是认错人了吧?我一个庄稼人,哪里知道什么这个会,那个会的。"我当即对他这种懦怯和装聋作哑的无耻行径进行了一番训斥,谁知他冷笑了一声。从什么地方摸出一把明晃晃的杀猪刀来,走到我面前对我说:"滚出去!再不滚,我就拿你去见官。"

事已至此,我唯有一走而已,若再与他嚼舌,说不定他真的就要将我来出卖。张季元啊张季元,此情此景何等叫人寒心,你可记住了!但等有革命成功的一天,誓杀尽这些意志薄弱之徒,第一个要杀的就是张连甲,还有他那个狐狸精的妖婆娘。她的腿倒是蛮白的。一个庄稼汉,怎么会娶到如此标致的妇人?杀杀杀,我要把她的肉一点点地片下来,方解我心头之恨。

芸儿这几天言语神情颇为蹊跷。明摆着逼我走的意思。可我现在又能去哪儿呢?梅城是回不去了,去浦口太危险。最好的办法是经上海搭外轮去横滨,然后转道去仙台。可这一笔旅费从哪里来?

小驴子还是没有任何音讯。他这一走已近一月,不知身在何处。

芸儿晚上到楼上来,不住地流泪。她说,若非情势所逼,她端端不会舍得让我离开。我当时心中烦乱已极,顾不得与她寻欢。两人枯坐半晌,渐觉了无趣味。最后芸儿问我还有什么事要交代。我想了想,对她说,唯愿与秀米妹妹见上一面。那妇人一把将我推开,睁大眼睛怔怔地望着我。她一边看着我,一边点头。眼睛里燃烧着惊慌与仇恨,我也被她看得浑身不自在,头皮发麻,心里发虚,手脚出汗。末了,她冷冷地,一字一句地说道:"你有什么话,现在就说,我自会转告她。"

我说,既如此,不见也罢。妇人愣了一下,就下楼去了。不过,她还是让秀米到楼上来了。

倘若能说服她和我们一起干,该有多好!

妹妹,我的亲妹妹,我的好妹妹。我的小白兔,我要亲亲你那翘翘的小嘴唇;我要舔一舔你嘴唇上的小绒毛;我要摸遍你的每一根骨头:我要把脸埋在你的腋窝里,一觉睡到天亮。我要你像种子,种在我的心里;我要你像甘泉,流出那奶和蜜;我要你如花针小雨,打湿了我的梦。我要天天闻着你的味儿。香粉味、果子味,雨天的尘土味,马圈里的味。

没有你,革命何用?

白衣女子的尸体是早上发现的。秀米赶到湖边时,韩六正用一根竹竿要把她拨弄到岸边来。她的脖子上有一圈珍珠项链,脚上一双绣花鞋,鞋上的银制的搭襻,在阳光下,闪闪发亮。

其余的地方都是赤裸的。身上布满了铜钱大小的烙痕,就如出了天花一般。她的皮肤白得发青,在湖中浸泡了半夜,脸看上去微微有点浮肿,乳房却已被人割去。树叶和小草的灰烬覆盖着她的身体,在水中晃荡,就像一杯酒在酒盅里晃荡。

她那纤细、骨节毕露的手指血肉模糊,可惜已不能用它夹住一枚棋子;两腿中间的那片幽暗的毛丛,像水上衍草参差披拂,可惜已不能供人取乐。

罪孽罪孽罪孽,罪孽呀!

韩六似乎只会说这两个字。

花家舍已被烧掉了三分之一,那些残破的屋宇就像被蚂蚁啃噬一空的动物的腹腔,还冒着一缕缕的青烟。湖面上散落的黑色的灰烬,被南风驱赶到了岸边。村庄里阒寂无声。

一夜之间,花家舍有了新的主人。庆寿已经落败。他的姨妈遭人戏弄。他们当着他的面,在她的乳房上绑上一双铜铃铛(这双铃铛曾经也绑在她的脚上),又用烧红的烙铁去捅她,逼得她在屋子里又蹦又跳。他们让她笑,她不肯,于是他们就用烙铁烫她的肚脐眼,烫她的脸,她实在挨不过去,于是她就笑。他们教她说下流话,她不说,他们就用榔头砸她的手指,他们砸到第四根,她就顺从了。她一边不停地说下流话,一边可怜巴巴地看着她的丈夫。庆寿被绑在椅子上,

158

他唯一能做的事就是冲着她不断地摇摇头,示意她不要顺从。可她还是顶不住疼痛,次次都依了他们。最后小六子自己厌倦了,烦了,就用快刀将她的乳房旋了下来。

这些事是秀米后来听说的。

庆寿的死要简单得多,他们用泥巴堵住了他的嘴和鼻孔,他喘不出气来,也吸不进。憋得撒了一泡尿,就蹬腿死了。

这事也是她后来听说的。就是这个小六子,花家舍的新当家,派人来岛上送喜帖。他要和秀米结婚。

10

不久之后举行了婚礼。坐在那顶猩红的大轿中,秀米恍惚中又回到了四个月前,翠莲将她扶入轿厢时的情景。那天下着漫天大雾,村庄、树林、河道、船只,什么都看不见。她一直在轿子里沉睡。这些事仿佛就发生在今天早上。会不会是这样:那天她根本没有遇到土匪,没有来到花家舍,被人囚禁在湖心的小岛上,花家舍亦未发生一连串离奇的火并与厮杀——所有这些事。只不过是她在轿内打了一个盹,做的一个梦。

然而,此刻,摆在她面前的一个事实是,她要结婚了。她正在船上,到湖的对岸去。湖水悠悠地流着,湖面上有几只白色的鸥鸟低低地盘旋。橹摇得咯吱咯吱地响,船在湖上走得很快。

船渐渐地拢了岸。透过薄薄的红色纱帘,她看见两个光溜溜的小孩站在沙滩上,手指搁在嘴里,正朝她这边张望。她又看见了那些树,那些被大火烧掉的凉亭,那些长廊、垛墙和池塘,它们都是红色的。水道里,流水仍在潺潺地流淌。

炮仗已经响了好一会儿了。空气中有一股浓浓的火药的香味。轿子走入一个巷道之中，这个巷道阴暗狭长，即使她掀开帘子，也只能看到阴湿的墙壁。当然还有韩六，她今天穿着一条簇新的蓝布裤子，走在轿子的左侧。出了巷子，向西穿过一片小树林后，轿子就晃晃悠悠地停了，韩六拉开轿门，扶她下来，说了一声："到了。"

她来到的地方是花家舍的祭祀祠堂，这也是王观澄重建花家舍后，村中保留下来的唯一建筑。祠堂由青砖砌成，由于年代已久，砖墙上爬上了一层厚厚的绿绒似的苔藓。门前卧着一对石狮子，每一只狮子的脖子上都扎了红布的吉祥结。门外的场院中搁着四五张八仙桌，桌上堆满新鲜的鱼肉和菜蔬，几个厨役扎着围腰，正在石板上剁肉。不时有人从祠堂里进进出出，大多是一些妇人，提着湿淋淋的篮子，或拎着还在滴血的鸡鸭。

墙边的阴沟边上，一个屠夫正在杀猪。他将刀叼在嘴里，从木桶里舀一勺凉水浇在猪的脖子上，然后用力地拍了拍，那肥猪只顾悲鸣，大概已知道死期将近。那屠夫将刀子握在手中，在它脖子上往前轻轻一推，一股粗粗的热血喷射出来，砸在铜盆里，嘭嘭作响。秀米还是第一次看见杀猪，心里一阵冰凉。

一个涂着胭脂的老婆子走到她跟前，向她躬身行礼，随后说了声"跟我来"，就踮着小脚，扭动着肥粗的腰肢，领她们从后面的小门进了祠堂。祠堂里有一个方形的天井，地上铺着大块的青石板。一棵杏树，一眼带辘轳的小井。两侧厢房的门窗上都贴满了大红的喜字。秀米一进去，就闻到了一股阴湿的霉味。昨天刚刚下过一场大雨，天井的低洼处似乎已有积水。老婆子从衣兜里掏出钥匙来，开了一扇门，将她们让进去。

这大概就是洞房了。房间中光线很暗，只有一扇朝东的小木格窗户。一张宽大的雕花木床散发着新鲜的油漆味。床上的蚊帐、帘钩、帐帘都是新的,床上叠着两床大花的旧布被,一对绣花枕头。床边有一张带抽屉的梳头桌,两只木凳,也都新刷了漆,光鉴照人。桌上燃着一盏小油灯。那扇小窗户正对着一户人家的后院,秀米走到窗边,踮起脚来朝外一望,看到竹篱边有一个老头正坐在茅缸之上出恭。

"半个月前,总揽把与四爷厮杀时,房子被大火烧了,新楼尚未完工,这座祠堂也已老旧,姑娘权且将就几日。"那婆子说,随后替她沏上茶,又端来一盘糕饼糖果。

韩六好几次跟她搭话,老婆子面无表情,只当没听见。过不多时,从小门里又走进来两个丫头,她们都穿着葱绿的衣裳,倚在墙边,低眉垂首而立。

那老婆子忽然对韩六冷冷说道:"韩妈妈要没什么事,不妨先回岛上去吧。"

韩六知道自己待不住了,就站起身来,两眼噙着泪,看了秀米一眼,说道:"我昨晚跟姑娘说的话,姑娘可记住了?"

秀米点点头。

"忍得了一个月,就能忍得了四年、四十年,横竖就是那么回事。活在世上,总脱不掉一个苦字。既与六爷,就是如今的总揽把成了亲,凡事要依顺,免得自己白白受罪。"

秀米流着泪答应了她。

"日后得了空,就来岛上走一遭呗。"

韩六哽咽着,嘴唇哆哆嗦嗦,好像还有什么话说。她愣了半晌,从衣兜里摸出一个黄绢包着的东西,递到秀米的手中,道:"一个小玩意儿,你留着吧。要是一时半会儿见不着,也好有个念想。"她又在秀米的手背上拍了两拍,这才转身离去。

秀米的手一触到那个东西,不知为何,就有一种不祥的预感,她的心"咯噔"一下，往下猛地一坠。她赶紧走到灯下，一层一层地打开裹着的黄绢。果然是那个东西！就像遭到雷击似的，她忽然觉得墙壁和屋顶都开始飞快地旋转起来，身子摇了几摇，眼看就站不住了。嘴里失声惊叫了起来。她这一叫，把那老婆子脸都吓灰了。赶紧过来扶住她。

又是一枚金蝉。

秀米踉踉跄跄地走到门边，门边的两名侍女伸手扶住了她。她抻起脖子往外一望，祠堂外的天空依然阴晦灰暗，像是又要下雨。天井里只有一株杏树，一眼水井。那韩六早已不见了踪影。

这枚金蝉栩栩如生，与张季元当初留给她的一模一样：薄薄蝉翼张开着，宛然振翅欲飞。除了鼓出的眼球由琥珀制成。其余的部分概由纯金铸造。秀米从张季元的日记中得知，金蝉在打造之初，数量极其有限，总共有十八枚，一说十六枚，连张季元本人亦不知究竟。它是"蜩蛄会"头领间相互联络的信物。一般会众根本无缘识见。据说，一遇危险紧急，它就会发出夏蝉一般的鸣叫，这当然是无稽之谈。不过，韩六本是一个山中尼姑，如何得来如此重要的物件？难道说她……

秀米轻轻地抚摸着光芒四射的蝉翼。现在，她已经没有当初凝视它的那种柔情蜜意，相反，她觉得这枚金蝉是一个不好的兆头，仿佛是天地间风露精华所钟，宛然活物，说不定哪天真的会忽然发出叫声，或者鼓翼振翅而去。秀米呆呆地看着它，玄想游思，纷至沓来，头痛欲裂，不知今夕何夕。只看得倦意深浓，睡思昏沉，这才趴在桌上恹恹睡去。

等到她一觉醒来，秀米发现自己和衣躺在床上，外面的天全黑了。帐顶上有缕缕丝线，吊着几枚枣子和染成红色的花生。她从床上起来，仍然感到头痛难忍。婆子坐在床边看着她，那张干核桃般的脸似笑非笑。秀米下了床,走到桌边,胡乱拢了拢头发,喝了一盅凉茶,心怦怦直跳。

"什么时辰了?"秀米问道。

"夜深了。"婆子说。她从头上拔下簪子,挑了挑油灯的火苗。

"外面什么声音?"秀米又问。

"他们在唱戏。"

秀米听了听,唱戏的声音是从祠堂后面什么地方传过来的,在风中忽远忽近。是她所熟悉的《韩公拥雪过蓝关》。祠堂里仿佛是坐满了人。杯盏叮当,人语喧腾,猜拳行令,脚步杂沓,间或还传来几声猞猞的狗吠。秀米看了看窗外,竹影扶疏,风声飒飒,弥散着一股幽蓝的夜雾。桌上又添了四盏高台蜡烛,已经烧到了一半。一个托盘里放着几只碗碟,一碗酒酿圆子,两样小菜,一个果盘。

"总揽把刚才来看过姑娘,见你正在睡觉,便未惊动。"婆子说。

秀米没有吱声。她所说的那个总揽把,想必就是庆生了。

等到酒阑人散,差不多已过了三更天了。

庆生的出现多少有点让人意外。他没带随从,没带刀剑。一脚蹬开门,跌跌撞撞地跑了进来,把婆子和那两个呵欠连天的丫头都唬了一跳。秀米还以为他喝醉了,只见他摇摇摆摆地来到秀米的跟前,像戏文中的丑角,抬起一只脚踏在她坐着的椅子上,一脸呆笑,看着她,也不说话。

秀米把脑袋别过去,庆生就将它硬扳过来,让她对着自己的脸。

"看着我,看着我的眼睛。因为这双眼睛一会儿就要闭上了。"庆生说,他的声音里似乎藏着难以忍受的巨大痛苦。

秀米不知道他是什么意思,惊愕地看着他。豆大的汗珠顺着他的脸颊滚落下来,嘴里发出的喘息声也越来越大。这张脸使她忽然想起了张季元,想起在长洲米店的那个夜晚,当时,她的表哥也是这般模样。似乎要说什么话,而眉宇间难言的痛楚使他欲言又止。

她闻到了空气中的一股浓浓血腥味,熏得她忍不住要呕吐。她不知道这血腥味是从哪里来的。她看了看屋内,婆子和丫头早已都不见了踪影,祠堂里外一时间静谧无声。月光照亮了门外的天井和那棵杏树,整个祠堂就像一座阴森空寂的坟场。

"你来猜一个谜语,怎么样?"庆生忽然笑道,"猜一个字,谜面是:插着两把刀的尸首……"

庆生说,今天早上起来,他在村中遇到一个游方的道人。这个道人摇着龟壳扇,举着八卦黄幡,拦住他,让他猜一个谜语。插着两把刀的尸首。庆生自己猜了半天,又让手下的人帮他猜。都说猜不着。道士笑了起来:猜不着就好,猜不着就好。若是猜着了,反倒不好了。这个道士与旁人不一样,是一个六指人。他的左手上长着第六个指头。秀米一听到六指人,心里凛然一惊。不过,她暂时还来不及害怕。

"原以为,我杀了庆寿一家十三口,花家舍的劫难就结束了。"庆生道,"也巧,他带着家丁来杀我,而我也正带着人去杀他。两个人想到一块去了。总揽把被杀之后,我为找出凶手伤透了脑筋。二爷、五爷先后毙命,老三再一跑,除了庆寿再没别人了,所以我料定是他。俗话说,先下手为强,后下手遭殃。我带着人刚出了家门,就见他带着人要来杀我,我家的房子也被他点着了火。

"两队人马杀在一处,天昏地暗。从巷子里一直杀到湖边,最后,苍天有眼,我把他,还有他那个不要脸的姨妈全都捉住了。哈哈,我憋了四个月,整天担惊受怕,总算可以松快松快了。就把他夫人弄来取乐,很快就玩腻了,把她奶子割下来炒了吃,尸首抛入湖中。至于老四庆寿,我没有为难他,用湿泥将他闷死了事。

"我原以为一切都结束了。我把他们的厨子和花匠都杀了,把那只挂在堂下的鹦鹉也杀了,最后一把火将他那房子烧了个干干净净,我以为一切都结束了。没想到,真正的高人,竟然,竟然还没有露面!"

庆生的眼睛越睁越大,似乎要将眼眶挣裂;汗珠子不住地从宽阔的额头上冒出来。她听见庆生还在拼命地吸气。仿佛一口气要把她整个人都吸进鼻孔里去。就在这时,她忽然看见门外隐隐有人影闪动。庆生显然也看见了屋外的人影。就冷笑了两声,对秀米道:

"别看外面空荡荡,其实,祠堂四周到处都是人。可他们不敢进来,他们怕我!我只要还活着,只要还有一口气,他们就不敢进来。他们在我的酒杯中下了毒,又捅了我两刀。现在,我差不多就是一个死人了。可他们还是不敢进来。

"只可惜,到这会儿我还不知道杀我的人是谁……"

庆生苦笑了一下,又问秀米:"刚才,我给你说的那个谜语,你猜出来了吗?"

见秀米沉默不语,庆生就抓过她的手,按在自己的腰间。她的手触到一个硬邦邦的东西。那是一枚刀柄,圆圆的木头。刀身已经没入他的肚子,刀柄只露出一小截。她的手里黏糊糊的,都是血。

"这一刀不要紧。还有一把刀,在背上,它刺在我的心里,我的心快要跳不动了,我的心里很苦啊,死也不甘心……"

他说话的声音越来越微弱,最后就变成了喃喃低语,她看见他那双大大的眼睛闭上了又睁开,随后眼皮就耷拉下来。他的手开始了剧烈的颤抖。

"我快要落心了。"庆生说,"落心,你懂吗?心一落下来,就要死了。人活一辈子,最难熬的就是这短短的一刻。可不管你怎么个死法,迟早会来的。不疼,真的不疼,就是有点慌。我好像听见我的心在说话,它在说,伙计,对不住,我跳不动啦,哪怕再让我跳一下,也不行啦……"

话没说完，庆生仰面便倒，重重地摔在地上。可他随即跳了起来，还没等站稳，又倒了下去。这么来回挣扎了几次，他就爬不起来了。身子打摆子似的发抖，就像个剁掉了脑袋的鸡一样，在地上扑腾。

"我不会死，不会的。"庆生把牙齿咬得咯吱咯吱的响，嘴里吐出一口血沫来，仰起头来道，"让我死，可没那么容易。你拿杯茶来给我喝。"

秀米已经吓得退到了床沿，拉过帐子遮住脸。她知道，庆生体内的毒药发作了。他的背上果然插着一把短剑，剑柄上有一绺红红的缨带。他又吐了一口血沫子，双手撑着地往前爬。

"我要喝水，我的心里难受极了。"他抬头看了秀米一眼，又接着往前爬。秀米想，他大概是要爬到桌边，喝一口茶水。他已经爬到桌子边上，再一次想站起来，可没有成功。他就一口咬住桌子腿，只听得咯嘣一声，硬是咬下一块木头来。

这一咬用掉了他最后一点力气。秀米看见他的双腿无力地蹬了两蹬，放出一个响屁来，头一歪，死了。

这一来，秀米就猜出了那个谜语：

屁。

11

"我就叫你姐姐吧。"马弁说。

"那我叫你什么？"秀米问他。

"马弁。"

"这么说你姓马？"秀米把脸侧过去。她的嘴唇沙沙地疼，像是给他咬破了。"我不姓马。我没名字。因我是五爷的马弁，花家舍的人都叫我马弁。"他呼哧呼哧地喘着气，趴在她身上，用舌头舔她的耳廓,舔她的眼睛,她的脖子。

"今年有二十了吧?"

"十八。"马弁说。

他喘息的声音就像一头狗。他的身上又滑又黑,像个泥鳅,他的
头发硬硬的。他把脸埋在她的腋窝里,浑身上下抖个不停。嘴里喃
喃低语。妈妈,姐姐,妈妈,你就是我的亲娘。他说他喜欢闻她腋窝
里的味道,那是流汗的马的味道。他说,当初在船舱里第一次看到她
的时候,他的心就像被刀割了一下。他当初只是想好好看看她,看看
她的脸。怎么看也看不够。

秀米的眼前浮现出几个月前的那个圆月之夜。湖水淙淙地流过
船侧。湖中的芦苇开了又合,合了又开。马弁一动不动地盯着她看。
她还记得那双稚气未脱的眼睛:湿湿的,清澈,苦涩,带着哀伤,就像
泛着月光的河流。

当时,五爷庆德正眯着眼睛打盹。马弁冲她傻傻地笑,目光羞怯
而贪婪,露出一口白牙,以为庆德看不见。可秀米只要偶尔瞥他一
眼,他就立即红了脸,低下头去,抚弄着刀把上红色的缨络,他的一只
脚也搁在木桌上,只不过,脚上的布鞋破了两个洞,露出了里面的脚
趾。那天晚上他一直在笑。后来庆德将红红的烟球磕在他的手心
里,刺刺地冒出焦烟来,疼得他双脚乱跳。可等到庆德睡着了。他就
用舌头舔了舔嘴唇,还是呆呆地看着秀米,还是笑。

马弁紧紧地搂着她,他的指甲恨不得要抠到她的肉里去,浑身上
下依旧战栗不已。

"我就想这样抱着你。怎么也不松开。就是有人将刀架在我脖
子上,也不松开。"马弁说。他说话的时候,怎么看都还像个孩子。

"六个当家的,叫你杀了五个,还有什么人会来砍你?"秀米道。

马弁没有吱声,他的嘴已经移到了她的胸脯上。舔她身上的汗,

他的舌头热热的,可吸进去的气却是凉的。他开始没有碰她的乳头,不是不想,而是不敢。笨手笨脚的,显得犹豫不决。秀米突然感到头晕目眩,她的眼睛迷离无神,身体如一张弓似的猛然绷紧了,她的腿伸得笔直,脚尖使劲地抵住床沿,她的身体像春天的湖汊涨满了湖水。她闭上了眼睛,看不见羞耻。

"当初,不要说杀他们,就连想也不敢想。而五爷,我平时抬头看他一眼也不敢。怎么会想到要杀他?更何况,我就是想杀他,也杀不掉。他用烟烫我,让我喝马尿,吃马粪,早就不是第一次了。我不会因为他烫了我一下,就会要杀死他。"马弁道。

"那是怎么,噢,轻一点……那是……怎么回事?"秀米道。她还真的有点喜欢这个马弁了。他的身上有一股淤泥和青草的味儿。

"是因为那天碰到了小驴子。"

"小驴子?"

"对,小驴子。他从很远的地方来。他来花家舍给人看相算命。"马弁说。

"他的左手上是不是长着六个指头?"秀米问他。

"姐姐怎么知道?这么说姐姐认识他?"

秀米当然知道。在张季元的日记中,他几乎每天都要念叨着这个神秘的名字。此人显然肩负着某项不为人知的重要使命。原来他跑到花家舍来了。

"小驴子装扮成道人的模样,来花家舍替人算卦占卜只是个幌子。他的真实身份是蜩蛄会的头目。他们要去攻打梅城,可人手不够,会使洋枪的人就更少了,就一路打听来到了花家舍,想说服这里的头领和他们一起干。当时花家舍还是二爷当家。二爷见他说明了来意,就问他,你们干吗要攻打梅城?小驴子说,是为了实现天下大同。二爷就冷笑着说,我们花家舍不是已经实现大同了吗?你从哪来的,就滚回哪去吧。

　　"小驴子碰了一鼻子灰,就转头去找三爷、四爷他们几个,他们几个也都是用二爷那番话来回他。那小驴子也怪可怜的,他是肩负了上面的指令来花家舍游说的,事情没成,空手回去怕是不好交代,就垂头丧气地在村子里乱闯瞎撞,撞来撞去,就撞到了六爷的家里,又将那革命的道理说与六爷听。那六爷可是个火暴性子,没等他说完,就大怒道:革命,革命,革你娘个屌!飞起一脚,踢到了他的裤裆里,当场就把他踢在地上翻起筋斗来。小驴子在地上趴了半天,对六爷咬牙道:此仇不报非君子!咱们走着瞧!六爷一听,哈哈大笑,当即叫人将他衣裤扒去,轰了出去。那小驴子没有说成事,又平白受了这一番羞辱。只得赤条条地离开了花家舍。

　　"今年春上,小驴子又来了。这一次,他变成了一个道人,摇着龟壳扇,替人算命。他改了装,蓄了胡子,花家舍没人能认得出来他。那天我正好到湖边饮马,看见他在滩头上转来转去,像是找寻一件什么东西。我问他找什么,他先是不肯说,最后实在找不到,就问我,有没有看见一枚金蝉。我当时还以为他在吹牛呢,一到夏天,树上的蝉多得是,可天底下哪有蝉是金子做的?

　　"他在湖边转悠了半天,结果什么也没找到。就一屁股坐在沙滩上,看着我饮马,也不说话。过了一会儿他就起身走了,上了一艘摆渡船。我是看着那艘船起了锚,升了帆,向南走的。他要是这么就走了,也没后来的事了,可那船已经走得看不见了,又一点点变大,原来是他又让船老大把船摇了回来。他从甲板上跳下来,径直来到我面前,对我说:小兄弟,这花家舍有没有酒馆?我说有,而且有两家呢。他就眯起眼睛,再次打量了我半天,最后说:小兄弟,我们既然碰见了,就是有缘分。大哥请你喝杯酒怎么样?

　　"我说,酒馆可不是我一个喂马的人能去的地方。小驴子就在我肩上重重地拍了一下,拍得我腿都软了。他说:你怎么老想着自己是个喂马的,难道你没想到有朝一日能成为花家舍的总揽把?

"他这么一说,我就吓得魂飞魄散。这话要是我说出来,让人听见了,就得丢脑袋。幸好湖边没有人。吃他这一吓,我就想赶紧离开。我骗他说,五爷还等着我牵马过去,他好骑着它出远门呢。小驴子见我想走,说,先别忙着走,我给你看样东西,说着就从背上卸下一只包袱来。我还以为他真的要给我看什么东西,谁知他将包袱打开,就取出一把明晃晃的尖刀来,抵在我的肚子上,凶神恶煞地对我说:要么我们合伙杀了花家舍这帮当家的,你来当总揽把,要么我现在就用这把刀结果了你的性命,你看着办吧。

"姐姐,我就要跟你一个人好。我心里怎么忽然这么难受呢?越难受我越要抱紧你,可越抱紧你,就越难受,心里直想哭。我可不要当什么总揽把。我只要一天到晚都能看见你,就好了。

"后来,我糊里糊涂就跟他去了酒馆。我把马系在酒馆边的树林里,跟他去酒馆,喝了很多酒。酒馆里人多,不是说话的地方。他也没有吱声,只是向我劝酒,不时拿眼睛看我,朝我丢眼色,让我不要害怕。等到我们都喝得醉醺醺的,他就把我带到外面的树林里,找了个有阳光的地方坐下来。我当时已经不像刚开始那样害怕了,要不人家怎么会说喝了酒,胆子就壮了呢。小驴子又拿出一锅儿烟来,点着火,递给我。我抽了口烟,心就慢慢定了。

"小驴子就开导起我来,他说,人并不是生下来就能当皇帝的,全看你怎么想。要是你想当皇帝你就能当,要是你想当总揽把,保准也能当上。要是你成天想着当一个马倌呢……

"我接口说:那就只能当个喂马的。

"一听我这么说,小驴子可高兴了,他说:小东西,你不是蛮聪明的嘛!过了一会儿,他又说,你要是当上了总揽把,要什么有什么,呼风唤雨,好不自在。他说到这里,我就想起一件事来。我对小驴子说,花家舍新抢来了一个女子——就是姐姐你了,要是我真的当上了总揽把,这个女子是不是就归我了? 小驴子就说:当然了,她当然归你,你就是一天日她十八次,一天到晚都在家里搂着她睡觉,也没人敢管你。

"小驴子又道:不仅她归你,花家舍那么多女人,你看上谁,谁就是你的。我说,花家舍的女人我一个也不要,我只要那个刚刚被掳来的女子。小驴子笑道:那就随你的便了。有了他这番话,再加上喝了酒,我就觉得这事真可以干,可花家舍六位当家,个个本领高强,有家丁,有护卫,怎么杀得掉呢? 小驴子说:这个无须多虑。我们在暗处。他们在明处,再有六个人,也杀得掉。再说,杀人不劳你动手,我从外面带人来。你只须帮我们带带路,凡事一起商议商议就行。说完,他就用刀子划破手,又把刀子递给我,让我也划一下,我们两个人握了握手,血就流到一起了。

"小驴子说:既然我们俩血流到了一块。从现在开始,你就是蝈蛄会的光荣的一员了。你再想反悔,也来不及了。你要敢变卦,或是走漏了一点风声,我就把你的皮剥下来,做成一面鼓,放在家里,没事敲着玩儿。

"他让我起誓。我就跟着他,糊里糊涂起了誓。随后,他就从包袱里取出四块元宝来。我的天哪! 是元宝,不是碎银子,是四块元宝。我这辈子只见过一次元宝,就是我爹死的那会儿。我娘从箱子底摸出来的一块藏了多年的元宝。她用它给爹买棺材。可小驴子一下子拿出四块元宝来,我就知道,他不是一般人。他要杀掉六个当家的,也不是说着玩的。他说,这些钱,你留着,到关键的时候就能派用场。说完我们就分了手。

"后来,这些元宝还真的派上了用场。第一块元宝,小驴子让我送给了王观澄的管家婆子。那婆子见了元宝,放在手里掂了掂,又用牙咬了咬,笑了笑说:有了这东西,你们就是让我上刀山,下火海,我担保跑得比马还快。杀王观澄的时候,小驴子从外面带来了五个人,他们趁黑进村的,我把婆子约出来,上了一条船,大伙一起商量。老婆子说,最好是黎明下手。晚上王观澄睡觉爱关门,进不去他的房。小驴子就说:我们揭开屋上的瓦,从房梁上下去。商量来商量去,最后还是定在黎明时,等王观澄起身到院子里打拳的时候动手。可没想到,那天早上,王观澄起床后,这老婆子趁着他去洗脸的那工夫,就用事先准备好的斧子把他给砍了。也不知这老婆子哪来的力气。所以说,这王观澄说到底,还不是我们杀的。

"杀了王观澄之后,小驴子就带人离开了。他说,过个十天八天,再来杀一个。小驴子说,这样最周密,万无一失。总揽把一死,花家舍人人自危,乱成了一锅粥。可有谁会怀疑到我这样一个马弁头上?我们趁乱毒死了二爷,剁掉了五爷,吓得那三爷庆福望风而逃。我知道,最难对付的是四爷和六爷。因为越到最后,他们的戒备越严,可没想到,还没等我们动手,四爷和六爷自己就杀起来了。姐姐,你怎么忽然哼哼起来了?

"姐姐,我的亲姐姐,你怎么啦?为何突然大声哼哼?眼睛一翻一翻的,怪吓人的呢!你心里难受吗?你要是难受就告诉马弁。今晚我们成了亲,从今往后,我什么事都听你的。我只对你一个人好。我如今既当上了总揽把,你就是压寨夫人了,下个月我们就要带人去攻打梅城了。小驴子说,他们差不多有三百人,加上花家舍一百二十多人,一定能把梅城打下来。到那时,我们就搬到衙门里去住,好好地过几天舒服日子。小驴子说了,要是万一打不下来也没关系,我们就躲到日本去避风。日本是个什么地方?小驴子说他也没去过……姐姐,你怎么啦?你没事嘴里这么乱喊乱叫做什么?姐姐,你快松开手,你搂得我喘不过气来啦!"

第三章

· ·

小东西

1

校长的身影从黑漆漆的屏风后面闪了出来。她的那张脸上布满了忧戚。屋子里光线暗淡。木椅、梳妆台、屏风、雕花大床、摆着花瓶的条案,都坚硬如铁,泛着冷冷的光,唯有她身上的丝绸是柔软的。她只要稍稍移动脚步,绸衫就会发出与空气摩擦的窸窣声。她的脸是悲哀的,她的叹息声是悲哀的,甚至就连她打了一个嗝儿,也能让人闻到悲哀的气味。

老虎觉得那张脸恍恍惚惚的,总也看不真切,就像浸在河水中的月亮,漂来荡去;又像是拂过麦地的一片云翳,似有若无。可是,他还是能感觉到她那锋利的目光,犹如刀刃一样寒气逼人。

"虎子——你过来。"校长在叫他,声音仿佛耳语。她并不看他。对着花镜,正把发髻在头顶上高高地盘起。老虎走近她。她的衣裳并不是白色的,而是杏黄色,上面还绣着一朵朵小碎花。空气中满是妆粉味,异香扑鼻。

"你的脸怎么啦?"校长问他,仍然不看他,嘴里噙着一枚银钗。

"昨天叫马蜂蜇了。"老虎说。

"不要紧。"她嫣然一笑。老虎还是第一次看见她笑,"我挤一点奶水给你涂一涂,一会儿就会消肿的。"

怎么可能？老虎吃了一惊。莫非是自己听错了？他呆呆地看着校长，心突突乱跳。但是但是但是，但是校长已经伸手到腋下，迅速解开了侧襟的银扣，从滚着绿边的衣襟中托出一只白馥馥的奶子来。

"校长——"老虎吓得浑身一哆嗦，身体猛地往下一坠……

原来是做了一个梦。

他睁开眼，发现自己是躺在一处平缓的山坡上，正在给校长放马。太阳已经变成了一只暗红色的火球，在树林间闪闪烁烁。浑身都是汗，让山风一吹，前胸后背都是凉阴阴的。有那么一阵子，他依旧沉浸在刚才的梦境里，心怦怦地跳，脑子里昏昏沉沉的。

既然所有的东西都有一个来历，那么，梦是从哪里来的呢？老虎这样想道。校长那个幽暗的、散发着妆粉味的卧房就像耸立在云端，他一跤跌落下来。醒在了山坡上齐腰深的草窠子里。能不能反过来，从什么地方一觉醒来，发现自己是醒在梦里面：校长的手解开衣襟的纽扣。朝他嫣然一笑……老虎这样想下去，不觉有些害怕。山下那丛被晚照染红的树林，树林中像一只癞蛤蟆一样蹲伏着的皂龙寺，还有蟋蟀的叫声，都变得虚幻起来。

老虎从草丛里爬起来，一边撒尿，一边朝山下张望。那座寺庙的屋顶已翻修一新。寺里原本就没有和尚，平常只有一些过路的乞丐和游方僧在那里避雨歇脚，庙前有一方池塘，塘边有一个土垒的戏台。逢年过节，从安徽、杭州来的戏班子就在那儿唱戏。自从校长从日本回来之后，屋顶上铺了新瓦，歪歪的山墙也用铆钉加固，另外，在庙宇的两侧。又新建了几间厢房，把它改建成了普济学堂。不过，老虎从来没有看见有什么人去学堂读书，只有一些不知从哪儿来的光头赤膊大汉从大门里进进出出，嘴里哼着小曲，舞枪弄棒，打打杀杀。

寺庙后边的官道上，小东西正骑在马背上，用力夹着马肚，嘴里"嘚呀驾呀"地叫着，可那匹白马只是温顺地昂着头，一动不动，好像在想它的心事。

村里人都叫他小东西,上了年纪的老人叫他小少爷。有一些不怀好意的人,背地里叫他小杂种。当年,校长从日本回到普济的时候,也把他捎了来,只有两岁,话还说不利索,伏在脚夫的背上呼呼大睡。老夫人说,这小东西是校长在返乡途中捡回来的野孩子,村里人都信以为真。不过,等他长到三四岁时,眉眼中已经可以看出校长的神情了,嘴唇、鼻子和眉毛都像。有人就在村里面放风说,这孩子说不定是在花家舍的土匪窝里被"排子枪"打出来的。

私塾先生丁树则最爱管闲事。有一次,他们正在河边玩,丁树则拄着一根拐杖走到他们跟前,蹲下身来,捏住小东西的手,问他:"你还记得你爹是谁吗?"小东西摇摇头,说不晓得。丁树则又问:"那你知道你姓什么吗?"小东西还是摇摇头,不作声。"我来给你取个名儿,你要不要?"丁树则眯着眼睛看他。小东西不说要,也不说不要,只是用脚踢着河边的沙子。

"我们住的这个地方呢,叫普济,你就叫普济吧。普济,这个名字好,要是有朝一日你做了宰相,这名字叫出去也是当当响;要是做了和尚呢,连法号都省了。"丁树则嘿嘿地笑着,"姓呢,就随你的外公,姓陆,你可要记好了。"

人们仍叫他小东西。

校长从来不管他,要是在路上遇见了,她连正眼都不瞧他。小东西也不敢叫她妈,跟着大伙儿一块叫她"校长"。老夫人最疼他,她不叫他小东西,而是叫他"嘟嘟宝"、"心肝尖儿"、"臭屁宝贝"、"小棉袄"、"小脚炉"。

"我拼命地用脚踢它,它还是不跑,你说这是怎么回事啊?"当老虎从小坡上下来,小东西满脸不高兴地对他说。

"还好没跑，它要是撒开腿跑起来，你早就被摔成一摊狗屎了。"老虎像个大人似的教训他道，"想骑马，你还太小啦。"他拽过缰绳来，牵着马朝池塘边的马厩走去。天已经黑下来了。

"我刚才在山坡上睡了一大觉。"老虎打着呵欠说，"还做了一个梦。"小东西对他的梦不感兴趣。他在马背上晃了晃他的小拳头，对老虎说："你猜猜看，我手里是什么？"还没等老虎回答，他就将拳头松开了，摊开手，呆呆地笑。

那是一只蜻蜓，早已被他捏烂了。

"我梦见了你妈妈——"老虎说。他犹豫着。要不要把梦里的事情告诉他。

"那有什么稀奇。"小东西不屑一顾地说，"我天天晚上都会梦见她。"

"那都是从小照看的。"老虎说。

小东西有一件稀罕之物。那是他妈妈在日本时拍的小照，小东西唯一的宝贝。他不知道将它藏在哪里才好。一会儿塞在中衣的衣兜里，一会儿压在床铺的枕席底下，没事就一个人偷偷地拿出来看。可是这张小照还是被喜鹊弄坏了。她把它泡在水盆里，用棒槌捶，又用手搓，等到小东西从裤兜里将它翻出来的时候，它早已经变成一团硬硬的纸疙瘩了。小东西追着喜鹊又哭又咬，就像疯了一般，闹了大半天，最后还是夫人想出了一个办法，她将小照放在水里泡开，轻轻地抚平，放在灶膛里烘干。照片上的脸虽然模糊不清，但小东西还是视如珍宝，他再也不敢随身带着它了。一提起这些事，老夫人总是不停地抹眼泪，甩鼻涕："这孩子，平常有人提起他娘来，他都是一声不吭。我还以为他不想他娘，唉……哪有孩子不想娘的呢？"翻来覆去就这么几句话。说起来就没个完。

老虎走到池塘边，让马喝了水，然后再将它牵回马厩里去。小东西早已抱来了一抱干稻草扔在食槽边,两个人都将鞋子上的马粪在路槛上蹭了蹭,这才关上门出来。天已经完全黑了。

"你说,什么叫革命呀?"在回家的路上,小东西突然问他。

老虎想了想,就认真地回答说:"革命嘛,就是想干什么就干什么。你想打谁的耳光就打谁的耳光,想跟谁睡觉就跟谁睡觉。"

他突然站住了,眼睛里亮晶晶地,不怀好意地看着小东西,用微微发颤的声音对他说:"告诉我,你最想跟谁睡觉?"

他原以为小东西一定会说:妈妈,不料小东西高度警惕地看着他,想了想,说:"谁也不跟,我自己睡。"

他们俩走到村口的时候,隐隐约约地看见村里的铁匠王七蛋、王八蛋兄弟手里握着大刀,拦住了一个外乡人,一边问这问那,一边推推搡搡。那个外乡人背上背着一架长长的木弓,在路上被他们推得直打转。看上去,他是一个弹棉花的。他们盘问了他半天,又在他脸上搧了几个耳光,就放他走了。

老虎得意地对小东西说:"我说的没错吧。想打谁耳光就打谁耳光。想跟谁睡觉就跟谁睡觉。"

"可是,他们干吗要拦住他呀?"小东西问。

"他们在奉命盘查可疑的人。"

"什么是可疑的人?"小东西又问。

"探子。"

"什么是探子?"

"探子就是——"老虎想了半天,回答道,"探子就是假装自己不是探子……"

他大概觉得自己没有把这件事说清楚,就又补充道:"这天底下哪有那么多的探子?王七蛋他们是在找个茬打人玩儿。"

两个人说着话,不知不觉已经走到家门口了。喜鹊和宝琛都在四下里找他们。

　　晚上吃饭的时候，夫人又在不住地长吁短叹。她今年才五十多岁，头发全白了，说话、走路都像是一个老太婆。她的手抖得厉害，甚至端不住碗、拿不稳筷子，又咳又喘，还常常疑神疑鬼。她的记性也糟透了，说起话来絮絮叨叨、颠三倒四。有的时候，一个人望着自己墙上的影子自言自语，也不在乎别人听不听。通常，她在唠叨之前，有两句开场白：

　　要么是："这都是我作的孽啊！"

　　要么是："这都是报应啊！"

　　如果说的是前一句，这表明她接下来要骂自己了。但是，她究竟作了什么孽呢？老虎从来就没有弄清楚过。听喜鹊说，夫人在后悔当初不该把一个叫张季元的年轻人领到家中来。这张季元老虎见过，听说他是个革命党人。他是被人绑了石头扔到江中淹死的，用普济当地的说法，就是被人"栽荷花"了。

　　如果她说的是后面一句，那就表明她要骂校长。今天她说的是后一句。

　　"这都是报应啊！"夫人狠狠地擤了一把鼻涕，当着众人的面，将它抹在了桌子腿上。

　　"我是好端端地打理她出嫁的，衣裳、被褥、首饰，别人该有的，她一件也不曾少。谁知道路上遇到了土匪。第二天长洲亲家派人来送信，我才知道实情。村里的老辈们说，土匪抢人，多半是为了赎金，少则三五日，多则七八日，必然有人登门取赎金，交了钱，人就能放回来。我是天天等，日日盼，饭也吃不下，觉也睡不着，把眼睛都望穿了，一过大半年，屁，连个鬼影子也不见。"

　　每当夫人说到这里，小东西就咯咯地笑起来，他一听见夫人说

"屁"这个字,就会咯咯地傻笑。

"秀米这孩子,竟然说我舍不得花钱去赎她!要是真的有人来取赎金,我会舍不得那几个钱吗?这话亏她也会说出口,别说家里还有点积蓄,就是没钱,我哪怕拆房卖屋,把家里田产都卖了,也要赎她回来。宝琛、喜鹊,你们都说说,你们可曾看见有个什么人来取赎金?"

喜鹊低着头道:"不曾有人来过。连个影子也没有。"

宝琛说:"别说来人了,我还恨不得上门给他们送过去呢,可草鞋走烂了六七双,也不曾打听得她的半点消息,谁知道她原来就在花家舍。"

老虎不知道这花家舍在哪,既然他爹这么说,这地方离普济大概也不算太远。宝琛和喜鹊连哄带劝,好说歹说,费了半天的口舌,夫人这才抬袖擦了擦眼泪,又怯怯地靠着墙发了半天呆,这才端起饭碗吃饭。

小东西疯玩了一天,看来是累了,饭没吃完,就趴在桌子上睡着了。夫人赶紧吩咐喜鹊将他抱到楼上去睡,又让老虎去灶下打水,给小东西洗脚。可等到老虎提了水,走到楼上,小东西却又醒了,正在床上和喜鹊打闹。

自从校长回到普济之后,小东西一直都跟着老夫人睡。可近来夫人老咳嗽,她担心把自己一身的衰病传给他,才让他跟老虎睡。用宝琛的话来说,这小东西如今就成了夫人的命:捧在手里怕碎了,含在嘴里又怕化了。

"他们真的要去打梅城吗?"老虎对喜鹊说。

"你说谁?"

"校长他们。"

"你听谁说的?"喜鹊似乎吓了一跳。她正在撑床。她的腰、胸脯和屁股看上去是那么的柔软,就连她的影子投在对面的墙上,都是软软的。

"我听翠莲说的。"老虎道。

中午他和小东西去马厩牵马的时候,看见翠莲正在学堂的池塘边和另外几个人说着这件事。他在看翠莲的时候,也觉得怎么也看不够。她的屁股可要比喜鹊大得多。不知为什么,最近这些日子,他一见到女人,不管是什么人,就心里发慌,嘴里发干,眼睛发直。

"不会吧?"喜鹊自语道,脸色立刻吓得发了白。她这个人胆子小得像绿豆一样,看见自己的影子也会吓一跳。

"大人的事,你们孩子不要去管,听见了什么,也放在肚子里,不要到处去乱说。"末了,她这样说。

掸好了床,喜鹊用手探了探水温,然后将小东西抱在怀里,替他洗脚。小东西两只脚扑打着水花,溅得满地都是,喜鹊也不生气,还去挠他的脚底板。小东西就钻在她怀里咯咯地傻笑,他的脑袋居然可以随意地在她胸前滚来滚去。

"你说,校长她真的疯掉了吗?"小东西笑够了之后,忽然问了一句。

喜鹊用湿冷冷的手去摸了摸他的头,笑道:"傻孩子,别人叫她校长,你可不能跟着叫。你应该叫妈妈。"

"妈妈真的疯掉了吗?"他又问。

喜鹊一时不知如何回答,她想了想,说:"八成,没准,多半。你看看,你看看,袜子都破了。"

"可是,人疯了,会是什么样啊?"小东西扑闪着大眼睛,不依不饶。

喜鹊笑道:"你又不发疯,操什么心哪。"

老虎也在脚盆前坐下来,脱去鞋袜,嬉皮笑脸地将脚伸向喜鹊:"你也替我洗一洗。"

182

喜鹊在他的小腿上拧了一把,笑道:"你自己洗。"

然后。她就把小东西抱到床上去了。她帮他脱了衣服,盖上被子,将被头两边掖了掖,又趴在他脸上亲了几口,最后,她给油灯里加满了油。小东西怕黑,晚上要点着灯睡觉。

临走前,她照例吩咐老虎说:"晚上,他要是把被子踢掉,你要帮他盖上。"

老虎照例点点头,心里却道:我从来都是一觉睡到大天亮。早晨醒来,别说被子,连枕头都在床下,哪里又知道帮他盖被子?

可是,这天晚上,老虎怎么也睡不着。喜鹊下楼之后不久,他就听见小东西磨牙的声音。而他自己,却在床上翻来覆去。他只要一闭上眼睛,就会想起下午在山坡上做过的那个梦来,浑身上下火烧火燎,掀开被子睡,又觉得有点凉。窗外呼呼地刮起了风。一会儿是喜鹊的脸。一会儿是校长解开的衣襟,一会儿是翠莲的大屁股,它们都在屋子里飘来飘去。他只要一动弹,床褥下的新铺的稻草就习习作响,仿佛有人在跟他说话。

2

秀米从日本回来的那天,正赶上冬季的第一场雪。天空罩着一张杏黄色的云毯,降下片片湿雪,天气倒也不是十分的寒冷。雪片还没有落到地上就融化了。翠莲是第一个赶到村外去迎接她的人。她扶着秀米从马上下来。替她掸去身上的雪花(只不过是一些小雪珠而已),然后把她的头强行搂在自己的怀中,呜呜地哭了起来。

她那样做是有道理的。据说,在秀米出嫁前,她们俩就是一对无话不谈的好姐妹。阔别多年,一朝相见,伤感和哀痛都是免不了的。

另外,她在这年秋天偷偷地将家中收来的租子卖给了泰州的一个贩子,事发之后,正面临被东家再度驱逐的境地。老夫人心肠软,念她在陆家多年,父母早亡,无依无靠,又值兵荒马乱之年,无处遣发。有些犹豫不决。就在这个节骨眼上,秀米派人送信来了。自从她被土匪掳走之后,数年之中,杳无音信,没有人相信她还活在人间。老夫人在普济祠堂里已经替她设了一个牌位。没想到,这个已经被渐渐淡忘的人,突然要回来了。用翠莲的话来说,"老天派她回来救我了。"

她是当着众人的面说这番话的,无所顾忌。她听到这个消息的时候,正在厨房做饭,据喜鹊说,她当场就跳到一只板凳上,拍着手说:"菩萨保佑,老天派人来救我了。"

秀米显然没有翠莲那样热情。她只是轻轻地在翠莲的背上拍了几下,就将她推开了,握着马鞭(牵马的重任自然落到了翠莲的手里)朝家中走去。秀米的这个不经意的举动使翠莲惘然若失。不管这个人以后能不能成为她的靠山,但有一点很明显:她已不再是十年前的秀米了。

随行的有三个挑夫,一名脚夫。挑夫们各挑着两个沉重的箱子,扁担都被压弯了,他们耸着肩,不住地往外吐着热气。小东西被棉毯裹得严严实实,正在脚夫的背上呼呼大睡。村里围观的姑娘、媳妇和老婆子不住地追着脚夫,逗那孩子笑。

老虎跟着他爹,参与了迎接秀米的全过程。他爹反复告诫他,见了面要叫她"姐姐",可是他一直没有喊的机会。秀米的目光从他们父子俩身上一扫而过,没有任何停留,这表明他的"姐姐"事隔多年已经完全认不出他来了。她目光总是有点虚空,有点散乱。她看人的时候其实什么也不看,她与乡邻寒暄的时候其实什么也没有说,她在笑的时候其实是在掩饰她的不耐烦。

宝琛素有谦卑的美誉,给人的印象总是低声下气,缩头缩脑,为了不让人看出自己的慌乱,他竟然抢着要帮挑夫挑担子。

老夫人在佛堂的香案前等着秀米。她换了一身过年才穿的对襟大花锦缎棉袄,头发梳得亮亮的,熏了香。秀米朝佛堂走过来了。老夫人就开始哆嗦,笑,哭。秀米的一只脚刚跨过佛堂的门槛,就站住了。眼睛直勾勾地看着她,仿佛在怀疑站在跟前的这个人是不是她的母亲。末了,秀米冷冷地问道:

"娘,我住在哪儿?"

她这么说,就像是从来不曾离开过普济似的,多少有点突兀。夫人一时没有回过神来,但还是露出笑容,说:"闺女,你可算是回家了。这是你的家,你想住哪儿就住哪儿。"

秀米就把那只跨进门槛的脚收了回来,说:"那好,我就住在父亲的阁楼上。"说完,转身就走。夫人的下巴脱了臼,张着嘴,半天合不上。这就是她们母女第一次见面,没有多余的话。

秀米转过身来,迎面就看见了在门口站着的宝琛父子俩。在老虎看来,他爹除了不断出洋相之外,什么也不会。他嘿嘿地笑着,站在那儿,一只手不住地揪着自己皱巴巴的裤子,另一只手不断地拍着他儿子的肩膀,仿佛要在他肩膀上拍出一两句什么话来,末了,他说出来的话却是:

"秀米,嘿嘿,秀米,嘿,秀米……"

连老虎都替他害臊。

秀米倒是大大方方地朝他走过来,脸上再次露出了做姑娘时的那种天真、淘气、俏皮的笑容,她斜着眼睛,对宝琛说:"噢,歪头!"

她的话中带着浓浓的京城的口音。刚刚目睹了母女佛堂相见的难堪之后,宝琛大概没想到秀米会用如此亲切的语调跟他说话。他觉得,站在眼面前的这个秀米仍然是十多年前的那个捣蛋鬼:她会在他算账的时候悄悄地来到账房，把他的算盘珠子拨得乱七八糟；她会趁他午睡的时候，在他的茶杯中放上一只大蜘蛛；她还会在正月十五庙会时，骑在他的脖子上，把他的秃脑袋拍得叭叭响。宝琛一时受宠若惊，脸上两行浊泪。滚滚而下。

"宝琛，你来一下。"

夫人在佛堂叫他。她的声音多了一份矜持，也多了一份迷惑。嗓音也低沉了许多。她似乎已经预感到了日后的一系列变故。

此时，秀米已经站在院子里，吆喝着那些挑夫把行李往楼上搬了。翠莲当然也混迹其中。她双手叉腰，大呼小叫。不过，唯一能够听她指挥的，也只有喜鹊而已。老虎看见喜鹊端着一只铜盆，拿着一块抹布，飞也似的上楼收拾房间去了。

夫人和宝琛还没有时间去估量、盘算眼下的一切，因为，脚夫已经把那个小东西夹在腋下，径自闯了进来。那个小东西身上穿着层层的棉衣，脸上红扑扑的。夫人刚从脚夫手里将他接过来。他的眼睛就睁开了，骨碌碌地看着夫人，不哭也不闹。逗弄或照料这个小玩意儿，使夫人暂时也不至于无事可干。

后来，夫人似乎很后悔，她觉得让女儿待在那样一个着了魔的阁楼里并非明智之举。那处阁楼多年来已成了一个梦魇。一道魔咒。她的丈夫陆侃就在那个阁楼里发疯的，而张季元死前也曾在那儿居住了大半年的时光。夫人当然也不会忘记，若不是为了重修那座阁楼而引狼入室，秀米也不至于落入花家舍的土匪之手。十年来，它一直空关着。青苔滋生，葛藤疯长，每当天降大雨之前，就会有成群的蝙蝠喊喊喳喳，绕楼而飞。

秀米自从上了阁楼之后，一连几天也没见下来。一天三顿饭，都由翠莲送上去。每次从楼上下来，她都神气活现的，说话的语气也变得漫不经心，连夫人跟她说话，也爱搭不理。

"这个小蹄子,看来已经被秀米收服了。仗着有人替她撑腰,越发地变得没规矩。"夫人总爱跟宝琛这样唠叨。

夫人虽说心中恼怒,但与翠莲说话的语调已经不比往昔了。为了探听女儿的动静,她决定暂且忍气吞声。

"她的那些箱子里装的是啥东西?"夫人强装笑脸,问道。

"书。"翠莲回答。

"她每天都在楼上做些啥?"

"看书。"

日子一天天地挨过去,夫人的担心也一天天地增加。既然她亦步亦趋地走上了她父亲当年的老路,发疯似乎是唯一可以期待的结果。"她那天回来时候,我看她的神情,与当年她爹发疯前简直一模一样。"夫人回忆说。她与宝琛商量来商量去,最后夫人还是执意要沿用当年对付陆侃老爷的办法:请道士来捉鬼。

那个道士是个跛子。他手执罗盘、布幌,提着宝箱,来到院中。居然一眼就看出了那个阁楼鬼气浩大。他问夫人能不能上楼去看看,夫人有点担心。女儿毕竟是去过东洋、见过世面的人,万一秀米与他照了面,闹将起来怎么办?她让宝琛拿主意。宝琛的回答是:"人既然请来了,就让他上去试试吧。"

那个道士一摇一晃地上楼去了。奇怪的是,道士上楼之后,半日全无动静,那个阁楼安静得像个熟睡的婴儿。等了差不多两个时辰,夫人着实有点着急了,就催喜鹊上楼察看(她已经不再使唤翠莲了)。喜鹊提心吊胆地上了楼,不一会儿就下来了,说:"那道士正和姐姐有说有笑,坐在桌边谈天呢。"

她这一说,让夫人更加狐疑。她看了看宝琛,可宝琛也一脸茫然地看着她。末了,夫人自语道:"怪事!她倒是和道士谈得来。"

那个道士到了天黑,才从楼上一跛一拐地下来。一句话也没说,

187

就径直朝门外走。夫人、宝琛都追着他,想问出个究竟来。那道士也不搭话,笑嘻嘻地只顾往外走,连预先说好的银子也不收。临出门之前,突然回过来,扔下一句话来:

"嗨!这大清国,眼见得就要完啦。"

这句话,老虎听得十分真切。要在过去,这句话说出口,是要诛灭九族的,可如今它却从一个小道士的口中随便地说出来,看来这大清的确是要完蛋了。不过老夫人的担心并不是多余的,事实上,事情要比她担心的严重得多。

大约半个多月之后,秀米突然从楼上下来了。她怀里夹着一把从日本带回来的小洋伞,提着一只精细的小皮包,朝渡口的方向去了。两天后又从渡口回来了,而且带回来两个年轻人。自此之后,陌生人穿梭往来,弄得家里像个客店似的。天长日久,宝琛似乎看出了一点名堂,他悄悄地对夫人说:"你说她走了当年陆老爷的老路,我看不太像,照我看,她是把自己变成了另一个张季元。那个死鬼,阴魂不散!"

好在小东西乖巧、伶俐,夫人在担惊受怕之余,总算还有点安慰。她每天与小东西形影不离,而秀米却早已将这个孩子忘得一干二净。夫人心中烦闷,就常常搂着他说话,也不管他能不能听懂:"你娘回来的头天晚上。我看见西边的天上,出现了一颗很亮的星辰,原来我还以为是个吉兆,没想到却是一颗灾星。"

和当年的张季元一样,几乎每个月,秀米都要离家外出一次,短则一两天。长则三五日。没人知道她去了哪里。根据宝琛的观察和推算,秀米每次外出,总是在信差来到普济后的第二天。

这个信差是一个二十出头的小伙子,待人接物,彬彬有礼,可对于宝琛旁敲侧击的盘问则口风甚紧,讳莫如深。"这说明,有一个人躲在暗处,通过信差对秀米发号施令。"宝琛给夫人分析道。可是,这个在暗处发号施令的人又是谁呢？

　　到了这一年的夏末，村里那些消息灵通的人就传出话来，似乎秀米与梅城一带的清帮人物过往甚密。这些年来，梅城清帮的大佬，像徐宝山、龙庆棠二人的名号，老虎倒也时常听人说起。他们贩卖烟土，运售私盐，甚至在江上公开抢劫装运丝绸的官船。秀米怎么会和这些人混在一起？夫人开始还不太相信，直到有一天……

　　这天晚上，雨下得又大又急。南风呼呼地吹来，把门窗刮得嘭嘭直响，不时有瓦片吹落地上的碎裂声。差不多午夜时分，一阵急急的敲门声把老虎惊醒了。那时，老虎还和他爹睡在东厢房。他从床上坐起来，看见灯亮着，宝琛已经出去了。老虎蹑手蹑脚地出了房门，来到了前院，他看见喜鹊手里擎着一盏灯，正和老夫人站在楼梯口的房檐下。

　　院门已经开了，秀米浑身透湿地站在天井里，她的身边还站着四五个人，地上搁着三只棺材似的大木箱。其中有一个人喘着气，对宝琛吩咐说："你去拿两把铁锹来。"宝琛拿来了铁锹交给他们，又抹了抹满脸的雨水，对秀米说："这木箱子里装的是啥东西？"

　　"死人。"秀米用手拢了一下耳边的头发，笑道。

　　随后，秀米就和那些人拿着铁锹出去了。雨还在下个不停。

　　宝琛围着那三只大木箱转了半天，透过板缝往里面看了看，又叫喜鹊，让她拿灯过去。喜鹊畏畏缩缩不敢过去，宝琛只得自己过来取灯。老虎看见他爹举着灯，趴在箱子上看了又看，然后，一声不吭地朝这边走过来了。看上去他十分镇定，但他的牙齿咬得咯咯响，浑身发抖，嘴唇哆嗦，紧张和恐惧使他不停地说着脏话。在老虎的记忆中，老实巴交的父亲是从来不说脏话的，可这天他受了一点刺激，那些憋在肚子里的脏话就一股脑儿全出来了。

"日屄，日屄。"宝琛道，"日他娘！不是死人，是他娘的日屄的枪！"

第二天，老虎一醒来，就跑到天井里，想去见识一下他父亲所说的那些枪。可是天井中除了一些被太阳晒干的泥迹之外，什么都没有。

夫人觉得一刻也不能忍受下去了，她必须马上阻止女儿的胡闹。因为在她看来，"枪，可不是闹着玩的。"而眼下的当务之急，是要找个有见识的人商量一下。她思前想后。挑中的这个人，就是秀米当年的私塾先生——丁树则。不过她还没有来得及登门造访，听到风声后的丁树则已经自己找上门来了。

丁树则上了年纪，头发和胡子全白了，连说话都气喘。他由老婆赵小凤搀扶着，颤巍巍地来到院中，一进门，就嚷嚷着要见秀米。

夫人赶紧迎出来，压低了嗓门对他说："丁先生，我这个丫头，已不是从前的光景，脾气有些古怪……"丁树则道："不妨，不妨，你叫她下来，我自有话问她。"

夫人想了想，再次提醒他说："我这个丫头，回来这么些时日，连我也不曾与她照过几次面……她那双眼睛，不认得人。"

丁树则颇不耐烦地用拐杖敲了敲地面的螺纹砖，说道："不碍事，好歹我教过她几年书，你只管叫她下来。"

"没错。"赵小凤在一旁附和着说，"别人她可以不理，这个老师她还是要认的，你只管去叫。"

夫人有些犹豫地看着宝琛，宝琛则低头不语。正在踌躇间，他们看见秀米从楼上下来了。她头上盘着一只高高的发髻，用黑色丝网兜住，一副睡意惺忪的样子。她的身旁跟着一位穿长衫的中年人，那人怀里夹着一把破旧的油布伞。两个人有说有笑地往前院走过来。在经过丁树则身边的时候，两人只顾说话，竟连看都没看他一眼，就走过去了。

丁树则的脸上有点挂不住，气得嘴唇发抖，浑身哆嗦，但还是勉强嘿嘿地干笑了两声，看了看他的老婆，又看了看夫人，道："她……她像是没认出我来……"还是赵小凤眼疾手快，一伸手，就将秀米拽住了。

"你拉我做什么！"秀米扭头看了她一眼，怒道。

丁树则朝前跨了几步，红着脸道："秀秀，你，你不认得老朽了吗？"

秀米斜着眼看着他，一副似笑非笑的样子，道："怎么不认得？你不是丁先生嘛！"

说完就转过身去，头也不回，同那人径自走了。

丁树则张着嘴，有些发窘，愣在那儿，半天说不出话来。等到他们走远了，才一个人摇头喃喃道："匪夷所思，匪夷所思！可叹可叹，可恼可恼！原来她认得我，认得我却又不与我说话，这是什么道理？"夫人和宝琛赶紧上前好言劝慰，要让丁先生和师娘去客厅侍茶叙话。丁先生死活不依，执意要走。

"不说了，不说了。"丁先生摇手说，"她眼中既然没我这个老师，我也就只当没她这个学生。"

他老婆一旁帮腔说："对，我们犯不着，我们走！再也不来了。"

他们发誓赌咒说，以后再也不会踏进陆家的门槛一步，显然受了刺激。可话虽这么说，在往后的三四天当中，丁树则又一连来了七八趟。

"就如同梦游一般，"丁树则一旦回过神来，又恢复了往日的骄矜之气，"她那双眼睛，透着幽幽的光亮，看你一眼，直叫你不寒而栗，依我看，就和她那白痴父亲发疯前一模一样，要么是魂魄离了身，要么是鬼魂附了体，我看她八成是疯了。"

"对，她一定是疯了。"丁师娘斩钉截铁地说。

"想当年，她那个爹，不知天高地厚，既已罢官回籍，衰朽日增，却不知修身养性，摊书自遣，整日沉湎于桃花虚境之中，遂至疯癫，可笑亦复可怜。如今国事乖违，变乱骤起；时艰事危，道德沦落。天地不仁，使得天下的疯子纷纷出笼……"

"且不管她疯与不疯，"老夫人道，"我们还得想个办法，不能任她胡闹下去。"

她这一说，丁树则立即不作声了。几个人相对枯坐，唯有长叹而已。末了，丁树则道："你也不用着急，先看看她是怎么个闹法。事情若果真到了不可收拾的地步，那也好办——"

"丁先生的意思是……"夫人眼巴巴地看着丁树则。

"花点钱，从外面雇几个人来，用麻绳勒死她便是。"

秀米还真的闹出不少事来。她在普济的日子一长，身边已渐渐聚集起了一帮人马。除了翠莲之外（用夫人的话说，这个婊子俨然就是个铁杆军师），还有舵工谭四、窑工徐福、铁匠王七蛋、王八蛋两兄弟、二秃子、大金牙、孙歪嘴、杨大卵子、寡妇丁氏，接生婆陈三姐……（用喜鹊的话来说，都是一些不三不四的人），再加上穿梭往来于梅城、庆港、长洲一带的陌生人和乞丐，声势一天天壮大起来。事情的进展大大超出了丁先生的预料。那时，丁树则有一句话常常挂在嘴边。他说："照这样下去，还没等到我们找人来弄她，她就先要将我们勒死了。"

他们搞了一个放足会，挨家挨户去让人家放足。夫人刚开始还不知道"放足会"是干什么的，就去问喜鹊，喜鹊说："就是不让裹小脚。"

"干吗不让人家裹小脚？"夫人大惑不解。

喜鹊说:"这样跑得快。"

"你本身是一双大脚,倒也不用放。"夫人苦笑道,"那什么叫做'婚姻自主'?"

"就是随便结婚。"喜鹊道,"无须经父母同意。"

"也不用媒人?"

"不用媒人。"

"可没有媒婆,这婚姻怎么个弄法?"夫人似乎被她说糊涂了。

"嗨! 就是,就是,还不就是……"喜鹊的脸红到耳根,"就像那杨大卵子和丁寡妇一样。"

"这杨忠贵和丁寡妇又是怎么回事?"

"杨大卵子看中了丁寡妇,就卷起自己的铺盖,住到丁寡妇家,两人就……就算成亲啦。"喜鹊说。

很快就成立了普济地方自治会。那时的皂龙寺已经修葺一新,加固了墙体,刷了石灰,更换了椽梁和屋瓦,又在两边新盖了几间厢房。秀米和翠莲都已经搬到了寺庙中居住。他们在那座偌大的庙宇中设立了育婴堂、书籍室、疗病所和养老院。秀米和她的那些手下,整天关在庙中开会。按照她庞大的计划,他们还准备修建一道水渠,将长江和普济所有的农田连接在一起;开办食堂,让全村的男女老幼都坐在一起吃饭;她打算设立名目繁多的部门,甚至还包括了殡仪馆和监狱。

不过,普济的那些老实巴交的人很少光顾那座庙宇。除了秀米自己的儿子。那个没有名字的小东西之外,村里也很少有人将孩子送到育婴室。后来就连小东西也被夫人差人偷偷地抱走了。养老院中收留的那些老人,大多是些流浪各处的乞丐,或者是邻村失去依靠的鳏寡老人。疗病所也形同虚设。虽然秀米从梅城请来了一位新式大夫,此人也去过日本,据说,不用号脉就能给人治病;但普济人生了病，还是去找唐六师诊治，有些人甚至宁可躺在床上等死，也不去自治会尝试新的疗法。至于水渠，秀米倒是让人在江堤上挖开了一个口子，试着将长江水引入农田，却差一点酿成江水决堤的大祸。给普济带来灭顶之灾。

随着时间的推移，钱很快就成了一个问题。

当秀米开列出一张所需款项的清单，让人挨家挨户去催讨摊派款的时候，村里的那些有钱人一夜之间全都消失得无影无踪。最后王七蛋、王八蛋兄弟带人将一名经营蚕茧的生意人捉了来，扒去衣服，在牛圈里吊打了一夜了事。

秀米渐渐地变成了另一个人。她明显地瘦了，眼眶发黑，无精打采，甚至很少说话，后来就听说她病了。她整日将自己关在皂龙寺的伽蓝殿中，窗户和屋顶的天窗都蒙上了黑色的绸布，她怕见亮光。她睡不着觉，头也不梳，饭也不怎么吃。看见什么东西都爱出神。除了翠莲等为数不多的人之外，她与谁都不说话，似乎在故意为什么事而责罚自己。

那些日子，据村中巡更的人来家中报信说，几乎每天深夜，他都看见一个黑影在寺院外的树林里转悠，有时一直转到天亮。他知道是秀米，可不敢靠前，"她会不会……"

夫人知道他想说什么。那时，村里几乎每一个人都相信秀米的确是疯了。村里要是有人在路上遇见她，都会把她看成是一个十足的疯子，远远地绕开。巡更人的来访，使夫人下了一个很大的决心。她经过反复考虑之后，决定直接去寺庙，找女儿好好谈一谈。

她拎着一篮子鸡蛋，趁着黑夜悄悄来到女儿住居的伽蓝殿中。无论她说什么，她怎样苦苦相劝，秀米就是一言不发。最后夫人流着眼泪对她说："娘知道你缺钱，我可以拆屋卖地，可以把家中所有的钱都给你，可你也得明白告诉我，你好端端的，搞这些名堂究竟是做什么？你是哪里来的那些怪念头？"

这个时候，秀米开口说话了。她冷冷地笑了一下，说道：

"不做什么，好玩呗！"

一听这句话，夫人立即号啕大哭。她使劲地揪自己的衣服，扯自己的头发，双手把地上的方砖打得啪啪响，道："闺女呀，看来你还真的是疯了啊。"

不久之后，秀米突然把自己所有的计划全都废除了。她也不再让人登门去让村中的女子放足，不再让人敲锣开会，修建水渠的事也搁置下来。她让人将寺院门外那块"地方自治会"的门牌取下来，劈了当柴火烧掉，换上了另一块匾额：普济学堂。

她的这一举动使得村里的乡绅们喜出望外。他们认为这是秀米走上正道的开始，那些日子，他们逢人就说："这回，她总算是做了一件正经事。兴办学校，泽被后世，善哉善哉！"

夫人也认为这是女儿大病初愈的信号。可丁树则不这么看。他冷冷地对夫人说："她的疯病若是好了，你就把我丁某人的名字倒贴在茅缸上。她办学校是假，相机而动是真。她只不过略微变换了一下花样而已，只怕更大的祸乱还在后头！再说了，她一个黄毛丫头，何德何能？竟然自任校长，荒唐！"

3

一觉醒来，太阳已经升得老高了。老虎听见小东西在楼下叫他。他看见小东西一边吃着馅饼，一边冲着墙壁撒尿。喜鹊在井边洗帐子。她赤着脚，高挽着裤腿，在一只大水盆里踩着帐子。

"今天不用去放马了。"他下楼的时候,喜鹊对他说,"翠莲刚才来吩咐过了,你不用去了。"

"怎么又不放了?"

"山上的草都枯了,天凉了。"喜鹊说。

"那马吃什么呢?"

"喂豆饼呗。"喜鹊把盆里的帐子踩得鼓鼓囊囊的,"再说,那匹马饿死了,关你什么事? 整天瞎凑热闹。"

她的小腿白得发青,老虎没法把他的视线从那儿移开。

吃过早饭,老虎问小东西想去哪里玩,小东西说:"你去哪儿。我就去哪儿。"老虎还真不知道该去哪儿。大人们都在忙着自己的事,他的爹在账房里打算盘,夫人和隔壁的花二娘坐在天井里,一边晒着太阳,一边拣棉花,有一句没一句地说着闲话。她们把棉球剥开,去了壳,再把棉籽抠出来。黑黑的棉籽在桌上堆得很高。小东西歪在夫人身边,手里捏着一只棉球,夫人就丢下手里的活,把他搂在怀里。

"等到这些棉花挑出来,我也该为自己做一件老衣了。"夫人说,她的眼泪又流出来了。

"怎么好好的,又说这些不吉利的话。"花二娘道。

夫人仍然是叹气。

"什么是老衣?"他们来到屋外的池塘边。小东西忽然问他。

"就是寿衣。"

"那,寿衣是什么东西?"

"死人穿的衣服。"老虎答道。

"谁死了?"

"没人死,"老虎抬头看天,"你外婆也就是这么说说罢了。"

昨夜刮了一夜的风,天空蓝蓝的,又高又远。小东西说,他想去

196

江边看船。到了秋天,河道和港汊变窄、变浅了,到处都是白白的茅穗。菖蒲裹了一层铁锈,毛茸茸的,有几个人在干涸的水塘中挖藕。

他们来到渡口,看见舵工水金正在船上补帆。江面上没有风,太阳暖暖的。高彩霞坐在门前的一张木椅上,身上盖着厚厚的棉被,脸上病恹恹的,嘴里却骂骂咧咧。她骂校长是騒狐狸精,不知她施了什么魔法,将她的儿子谭四给罩住了。听人说,高彩霞的病都是被她的儿子谭四气出来的。她的儿子谭四是个结巴,整天在普济学堂里转悠。和他爹水金一样,谭四也下得一手好棋。

在普济,除了这对父子俩,没人会下棋。来船上跟他们下棋的人都是慕名而来的外地人。据说在梅城的知府大人还专门派人抬来大轿。接他们去衙门住过一段时间。可结巴谭四如今只陪校长下棋,吃住都在皂龙寺里,整年整月地不回船上住。用夫人的话来说,这结巴一看到秀米,两眼就发呆。

高彩霞和水金都不搭理他们。小东西故意将水泼到水金身上,在船上爬上爬下,水金也不理他。小东西又用泥块砸他,水金也只是淡淡一笑而已。他在穿针引线的时候,怎么看都像个女人。别看水金不爱说话,人却绝顶聪明。他的心眼比网眼还多。校长那年引长江水灌溉农田,大堤崩塌,江水横溢,眼看普济就要成为渔乡泽国,全村老幼,哭声震天,校长脸都吓白了。那谭水金却不慌不忙地摇来一艘小船,凿漏了船底,一下就把江堤的缺口堵住了。

两人在渡口玩了半天,渐渐也觉得无趣。小东西扑闪着大眼睛对老虎说:"要不然,咱们还是去皂龙寺转转?"

老虎知道他又在想他娘了。

普济学堂的门前空空荡荡。门前的那座旧戏台已多年不唱戏了,长满了蒿草和茅穗。成群的蜻蜓在那儿飞来飞去。学堂的门紧紧地关着,透过门缝往里一瞧,里面全是人,热闹着呢。老虎看见那些不知从哪儿来的汉子打着赤膊,在院子里舞枪弄棒。他还看见有几个人在大榆树上,抓住一根绳子,用脚一蹬,噌噌噌,用不了几步,就爬到树枝上了。小东西跪在地上,扒着门缝往里看,一动不动。

"看到了吗?"老虎问他。

"谁?"

"你娘啊!"

"我又不曾看她。"小东西道。

话虽这么说,可小东西果然不好意思朝门里瞧了。他爬到门前的一只石狮子上,爬上去又溜下来。很快他就玩腻了。

"咱们走吧。"他说。

"可我们去哪儿呢?"老虎问他,再一次看看天。他觉得自己的心也像天一样阔大,空落落,没有一点依靠。

就在这时,他听见村里传来了"嗡嗡"、"橐橐"的弹棉花的声音。老虎忽然想起昨晚看到的那个弹棉花的人,"要不,咱们去看人家弹棉花吧。"

"可我们不知他在谁家呢。"

"傻瓜,听听声音的方向,我们一会儿就找到了。"

老虎原以为弹棉花的声音是从孟婆婆家传出来的,可到了门前,才发现不是。孟婆婆吸着水烟,穿着一件磨得发亮的皮皂衣,正和几个人在堂下打麻将。看到他们两个人走过来,孟婆婆就放下手里的牌,站起来朝他们招手。"过来,过来,小东西,过来。"孟婆婆笑嘻嘻地喊道。

他们俩走进屋中,孟婆婆就捧出一把麻花给小东西,让他用衣服兜着。"可怜,可怜。"孟婆婆嘴里嘀咕着,仍坐到桌边打牌。"可怜,可怜。"那几个也跟着说,"这孩子可怜。"

"你一根,我一根。"小东西说,递给老虎一根麻花。

"那还剩下两根呢？"老虎说。

"我们带回去给婆婆和喜鹊尝尝。"

两人站在弄堂口，很快就将各自的麻花吃完了。老虎听见，弹棉花的声音是从孙姑娘家传出来的。在老虎来到普济之前，孙姑娘就被土匪弄死了，她爹孙老头很快就中了风，在床上挨了半年也一命归西。那处房子多年来一直闲着，从来不上锁。村里要是来个锡匠、木匠什么的手艺人，就在那落脚做活。

说来也奇怪，当他们走到孙姑娘家门前的水塘边上时，弹棉花的声音突然消失了。

"我刚才明明听见，声音是从那屋子里飘出来的，这会怎么没动静啦？"

"我们过去瞧瞧不就得了。"小东西说，"可是可是——"

"怎么啦？"

小东西把那两根麻花左看右看，眼睛上下翻动，似乎在算账，"两根麻花，外婆一根，还剩下一根，是给喜鹊呢？还是给你爹宝琛呢？"

"你说呢？"

"给喜鹊吧，宝琛不高兴，要是给宝琛，喜鹊又不高兴。"

"那怎么办？"

"我看不如这样吧，谁也不给，我把它吃了吧。"小东西认真地说。

"那你就吃了吧。"

"那我真的吃了？"

"吃吧。"老虎道。

小东西不再犹豫，立刻咯嘣咯嘣地吃了起来。

院子里静悄悄的，到处都是杂草。东边的一处厢房原先是灶屋，屋顶都坍陷了，屋门也已松坏，杂草把门槛都遮住了。院子的尽头是厅堂,门开着,院子里明亮的阳光使它看上去显得一片黝黯。两侧是卧室,各有一扇小窗,窗纸由红变白,残破不堪。草丛中有一架木犁。一座碾磨,都已朽损。

老虎走进厅堂,看见屋子的正中用长凳支起两块门板。门板上堆满了棉花。弹棉花用的大弓就靠在墙上。屋子里到处是棉絮:梁上、瓦上、椽子上、墙上、油灯上哪儿哪儿都是。弹棉花的人不知什么时候已经离开了。

"奇怪。"老虎讶异道,"刚刚还听到当当的声音。怎么这一会儿就没了人影呢?"他拨了拨弦,那大弓就发出"当"的一声,把小东西吓得一缩脖子。

"人家吃饭去了吧。"小东西说。

通往两边卧室的门,有一扇敞着,门楣上结着一张蜘蛛网。另一扇则关得严严的。老虎用手轻轻地推了一下,里面似乎上了闩。弹棉花的人说不定就在屋里,他想。可他在屋里干什么呢?老虎用力在门上拍两下,嘴里喂喂地叫了两声,没有动静。

"我有个主意。"小东西忽然道。

"什么主意?"

"干脆,我把最后这根也吃了吧!"他还惦记着那根麻花。

"你不是说要留给婆婆吗?"

"要是婆婆问起来,我们就说孟婆婆没给,你说行吗?"他问道。

老虎笑了一下:"傻瓜。你不说,你婆婆怎么会问?"

"那我就吃了。"小东西两眼直勾勾地盯着手里的麻花。

"吃吧,吃吧。"老虎不耐烦地朝他挥挥手。

老虎看见,墙角有一张小四仙桌。桌上放着水烟壶,点烟用的卷纸,一只口罩,一碗凉茶,一把木榔头。榔头边上还有一方绿色的头巾,头巾上还搁着一个篦头发用的竹篦子。这头巾和篦子都是女人用的东西。他的心往下一沉,顺手拿起头巾和篦子,闻了闻,隐隐还有一阵香粉味。这头巾他好像在哪里见过,只是一时半会儿想不起来了。他再次看了看那扇关着的房门,想了想,心咚咚地跳起来,难道这屋子里有一个女人?如果弹棉花的人也在里面,他们大白天闩着门干什么呢?

"咱们走吧。"小东西已经吃完了麻花,正用舌头舔着手心的糖稀,一副心满意足的样子。

他们俩一前一后出了院子,老虎一边往外走,一边回过头来朝后面看。当他们走到孟婆婆家屋外的弄堂口的时候,又听见弹棉花的声音"嗡嗡橐橐"地响起来了。

"真是见鬼了。"老虎忽然站住了,对小东西说,"我们刚走,他那里又弹上了,他把自己关在屋子里干吗呢?"那房子里平常没有人住,哪来的女人用的篦子和头巾?那究竟是谁的东西?它怎么看上去那么眼熟?老虎跟在小东西身后,闷闷地往家走。当然他想得最多的还是子虚乌有的男女之事。他的眼前浮现出一个个女人的脸来。他甚至想重新回去看个究竟。

"你说,"他紧走几步,赶上了小东西,扳着他的肩膀,喘着气,小声道,"你说,要是一男一女,大白天关在屋里,他们,他们会做什么呢?"

"那还用问,日屄呗。"小东西道。

他们走到家门口,看见一个佝偻着背的老婆子挽着两个孩子,正朝院子东张西望,"不错,就是这儿了。"老太太自语道。

"你们找谁?"他们走到近前,小东西问道。

老太太看了他一眼,不搭话,径直进了院子。

他们一进院子,就扑通跪倒在天井的地上,号啕大哭起来,把正在收帐子的喜鹊吓得大喊大叫。

中间的一位是个老太婆，头发花白，约有六七十岁，两边各跪着一个五六岁的孩子。任凭宝琛怎么盘问，老太太只是号哭，并不答言。哭到后来，干脆就唱了起来。一边唱，一边用力拍打着地上的青石板，大把大把地擤出鼻涕，抹在了鞋帮上。夫人因见左邻右舍看热闹的人已经在院外探头探脑，就让宝琛先去把院门关上，然后对老太婆说：

"老人家请起，有话进内屋慢慢说，我这里一头雾水。如何替你做主？"

老人听夫人这么一说，哭得更响了。旁边那两个孩子都仰头看着她，似乎有些迷惑不解。细心的宝琛从她刚才的一大段唱词中已经听出了一个大概，就问道："你说，谁坏了你的闺女？"

老太婆这才止住了哭声，抬头看了看宝琛，道："我这两个可怜的孩子。三天还不曾有一粒米下肚……"

原来是想吃饭。

夫人一看事情有了转机，赶忙吩咐喜鹊去灶下盛饭。这几个人，也由宝琛领着，来到厨下，围着一张小方桌坐了下来。

"你刚才说，有人坏了你的闺女？到底是怎么一回事？"在他们吃饭时，夫人问道。

那老妇人头也不抬，只顾把饭往嘴里扒。过了半天，这才嘟嘟囔囔地来了一句，"我只知道他是普济人，嘴里镶着一颗金牙，是个杀猪的，并不知道他叫个什么名儿。"夫人朝宝琛看了一眼，自语道："她说的，难道是大金牙？"

宝琛点点头，长长地松了一口气，笑道："老人家，你既是找大金牙，可算是找错门了。"

"没错，"老妇人道，"等我再吃两口饭，再把事情原原本本地说与你听。"

　　原来，这妇人住在长江对岸的长洲。她的儿子原是一个采药的，名唤蔡小六，去年夏天不慎从崖上摔下山涧死了，留下一个年轻的媳妇和一双儿女。这媳妇长得高挑白净，颇有一些姿色。守着几亩薄田，日子倒也能维持。没想到今年清明节——

　　"清明这一天，我这媳妇去给那死鬼上坟，回来的时候天就快黑了，走到一处破窑的边上，不防从树林里蹿出几个人来。我那可怜的媳妇当时就给吓瘫了。他们二话不说，就把她掳到破窑之中，几个人一直把她弄到天快亮才歇。可怜的孩子，早晨连走带爬，回到家中，就只剩下一口气了。我一看她身上的衣服都扯烂了，连奶子都包不住，就什么都明白了。我端碗水给她，她也不喝。抱着我只是哭，从大早上一直哭到天黑。末了，她摇摇头，对我说，娘啊，我可不想活了。我问她，是谁给弄的。她说是普济的，杀猪的，嘴里有一颗金牙，另外还有两个人，都不曾见过。说完又是哭。等到她哭够了，我就对她说，孩子啊，你果真要走那寻死的老路，娘也不能拦你，咱们做女人的，遇上这种事，到底只有一个死啊。但古人说，蝼蚁尚且偷生，何况人呢？被人打碎了牙，血只能往肚子里咽，再说了你这一走，留下我们祖孙三人，老的老，小的小，可怎么办呢？经我死劝活劝，她总算不提寻死这档事了。在床上静养了半个月，渐渐就下床干活了。要是事情就这样倒也罢了。可这个千刀万剐的大金牙，千不该，万不该，你不该自己把这件事往外说，你不该喝醉了酒，在长洲的舅家当众撒酒疯，说我做了谁家寡妇。几个人一齐做的，弄得那小婊子好不快活。消息很快就在村里传开了，也传到了她娘家，我那短命的媳妇想要不死也不能了。可就是到了这个分儿上，她还是不想死啊。她回了一趟娘家，可她爹、她哥都躲着不见她，这分明也是要她死。到了大前天,她忽然穿戴整齐到我房中,说是跳井好呢,还是投缳好呢?我这时也不能劝她了,就说,都一样,反正都是个死。她就没有退路了。眼泪像断了线的珍珠,抛落下来。

"她说娘啊,我舍不得这两个孩子啊,我想事到如今,也只有把心横它一横了。我就对她说,千古艰难唯一死,咬咬牙就过去了。要说死,还是上吊好,不然,坏我一口井,我们老的老,小的小,到哪儿挑水喝?那时候,她的儿子跟我一块睡,在床上睡得正香,她就撩开被,在他的屁股上亲了十多口,出去了。她没有投井,也没上吊。而是去跳了崖了。"

老人说完了这些,众人都不说话。喜鹊和夫人都在抹眼泪。过了半晌,宝琛才道:"既如此,你该是报官或者是找大金牙才是。"

"菩萨他爹!"老人把手一拍,叫道,"我们一早上到普济来,就是去找大金牙的。他不在家,他老娘是一个瞎子,八十多岁了,她说大金牙是我儿子不错,他是个杀猪的也没错。可他已经两年多不回这个家了。卖肉剩下的骨头宁可喂狗,也不曾拿回一根。他眼中没我这个老娘,我也就当没生这个儿子,他是杀猪也好,杀人也罢,一概与老婆子无关。冤有头,债有主,你们既说是他糟蹋了你闺女,就应该去报官,跟我这个瞎子来计较,我就这么一把老骨头,你们要,就把它拿去拆了熬汤喝。

"瞎子这番话说得我哑口无言。我从那瞎婆子家出来,走到村口,一时也没了主张,三个人哭成一团。我们正哭着,打南边来了一个挑粪的,他见我们哭得可怜,就卸下担子,打听缘由,我就把事情原原本本说与他听。他想了想就说,这大金牙如今也不卖肉了,整天在学堂里舞枪弄棒的,也不知是个什么道理。我说,既如此,我们就去学堂找他便了。他又拦住我道,学堂你也去不得。我问他为何去不得?他说,学堂里尽是些没头没脑的人。我说,读书人没头脑,难道像你我这样的泥腿子,才算有头有脑吗？他道,话不是这么说,三言两语跟你也说不明白。这挑粪的坐在粪担上半天不吱声。末了,他指点我们到这儿来计较计较。他说大金牙是你闺女的手下。那大金牙既是你闺女的手下,想必你闺女也是个杀猪卖肉的了？"

一席话说得喜鹊扑哧而笑。

"她要真是个卖肉的,倒也是我前世修来的福分。"夫人瞪了喜鹊一眼,冷冷道。

4

老虎和小东西睡完中觉起来,看见长洲来的那个老婆子还没走,几个人仍然围在灶下说话。夫人看她还没有离开的打算,就让喜鹊回房中取出一些碎银子来,还有几身半新不旧的衣裳,又给了她一瓢黄豆,一瓢菜籽,半袋大麦,让她留着来年做种子,老婆子这才起身给夫人磕头,领着她那两个孩子,欢欢喜喜地回长洲去了。

老婆子刚走,夫人就喊头疼,她抱着脑袋靠墙站了一会儿,嘴里说了声"不好",身子就软软地瘫下来了。宝琛和喜鹊赶紧将她扶到椅子上坐定,夫人就吩咐喜鹊去端碗糖水来喝。喜鹊刚把水端来,只见她忽然喘了喘,冷不防吐出一口稠稠的鲜血来。宝琛和喜鹊慌了手脚。几个人将夫人弄到床上躺下来,宝琛就飞奔出门请唐六师郎中去了。

小东西似乎被吓坏了。他看见宝琛说要去请郎中,就冲着他的背影喊:"宝琛,你要快点跑,没命地跑！"听见小东西这么喊,夫人的眼泪就流出来了。她过了一会儿睁开眼睛。摸了摸他的头对他说:"孩子,宝琛不是你能叫的,你该叫他爷爷。"随后她又对老虎说:"你带他出去玩吧,别吓着他。"可小东西不肯走。像是忽然想起了一件什么事来,他趴在夫人的枕头边,凑近她的耳朵说了一句什么话,夫人就笑了起来。

"你猜这孩子刚才跟我说什么?"夫人对喜鹊说。

"什么话让夫人这么高兴?"

"还高兴呢!"夫人笑道,"他问我会不会死。"

随后她又转脸对小东西说:"死不死,我说了不算,待会儿你问郎中吧。"过了一会儿,又道:"这郎中说了也不能算,得问菩萨。"

"什么是死呢?"小东西问她。

"就像一个东西,突然没了。"夫人说。

"可是,可是可是,它去哪里了呢?"

"像烟一样,风一吹,没影儿了。"

"每个人都会死吗?"

"会的。"夫人想了想,答道,"你公公活着的时候,常爱说一句话,他说,人生如寄。这话是说呀,这人活着,就像是一件东西寄放在世上,到了时候,就有人来把它取走了。"

"谁把它取走了呢?"

"当然是阎王老爷了。"

这时喜鹊就过来将小东西从床边拉开,对老虎说:"你领他出去玩儿吧,别在这儿尽说些不吉利的话。"老虎带着小东西刚从夫人房里出来。就看见宝琛领着唐六师呼哧呼哧地跑了进来。

这唐六师进了门,就问宝琛:"老夫人刚才吐的血在哪里?你先领我去看看。"宝琛就带他去了厅堂。那摊血迹已经让喜鹊在上面撒了一层草木灰。唐六师问:"那血是红的,还是黑的?"

宝琛说:"是红的,和庙上新漆的门一个颜色。"

唐六师点点头,又俯身闻了闻,摇了摇头,咂了咂嘴,连说了两声

"不大好"。这才去夫人房中诊病。

夫人在床上一躺就是七八天。郎中配的药方一连换了三次，还是不见效，等到老虎和小东西进屋去看她的时候，已经变得让人认不出来了。家里整天都弥漫着一股药香味。村里的人都来探病，连夫人在梅城的亲眷都来了。喜鹊和宝琛也是眉头紧锁，成天摇头叹息。

有一次，老虎听见他爹对喜鹊说："夫人要真的走了，我们爷儿俩在普济就待不住了。"这么一说，就触动了喜鹊的心事，她就咬着手绢哭了起来。老虎听他爹这么说，就知道夫人恐怕快不行了。

这天深夜，老虎在睡梦中，忽然被人推醒了。他睁开眼，看见喜鹊正一脸慌乱地坐在他床边，"快穿衣服。"喜鹊催促道，然后背过身去，浑身上下直打哆嗦。

"怎么啦？"老虎揉了揉眼睛，问她。

喜鹊说："快去请你干爹来瞧瞧，夫人又吐血了，吐了一大碗，脸都变黑了。"

"我爹呢？"

"他不是去梅城了吗？"喜鹊道。说完，她就咚咚地跑下楼去了。

老虎记起来了，他爹今天下午去梅城替夫人看寿板去了。孟婆婆说，要做寿材，她家门前的那棵大杏树是现成的。宝琛想了想，说："还是去梅城，看一副好的来。"

小东西睡得正香，他正犹豫要不要把小东西叫醒了跟他一块去，喜鹊又在楼下催他了。

老虎下了楼，来到院外。繁星满天，月亮已经偏西，看时辰。已是后半夜的光景了。他穿过弄堂朝后村走的时候，村里的狗一个跟着一个都叫了起来。唐六师的家在后村的桑园边上。他家世代为医。传到他手上，已经是第六代了，他一连娶了三个老婆。还是没能生出半个儿子来。宝琛曾托夫人登门说情，让唐六师收老虎做义子，传他医术。唐六师碍不过夫人的情面,就勉强答应说:"请贵府管家把那孩子带来,让我先帮他看看相。"

那是前年的正月十五,宝琛穿戴整齐,提着漆盒礼品,喜滋滋带着老虎登门拜师。那郎中一看见他们父子俩。就笑呵呵地说:"歪头,你让令郎认我做干爹,是笑话我生不出儿子来吧。"

宝琛赶忙说:"这是哪儿的话。这是两全其美的,两全其美。这个那个,唐家绝学后继无人,犬子也可以日后有样手艺,在世上有碗饭吃。"

那郎中说要替老虎看相,却连正眼也不瞧他一下,只用眼角的余光朝他轻轻一扫,就摇了摇头,道:"令郎这副材料,让他去跟大金牙学杀猪还差不多。"

一句话把宝琛说得笑也不是,急也不是。

过了一会儿,那郎中又说:"我倒不是在说笑,你看他眉眼粗大,骨骼英武,让他学医,只怕是大材小用,若从武行出身,将来必有大的造化。做个一两任府尹不成问题。"

明摆着是推托,可宝琛居然还信以为真,带着儿子乐呵呵地回去了。他说这唐六师给人看病有下错药的时候,可给人看相却是丝毫不差。打那以后,老虎觉得,因这唐六师"府尹"的预言,父亲连跟他说话的语气都跟平常不一样了。

老虎来到唐六师的门前,敲了门,半天,屋里才亮起灯来。这唐六师果然有几分仙气,他也不管来人是谁,就在屋里干咳了两声,送出一句话来,"你先回去,我随后就到。"

老虎一边往回走,就忽然有点担心,他也不问问谁来找他看病,就让我先回,万一走错了人家怎么办?他正犹豫着要不要回去跟他叮嘱一声,不知不觉已经走到了孙姑娘家门前的池塘边上。黑夜中,他听见那扇院门吱嘎一声就开了。老虎吃了一惊。他知道孙姑娘家住着一个从外乡来的弹棉花的人,可这个时候,他出来做什么呢?

隔着树丛他看见一前一后两个人影从院里出来。他听见一个女人娇滴滴的声音在说:"你还真是属猪的?"

那男的说:"我是光绪元年生的。"

"你可不许骗我。"那女的说。

"心肝,你自己算算不就知道了?我骗你干吗?"说完,那男的就一把将她拖过来,搂住她腰就亲起嘴来。

难道是她?她跑到这里来干什么?

这么说,他们俩早就认识。这个弹棉花的果然有些来历,只是他们说的话,什么属猪不属猪的,听上去让人如坠五里雾中。老虎的心怦怦直跳,他想起几天前在孙姑娘屋里看见的那个绿头巾和竹篦。果然是她。

他听见,那个女人把男人推开说:"我底下又潮了。"

那男的只是嘿嘿地笑。

他们又低声地说了几句什么话。那男的转身进屋,随后,门就关上了。

老虎看见她正经过池塘朝他这边走过来,想躲已经来不及了,吓得一时手足无措,只得硬起头皮急急地往前走。那个女的显然是已经发现了他,因为他听见身后的脚步声越走越快。到后来,她就跑了起来。

老虎走到孟婆婆家旁边的弄堂口,那个女的已经追上他。那女人将一只手搭在他的肩头上。老虎的周身一阵冰凉,站在那儿,手和脚都不会动了。那女人将脸凑在他的脖子里,低低说:"老虎,这么晚了,你到这里来干什么?"

她的声音像雾一样,细细柔柔,丝丝缕缕。

老虎说:"请郎中给夫人瞧病。"

她紧紧地搂着他，热气喷到他的脸上，可她的手指却是凉凉的。"刚才，我们俩说的话，你可都听见了？"她问道，声音像叹息，又像呻吟，她的声音太轻了，如果老虎不屏住呼吸，根本就听不清她在说什么。

　　"跟姐姐说实话，你都听见了些什么？"

　　"你问他是不是属猪的……"老虎说。

　　他什么都不去想，哪儿都不会动。站在那儿任她摆布。

　　"你知道他是什么人？"

　　"弹棉花的。"

　　女人沉默了一会儿。她的手指滑过他的嘴唇，"几天不见，你都长胡子了。"她的手指抚过他的脖颈，"哟，都长喉结了。"又去捏他的胳膊，"瞧这身板，多结实！"

　　老虎的头有些发晕。在黑暗中他看不清她的脸，可他知道，她的手指，她说话的腔调和声音，还有她嘴里呼出的气息都是令人羞耻的，心醉的。

　　"好兄弟……"她的腹部紧紧地顶着他的脊背，她的手像水一样流向他的胸脯。老虎偷偷地吸气，以便让她的手从领口顺利地进去。她抚摸他的胸脯，他的肚子，他的两肋。她手那样凉，那样软，那样甜蜜。

　　"好兄弟，今天的事，可不许告诉别人。"她喃喃地说。

　　"不告诉……"老虎说。他的声音都变了，听上去就像哭一样。他在心里定下了一个主意，不管她说什么，他都答应，不论她要求自己做什么，他都会立即去做。"打死我，我也不说。"过了一会儿，他又补充说。

　　"那你叫我姐姐……"

　　他就叫她姐姐。

"叫好姐姐……"

老虎就叫她好姐姐。

"这事儿,谁都不能说。姐姐的性命全在兄弟手上……"突然,她松开了他,回过头去朝身后张望。他们俩都听见了不远处传来的咳嗽声。老虎知道唐六师已经快要撵过来了。

她在老虎脸上亲了一口,说了句:"有人来了。今天晚上,你到学堂来……"随后她冲他笑了一下,摆动着柔软的腰肢,走了。不一会儿,就消失在孟婆婆门前的树丛里。老虎仍呆呆地站在原地,脑子里空空的,他甚至都来不及细想这件事是怎么发生的,它就结束了。就像做梦一样,甚至比梦还要奇怪。他觉得身上什么地方肿胀得厉害,又酸又疼。

"我让你先回去,不用等我。"唐六师怀里夹着一个木头匣子,已经走到了弄堂口,嘴里嘀咕道,"其实我来不来这一趟,都没用了。你家夫人不中了。我昨天下午给她配了一服药,要是服了药,一个晚上太平无事,还有回旋的余地。晚上睡觉,我连衣服都没脱,这不,你一敲门,我就知道她没救了。"郎中絮絮叨叨地说着,深一脚浅一脚地往前走。

过了一会儿,郎中又问他:"宝琛去哪儿啦?"

老虎说:"他去梅城给夫人看寿板去了。"

"是该看看寿板了。"唐六师说,"不过,还没这么快,我看她还有个五六天的光景。"

进了老夫人的屋,老虎看见隔壁的花二娘已经在那儿了。她正在给夫人额上敷毛巾,夫人的脸有些虚肿,亮亮的,就像打了一层蜡。看见唐六师进来,花二娘道:"刚才她睁开眼睛,我同她说话。她已经不认得人了。"

唐六师进了屋,在床边坐下,抓过夫人的那只手来,捏了捏,就摇头道:"总有一道铁门槛,终须一个土馒头。事到如今,就是扁鹊再世,我看也是束手无策了。"说完,也不诊病,也不配药,从木匣子里翻出一杆水烟袋来,跷着二郎腿,吧嗒吧嗒地抽起烟来。

闻到烟味,老虎忽然有一种不可压制的想抽烟的冲动。他已经不像过去那样担心夫人的病了。眼前的这些人和事似乎都与他无关。一切都不一样了。

他懵懵懂懂地从夫人的屋里出来,在院中的回廊下坐了一会儿,又去灶下喝了两碗凉水。心还是怦怦地跳。回到楼上,在床上和衣躺了一会儿,满脑子都是她的影子。他反反复复地想着的只有一件事:要是唐六师晚来一会儿,她会不会……

这时候,小东西忽然翻了一个身,嘴里突然说了一句:"要下雨了。"

他是在说梦话,可奇怪的是,他刚说完这句话,老虎果然听见屋顶的瓦上有了滴滴答答的雨点声。随后,窗外的树影摇动起来,刮风了。

老虎决定把小东西弄醒,他要是再不找个人说说话,就会憋死的。可他怎么弄,小东西还是不醒,他胳肢他,拍打他的脸,朝他脖子里哈气。他扶他坐起来。没想到,那小东西坐着也能睡。最后他只好用手捏住他的鼻子,小东西忽然张开嘴,猛吸了一口气,揉了揉眼睛,笑了起来。他就是好脾气,怎么弄他,他都不恼。

"你还记得那个弹棉花的人吗?"老虎问他。

"哪个弹棉花的人?"

"就是住在孙姑娘家的那个外地人。"

"记得啊,怎么啦?"小东西愣愣地看着他。

"你还记得我们去孙姑娘家的时候,桌子上有一块绿头巾……"

"什么头巾？"

"还有一把竹篦子。"

"什么竹篦子？"

"我告诉你一件事，你可不能往外说。"老虎道。

"好，我不说。"

小东西说完了这句话，就往枕头上一靠，翻了个身，又睡过去了。屋外雨声大作。油灯被风吹灭之后，他才发现天已经亮了。

"那块头巾，是翠莲的。"

在半明半暗的晨光中，他听见自己自言自语地说了这么一句。

5

这场雨下到晌午才停。宝琛一身泥浆地从梅城回来了。他雇了一辆驴车，将夫人的寿板运了回来，还带回来几个木匠。木匠卸下担子，在天井里叮叮当当地做起活来，不一会儿，就满地都是刨花了。

丁树则和他老婆也来探病，他们围着宝琛，商量立碑和写墓志的事。花二娘正在厢房里翻看布料，她们请来了裁缝，要为夫人做寿衣。孟婆婆手里托着旱烟袋正忙着给客人们递茶倒水，她逢人就说："夫人这一走，别的不说，普济的麻将搭子又少了一个。"那些客人照例坐在厅堂里，吸着烟，喝着茶，谈东说西。那个裁缝脖子上挂着量衣尺，手里捏着扁扁的粉饼，在布料上画着线，看上去喜滋滋的。不光是裁缝，除了喜鹊之外，似乎人人都是兴高采烈的样子。老夫人虽说还没死，可一个人躺在屋里昏睡，已无人过问。

当然，更不会有人去照管小东西了。他和老虎两个人在人群中跑来跑去，害得孟婆婆失手丢了茶盏，茶盏在地上摔得粉碎。

"你要是实在闲得没事，"宝琛看了老虎一眼，说道，"就去后院把那堆柴火劈了，别在这儿给我添乱。"

老虎正愁一身力气无处发泄，听父亲这么说，就撇下小东西去后院劈柴。一眨眼工夫，他手里拎着一把弹弓，又往前边来了。

"不是让你去劈柴吗？"宝琛道。

"劈好了。"

"那就把它搬到柴屋去码好。"

"码好了。"

"这么快？"

"不信你自己去看。"老虎说。

宝琛上上下下打量了儿子一眼，摇摇头，不再说什么，自己走了。

老虎不时地抬头望天，可太阳仍在天上高高地挂着，一动不动。他觉得时间过得太慢了。喧闹中，他听见弹棉花的声音，悠悠地传来。他知道这个声音中藏着一个秘密，他觉得这个秘密是脆弱的，就像天上一朵一朵的浮云，让风一吹就散开了。他有点担心，在黑暗来临之前，还会发生什么事让他的期盼落了空。它是真的吗？真的会有这样事？她会不会把衣裳都脱光了呢？他反复地问自己。每过一分钟，都会让他心惊胆战。

有人在轻轻地推他，是喜鹊。

她提着木桶来井边打水。

"发什么呆呢？"喜鹊说，"帮我打水，我的腰都快断了。"

她把木桶递给他，就用手按着腰眼，在那儿揉她的腰。老虎在打水的时候。闻到井底扑面而来的凉气，才知道自己的脸有多么的燥热。他把满满一桶水递给喜鹊，喜鹊伸手来接，他却不撒手。他似乎又听见翠莲在黑暗中的声音，她说，我的底下潮了。要是喜鹊说这句话，会是什么样子？他呆呆地看着她衣服上蓝色的小碎花，看着她手

214

臂上细细的绒毛。

"撒手啊,二百五。"喜鹊急了,她一使劲,桶里的水就泼了一地。

"你这是怎么了?吃错药啦?"她狐疑地看着他,那样子,就像不认识他似的。

好不容易熬到天黑,早早地把小东西哄睡了,老虎一个人悄悄地溜下楼来。

在楼梯口,他碰见了他父亲。

"你不在楼上睡觉,又跑下来做什么?"宝琛说。

好在他只不过随便这么问一句,他的心思不在这儿。他的身边一左一右跟着两个戏班子的领头,他们正在劝说宝琛在夫人归天之后搭台唱戏。

"不唱戏。"宝琛不耐烦地说,"兵荒马乱的,不唱戏。"他背着手,头也不回地往后院走了。

寿材快要做好了。他看见一个木匠正在往棺盖上刮灰泥,看样子是准备上漆了。

老虎出了院门,在黑暗中定了定神,像是做出一个重大决定似的,猛吸了一口气,就往学堂的方向疾走。要是在路上碰到什么人,他应该怎么说?要是学堂的门关着他应当敲门吗?要是他敲了门,他们还是不放他进去怎么办?一路上,他乱七八糟地想着这些问题,每一个都难以对付。好在所有这些问题都不需要一个答案。因为他在路上并没有碰到什么人,而且学堂的门是开着的,当他跨进皂龙寺庙门的那刻,他真的有些怀疑自己是不是在做梦。

学堂里静寂无声。每一个房殿中都亮着灯。雾气中有一些人影出没,间或有一两声咳嗽。观音殿的回廊和药师房连在一起,绕过回廊和药师房的山墙,他就可以看见香积厨了。他知道,翠莲在那儿的伙房里管事。奇怪的是,他穿过庭院、回廊的时候,竟然没有碰到一个人。香积厨是一个四四方方的建筑,据说在香火鼎盛的年月,那儿可以同时容纳一百个僧侣吃饭。房里的灯光比别处要亮一些。老虎已经来到了香积厨的门口了。在准备进门的时候,老虎最后一次提醒自己:非得这样不可吗? 现在回头还来得及。可他的手轻轻一碰,门就开了。

老虎冒冒失失地进了屋,发现屋里除了翠莲之外,还有另外的七八个人。他们正在开会。一个穿长衫的人,正操着难听的外地口音在训话。他声音不高,可老虎看得出他很生气。除了他一个人站着之外,其余的人一律围桌而坐,包括校长在内,每个人都铁青着脸。这个外地人似乎没有留意到老虎的闯入,他说着说着,就骂起人来:不像话,太不像话了! 老虎发现,校长的脸色很难看。

老虎愣愣地站在门口,走也不是,不走也不是。他看见翠莲在一个劲地给他使眼色。外地人训完话,就坐下来剔牙。校长站了起来。她检讨说,普济学堂发生这样的事,她要负全部责任。因为她没能约束好自己的部下。校长这时看了看站在门口的老虎。那眼神像是在看他,又不像在看他,目光像刀一样,亮晶晶的,人脸都变了形。

他正在有些不知所措,忽然听见校长说:“你们觉得,这个人,要不要杀?”

坐在桌子另一端的一个戴旧毡帽的人就说:“要杀,要杀。一定要杀。”

老虎两腿一软,吓得魂飞魄散:“杀我,你,你们干吗要杀我?”

他这一喊,屋里的另一个汉子接口道:“事情到了这个地步,也只有杀了。”

“那就像你所说,杀了吧。”校长懒懒地说,“他人呢?”

“人我已经捉起来了,关在马厩里了。”王七蛋说。

王七蛋这句话,让老虎喘过一口气来。原来他们要杀的不是我。那他们要杀谁呢?

这时校长才真正第一次发现了他。

"老虎。"校长威严地叫他。

"嗯。"老虎余悸未消,吓得一哆嗦。翠莲还在给他递眼色。

"你这么晚到这里来做什么?"她说话的声音不高,可还是让人感到很害怕。他转身看了看翠莲,一时不知如何回答。尿都憋不住了。

"老虎,是不是家里出了什么事?"翠莲的眉毛往上一扬,提醒他。

老虎定了定神,这才回答说:"夫人不好了,让我来叫你回去看看。"

"小东西呢? 他没跟你在一起?"

"他睡了。"

她竟然还会问起小东西。不过他已经不像刚才那样慌乱了。

校长看着他,半天不说话。

"你先回去吧,我待会儿就来。"过了半晌,校长道。

老虎前脚从香积厨出来,翠莲后脚就跟出来了。

"看不出你小子还挺聪明的嘛。"翠莲低声说,大概是感到他的身体还在发抖,她就把一只手搭在他的肩上,说:"刚才你吓坏了吧?"

"他,他,他他他们要杀谁?"

翠莲嘿嘿地笑了起来:"你管呢,反正杀谁也不会杀你。"

老虎失魂落魄地回到家中,并没有上楼睡觉,而且直奔后院父亲的账房。账房里的灯还亮着,他的父亲仍在噼噼啪啪地打着算盘。老虎来到他爹的门口,没头没脑地冲着他爹就来了一句:"爹,我告诉你一件事,保险吓你一跟头。"

宝琛停下手里的活,抬头看了他一眼,就问他是什么事。

"他们要杀人啦。"老虎叫道。

宝琛先是一愣，继而不耐烦地朝他挥手，"去去去，你还是赶紧上楼睡觉去正经，少在这儿一惊一乍的，害得我又把账算错。"

奇怪，他爹听到这个消息后，并没有像过去一样惊慌失措，脏话连篇，而是表现得相当镇定，老虎有点摸不着头脑。他离开了父亲的账房，又朝前院来，正巧看见喜鹊拿盏油灯，和隔壁的花二娘从夫人的房中出来。就上前拦住她道："他们要杀人啦。"

喜鹊和花二娘互相看了一眼，两个人都笑了起来。

"杀就杀呗。"喜鹊说，用手小心地护着油灯的火苗，不让它被风吹灭。

"你管这闲事干吗？"花二娘叹了一口气，说道，"看来，大金牙是活不过今晚了。他这个人死就死在他那张嘴上。"

原来他们要杀的人是大金牙，看样子，父亲和喜鹊他们早就知道这件事了，只有他一个人还蒙在鼓里。

6

据说，当长洲的婆婆带着两个孩子来到普济的时候，大金牙正在家中的阁楼上给他娘熬药。他是个有名的孝子。渡口的舵工谭水金得知消息后，急急火火地跑来，向他们通风报信："长洲那边来了三个人，看样子要来找你拼命。"大金牙是满不在乎的，他拍着胸脯对水金说："不怕，他们老的老，小的小，我一脚一个，全给他们踢出门去。"

他那瞎子老娘毕竟是上了年纪的人，还有些见识，一听说这件事就问她儿子："你不要说别的，这事情是不是你做的？"

大金牙道："是我做的。"

老娘就让他上阁楼去躲一躲。

"你躲在阁楼上,不要吱声,等我先把他们打发走了,再来和你计较。"

大金牙就依母亲的话,一声不吭地躲到阁楼上去了。不一会儿的工夫,那祖孙三人就哭哭啼啼地来到了他的门前。瞎子虽然看不见他们,但从老婆子的言辞中断定她是一个老实本分、胆小怕事的人,就连哄带骗,把他们给打发走了。他们走了之后,瞎子掩了门,把耳朵伏在门上听,知道他们走得远了,才把她儿子从阁楼上喊下来。

"儿呀,"瞎子道,"你平常杀猪卖肉交给我的钱,我一文也没舍得用,都放在床头的樟木箱子里收着。本来是等着留给你娶媳妇用的。你把它们全部取出来,再带两身换洗的衣裳,走吧,有多远,你就走多远。过个一年半载,你再回转来。"

大金牙笑道:"娘,你这是怎么了?我难道还怕他们不成?用不着躲出去,他们要再敢来,我就把他们一个不留都杀了。"

瞎子道:"你老娘没见识,但六岁死了爹娘,到普济来当童养媳,十四岁嫁与你爹,二十六岁守寡,虽说眼睛瞎了,可经过的事件件清清楚楚。儿呀,你就听我一句话,别的不去说它,只因我昨晚做过一梦,梦见你爹的坟头上落了一群白鹤,这是不祥之兆,只怕这事就应验在你的身上。"

大金牙道:"娘这是想到哪里去了,如今的光景与以前大不相同了。世道也要变,天下大乱,在普济已经革命了。"

"我成天听你张口革命,闭口革命,跟着个村东头黄毛丫头瞎闹,连你家祖传的杀猪的营生也不好好去做……"瞎子道。

"革命就是杀人,和杀猪的手艺按说也差不了多少,都是那白刀子进,红刀子出的勾当。过些日子,等我们攻下梅城,杀了州府老爷之后,再接你老人家去衙门里住。"

瞎子见大金牙死活不答应，想了一会儿，就改口道："刚才我听那长洲婆子的言语，她倒不像是一个会撒皮打泼的人，她儿媳因你而死，她却不去报官，找到家里，所为的恐怕也就是争几个钱。你既然不听我的劝，不肯出去躲避，也罢。你就把那箱子里的钱分出一半来，托个可靠的伙计，交与那长洲的婆子，打个圆场。老话说，花钱消灾，别的你不依就算了，但万万要依我这句话。"

　　大金牙见老娘的话说到这份儿上，也只得假意应承下来，侍候瞎子老娘把药喝完，就出去找人要钱去了。

　　从那天以后，一连几天，太平无事，瞎子渐渐地也就不催他去长洲送钱了。这天午后，大金牙从外面满身酒气地回到家中，一进门就对瞎子老娘说："今天中午王七蛋兄弟俩请我去喝酒，我总觉得这事有些蹊跷。"

　　瞎子道："人家好心请你喝酒，你有什么觉得不对劲的？"

　　大金牙道："开始还没什么，可喝着喝着，那王七蛋就从兜中掏出一段麻绳来。说'我们兄弟俩有什么对不住大哥的地方，大哥休要怪罪'。这话说得好没有来由。"

　　"后来呢？"瞎子问。

　　"后来他们俩都醉了，伏在桌子上睡去了。"大金牙道。

　　瞎子老娘听了吓得白眼直翻。她把大腿一拍，突然哭了起来，"傻瓜啊，傻瓜，我怎么生出你这么一个傻瓜来了呢？人家都把刀架在你的脖子上了，你还被蒙在鼓里呢！"

　　"谁要杀我？"大金牙不由得摸了摸脖子，也被吓了一跳。

　　"孩子啊。那铁匠王七蛋、王八蛋哪里是请你喝酒，分明是在下套子捉你呢。"瞎子道。

　　"他们既要捉我，干吗要请我喝酒呢？"大金牙道。

　　"呆子，你这身蛮力，他们要是两个加在一块，也上不了你的身，不把你灌醉,如何能捉得住你?好在他们自己喝醉了,要不然,你的小命早就送在这两个人手上。"瞎子说。

"我与他们无冤无仇,他们干吗要捉我?"

"不是他们要捉你,是有别的人要他们捉你。"

"这么说,是校长?"大金牙似乎一下子慌了神,酒也醒了一大半,"她干吗要捉我?她干吗要捉我……"

"为着长洲那件事,她要拿你正法。"

大金牙一听,脸就白了。手里扶着的一把椅子也被他按得吱吱直叫。

瞎子诧异道:"见鬼了,你平常在村里,天不怕、地不怕,就是个阎王爷再世;怎么一提起那个黄毛丫头来,你就吓成这样?"

"娘啊,我可怎么办?"大金牙道。

"王七蛋兄弟一时没罩住你,很快就会有另外的人来抓你。你赶快去收拾收拾,天一黑,你就上路。你扶我一把,我去替你烙几张饼,你带在路上吃。"

黄昏时分,家里来了一个剃头的。他怀里抱着剃头匣子,一瘸一拐地来到门前。大金牙认得他是夏庄的徐拐子。因想起自己的头发已经有一个多月没有剃了,不妨剃了头再逃。他与徐拐子讲好了价钱,就在椅子上坐下来,让他剃头。

那徐拐子将布绕在他胸前摆好。从木匣中取出一把明晃晃的剃刀来。徐拐子将剃刀按在他的脖子上,低低地说道:"兄弟,莫动。你是杀猪的,知道我下刀的地方,你不动,我不动。"

听徐拐子这么说,大金牙早已经吓瘫了,坐在椅子上一动不敢动。正在这时,从门外冲进来几个人,用绳子将他绑得严严实实。王七蛋过来,拍了拍他的肩膀,笑着说:"本来中午就要拿你,只因我们兄弟俩贪杯,差点误了事。"

说完，不再理会瞎子老娘的哭叫和唾骂。押着他往学堂的方向去了。

照村里老人的说法，大金牙要是能管住他那张嘴，本来还不至于死。

那天傍晚，大金牙刚被捉走，他老娘就扶着墙壁，连摸带爬来到了丁树则家中，一进门就给他跪下了。

丁树则道："你儿子做下这桩丑事，天理难容，人神共愤，就是让官府抓去了，一样是个死罪。"

瞎子道："你们怎能听那长洲婆子一面之词？你怎知道她儿媳是因我儿子奸她而自尽？怎知她不是自己害了肺痨死了，来普济讹我？"

丁树则道："这事是从你儿子嘴里自己说出来的，如今人证俱在。他既贪色行奸在先，又逞口舌之快于后，罪无可逭，休要多言。"

瞎子道："咱家金牙纵有一千个不好，还有一件是好的，他孝顺长辈。老娘这里自不必说，就是说先生罢，他平常杀猪宰羊，那大肠、肚肺，你也没有少吃。"

丁树则道："你既如此说，待会儿我们把这几年的账都算清楚，欠你多少，如数奉还便了。"

瞎子嘿嘿冷笑了两声，正色道："呸，说得轻巧！钱你自然可以还，可有一件事，你能撇得清么？老娘当初眼睛没瞎的时候，待你如何？可怜我丈夫死了，头七没完，你就摸到老娘的门上。老娘当时一身重孝，怎能与你苟且？你说，要得俏，一身孝，你这没廉耻的东西！你假充哪门子大圣人？你弄得老娘死去活来，要不是为了替祖上存下这一点血脉，老娘早就悬梁自尽了。你不要鸡巴一拔就不认得人。"

丁树则被她这一番话说得又气又羞又恨,半天说不出话来。

那丁师娘正在灶下洗碗,把那瞎子的话听得真真切切。听到末了一节,再也待不住了,便从厨下奔出来,强打笑脸对那瞎子道:"你们都上了岁数的人,年轻时的事还挂在嘴上,也不怕邻居们笑话!大侄子的事,就是我的事,他不明不白被人抓了,我们怎能袖手旁观?你只管回去。我们这里自有道理。"

她过去把瞎子搀起来,好言相劝了一番,好说歹说,哄她走了。

那丁树则似乎一时还没有回过神,站在院中兀自摇头道:"斯文扫地,斯文扫地。"

"扫你娘个屁!"丁师娘骂道,"啪"的一巴掌掮过去,把那丁树则的半边脸立时打得肿了起来。

丁树则连夜起草了保书,联络村中的几位有势力的乡绅具名画押,第二天一早就来学堂赎人。适逢秀米不在,临时主事的正是窑工徐福。

那徐福道:"人是校长让抓的,要放人还得等她回来。"

丁树则假意道:"那秀米是老朽的学生,我的话,她无不应承。你只管放人便了。"

徐福道:"先生既这么说,那让人打他几十板子,好让他长点记性。"

那大金牙一看要放人,口气立即就硬了起来:"打?谁敢打老子!王八蛋,你快点替老子松了绑,迟了一步,我要你好看!"

王八蛋拿眼睛看着徐福。徐福也正为牙疼闹得心烦意乱。就挥挥手,"索性送他个人情,也别打了,下回杀了猪,替我们送个猪头来下酒。"

那大金牙一听徐福这么说,就更来劲了,他把脖子一梗,大声道:"屁大的事,就把我抓来折腾!不瞒你们说,当年咱村的孙姑娘也是老子做的,先奸后杀,好不痛快。你们能拿我怎么样?!"

丁树则简直有点不敢相信自己的耳朵,徐福也被吓得面无人色。过了半晌,那徐福就起身一拱手:"丁先生,他既这么说,说明他还有一件人命大案在身,小的死活做不了主,人我是不能放。"

丁树则只得苦笑。叹了半天的气,摇了摇头,一声不吭地走了。

杀死大金牙的时候,本来是让王七蛋、王八蛋兄弟俩动手。那王七蛋有点犹豫,哭丧着脸说,这大金牙熟人熟脸的,下不去家伙。临时换了一个外乡的刽子手,那人原是个耕田种地的,也没有杀过人,把大金牙从马厩里提出来,带到无人处,趁着黑暗低声对他说:"兄弟,我念你家中还有一个瞎眼的老母,待会儿我杀你之时,三刀两刀先割了你的绳索,你拔腿就跑,我在后面假装追你一阵。你脱身之后,三年两载,莫要回普济来。"

大金牙诧异道:"咦,怪了! 那天在长洲弄那小婊子,你也有份儿,怎么单单我被捉了起来,你反倒没事? 快快快,少废话,你先替我砍了绳索再说,我的膀子都麻了。"

那人一听这话,吓得眉毛直抖,立刻跳起来,朝他肚子上就是一刀。大金牙狂叫一声,喊道:"兄弟住手,我还有一句话说。"

"你还要说什么?"那人道。

"你不能杀我。"大金牙嘴里已冒出血沫来。

"我为何不能杀你?"

"你杀了我,我,我就什么都不知道了。"

那人不再说话,摸了摸他的心门,用了十足的力气,连刀柄都塞了进去。那刀子进去的时候,大金牙的脖子挺得笔直,眼睛睁得滴溜圆,待到刀拔出来,脖子软耷下来,眼睛随后也就闭上了。

7

7

这是老虎第一次来到校长所住居的伽蓝殿。这座殿宇又高又大。可房内的陈设却极为简陋。北墙支着一张小木床，床边有一张长条桌，桌上一灯如豆。如此而已。大白天的，校长为什么要在房里点灯呢？

房间内密不透光。本来，殿内的东、西两侧各有一扇窗户，北面有一扇大门，通往后面的天王殿，可现在，窗户和门都用土坯砌死了。屋顶上的一扇天窗，也被蒙上了厚厚的黑幔。老虎刚进去的时候，就闻到了积久未扫的泥土的气味，房内更是凉气逼人，阴森黑暗。

这个房间与他的梦中所见完全不同。没有黑漆描金的大屏风，没有光滑锃亮的花梨木桌椅，没有镶着金边的镜子，没有鸡血红花瓶。他留意到，校长睡的那张床也是那么的寒碜，蚊帐打着补丁，床脚绑着麻绳，床上被褥凌乱，床前有一块简易的踏板，上面搁着一双黑布的阔口棉鞋。

校长身披一件旧的红花夹袄，棉絮外翻。只有一样和梦中相似，那就是她脸上的悲哀。就连她冷不防打个嗝儿，都能让人闻到悲哀的气息。当他的目光注意到床边放着的一只毫无遮拦的马桶时，忽然觉得校长真是太可怜了。可自从他跨进房间的那一刻起，他就一直不敢去看她的眼睛。

"你过来。"校长说，她的嗓音低低的，哑哑的。

她让他坐在床上，然后微微侧过身子，对他说："你知道，我为什么叫你来吗？"

老虎一愣，低着头，嗫嚅道："不，不，不知道。"

校长忽然不说话了，老虎知道她正打量着自己。

"你多大了？"

"什么？"

"我问你今年多大了？"

"十四。"

校长笑了一下，道："你不用害怕，我找你来，只想跟你说说话。"

她说话时候，嘴里像是含着一个什么东西，老虎抬起头，看见那是一根银钗，校长正在把蓬松的头发重新盘好。他甚至能闻到她嘴里喷出来的气味，一点也不香，还有些微微的酸气。那是红薯的气味。

"说什么话？"

"只是随便说说。"校长道。

果然，她开始跟他说话。她说，老虎听。甚至，她也不在乎他听不听。她说她睡不着觉，总也睡不着觉。只有到了晚上，她一个人到河边转，闻到河床下的水汽才会想睡觉，可回到房间里又睡不着了。她说她怕见光。她说只有人死了之后变成鬼，才会怕见光。这时校长忽然冷笑了一下，在他的肩膀上拍了一下，道：

"你看看我，像不像个鬼？"

老虎被她一拍，吓得浑身一哆嗦。

"不用怕，我不是鬼。"她笑了笑。

她说，她不知道她正在做的事是否是一个错误。或者说，一个笑话。她提到了一个名叫花家舍的地方。说那儿有一个坟，坟前有个碑，碑上写着一些字，那是一个跟她一样悲哀的人所写的碑文。有时候，她觉得他们就是同一个人。

她说起在日本的横滨，有一天晚上，她在空荡荡的街上碰到一个人，吓得一屁股瘫坐在地上。不可思议，不可思议。

"猜猜看。我看到了谁？"

"不，不不，不知道。"老虎拼命地摇头，他仿佛觉得只要他把头多摇几下，校长就会放过他。

她又说起她做过的一个个奇异的梦。她相信梦中所有的事都是真的。你有的时候会从梦中醒过来,可有的时候,你会醒在梦中,发现世上的一切才是真的做梦。她的话渐渐让他听不懂了。她派人把他叫到这里来,难道就是为了说说这一大堆没头没脑的话?

　　"你说的话,我听不懂。"老虎第一次打断校长的话,"你为什么要跟我说这些?"

　　"因为没有人肯听我说这些话。"校长道,"我的头没有一天、没有一刻不疼,就像把人放在油锅里煎一样。有时候,我真想把头往墙上撞。"

　　"你真的要攻打梅城吗?"

　　"对。"

　　"可是,可是可是,你们为什么要去打梅城呢?"

　　"做一件事,才能忘掉其他的事。"校长道。

　　"你想忘掉什么事?"

　　"所有的事。"

　　"那,什么叫'革命'?"过了一会儿,老虎问她。

　　"唔,革命……"校长的头似乎又疼了起来,她揉了揉太阳穴,懒懒道,"革命,就是谁都不知道他在做什么。他知道他在革命,没错,但他还是不知道他在做什么。就好比……"

　　校长闭上眼睛,在墙上靠了一会儿,接着说:"就好比一只蜈蚣,整日在皂龙寺的墙上爬来爬去,它对这座寺庙很熟悉,每一道墙缝、每一个蜂孔、每一块砖、每一片瓦,它都很熟悉。可你要问它,皂龙寺是个什么样子,它却说不上来。对不对?"

　　"是这样,"老虎道,"可总有人知道吧,他知道革命是怎么回事。蜈蚣不知道皂龙寺是什么样子,但鹞鹰却是知道的。"

　　"你说得对,鹞鹰是知道的。"校长笑道,"可我不知道谁是鹞鹰,谁在那儿发号施令。每隔一段时间，就会有信差来普济送信，信差是同一个人。有时是书信，有时是口信。他的口风很紧。从他嘴里套不出什么话来。我们试过。可我从来没见过那个写信的人。有时候，我觉得自己就是一只蜈蚣，而且，被人施了法术，镇在了雷峰塔下……"

校长的话越扯越远，渐渐的，老虎又有点听不懂了。她虽然废话连篇，可老虎觉得她的心里是柔弱的，至少不是他平时看到的那个让人畏惧的疯子。

"好了，"校长突然用力吸了口气，换了另一种语气，并同时提高了声音，说："好了，我不跟你说这些闲话了。老虎，你今年多大了？"

"咦，你刚才不是已经问过了吗？"

"我问过了吗？那就算了。"秀米说，"我来问你一点正经事。"

"什么事？"

"你有事瞒着我。"校长说，"现在你把它说出来吧，这儿没有旁的人。"

"我不知道你说的是什么事？"

"昨天晚上，那么晚了，你跑到厨房里来，你是来找什么人的吧？"校长冷笑了一下。

老虎吓得脸都变了，"我，我我我，我是来找你，夫人不好了，我来请你回去看看。对了，老夫人快要死了，你……"

"说实话！"校长脸一板，怒道，"你人不大，编瞎话的本事倒不小。"

她的眼光湿湿的，既严厉，又温柔。既然她可以一眼就看出别人的心事，这说明，她不仅没有疯，而且还相当精明。他甚至觉得自己此刻正在心里盘算什么，校长心里都一清二楚。

"村里来了一个弹棉花的……"他就以这样的话开了头。

他听见自己的声音，心里吃了一惊，仿佛这些话不是由他说出来，而是自己从他嘴里跑出来的一样。他犹豫了一下，不知道是不是要把那天晚上的事全部告诉她。

"弹棉花的？他从哪里来？"校长问道。

"不知道。"

"你接着往下说，那个弹棉花的怎么啦？"

是啊，这个弹棉花的人究竟从何而来？他到普济来干什么？他是怎么和翠莲认识的？翠莲为何问他是不是属猪的？翠莲碰到他，又为何那么慌乱？她为什么会说"姐姐的性命全在兄弟手上"？……想到这里，他的背上就冒出一股冷汗来。

"校长，你是属什么的？"老虎忽然抬起头，问道。

"属猴的，怎么啦？"秀米茫然不解地看着他，"你刚才说，村里来了一个弹棉花的……"

"他，他，他呀，他的棉花弹得真好！"老虎愣了半天，终于下定决心，这样说道。

他紧紧地抿着嘴，似乎担心，只要一张开嘴，那些秘密就会蹿出来。

"好吧。没事了。你走吧！"校长懒懒地叹了一口气，摇了摇头，说道。

老虎从伽蓝殿出来，屋外炽烈的阳光使他意识到现在还是白天。他的脑子里乱哄哄的。他昏昏沉沉地往院外走，刚走到药师房的屋檐下，一个影子从身后撵上了他。是翠莲。他甚至都没有回过头去看她，就知道她是翠莲。他已经记住她身上的香味。老虎不知道她是从什么地方钻出来的，手里捏着一把湿淋淋的葱。

翠莲紧走几步，追上了他。老虎的心又怦怦狂跳了起来。翠莲与他并排走在一起,两人都没有停下来。

"你抬起头,朝西边看。"翠莲低声对他说。

老虎朝西边看了看,他看到了一道高高的院墙,院外有一棵大槐树,树冠伸到院子里边来了。

"你看见那棵大槐树了吗?"

老虎点点头。

"你会爬树吗?"

"会!"

"那好,你只要爬上那棵树,很容易下到院墙上。我在墙这边放上一把梯子。不要让人看见。晚上一准来。"

说完,她就匆匆忙忙地走了。

老虎再次抬头看了看那棵槐树,树冠顶上衬着一片又高又蓝的天。树梢上还有一个老鹊窝。它仿佛就是一个许诺。静谧中,他听见自己的血流得很快。长这么大,第一次有了克制不住的抽烟的欲望。

回到家中,老虎就坐在天井的路槛上,只等太阳落山。他已经打定了主意,晚上要从后院出去。不能再出任何差错了。要不然,他一定会胸膛炸裂而死的。不能有丝毫的闪失。为了晚上出门时不至于惊动家人,他甚至还偷偷地溜到后院,往门窝里加了点豆油,又来回开关了几次,发现没有任何声音,这才安下心来。

8

晚上,老虎从床上起来,下了楼,悄悄地溜到院中。就像白天预先想好的那样,脱下鞋子,拎在手里,蹑手蹑脚地朝后院走去。

他轻轻地拨开门闩，拉开门，走到院外。除了村中偶尔传出的几声狗叫之外，没有惊动任何人。他意识到自己正在做有生以来的第一件大事。他并不急于到学堂里去，事情到了这个地步，他反而不急了。他来到了河边。这条河里长满了菖蒲和芦荻，一直通往长江。月光下，菖蒲的叶子都枯了，风一吹，沙沙地响。

他在河岸上坐了很长的时间。他一会儿看看树林中的月亮——它像一块布在水里漂着，一会儿又看着河水碎碎的波光，河面上散发着阵阵凉气。他打算把那将发生的事想想清楚，可奇怪的是，心中隐隐约约感到了一丝忧伤。

他很容易就找到那棵槐树。

树干离院墙很近。很快，他已经骑到了院墙上了，散了窝的马蜂在他眼前飞来飞去。当他从梯子上往院里下来的时候，才觉得脸肿了起来。他并不觉得怎么疼。

果然有一张梯子。他笑了一下。心里沉沉的，嗓子里咸咸的。月光下，他看见她的门开着。他又笑了一下。

他刚走到房门前，正犹豫要不要敲门，房门就开了。从门里伸出来一只手。将他拽了进去。

"这么晚？"翠莲低低说，"我还以为你不会来了呢？"

她搂住他的脖子。热气喷到他的脸上。她抓过他的一只手按在自己的胸前，大口大口地喘起气来。

老虎的手里满是这样柔软的东西。很快，他将手挪开了。翠莲又将他的手捉住，重新按在那儿。她用舌头舔他的脸，舔他的嘴唇，咬他的鼻子，咬他的耳朵，嘴里哼哼唧唧地说着什么，不过在呼哧呼哧的喘息声中，他什么也听不清。

果然是个婊子。

她让他使劲捏，老虎就使劲捏。她让他再使劲，老虎说他已经很使劲了。他闻到她身上微微的汗味。就像是马厩里的味道。他又听见她在耳边说:"你想怎样就怎样。"随后,她就手忙脚乱地帮他脱衣服,她让他叫她姐姐,他就叫姐姐。姐姐。姐姐姐姐……

当他们脱光了衣服钻入被窝,紧紧搂抱在一起的时候。老虎听见自己说了一句:"我要死了。"他觉得自己的身体在顷刻之间被融化了。随后他就轻声地哭了起来。黑暗中,他听见翠莲笑了一下说:

"兄弟,这话一点不错,这事儿跟死也差不多。"

她压在他身上,又拧又捏又咬。他平躺在床上,身体绷得紧紧的,像一张弓。她让他照她的话去做,他的确很听话,她教他说一些让他心惊胆战的话。月光下,老虎看见她的腰高高地耸起来,随后重重地摔在床上,像卷上岸的波浪一样,一次又一次。她使劲绷着腿,她的腿坚硬如铁,牙齿咬得咯咯响,她使劲地掐着他的肩膀,她的头在他眼前乱摇乱晃,那样子,真是可怕极了。有一阵子,老虎吓坏了,不知拿她怎么办。翠莲闭着眼睛,嘴里不时地叫他乖乖。乖乖,乖乖,乖乖。

月光冷冷地透过纱窗,照到床前。他看见翠莲光裸、白皙的肌肤上像是结了一层白霜。在很长一段时间中,他们俩都静静地躺着,一动不动,一句话也不说。身上的汗水让凉风一吹,很快就干了。剩下的就是弥散不去的气味。现在,这种气味不再让他感到羞耻了。她的脖子里,臂弯里,肚子上,腋窝里都是同样的气味。他还闻到了一种隐隐的香味,他不知道是院子里的晚木樨的香味,还是她脸上的胭脂的味儿。

翠莲像是照料一个婴儿似的,替他盖上被子,掖了掖被头,然后她就一丝不挂地下了床。他看见她那肥胖的身体犹如杯中溢出的水那样晃荡。她在房间里摸索了一阵,拿来一只锡罐,又重新在他的身边躺下。她的身体变得凉飕飕,像鲩鱼一样,光滑而阴凉。她打开锡罐，从里面取出一块什么东西，塞到他嘴里。

"这是什么？"老虎问。

"冰糖。"翠莲道。

冰糖在他牙齿间发出清晰的磕碰声。含着糖，他觉得很安心，什么都可以不去想它。

翠莲说，她当年在扬州妓院的时候，每次客人完事后，都要含一块冰糖。这是他们妓院的规矩。

老虎问她怎么接客人，翠莲就用手轻轻地拍打他的脸颊："就跟咱俩刚才一样。"她这样一说，老虎再次紧紧地搂着她。

像是为了讨好她。老虎忽然说，今天中午，校长叫他去伽蓝殿，他什么都没说。

翠莲眨着大眼睛，过了半天才说："你还是说了些什么吧？要不然，她不会下午就派王七蛋去孙姑娘家捉人。"

"捉到了吗？"

"他早走了。"翠莲说。

翠莲仔仔细细地问了问今天中午他与秀米见面时的情形。她问什么，他就说什么。末了，她松了一口气，说：

"好险！她是我见过的最聪明的人。你很难知道她脑子里想一些什么事。她看人的时候，并不盯着你瞧，你可能还没觉察到她在打量你，可她已经把你的骨头都看清楚了。"

老虎当然知道翠莲说的这个"她"指的是谁。而且单单从她刚才的语调里，就能隐隐约约地感觉到，翠莲和秀米这两个人并不像村里人传说的那样亲密，而是互相都有提防。可是这又是为什么呢？

"你说她聪明，"老虎想了想，说，"可村里的人都把她看成是一个疯子呢。"

"有时候，她的确是个疯子。"

翠莲把他的手拉过来,放在她的奶子上。它像一枚没有长熟的桑葚一样立刻硬了起来,又像一颗布做的纽扣。翠莲"啊啊"地叫唤了几声,说:

"她想把普济的人都变成同一个人,穿同样的颜色、样式的衣裳;村里每户人家的房子都一样,大小、格式都一样。村里所有的地不归任何人所有,但同时又属于每一个人。全村的人一起下地干活,一起吃饭,一起熄灯睡觉,每个人的财产都一样多,照到屋子里的阳光一样多,落到每户人家屋顶上的雨雪一样多,每个人笑容都一样多,甚至就连做的梦都是一样的。"

"她为什么要这样做呢?"

"因为她以为这样一来,世上什么烦恼就都没有了。"

"可是,可是,"老虎道,"我觉得这样还是挺不错的呢。"

"不错个屁。"翠莲道,"这都是她一个人在睡不着觉的时候自己凭空想出来的罢了。平常人人都会这么想,可也就是想想而已,过一会儿就忘了。可她真的要这么做,不是疯了是什么呀?"

过了一会儿,翠莲又说:"不过,天底下不止她一个人是疯子,要不然就不会有那么多人要革命了。"

她提到了那个名叫张季元的人,还说起学堂来来往往的陌生人,"可照我来看,这大清朝不会完,就是完了,也必然会有一个人出来当皇帝。"

她的呻吟声越来越响了,她侧过身来亲他的嘴,连她呼出的气都是甜滋滋的。

"那个弹棉花的人,他走了吗?"不知怎么,老虎又想起那个弹棉花的人来。

"前天就走了。"翠莲说,"他是手艺人,不会老待在同一个地方。"

"可我听喜鹊说,咱家里还有一大堆棉花等着他去弹呢?"

"还有别的弹棉花的人，会到村里来。"

"那天晚上，你干吗问他是不是属猪的？"

当老虎问到这个问题的时候，翠莲就眯缝着双眼，像是没有听见他问这句话似的，笑嘻嘻地看着他说："要是我年轻二十岁，嫁给你做媳妇，你要不要？"

"要！"老虎说。

"你要不要再'死'一次？天就快亮了呢。"

老虎想了想。就说："好。"

她让他坐到她身上，老虎想了一下，就照办了，她让他打她耳光，掐她的脖子，他也照办了。直掐得她喉咙里"呃呃"怪叫，直翻白眼，才住了手。他真担心一用力，就会把她掐死。她又让他骂她婊子。烂婊子、臭婊子，千人骑、万人插的婊子。她说一句，老虎就跟着重复一句。

最后，她突然呜呜地哭起来。

9

夫人在床上昏睡了十多天之后，这天早晨突然睁开了眼睛。她让宝琛扶她坐起来，然后吩咐喜鹊说："你去煮碗枣汤来我喝。别忘了加点蜂蜜。"

喜鹊赶紧去灶下煮了一碗枣汤给她端来。夫人不一会儿就咕咚咕咚把汤喝完了，她说她还饿，想吃面疙瘩。喜鹊和宝琛对望了一眼，又去灶下擀面去了。她的这些反常的举动使所有在场的人都松了一口气。他们认为这是老夫人大病将愈的信号。可郎中唐六师并不这么看。

老虎来到他家的时候,唐六师正靠在一张竹椅上抖动着双腿,嘴里有一句没一句地哼着戏文。

"不中用了。"老头儿说,连动也懒得动一下。"这是回光返照,你回去告诉你爹,叫他料理后事吧,不出两个时辰,她就要归天了。"说完,又摇头晃脑地唱道,"杨林与我来争斗,因此上发配到登州……"

老虎回到家中,把郎中的话对他爹一说,宝琛道:"怎么会呢。她刚才一口气吃了六个面疙瘩呢。"

夫人又在屋里叫喜鹊了。

"你去烧一锅水。"夫人说。

"烧水?"

"对,我要洗澡。"

"夫人这时候怎么要洗澡?"

"快去吧,迟了就来不及了。"

喜鹊和花二娘给她洗了澡,换了身干净的衣裳,又服侍她在床上躺下,夫人就问宝琛棺材做好了没有。

宝琛道:"早预备了。只是油漆还没干透。"

夫人点点头。她靠在身后的被褥上,闭上眼睛歇了一会儿,又对宝琛说:"你去把小东西抱过来,在门边站一站,让我再瞧他一眼。"

"小东西在这儿呢。"宝琛说。他挥了挥手,门边站着的几个人挪了挪身子,把他露了出来。他的小腿上都是污泥,早被太阳晒干了,裤子不知被什么东西划开了一个大口子,露出圆圆的小屁股来。夫人一看到他,眼泪就流出来了。

她对喜鹊说:"都什么时候了。怎么还给他穿着单衣呢? 裤子也破了,袜子也没穿……"

她又对宝琛说:"这孩子今年快五岁了,可连名儿还没有呢,你快想想,现在就给他取个名儿吧。"

宝琛说，丁先生倒是给他取过一个大号，叫普济。夫人想了想，就说，那就叫普济吧。她转过脸来，一动不动地看着他，兀自流了一会儿眼泪，然后对小东西说："孩子啊，婆婆要走了呢。"

"去哪里呢？"小东西问。

"去一个远地方。"

"很远吗？"

"很远。"

"婆婆还是等病好了再去吧。"小东西说。

"要是病能好，婆婆就用不着去了。"夫人笑了笑，又道，"婆婆走了以后，你会想婆婆吗？"

"想呀！"

"那你就到婆婆的坟上来，跟婆婆说说话。"

"你住在坟里面，怎么说话呢？"

"你看见那些树呀草呀，被风一吹，就会簌簌的响。但凡有了声音，那就是婆婆在跟你说话，你没事就来看看我。要是婆婆的坟被大水冲坏了，别忘了挖锹土，补一补。"

"可是，可是，婆婆的坟在哪里呢？"

"在村西的金针地里。"

"婆婆要是想小东西怎么办呢？"过了一会儿，小东西忽然想起一件事来，这样问道。

"你现在不叫小东西了，你叫普济。我现在就叫你一叫。我一叫，你就答应。普济呀……"

"哎。"小东西应道。

她一连叫了三声，小东西就答应了三声。

喜鹊已经哭得两眼红红的，宝琛和花二娘也都各自抬袖拭泪。小东西一看大家都在哭，眼泪鼻涕也一起流出来了。

"他刚才要不说那句话,我倒差点忘了。喜鹊——"夫人道,"你把我五斗橱上面的一只抽屉打开,看看有没有一个小漆盒。你把它拿给我。"

喜鹊赶紧过去,打开抽屉,翻出一个小盒子来,盒子上烫着画儿,描着彩。夫人接过盒子,看了看,就对小东西说:"婆婆要是想你啊,打开盒子看一看,闻一闻就行了。"

"盒子里是什么东西?"

"是婆婆以前给你剪的小指甲。手指甲、脚趾甲。婆婆都没舍得丢。今天啊,婆婆就要把它带走了。"夫人长长地叹了一口气,依旧愣愣地盯着小东西,"你出去玩儿吧,婆婆要走了。"

夫人又开始喘息了,她把头转到床里,又转向床外,总是喘不过气来。很快,她就开始呕吐了。花二娘和宝琛脸色也都慌乱起来,又不知道怎么办,站在那儿手足无措。老虎听见花二娘轻轻地说一句话:

"她要落心了。"

她的身体剧烈地抽搐起来,弄得床铺发出一阵吱扭吱扭的声音,她说被子压得她喘不过气来,"我快要闷死了。"她喊道。喜鹊犹豫了一下,就替她把被子掀开了。老虎看见她穿着斜纹的蓝布睡衣,宽宽的裤腿下露出白皙的、细木棍似的小腿,它们难看地交叠在一起。她的脚不时蹬踢着床,拳头攥得紧紧的,嘴唇由红变白,又由白变紫,最后渐渐发黑,不一会儿就不动了。

"差不多了。"孟婆婆宣布道,"喜鹊,你别光顾哭,我们替她穿衣裳吧。"

可就在这时,夫人再一次将眼睛睁开。她的眼睛亮亮的,把每个人都仔仔细细地瞧了一遍,突然很清晰地说了一句:

"普济要下雪了。"

众人都不说话。静谧中,老虎果然听见屋顶瓦楞上落下的飒飒的雪珠声。

　　她的嘴里又溢出血沫来,嘴唇不住地发抖,喉咙里不时发出有节奏的"呃呃"声,就像打嗝儿一样。喜鹊给她喂了两汤匙水,从齿缝中滚进去,又从嘴角流出来,把枕头弄得湿乎乎的。她看了看宝琛,宝琛也只有叹气而已。

　　过了一会儿,她的身体又开始扭动起来,嘴巴一张一合。老虎看见她把胸前的衣服都扯开了,叫道:"真热啊,闷死我了! 替我把被子拿掉。"

　　"已经拿掉了。"喜鹊哭道。

　　夫人的指甲在脖子上划上一道道血印,干瘪的乳房耷拉在胸脯的两侧。她的腰高高地耸起来,双腿绷得笔直,脸上一股愤怒的表情,好像为什么事生了很大的气,牙齿咬得咯咯响。她的腰耸起来又落下去,就像卷向岸边的浪头,一次又一次,似乎要把体内最后一丝气力都逼出来。

　　她的动静越来越小。渐渐的,她攥紧的拳头松开了。抿得紧紧的嘴张开了,绷得紧紧的身体松弛下来。眼睛睁得又大又圆。只有小腿还在轻轻地抽缩,最后,连小腿也不动了。

　　就在这时,校长来了。

　　她似乎已经来了一会儿。身上的雪珠已经融化,棉袄上湿漉漉的。她一个人站在门边,没有人注意到她。看上去,仍然是一副没有睡醒的样子。她轻轻地走到床边,把夫人那条弯曲的小腿扳直,平放在床上,将她手交叉叠在胸前,理了理衣裳,托起她的头,把枕头重新放好。随后,替她抹上眼帘。她转过身来,轻轻地对屋里的人说了一句:

　　"你们都出去吧。"

就这样,她把自己和尸体关在小屋里,一直待到天黑。没有人知道她在那个房间里做了什么,没有人敢去打扰她。闻讯赶来的邻居都挤在屋檐下、廊下、客厅和灶房里。小东西每看到走进来一个人。就要一遍遍地告诉他们:"我的婆婆死了。"可一直没人搭理他。

宝琛拢着袖子,不时察看着天色,他们能做的唯有静静地等待而已。

老虎觉得,村里所有人似乎都对她有一点敬畏,这多半是源于人们对于疯子特有的有些神秘的恐惧。不过,对老虎来说,这些天来他已经完全变成了另一个人。他对什么都不感到担忧,夫人的死似乎与自己无关。他感到轻松、自在,甚至略有一点愉快。

他一直觉得自己是被封闭在一个黑暗的匣子里。而普济的天空就是这样一个匣子。无边无际。他所看到的只是一些很小的局部,晦暗不明。他没法知道一件又一件的事是如何发生的,这些事情是通过什么样的丝线而缝合在一起,织成怎样一个奥秘。而现在,他自己就是奥秘的一部分。那是灯芯草尖上挂着的火苗;那是一只在天空盘旋的鹞鹰;那是他贪恋的躯体的气味:它甜蜜、忧伤,又令人沉醉。

上灯时候,那扇小木门开了。秀米从里面走出来。她仿佛突然苍老了许多,可从她脸上也看不出悲伤的表情,仍然是一副睡眼惺忪的样子。老虎从庆港第一次来到普济的时候,他见到的秀米就是这样一副样子,仿佛沉睡在又长又黑的梦里。

小东西一看到他娘,就飞快地跑到廊柱下躲起来,随后他又穿过回廊跑到喜鹊的身后,把脸埋在她的两腿之间,偷偷地侧过脸来打量他的母亲。可是校长根本就没有注意到他。当宝琛带校长去天井里看那具棺木时,小东西甚至跑到他娘跟前,仰着头看着他母亲的脸,露出傻笑,似乎在对她说:

"我在这儿呢。"

宝琛搓着手,问她夫人的后事如何料理。秀米抿了抿嘴,轻轻地吐出两个字来:

"埋了。"

"噢,对了。"秀米忽然像是想起一件什么事似的,对宝琛说,"你打算把她葬在哪儿?"

"就在村西的那块金针地里。"

"不行!"秀米说,"不能葬在金针地里。"

"那块地是夫人自己看中的。"宝琛说,"夫人前些日子交代过,也请阴阳先生看过了。"

"这个我不管。"秀米的脸色又阴沉下来,"你们不能把她葬在金针地里。"

"那你说葬在哪儿?"宝琛低声下气地问道。

"你看着办吧。只要不葬在金针地里,哪儿都行。"说完了这句话,她就回学堂去了。

老虎看见孟婆婆用胳膊碰了花二娘,向她丢了一个眼色,低声说道:"二娘,刚才你看见她的腰了吗?"

花二娘的脸上有一丝让人难以察觉的微笑,她点点头。

她的腰又怎么了呢?老虎看了看花二娘,又看了看孟婆婆。又朝门外望了一眼,雪珠子扑扑地在棺盖上跳跃着,校长已经在风雪中走远了。

夜半大殓的时候,雪下得更紧了。原先抛抛滚滚的雪珠已经变成了撕絮裂帛的鹅毛大雪,在地上积了厚厚的一层。

在丁树则先生看来,这场似乎不合时令的大雪仿佛正是天怒。他围着棺木转来转去,用拐杖戳着天井的地面,嘴里不住地骂道:"大逆不道,大逆不道。"谁都知道他骂的是谁,却没有人搭理他。

宝琛心里想的却是另外一件事。秀米干吗不让夫人葬在金针地里呢？他自言自语，颠来倒去地说着这句话。最后，喜鹊实在有点烦他了，就有心来点拨他，说了一句：

"那还用问吗？事情不是明摆着嘛！"

宝琛拍着脑门，追着喜鹊来到棺材的另一边，"你说说，到底是怎么回事？"

"那片金针地里原先埋着一个人呢，"喜鹊道，"你可真是个木头。"

那个人正是张季元。差不多十年前，当张季元的尸体在冰封的河道里被发现的时候，夫人不避众人的耳目，抚尸大哭。后来，夫人让宝琛雇了一辆牛车，将张季元的尸体拖回了普济。宝琛说，依照普济旧俗，由于张季元不是陆家人，又在野外横死，不能让他的遗体在家中入殓供奉，可夫人死活不依。

她甚至威胁要立即辞退他。让他们父子俩即刻滚蛋。宝琛当即吓得说不出话来，趴在地上，连头都磕破了。孟婆婆苦苦相劝，她不理。丁先生的一番大道理她不睬，就连算命先生的恐吓，她也不听。喜鹊跟着众人劝了她一句，夫人就勃然大怒道："放屁！"

最后促使她改变主意的是秀米。她什么话也没说，只是鼻子"哼哼"冷笑了两声，夫人的脸立刻就灰了。于是，她让人在院外的池塘边搭了一个竹棚，停棺祭奠了二十一天，又请来道士和尚诵经追荐亡灵，最后将他埋在了村西的那片金针地里。

喜鹊的一番话，说得宝琛似懂非懂。他挠了挠头皮，道：

"我还是不太明白。"

"你不明白就算了，你真是个木头。"

喜鹊的话，让老虎再一次回到许多年前的那个大雨之夜。后院的阁楼上。灯光被雨罩笼得一片灰黄。他依稀记得，张季元将夫人光

242

裸的腿扛在肩上。她的呻吟声和风雨声连在了一起。

他瞥了一眼那具冰冷的棺木，心里空荡荡的。似乎事隔多年，他仍能听到她的喘息声。

秀米为何不让夫人葬在金针地里呢？不管怎么说，既然喜鹊那么肯定，十几年前的这段往事毕竟提供了某种答案。当然，后来的事实证明，这个答案也是错误的。〔1951年8月，梅城县第一批革命烈士名单公布。张季元名列其中。他的遗骸随即迁入普济革命烈士陵园安葬。张季元原先葬在普济村西的一片金针地里。墓园年久失修，加之历年洪水的冲刷，坟包已夷为平地。由于无法确定张季元棺木的准确位置，挖掘者便将整个金针地翻了个遍。结果，除了张季元的棺木之外，人们还意外地发现了另外三只大木箱。撬开木箱后，里面装着的竟然全部都是枪支。一律为德国造的毛瑟枪。出土之日，早已锈迹斑斑。后全部移入梅城历史博物馆。〕

10

第二天一早就出了殡。

夫人的墓地最终选在了离金针地不远的一块棉花田里。宝琛在墓旁移栽了一株月桂，一棵塔松，一丛燕竹。在刚落葬的那些天里，宝琛每天晚上都要去看坟。他提着马灯，手握一把利斧，整个晚上都在墓地里转悠，天亮的时候才回到家中睡觉。

那时，宝琛已经在准备打点行装回庆港老家了。他成天唉声叹气的，有时还会一个人在账房里流泪。

要不要把小东西也带走？他有些犹豫不决。

宝琛说，他要为夫人守坟四十九天，七七做完，他就回庆港。一天都不多耽搁。喜鹊每次听他这么说，就偷偷地躲在灶下哭。老虎知道，她没地方可去。

有一天晚上，宝琛去墓地转了一圈，早早就回来了。喜鹊问他为什么这么早就回来了。宝琛脸色铁青，嘴里一个劲地说着脏话，似乎只有不断说着脏话，才能缓解自己的紧张。

"日他娘，日他娘，有人在那儿，吓死我了。"

喜鹊问："谁在那儿？"

宝琛就叹了口气："除了她，还会是谁呢？"

宝琛说，他到了坟地之后，就点上一锅儿烟。还没等到他把这锅烟吸完，就隐隐约约觉得坟包的另一侧一个人影晃了一下。"我还真的以为碰见鬼了呢！"一开始他还以为自己看错了，可没想到这个人影朝他走过来了。她披头散发，脸上黄幽幽的，用沙哑的声音对他说："歪头，不用怕，是我，秀米。"

秀米走到宝琛的身边，挨着他坐下来，问道："能不能把你的旱烟给我吸一口？"

宝琛就抖抖索索地把烟管递给她。她接过烟，一声不吭地吸了起来。看她吸烟的样子还真在行。宝琛定了定神，问她："原来，你也会吸烟？"

秀米笑了笑，道："会，我还吸过鸦片呢，你信不信？"

她吸完了烟之后，将烟管在鞋底上敲了敲，递给宝琛："你再替我装一锅儿吧。"

宝琛又给她装了一锅儿烟。点火的时候，他看见她的手、嘴唇、整个身体都在发抖。

"家里的地契是你收着的吗？"她猛吸了几口烟，忽然问道。

宝琛回答说："老夫人收着的。"

"你回去把它找出来，明天让老虎送到学堂来。"

244

"你要那地契干什么？"宝琛问。

"我把家里的地卖了。"她平静地说。

"你把哪块地卖了？"宝琛吓了一跳，他本能地从地上站了起来。

"全卖了。"

"秀秀，你，你……"宝琛急得直跺脚，"你把地全卖了，那我们以后吃什么呢？"

秀米道："你操什么心哪？再说，你和老虎不是要回庆港去了吗？"

宝琛说，她站起来的时候，样子十分可怕。他再次怀疑自己是不是遇见了鬼，于是，他傻乎乎地围着秀米转了好几圈，怯怯地问道：

"姑娘，姑奶奶，你是秀秀吗？我不会是在跟鬼说话吧？"

秀米笑道："你看我像个鬼吗？"

她这一笑，宝琛更加相信自己是碰到鬼了。宝琛不再理会她的疯话，跳起来，朝后面退了几步，扑通一声，趴在夫人墓前，一个劲地磕起头来。不过，他磕了两个头之后，就像僵尸一样呆住不动，因为一只白皙的手搭在了他的肩上，用喑哑的声音轻轻地对他说：

"你回过头来，好好看看我……"

宝琛不敢回头，嘴里道："你是鬼是人，我一问便知。"

"什么事？你问吧。"

宝琛道："你说你把所有的地全卖了，可你知道咱家一共有多少亩地？"

"一百八十七亩二分七厘。"

"咱家的地近的在村边，远的在一二十里之外，你从来不问庄稼又如何知道？"

"翠莲知道。卖地的那天，她领我去的。"

"这么多地，请问方圆几十里，有哪一个财主能够买得起？"

"我把它卖给梅城的龙庆棠了。要不了多久，他就会派人来索要地契。"

"你画押了吗？"

"画押了。"

"你干吗要卖地呢？这些地，可是陆家祖祖辈辈传下来的。"

"我等钱用。"

"你卖了多少银子？"

"这个不用你管。"秀米的语气突然变得严厉起来。

虽然是冬天，宝琛的汗水一下就出来了。他知道，秀米刚才所说的那个龙庆棠，是清帮头目徐宝山手下的安清道友会的头目，长期以来，一直把持着镇江、扬州的私盐和妓院。

这个人是如何认识秀米的呢？

从那以后，宝琛变得不爱跟人说话了。他早晨踩着露水出去，晚上顶着露水回来。一个人背着手，在陆家的所有地头转悠着，等到他把那些地都转遍了，就把自己关在账房里不出来了。

他一看到小东西，就流泪。用他那粗糙的大手捧住他的小脸，说道："普济啊，普济，你现在变成一个穷光蛋了。"

到了交割的日子，普济来了三顶绿绒大轿。龙庆棠的大管家冯麻子带着两名精干的伙计来到家中。宝琛把账本，租地佃农的名册、地契码得整整齐齐，往大管家面前一堆，就完事了。

龙庆棠的大管家喜滋滋地翻看着账本，笑得合不拢嘴。

末了，他看了看失魂落魄的宝琛，道："俗话说，千年田地换百主，一番交易一番新。沧海桑田，世道历来如此。宝管家不应过于伤感。你既管理得一手好账目，不妨就带了家眷，跟了我们龙大爷，搬去梅城住，这些田地仍由你来照管。"

宝琛起身，流着眼泪道："阁下美意，感激不尽。小仆自幼跟随陆府学陆大人，上京城、下扬州，最终息影普济，已有五十多年。如今世运凋敝，家道败落，小仆无德无能，且又昏庸老朽，怎能高攀龙大人？唯图叶落归根，以遣暮年而已……"一番话没说完，流涕唏嘘不已。

冯管家道："食人之禄，忠人之事。宝管家义不食周粟。忠良堪佩。小弟不能强人所难。不过，在下还有一事相求，还望宝兄成全。"

"只要小仆能够做主，自当效命。"宝琛道。

冯管家将他那只戴在手上的戒指转了转，说道："听说陆家有一件稀罕的宝物，叫什么'凤凰冰花'的，能预知吉凶未来，不知能否请出来，让小弟也长长见识？"

宝琛道："自从老爷走失之后，家道日衰，家中不多的一些珠玉首饰，也已典卖殆尽，就连老爷做官时积下的些许银器也早已罄尽。如今田地易主，唯有破屋数间而已，哪里还有什么宝物？"

冯管家沉吟了片刻，站起身来，笑道："我来普济前，偶然听龙庆棠龙大人说起，贵府有一件如此如此的宝物，名唤凤凰冰花，心上好奇，就想趁便开开眼界。宝管家既如此说，小弟现在就告辞了。"

送走了冯管家一行之后，宝琛呆呆地站在天井里，不由得自语道："刚才冯管家说，家里还有一件稀世之宝，我在老爷家多年。从来不曾听人说起……"

喜鹊正在往绳子上晾衣服，听宝琛这么说，就答道："他说的会不会是那个瓦釜？我听说，那物事，当年老爷是从一个叫花子手中买得。"

"什么瓦釜？"宝琛一愣，问道。

喜鹊说："那只瓦釜原先是叫花子讨饭用的食钵，听夫人说，老爷一见，爱如珍宝，当即要买，可那个叫花子死活不肯卖。最后用二百两银子买了回来。从此之后，老爷就日日于阁楼上把它赏玩。夫人在世时，曾叹息道，老爷的疯病，说不定是买了这件器物之后埋下的。"

"这个瓦釜如今在哪里？"宝琛脸色骤变。

"大概还在阁楼上吧。"

"你去小心地把它拿下来，让我看看。"

喜鹊在围腰上揩了揩湿漉漉的手，就上楼去了。不一会儿，她就拎着一个盐钵似的东西下来了。这个大钵子呈肉红色，钵体上果然盘着两只凤凰，是绿色的。由于年深日久，上面覆盖着灰尘和蛛网，钵底还粘着几粒老鼠屎。

宝琛用袖子擦了擦，放在阳光下仔细观瞧，"这只是件普通的讨饭盆子。稀松平常，我怎么一点也瞧不出好来。"

"既然老爷那么宝贝。自有他的道理。"喜鹊道。

"凤凰倒是有一对，冯管家说的倒没错。可冰花又是怎么回事呢？"

"夫人和老爷都不在了，"喜鹊道，"你问谁去啊？"

"可这个龙庆棠，他怎么会知道咱家有这么个东西呢？"宝琛道，"我看这里面恐怕还有些文章。"

一连几天，老虎成天都看见他爹在阳光下察看那只窑钵，痴痴呆呆的。

"我看你八成也疯了。"喜鹊看着他茶饭不思的样子，一生气，就从他手里一把夺过来，拿到厨房里去了。后来，她在里面腌了一钵泡菜。

那些日子，各种各样的谣传在村中蔓延。同时，普济学堂也在连日的大雪中摇摇欲坠。老虎先是听说，秀米托人用卖地得来的银两去江北买枪。但很快就有消息说，负责这件事的学堂管事徐福携款

248

逃逸。有人看见他黎明时分搭上一只舢板，顺流而下。不久之后，就有过路的商船水手说，徐福用这笔钱在金陵开了一爿药店，养了三个老婆。

徐福的出逃引起了一连串的变故。杨大卵子和寡妇丁氏于一天深夜。双双来到伽蓝殿，向校长秀米辞行。秀米吃了一惊，诧异道："忠贵，怎么你也要走？"

杨大卵子说，原先他光棍一条，上无片瓦，下无立锥之地，这条性命一钱不值。后来蒙校长做主，与丁氏结了婚，盖了一爿茅屋，开出几亩荒地来，日子虽不富裕，倒也过得下去。如今丁氏已有身孕，舞枪弄棒多有不便，加之朝廷即将进剿的消息弄得人心惶惶，他们夫妻二人商量了几天，决定解甲归田，连夜让人起草了文书，自愿脱离学堂，从此之后一刀两断。

杨大卵子的话说得虽然难听了一点，可倒也是大实话。这从反面让秀米明白了积压在心里的一个谜团。革命党人张季元当年为何会将"有恒产者"列为十杀罪之首？秀米在看他的日记时百思不得其解，如今却茅塞顿开。

不久之后，二秃子也离开了普济学堂。原先在普济地方自治会的成员之中，二秃子曾是铁杆之一，入会时他发的誓言最为刻毒，什么肝脑涂地啦，什么引颈就义啦，什么黄沙盖脸啦，都是戏文中的台词，说得言之凿凿，很像是那么回事。他的不辞而别，让秀米大为伤感。同时秀米似乎也已经感到了事态的严重性。二秃子走了七八天之后，突然又回来了，不过他并不是浪子回头。他挑着一只猪头，一副猪肠子，喜滋滋地来到秀米的屋中，把秀米吓了一跳。秀米问他这些天去哪儿了，那二秃子就像唱戏般地答道：

"我啊。如今顶了大金牙的缺了。这大金牙一死，普济村中百十来号人口，就缺个杀猪的，我就琢磨着去干这个营生，今天肉铺开张，特送来一些猪头、猪肠让校长尝个鲜。"

不到半个月,学堂的人已经走了大半。外乡的那些手艺人和乞丐仿佛约好了似的,将能拿的东西都带上,席卷一空,也在一夜之间消失得无影无踪。最可恨的是一个木匠,他走的时候,竟然将庙里的一扇大门卸下来扛走了。

剩下的人中除了翠莲、厨师老王、孙歪嘴、谭四、王七蛋、王八蛋兄弟之外,只有寥寥的二十几人而已。剩下来的这些人都摇头叹息,各有各的主意。更坏的消息接踵而至。不久之后,原先和普济约定一同举事的官塘、黄庄等地相继派人送来急报,朝廷突然派来了大队的官兵,将正在开会的革命党人悉数擒获,他们把人头砍下来,带回梅城请功,将肉身剁成数段,用绳子串起来,悬于村中。由于天寒地冻,这些肉身看上去就像是用来过年的腊肉一样。

王八蛋很早就在盘算着离开学堂了。他不知道他的哥哥王七蛋心里是怎么想的。他担心对方会嘲笑自己的胆怯。其实王七蛋的心思跟他完全一样。

两人虽说是孪生兄弟,平时形影不离,可各打各的算盘,各怀各的鬼胎,互相猜疑,反而倒给对方一种死心塌地留在学堂的错觉。随着风声越来越紧,尤其是二秃子的离开,使王八蛋觉得不能再这样耗下去了。

有一次。在村中的小酒馆中,王八蛋趁着酒酣脸热之际,嗫嚅了半天,终于试探性地对他的哥哥说:"哥,不如我们仍回铁匠铺打铁吧?"

听他这么说,王七蛋长长地松了一口气,积压在心中多日的烦恼和疑虑一扫而光,但他不动声色笑着对他的弟弟说:"八蛋,你害怕了?"

"不怕。"王八蛋的脸一下子就红了,他不敢看王七蛋的脸。

"你不怕，我可怕了。"王七蛋给他弟弟斟了一杯酒，"一不做，二不休，我们还不如离开普济，远走高飞。"

可是去哪儿呢？两人为此事又发生了争执。王八蛋认为不如去梅城寻访开布店的叔叔，而王七蛋的意思，他们应当去通州的姨妈家落脚。两个谁也说服不了谁，最后决定干脆去南京投奔徐福。

第二天一早，鸡叫头遍的时候，兄弟二人顶着纷纷扬扬的雪花，悄悄离开了学堂。他们打算先摆渡去长洲，然后再转道赶往南京。到了津渡口。他们远远看见舵工谭水金正打算升帆开船。看到兄弟二人，水金再次放下跳板，招呼两人上船。到了船上，兄弟二人不由得大吃一惊。他们看见学堂的厨师老王正抽着旱烟，还有一个人，脑袋枕着一个大包袱，正靠在船舷上，闭目养神。此人正是孙歪嘴。

孙歪嘴原本是泰州人氏，常年流离在外，当年张季元来普济秘密结社的时候，他就是早期的骨干之一。四个人你看看我，我看看你，彼此心照不宣，一言不发。

最先打破沉默的是厨师老王。他解开衣襟，从怀里摸出两把铜勺、一口薄刀，还有七八只汤匙，都是铜的，一边察看着这些东西，一边叹道：

"哎，在学堂里混了两年，如今树倒猢狲散，就落下这么几件东西，也值不了几个钱。"

几个人都笑了起来。

孙歪嘴说校长平时待他不薄，按理在这个节骨眼上，正是学堂用人之际，他不该逃离学堂。只是他家中还有一个年近八十的老母，日前托人带信来，说是秋后重病卧床，等他回去见上最后一面。因此，只有离开。

这时，正在摇桨的舵工谭水金忽然长叹了一声。道："有人漏夜赶科场，有人风雪回故乡，只可恨我家的那个孽障。放着好好的营生不做,到现在还是执迷不悟⋯⋯"

水金说的这个人就是谭四。

当老虎从翠莲嘴里听说这些事的时候,已经快到年关了。翠莲说,如今学堂里除了她和谭四之外,只剩下了十几个喽啰,他们大多是一些从安徽逃难来的乞丐。那些日子,宝琛已经在置办年货了。

"那些乞丐为什么不逃?"他问翠莲。

"他们能逃到哪儿去呢?雪下得这么大。在学堂里毕竟还有粥喝,有馒头吃。"翠莲道。

老虎问她为什么不逃?谭四为什么不逃?

翠莲只是含笑不语。

最后她大概实在是被问烦了,就用手狠狠地戳他的鼻子,"你要是能明白这里面的缘故,以你现在的年纪,还太小啦。"

他听说,事情到了这个地步,校长秀米倒反而心安了。就像是什么事都没有发生似的,每天照样在伽蓝殿看书,有时偶尔也和谭四下盘棋。

伽蓝殿外的墙脚栽了一排腊梅。这几天天气转冷,大雪一压,竟然都开花了。一天的大部分时间,校长都在那儿待着,一动不动地看着这些梅花。当翠莲把王七蛋兄弟逃跑的消息告诉她的时候,秀米只微微一笑,她晃动着一枝刚刚剪下的梅花,对翠莲说:"你来闻闻,多香。"

在翠莲看来。校长似乎变得更为轻松了。脸上的阴云看不见了,脸上时常带着笑,人也比以前更白,也胖了一些。最奇怪的是,有一天清早,秀米忽然来到厨房,对正在做饭的翠莲极为认真地宣布说:

"我现在晚上能够睡得着觉了。"

她又说,她自从记事以来,还从来没有像现在这么舒畅过,好像什么烦恼都没有了。什么担心都没有了。就像是做了一个又长又黑的梦。不过,她现在已经快要醒了。

"可是,可是可是——"老虎听翠莲这么说,觉得心里很不踏实,甚至他觉得窗外飘扬的大雪,炉子中温暖的火苗,以及翠莲那雪白的胴体都变得清虚起来。"怎么会这样呢?"

翠莲就再次在他光裸的屁股上拍了一下,笑道:"要明白这些事,你还太小啦。"

11

小东西又在看他妈妈的相片了。

那张相片在水里泡的时间太长了,让太阳一晒,炉火一烘,纸质又脆又硬,头像早已白乎乎的一团,什么也看不清了。小东西从来不在任何人面前说起他妈。别人谈起校长的时候,他就像一只小鼹鼠,眼睛骨碌碌翻动,竖着耳朵听,嘴里一声不吭。可一旦有人提起校长的疯病,或者说她疯了时候,小东西就冷不防冒出一句:

"你才疯了呢。"

奇怪的是,每次他看相片,总是一个人偷偷地看,就像做贼似的。喜鹊说,别看小东西嘴里不言语,心里明白着呢。她说她还从来没有见过这么聪明伶俐的孩子。有一次她在说这话的时候,恰好被夫人听到了,夫人就用一只挠痒痒的如意棒在她头上狠狠地敲了一下。夫人不让人说他聪明,因为她相信村里多年来流传下来的一个说法,聪明的孩子是长不大的。

这些日子,成天都在下雪,院里院外都是白茫茫的一片。宝琛说,自打他来到普济的那天起,还从未见过这么大的雪。因无事可干,宝琛就找来一把竹刀去后院的竹林里砍来两根竹子,把它剖成篾,他要扎一盏灯笼。

年货都已置办好了。他从二秃子新开的肉铺里买来了两只猪腿,从渔户家里买来了几尾鲜鱼,都摆在廊下,冻得像铁一样。孟婆婆派人送来了一篮子核桃,两只蒸米糕用的南瓜,一瓢芝麻。丁树则先生昨天送来了两副春联,四对桃符,六片纸剪的门贴,就差一只灯笼了。

宝琛围着火炉扎灯笼,不时也叹着气。他说这恐怕是他在普济过的最后一个年了。他说要好好过这个年,什么都不能缺,什么都不能将就。过完年,他们就要回庆港去了。

自从校长将家里的地卖给镇江的龙庆棠之后,宝琛就已暗暗做了一个决定,他要把小东西一起带回庆港去。有一天,宝琛将小东西叫到面前,双腿夹住他,问道:"普济,你愿意跟我们去庆港吗?"

小东西眨了眨眼睛,用手拨弄着宝琛的胡子,不说去,也不说不去,而是反问道:"我去了庆港,就要跟你做儿子吗?"

一句话把宝琛逗得哈哈大笑,他摸了摸他的头,道:"傻孩子,论辈分,你该叫我爷爷才对。"

最为难的是喜鹊,她没地方可去。她曾几次对宝琛说,干脆,我也跟你们一起去庆港算了。宝琛没有说话。他知道她也只是随便说说而已。她迟早还是要嫁人的。她原本是孟婆婆介绍进陆家的,还多少沾着点亲。这些天,孟婆婆已经在私下里到处托媒给喜鹊提亲了,只是年关将近。大雪封路。一时还没有找到合适的人家。

她唯一能做的,就是拼命纳鞋底做鞋子。宝琛说,她这些天做的鞋子,小东西穿到死都够了。可话一出口,又觉得不吉利,就呸呸朝地上吐了两口唾沫,自己打自己的耳光。小东西呵呵地傻笑。

宝琛在做灯笼支架的时候,手抖得厉害,一连把竹骨弄断了好几根。他又觉得是一个不祥之兆，他把这事跟喜鹊一说，喜鹊也开始疑神疑鬼起来，她说，她在纳鞋底的时候，把手扎破了好几处，"你说，庙里那边不会出什么事吧？听说朝廷正在到处捉拿革命党呢。"

她说的是普济学堂，可宝琛担心的却是另外一件事。

腊月二十九这一天，天空突然放晴了。宝琛正在给做好的灯笼糊纸描画，忽听得院门外隐隐约约地有人唱歌。听上去是个老婆子的声音。开始的时候，宝琛和喜鹊也没有在意，以为是乞丐上门发利市来了。宝琛甚至还跟着哼了几句，可越往后听，越觉得不对劲。渐渐的，喜鹊就愣住了，她手里抓着一只鞋底，呆呆地看着墙壁，嘴里道："她唱的这些事，怎么句句都有来历，我怎么觉得那唱文说的都是咱家的事？"

宝琛也已经听出了一些名堂，眼睛盯着喜鹊说："她不是在唱歌。她是指桑骂槐，是在骂人呢。句句都戳到人的心里。"

"这个人怎么对咱家这些年的事一清二楚？"

喜鹊说着将手里的线绕在鞋底上，"待我送几个馒头与她，把她打发了吧。"

说完，她就出去了。过不多久，喜鹊手里仍拿着几个馒头回来了。一进门就对宝琛说："嗨，哪里是什么乞丐，你猜她是谁？"

"谁？"

"瞎子！"

"哪里来的瞎子？"宝琛问。

"大金牙的瞎眼老娘。"喜鹊说，"我给她馒头，她也不要，一句话没说，拄着拐杖自己走了。"

宝琛手里捏着一支笔，半晌才说："她怎么干起这勾当了？"

到了黄昏的时候，喜鹊忽然提出来，要去夫人的坟上烧纸。

她说，大金牙老娘的那一番话让她心里很不踏实，眼皮不停地跳。宝琛问她哪只眼跳,喜鹊说两只眼都跳。宝琛想了想,道:"那就让老虎陪你一起去吧。"小东西一听老虎要去,也闹着要跟去,喜鹊只得捎上他。他们三个人拎着篮子,刚刚走出院门,宝琛又从屋里追了出来,朝他们喊道:"给那个张季元也烧几张。"

小东西争着要提篮子,喜鹊怕他累着,不让他提。小东西硬从她手里把篮子夺过来说:"我的力气大着呢。"

他两只手提着篮子,挺着小肚子,跌跌撞撞地在雪里走得飞快。隔壁的花二娘看见了,夸了他两句,小东西走得更快了。

到了墓地,喜鹊就将头上的方巾摘下来,铺在雪地上,先让小东西给他外婆磕头,然后又从篮子里拿出一部分纸,找个背风的地方,点着了火。喜鹊一边烧着纸,一边嘀嘀咕咕地说着什么,就好像夫人真能听见似的。燃烧的火苗舔着雪,发出吱吱的声音。老虎听见喜鹊对着夫人的坟说:过完年,宝琛他们就要回庆港去了,小东西也一起去,过完年,她说不定也要离开普济了。

"我们都走了,逢年过节,谁来给您老人家上坟烧纸呢?"随后,她呜呜地哭了起来。

他们又来到张季元的坟前。张季元的坟要小得多,墓前没有立碑,四周也没有墓栏。金针地里的雪又松又软,小东西一脚踏进去,腿就拔不出来了。

喜鹊说,往年的时候,都是夫人来给张季元上坟,没想到今年夫人自己也要别人给她上坟了。说到这里,她又哭了起来。老虎正要过去帮她,看见小东西用手朝远处指了指,说:

"快看,那是什么?"

顺着他的视线,老虎看见太阳已经下山,晚照浮在两个山头之间,像融化的铁水一样晃荡着。绕过一块凸出的山崖,是一条通往夏庄的官道。西风吹起一缕缕的雪粒,漫天飞泻,纷纷扬扬。就在这时,他听见了"嘚嘚"的马蹄声。

"喜鹊,喜鹊,快看……"小东西叫道。

喜鹊直起腰来,也朝大路那边张望。黑压压的一簇官兵,正拖着枪,朝普济的方向飞跑。一匹匹马从他们身边擦过。这些官兵都穿着青灰的布袍,头戴斗笠帽,帽子上血红的缨络不住地跳动。他们挤挤攘攘地跑着,眼看着就要绕过那片山路,到达河边了。

喜鹊叫了一声:"不好!"人就呆住了。

老虎的心也是猛地往下一沉,一时有些不知所措。这些天,每天都流传着官兵到来的消息,老虎都听得腻烦了。没想到官兵一旦出现,还是吓得簌簌发抖,肠子都断了似的。这时,他忽然听见喜鹊喊:"小东西,小东西呢?"

她原地转悠着,那样子就像是要在地上找一根丢落的针。她从来没见过这么多的官兵,被吓糊涂了。

老虎转过身来,一下子就看到了他。

小东西像是一只兔子似的,在被积雪覆盖的玉米地里跳跃着。他在朝皂龙寺的方向飞跑。此刻,他已经差不多跑到山坡下的大路上了。有好几次,老虎看见他跌倒了,满头满脸都是雪,可他爬起来,还是没命地往学堂的方向跑。

"快去,把他抱住……老虎,快去啊……"喜鹊哭叫道。

老虎刚要去追,忽然听见喜鹊说:"咦,我的腿,我的两条腿怎么不会动啦?"老虎刚回过头来,就听见喜鹊叫道,"不要管我,你快去追小东西。"

老虎开始朝山下飞奔。他听见身后的马蹄声,已经越来越清晰了。当他在皂龙寺的山墙拐角将小东西截住的时候,小东西已经累得直打逆呃了。他干呕了几口,没吐出什么,嘴里呼哧呼哧地喘着气,说:"他们要来捉妈妈了……快跑,没命地跑!"

可是小东西已经跑不动了。老虎拉着他的手，边跑边拽，两个人跌跌撞撞来到学堂的门前。

正好，翠莲拎着小木桶从庙里出来，像是要到池塘去打水。小东西就对她喊："来了，来了……"

"来了。来了……"老虎也跟着小东西喊。

"谁来了？"翠莲道，"你们这是怎么了，什么事把你们吓成这样？"

可她语音刚落，就听见"砰"的一声。枪响了。

接着又响了几枪。每响一枪，翠莲就缩一缩脖子。

"你们快跟我到厨房里去躲一躲。快！"她说着，将水桶一扔，转身就往回跑。

老虎跟着翠莲，一口气跑到厨房里。他看见翠莲已经钻到灶膛里，正向他招手呢。老虎这才意识到，小东西没有跟来，他叫了他几声。没人答应，他想反身出去找他，大队的官兵已经从庙门里挤进来了。不知是谁，正在砰砰地放枪，子弹从窗户飞进来，把屋角的一只水缸打得粉碎，水汪汪地泻了一地。他在厨房里愣了半天，又想起小东西来，正要拉开门出去找他，翠莲赶了过来，在身后将他死死抱住："傻瓜，子弹是不认得人的。"

过了一会儿，枪声停了。

老虎小心地拉开门，从厨房走了出来。他首先看到的，是雪上一团黑乎乎的东西。是马粪，还冒着热气呢。绕过香积厨的墙角，他看见雪地上横七竖八地躺着几具尸体，一个兵士正在把散落在地上的枪支收拢起来。

谭四双手捂着肚子，嗷嗷地叫个不停，在雪地上滚来滚去。一个兵丁朝他走过去，在他的胸前搠了一刀。那兵丁往外拔刀的时候，谭四双手死死握住刀刃，不让他拔出来。又过来一个兵士，用枪托在他头上砸了一下，他立刻就松了手，不吱声了。

老虎看见了小东西。

他脸朝下，趴在回廊下的一条阴沟里，一动不动。老虎朝他走过去，听到了霍霍的声音，融化的雪水在沟里流得正急。

老虎捏了捏他的小手，还是热的。把他小脸转过来，发现他的眼睛还在转动。好像在想着一件什么事情。他甚至还把舌头伸出来，舔了舔嘴唇。后来。老虎一遍遍地对他的爹宝琛说，他在阴沟边看到小东西的时候，他还活着。因为他的眼睛是睁着的。他还把舌头伸出来，舔了舔嘴唇。

他的身体摸上去软绵绵的。背上的棉袄湿乎乎的，血就是从那儿流出来的。老虎叫他的名字，他不答应。只是嘴角轻轻地颤抖了几下，仿佛在说我要睡了。他的眼珠渐渐不转了，眼睛变花了，白的多，黑的少。随后，他的眼皮慢慢耷拉下来，眯成了一条缝。

他知道，此刻，正从他背上汩汩流出的不是血，而是他的全部的魂灵。

一个官长模样的人朝他们走了过来。他蹲下身子，用马鞭拨了拨小东西的脸。然后，转过身来对老虎说："你还认得我吗？"

老虎摇摇头。

那人说："几个月前，你们村来了一个弹棉花的，怎么样，想起来了吗？我就是那个弹棉花的。"

那个人得意地笑了笑，在他的肩上拍了一下。奇怪，老虎觉得自己一点也不怕他，仿佛他天生就应该是一个弹棉花的人一样。他指了指躺在地上的小东西，问道："他死了吗？"

"是啊，他死了。"那人叹了一口气，道，"子弹不长眼睛啊。"

随后他就站了起来，背着手在雪地里来回地走着。很显然，他对老虎没有兴趣，对躺在地上的小东西也没有兴趣。

老虎觉得小东西的手变得冷了,他的脸也失去了红晕,正在变成青蓝色。不一会儿,他看见校长出来了。

她披散着头发,被人推推搡搡地从终年不见阳光的伽蓝殿带到院子里来了。她看了看老虎,又看了看地上躺着的那些尸体,似乎也没有显出吃惊的样子。

老虎想对她喊:"小东西死了呢。"可也只是张了张嘴而已,没有发出任何声音。所有的人都对小东西的死没有兴趣。

看到校长出来,那个官长就迎上去,向她拱了拱手。校长眼睛死死地盯着他看,半晌,他才听见校长说:

"贵差可是龙守备?"

"正是。"官长彬彬有礼地答道。

"请问,龙庆棠是你什么人?"校长又问。

那声音,听上去就像跟人拉家常似的,没有一丝的慌乱。她难道不知道小东西已经死了吗?他的小胳膊都已经发硬了呢。屋檐下还有些融雪不时地滴落下来,落在他的鼻子尖上,溅起晶莹的水珠。

那个官长似乎也没料到校长会这样跟他说话。他愣了一下。随后,他兀自点了点头,好像在说:真是好眼力!他笑了笑,答道:

"正是家父。"

"这么说龙庆棠果然已经投靠了清廷。"校长道。

"你不要说得这样难听。"官长脸上仍然挂着笑,"良禽择木而栖罢了……"

"既如此,你们随时都可以来抓我,何必要等到今天呢?"

老虎听她话里意思,好像是一直在盼着人家来捉她似的,他有点不明白校长在说什么。小东西的拳头攥得紧紧的,背上的血早就不流了,只是眉头还紧蹙着。

那个官长却哈哈大笑,笑得连嘴里的牙根都露了出来。

等到他笑够了之后，这才说：

"还不是为了你家那一百八十多亩地么！家父做事，一向周正严密，井井有条。他说，你一天不卖地，我们就一天不能捉你。"

他笑得连说话的力气都没有了。

他听见校长"唔"了一声，好像在说："噢，我明白了。"

这时他看见了父亲。宝琛正站在庙门口，被两个兵士用枪挡着。可他仍在伸长着脖子朝里面探头张望。老虎把小东西的身体挪了挪，这样，屋檐的雪水就不会滴到他脸上了。天已经快黑了，有一只老鹰在灰蒙蒙的夜空中，绕着院子盘旋。

这时他听见校长说："另有一件事，还要如实相告。"

"你尽管说。"

"龙守备贵庚……"

"龙某生于光绪初年。"

"这么说，你是属猪的？"校长的这句话使官长吓了一跳。他的脸色有点难看，过了半天他才说："不错，看来，你什么都知道得一清二楚。人人都说你是疯子，依下官之见，你是天下一等一精明之人。只可惜，你的时运不济啊。"

校长不再说话，只是踮起脚在人群里张望，好像在寻找一个人。老虎知道她是在找谁。

他看见校长忽然蹲下身子，仔细地察看着地上的一堆马粪，一动不动地看着。随后，她从地上掬起一把马粪，均匀地涂在脸上。眼睛、嘴、鼻子、满脸都是。她一声不吭地往脸上抹马粪，像是在做一件重要而必需的事情。官长在一旁看着也不阻止，很不耐烦地踱着步子。学堂里一片寂静。

一个兵士跑了过来，认真地说了几句什么，龙守备这才对手下懒懒地吩咐了一句："绑了吧。"

几个兵士朝她走过来,将她从地上拉起来。不一会儿。就将她绑得结结实实,连夜押回梅城去了。

翠莲也是当晚离开普济的,龙守备在村中雇来了一顶大轿。抬着她,远远地绕过村庄,连夜往梅城去了。

12

小东西赤条条地躺在干净的床单上。他的身体看上去那么短,那么小。喜鹊端来一盆热水,将他身上的淤血擦洗干净。她没有哭,脸上木木的,似乎也看不出悲伤和哀戚。当她擦到被子弹打碎的肩胛骨时,就轻声地问他:

"普济,疼不疼?"

看她那样子,好像小东西还没有死:只要挠一挠他的胳肢窝,小东西还会咯咯地笑出声来。

花二娘在翻检小东西换下的衣裳时,从他的裤兜里发现了一只木制的小陀螺,一只花毽,还有一只光灿灿的知了。

孟婆婆一看见这只知了,就说它不是寻常的物件。放在嘴里咬了咬,竟是金的,"怪了,他是从哪里弄来这么一只知了的?"

孟婆婆将知了交给宝琛,让他好好收着。宝琛睁着红红的眼睛,仔细地看了看,最后,叹了口气道:"孩子的稀罕之物,不管它是铜的,还是金的,一并埋了吧。"〔1968 年 11 月,梅城县正式实行移风易俗的殡葬改革。普济也新建了一处公墓。在将老坟中的遗骨集中迁入公墓安葬的过程中,人们从村西玉米地的一堆白骨中意外地发现了一只金蝉。经村里的老人回忆,坟里埋着的是革命先驱陆秀米的儿子。他于五岁那年被清兵枪杀。但陆家既无亲眷,亦无后人。几经辗转,这只金蝉最终落在一位名叫田小文的女赤脚医生之手。一位年迈的锡匠将它锻造成了一对耳环。一枚戒指。戴上这对耳环的田大夫不久就罹病死去。临终前,她不断地对人说,耳边总有个孩子跟她说话。〕

等到喜鹊替他穿好了衣服,宝琛就把小东西背在背上,连夜去墓地安葬。他的小脑袋耷拉在宝琛的脖子里,似乎正在熟睡。宝琛侧过头来,亲了亲小东西的脸,对他说:"普济啊,爷爷这就送你回家去。"

花二娘和孟婆婆都哭着搂到了一起。只有喜鹊不哭,她和老虎跟在后面,几个人朝墓地走去。一路上,老虎听见他爹不断地跟小东西说话,天正在一点点地亮起来。

宝琛说,普济啊,爷爷知道你爱睡觉,你就好好睡吧,你爱睡多久,就睡多久。

宝琛说,普济啊,你爷爷真是个废人哪,是个猪狗不如的东西啊,普济。全普济的人都骂妈妈是个疯子,爷爷也跟着他们骂,只有普济不骂。听到别人骂,普济心里就难受,是不是呀,普济。官兵一来,只有普济一个人想到要去给妈妈报信。进了寺院,子弹嗖嗖地飞,可普济不怕。普济不躲也不藏,就想去给妈妈报个信。普济啊,你躺在阴沟里,妈妈连看都不看你一眼,可普济还是要给妈妈去报信。

宝琛说,普济啊,你可不能怪爷爷,也不要记恨爷爷。快过年了,明天就是大年初一。冰天雪地的,宝琛就不给你做棺材了。就是想做也没钱了,咱们的家穷啦! 咱们就草席裹一裹,送你回家。

宝琛说,这草席是新的,秋天的时候刚打好,是用龙胆草编的,香着呢,一次都没用过。你身上穿的衣服,棉袄啦,鞋子啦,袜子啦,裤子啦,全都是新的,一次都没穿过。平常你喜欢的那些小玩意儿,铁环啦,陀螺啦,泥哨子啦,对了,还有那只知了,孟婆婆说它还是金子的呢,全都给你带上,一样都不缺。只是最要紧的,你平常爱看的妈妈的那张小相片,爷爷没有找到,你把它藏哪儿了呢?

宝琛说,普济,今天没人替你喊魂儿,爷爷就替你喊。爷爷喊一声,你就答应一声。

普济——

哎——

普济——

哎——

答应了就好,魂儿就回来了。

宝琛说,你要是想爷爷,就托个梦来。你要在地下见到了你外婆,就说宝琛无能,宝琛该死,宝琛当千刀万剐……

到了落葬的时候,宝琛就把普济平放在草席上,然后将席子卷起来。他刚把小东西卷严实了,喜鹊就过来把它打开了。他一连包了三次,喜鹊就一连打开了三次。她不哭不闹,也不说话,只是呆呆地看着他的脸。最后,宝琛狠了狠心,让花二娘和孟婆婆抱住她,这才让小东西的尸首入了坑。

坟包做好了。宝琛忽然问道:"我能不能给他磕个头?"

孟婆婆说:"他先走,按说在阴间的辈分就比你大,再说,他的年龄再小,也是个主子……"

宝琛听她这么说,就恭恭敬敬地在坟前磕了三个头。孟婆婆、花二娘跟着他也都磕了头。喜鹊还是一动不动,站在那儿,像是在想着一件什么事。

"喜鹊这孩子,一定是被昨晚的事吓坏了。"孟婆婆道。

当他们离开墓地往村里走的时候,喜鹊忽然站住了,回头往身后看了看,眼光好像在找着什么,过了半晌,突然叫道:

"咦，小东西呢？"

老虎和父亲是这一年四月离开普济的。柳树垂青，春草萋萋，村中的桃花正在怒放。宝琛说陆家的霉运就是从当年陆老爷移种桃花开始的，它的颜色和香味都有一股妖气。到了梦雨飘瓦，灵风息息的清明前后，连井水都有一股甜丝丝的桃花味。

在大金牙的瞎子老娘看来，秀米和翠莲都是千年道行的桃木魂灵转世，只不过吸附了妖魔的精气而已。那些日子，她已经把学堂的种种枝节编入戏文，配以莲花落的腔调，带着两名女童，走村串巷，四处卖唱乞讨。

在这些戏文中，她的儿子大金牙俨然就是降妖捉鬼的钟馗的化身。他不顾自身的安危拎着两把杀猪刀，只身杀入魔帐妖阵之中劝人向善。卧薪尝胆，九死一生，终因寡不敌众，被妖女夺走了性命。正是出师未捷身先死，常使老娘涕泗流。在她自编的戏文中，翠莲则变成了褒姒、妲己之类的祸水。她私通龙守备在先，诱卖陆家百余亩田产于后，最后卖主求荣，是千人骑，万人踩的不要脸的婊子。语属不稽，辞多不伦。不过，从她的唱文中，老虎多少还是知道了整个事件的来龙去脉。

另一些事，老虎还是有点不太明白。既然秀米对翠莲早有防备，她为何迟迟隐忍不发，假装看不见？另外，翠莲和秀米先后两次问龙守备是不是属猪的。又是什么缘故呢？

龙庆棠因与秀米有旧，再加上丁树则与当地三十余位鸿儒、乡绅联名上书具保，秀米被押解至梅城之后并未立即处死，而是被羁押于地牢之中。据说，丁树则提出了两条理由，其一是秀米的疯病，她所做的事，她自己并不知晓；另外，秀米当时的腹中已有四个月大的婴儿。

知府特准生下孩子后再行处死。

老虎已经知道那是谭四的孩子。谭四的父亲谭水金曾四处托人寻访这个孩子的下落,希望用一生积攒将孩子赎回,以图为世代单传的谭家留下一脉香火。但最后不了了之。那些日子,他整天都听喜鹊和宝琛说,孩子生出来,又是一个小东西。

宣统二年八月,秀米怀胎九月之后,于狱中生下一个孩子,未及满月,即由官府出面,让一名狱吏的奶娘抱走。就在秀米行将被绞死的前夕,武昌事起,辛亥革命骤然爆发,地方各省闻风响应。龙庆棠亦于八月的一个风雨之夜,杀死知府一家三十余口,旋即宣布梅城独立。风雨如磐,一日三惊。龙庆棠亦奔走于武昌、广东、北平之间,与各路豪强互通声气。被羁押在幽深地牢中的秀米似乎被人彻底遗忘。只有一位年老的吏卒,日日送饭送水而已。

不过,这都是以后的事了。

老虎离开普济之前,与父亲来到夫人墓前拜别。用宝琛的话来说,他们要永远离开普济了。喜鹊无处可去,暂且留下看屋。事实上,直至她最终老死,亦未离开过这个院落。三十二年后,也就是1943年夏末,老虎作为新四军挺进中队的支队长,率部进驻普济的时候,喜鹊已经是年过六旬的老人了,她一生未嫁,记性亦大不如从前,与她说起以前的事,她只是微微摇头或颔首微笑而已,大有麦秀黍离之感。小东西坟前的一棵苦楝树,已有碗口粗细,大片金针花,仍是黄灿灿的一片。老虎坐在浓密的树阴下,追思往昔,不胜唏嘘。世事沧桑,岁月流转,而只有小东西在五岁这个年龄上,突然中止。不管在何年何月想起他,总是五岁。〔1969 年 8 月,老虎身为梅城地区革命委员会主任,被免官罢职,接受游街批斗。四年后,他来到普济,这也是最后一次。他在陆家大院那座行将坍塌的阁楼中找到了最后的

归宿之地。他在阁楼的房梁上用裤腰带悬梁自尽,享年七十六岁。〕

不过,这也都是以后的事了。

老虎和父亲回到庆港之后,宝琛曾托人疏通,买下牢头,先后三次赶往梅城监牢,探望秀米。前两次,秀米避而不见,亦未说明理由。第三次,秀米总算接受了宝琛捎去的衣物,但仍未能与他相见,只是托人带出一块丝质白帕,上书小诗两句。诗曰:

> 未谙梦里风吹灯,
> 可忍醒时雨打窗。

宝琛见了,亦不甚了了。随后,音讯渐隔,老虎再也没有听到过她的任何消息。

第四章

. . . .

禁 语

1

秀米被押解到梅城之后,在监狱的地牢中被关押了三个月之久,随后她被转移到城南的一处荒废的驿站,里面堆满了棉花。她最后的居所是位于山坳的一幢花园洋房。

这座围有黑铁栅篱和卫矛的花园建筑是一个英国女传教士出资修建的。四周树木深秀,寂然无声。花园中修造了中国式的水榭,曲廊和石砌小径,还有一尊铜质的天使雕像,一座喷泉。由于年深月久,雕像上爬了一层厚厚的绿锈。这名传教士为了说服那些虔诚的佛教徒改变信仰,皈依基督,她以六十二岁的高龄开始研读佛教,同时自学巴利文。五年之后,她把自己也变成了一名佛教徒。1887年,她在给苏格兰地区主教的一封信中曾坦言"佛教在各个方面都要优于基督教"。而上帝的惩罚随之降临。1888年7月,在一场突如其来的骚乱中,她死于梅城城北的一处荒僻的寺院,尸体遭受到"令人发指的凌辱"。

除了鸟鸣和夜晚的暴雨,这座洋房把秀米与外界的一切联系都隔断了。她觉得这样很好。浑浑噩噩的大脑,倦怠的身体,日复一日的静卧,略带悲哀的闲适,这一切都很适合她。的确,没有什么处所比得上监狱。失去自由后的无所用心让她感到自在。

革命后的龙庆棠正忙于地方势力的新一轮角逐,当他重新想起这个从普济来的革命党人之时,秀米已经在狱中被羁押了一年零三个月。到了这个时候,龙庆棠已没有加害她的意思了,相反,他三番五次派人来狱中探望,送来茶食、精美的点心和各类生活用品。秀米只留下了一方砚台、一支羊毫毛笔、一块墨、一本关于桑蚕的书。

据此,龙庆棠隐约猜到了秀米的心境和对农桑的兴趣。为了投其所好,他又让人送来了范成大的《范村菊谱》、《梅谱》,陈思的《海棠谱》,袁宏道的《瓶史》,韩彦直的《橘录》。阅读这些书籍时,她对龙庆棠产生了一种既厌恶又感激的复杂情感。这年秋天,她被允许在花园内自由走动之后不久,龙庆棠派人给她送来了几包花种。其中有几枚看上去既像蒜头又像水仙的花种,被她种在喷泉边的沙地上。到了第二年初春,花苗破土而出。花茎修长,花苞肥硕。几场春雨过后,竟开出紫蓝的花朵来。她从未见过这么漂亮的花。

植物和花卉给她带来了一些自认为不配享受的乐趣,为此她又陷入了忧伤和悲哀之中。哪怕是一丝的喜悦都会搅乱她的平静,会让她想起耻辱而喧嚣的过去。尤其是那个在狱中出生的孩子。她甚至都没有好好看看他。

他一出生就处于奄奄一息的状态。当天晚上,在恍惚之中,她隐约看见一个身穿皂衣,头扎红簪花的老妇人将他抱走了。也许他们将他埋掉了,也许他还活在人世,秀米一概不闻不问。

她的身体复元之后,便以惊人的毅力训练自己忘掉他,忘掉自己曾经经历过的所有的人和事。

不管是张季元、小驴子、花家舍的马弁,还是那些聚集在横滨的精力旺盛的革命党人,所有这些人的面孔都变得虚幻起来。他们像烟一样。远远的,淡淡的,风一吹,就全都散了。她重新回过头来审视过去的岁月,她觉得自己就如一片落入江中的树叶,还没有来得及发出任何声音,就被激流裹挟而去。说不上自愿,也谈不上强迫;说不上憎恶,也没有任何慰藉。

宝琛来探监的时候,她拒绝与他见面,只是给他写了一张字条:未谙梦里风吹灯,可忍醒时雨打窗。龙庆棠派人来请她看戏,她照例将自己的答复写在纸片上:我的心情已不适合任何享乐。这是一个与过去彻底告别的仪式,也是自我折磨的一个部分。惩罚和自我折磨能够让她在悲哀的包围中找到正当的安慰。除了享受悲哀,她的余生没有任何使命。

现在的问题是,她即将获得自由了。这个消息,她觉得快了一些。她不知道何处是自己真正的息影之所。

出狱的前一天,龙庆棠突然来到狱中,这不是他们第一次见面,而是最后一次。他现在的身份已不是候补知州,而是梅城地方共进会的会长。龙庆棠虽然还不知道秀米已变成了一个哑巴,但他对后者的沉默和冷漠还是表现出了相当的容忍。当然,他也给了她最后的建议:留在梅城,和我们一起干。甚至立刻给她委任了一个官职,叫做"劝农协会理事长"。

秀米想了想,即铺纸研墨,以"春笼海棠固宜燕,秋尽山榆已无蝉"一联答之。庆棠见了,脸一下就红了。他点点头,又问道:"那么,出狱后你打算做什么?"秀米在纸上写了这样一句话:"现在最适合我的,是做一名乞丐。"龙庆棠笑道:"那恐怕不合适。你太漂亮了,也过于年轻。"〔龙庆棠(1864—1933),祖上世代贩盐为业。1886年加入清帮,为宝荫堂执事,逐渐控制了江淮一带私盐贩运。1910年补梅城知州,统领地方兵马。辛亥革命后进入政界,1915年任讨袁救国会副总参谋长,1918年退出军界移居上海青浦,涉足鸦片走私,旋即成为上海清帮中举足轻重的人物。1933年8月与黄金荣联合密谋刺杀杜月笙,事败,被绑巨石,沉入黄浦江中。〕

秀米没再说什么。她决定重返普济。当然,她也只能这么做。

正是烈日灼人的盛夏,酷暑使她虚弱的身体显得更加疲惫。午后的街道有一种神秘的沉寂。那些歪歪的店铺,一片连着一片的行将坍塌的黑瓦,堆砌在黑瓦上的一朵朵白云,无精打采的卖水人,瓜摊下亮着大肚皮熟睡的肥汉,还有街角抖着空竹的孩子(那空竹嗡嗡地叫着,使人联想到寺院空旷的钟声),都使她感到新鲜而陌生。

她还是第一次正视这个纷乱而甜蜜的人世,它杂乱无章而又各得其所,给她带来深稳的安宁。她一个人不紧不慢地往前走,东瞅西看,左顾右盼,实际上她的大脑一片空白。除了一群飞舞的苍蝇,没有人注意到她。

在梅城和普济之间,横亘着十几个大小不一的村庄。现在,在正午的烈日下,她还能偶尔回忆起一两座村庄的名字。这些名字属于儿时歌谣的一部分,属于记忆中柔软而脆弱,不能触碰的一部分。那时,她的妈妈带着她,坐在轿子或手推车上,坐在挑夫的摇篮里去梅城走亲戚,她一边掀开红色轿帘的一角打量着那些陌生的人、房屋和树木,一边听她妈妈唱歌:

　　　　出了东厢门,
　　　　就是西厢门。
　　　　前溪村、后溪村,
　　　　中间隔着八里坟……

不知是熟悉的歌调儿,还是这种一阵阵朝她袭来的似曾相识的感觉,或者是她母亲在重重叠叠的树林中呈现出来的那张模糊的脸,使她突然流出了悔恨的泪水。她不是革命家，不是那个梦想中寻找桃花源的父亲的替身，也不是在横滨的木屋前眺望大海的少女。而是行走在黎明的村舍间，在摇篮里熟睡的婴儿。她悲哀地想到，当她意识到自己的生命可以在记忆深处重新开始的时候，这个生命实际上已经结束了。

她在一个名叫窦庄的村里讨水喝的时候，村里人毫不怀疑她的乞丐或哑巴身份。她的夸张的手势引来了一大群围观者。其中大部分是孩子。他们用土坷垃砸她。以试探她的反应。她的柔顺和沉默刺激了孩子们的好奇心，他们向她做各种鬼脸，一路跟着她，在她的身前身后蹿来蹿去。他们尖叫着，用毛毛虫、水蛭、蚂蟥、死蛇和各种不知名的昆虫吓唬她，用弹弓打她的脸，甚至企图从背后将她推入路边的苇塘。

秀米依旧不紧不慢地往前走，既不加快步伐，也不停下来观望；既不生气，也不露出微笑。最后，孩子们累了，他们垂头丧气地站在苇塘边，迷惑不解地目送她走远。

当她孤零零一个人的时候，她就站在路边发呆。她想起了小东西。他的身体软软地趴在庙里回廊的阴沟上，积雪融化而成的水在霍霍地流淌。黑色的血线在雪地上缓缓向前流动，被廊下木柱子挡住了去路。即使在那一刻，她也知道，从他那瘦小的身体里流出来的不是鲜血，而是他的全部的小小的灵魂。

我是一个傻瓜。她喃喃自语道。

天色将晚的时候，她终于抵达了西厢门。在村庄外的一条积满尘土的官道上，她遇到了一个驼背的小老头。

他是一个真正的乞丐，同时也是一个精于算计的好色之徒。他们一照面，秀米就从他脸上看出了这一点。他像影子一样紧紧地撵着她，也不说话，并不急于采取什么行动。他身上的恶臭一路伴随着她,不远也不近。甚至,当他们在一个打谷场上停下来过夜的时候,他们之间也隔着相当的距离。

凉爽的风吹走了白天的暑气。村里的灯火一盏接一盏地熄灭,天上的星星却一点点地亮起来。乞丐用蒿草和苦艾点了一堆火,以此来驱散蚊虫。在燃起的火光中,他们彼此看着对方的脸。这时,这乞丐用手指了指打谷场上的一个草垛,对秀米说出了唯一的一句话:

"你要是想撒尿。就去草垛后面,不要硬憋着。"

她再次流出了感激的泪水。为什么我现在这么爱流泪呢?她想道,拼命地克制住自己,"这可不是一个好兆头。"

第二天,她醒过来的时候,乞丐早已离开了。他给她留下了一个装满干净水的葫芦、半截黄瓜,还有一只装满馊饭,发出阵阵酸臭的旧袜子。乞丐的施舍是真正的施舍,但却无以为报。假如他昨晚想要。她多半会顺从。反正这个身体又不是我的,由他去糟蹋好了。把自己心甘情愿地交给一个满身污秽,面目丑陋的乞丐是一件不可能的事,而只有不可能的才是值得尝试的。

2

秀米回到普济的家。她的第一个感觉,就是房屋和院宅突然局促了许多,而且也比她记忆中的那个深宅大院更残破不堪。院墙的墙基由于重压而歪斜,墙上的灰泥翘了起来,又尖又硬,就像乌桕树的叶子,又像是缀满了大大小小的蝴蝶。廊下的木柱,柱下的圆扁的石礅都布满了裂纹。黑压压的蚂蚁占据了墙上的蜂巢,沿着墙壁蜿蜒而上。

院子里多了一些鸡鸭,满地乱跑。东侧一个厢房(母亲在那里咽下了最后一口气）的内墙已经拆去。换上了桦木或槐树的圆木栅栏，里面趴着一只花白斑纹的老母猪。她朝猪栏里望了两眼，原先母亲床头贴着的一幅观世音画像还没有来得及取下。母猪已经下了崽。一听到人的脚步声，那些正在奔跑的斑斑点点的小崽子就忽然站住了，支棱着耳朵一动不动。

她甚至还看到了一只赭黄色顶冠的大白鹅。正腆着身子，不慌不忙地迈下台阶。只见它身子略微一缩，"噗"的一声，冒出一摊稀屎来，顺着台阶的石板流了下来。

天哪——秀米摇了摇头，叹了口气。这些新添的小动物大概都是喜鹊的杰作。她这样想着，又朝后院走去。

后院的竹林里多了一个鸭棚，其余的一切都还基本上维持着原来的格局。庭阶寂寂，树影浮动，麻雀在阁楼铸铁的栏杆上站成了一排。

喜鹊也许已经得知了她要出狱的消息，院子里已经打扫过了。腐烂的树叶和晒瘪的青草堆放在墙角。为了防止打滑，阁楼的台阶上晒着一层薄薄的沙土。她朝东边的腰门看了一眼，十几年前，她的父亲就是从这个门出去的。这个窄窄的门仿佛是她记忆中最重要的枢纽，她曾无数次地回忆过那个阳光明媚的午后，试图从中找出一个答案，用来解释飞速流转的光阴的奥秘。门边搁着的一把支离破碎的油布伞还在原来的位置。布纸被蛀蚁啃噬一空，伞骨毕露。她清楚地记得，当年她父亲临出门之时，曾经拿起这把伞，试着想打开它，并朝她诡谲羞涩地笑了一下，给她留了最后一句话："普济就要下雨了。"经过这么多年的风吹雨打，这把伞也不见得比父亲出门时更为朽烂。

喜鹊不知去哪里了，院落一片沉寂。她独自一个人上了楼，推开了房门，还是老样子。仍有一股她所熟悉的霉味，只是床头的五斗橱上多了一只白色的长颈瓷瓶，瓶中插着一朵新摘不久的荷花。不知为什么，看着这朵花，她的眼泪又流出来了。

喜鹊回来的时候，秀米正在沉睡。

喜鹊一大早就到邻村赶集去了，满满一篮子鸡蛋，一个也没有卖出去。到了中午，她瞧见了杨大卵子的媳妇。她走到喜鹊的跟前，低低地对她说了句："校长回来了。"早在十多天前，喜鹊就听说了秀米即将出狱的消息，可一旦她真的回来了，喜鹊还是觉得有点心慌意乱。她用手护着篮子里的鸡蛋，急急地往回赶。走到村头，看见渡口的舵工谭水金正朝她走来。

他的背更驼了。倒插着双手，黑着脸，远远地对她嘟囔了一句："那个疯子回来啦？"

往前走了几步，他又说："听说她是一个人回来的？"

喜鹊当然能明白他话里的意思。第一句话，表明他对儿子谭四的惨死至今耿耿于怀，而第二句话又表明他惦记着秀米腹中的那个孩子。可怜的水金，他比谁都希望秀米怀着他们谭家的孩子。她微微鼓起的小腹就是水金风烛残年的唯一指盼。不过，既然她是一个人回来的，那么，那个孩子又到哪里去了呢？

回到家中，喜鹊把自己关在厨房里喘了半天的气，还是不敢去后院的阁楼看秀米。她的心怦怦直跳。毕竟已经有很多年没有与秀米单独相处过了。尤其最近的这些年，秀米连正眼都不瞧她一眼。

到了傍晚，她做了一碗面条，端到阁楼上去。推门进去的时候，还龇牙咧嘴，挤眉弄眼地做了半天鬼脸，以此给自己壮胆。秀米正在熟睡之中，侧着身子，背对着她，衣服和鞋都没有脱。喜鹊将碗筷轻轻地搁在五斗橱上，然后屏住呼吸，一步步地倒退着走了出来，掩上门，下楼去了。

整整一夜,喜鹊都是在厨房里度过的,她将洗澡水热了又热,等着她的主人下楼来洗澡,可那个阁楼一夜没有亮灯。第二天早上,她蹑手蹑脚地来到阁楼上,惊奇地发现,秀米依然在床上酣睡,背对着她,碗里的面条不知什么时候已被她吃得精光。她在收碗筷的时候,发现碗底下压着一张字条,上面写满了字。她下了楼,将这张字条颠来倒去地看了半天,直看得两眼发绿,也不知道上面写的什么。她的心也随之变得沉重了:她难道忘了我不认识字? 这么说,她的疯病可一点也没见好。可喜鹊又担心主人在上面交代些什么重要的事,让她即刻去办。待了半晌,便拿着这张字条去了丁先生家。

　　丁树则卧病在床,已经六个多月了。都说油尽灯枯,熬不过收小麦了。可等到这年的新麦收上来,丁树则尝到了新麦面做成的面条之后,他的情况并没有变得更糟,当然,也不会变得更好。他像一只大虾似的侧弯在床,口涎把竹席弄得湿乎乎的。

　　他看了看喜鹊递过来的字条,咕咚咕咚地咽了几口口水之后,朝她伸出了三个指头。

　　"有三句话,"丁树则的牙齿差不多都掉光了,说起话来满嘴漏风,"第一句写的是:我已不能开口说话了。意思是说,她已经成了一个哑巴,不能说话了。这是第一句。"

　　"她怎么就不能说话了呢?"喜鹊问道。

　　"这就不好说了。"丁树则道,"她在纸上写得明明白白:我已不能开口说话了,也就是说,哑了。俗话说,衙门一入深似海,她能活着回来,就算是不错的了。"

　　"就是。"丁师母在一旁插话说,"这人一旦入了监牢,少不得要经受各式各样的刑罚。让你变成哑巴,就是刑罚的一种。没错,他们给她吃了哑药,或许是耳屎,她就成哑巴了。这事很容易办。你要是不小心吃了自己的耳屎,也会变成哑巴的。"

"她还写了些什么？"

"这第二句话，前院是你的，后院是我的。这就是说，她要与你分家，陆家大院一分为二，前院归你，后院归她，井水不犯河水。至于这最后一句……是让你把后院竹林里的鸭棚拆掉。"

"她心里一定很恨我，把这个家弄得像个猪圈似的，还养了那么多鸡鸭和牲口。"喜鹊的脸上灰灰的。

"她这可怨不得你，"师母说，"家里的地产让她卖得一文不剩，家中又无积蓄，你一个女儿家，不养些牲口，怎能糊口？再说，如今她刑满出狱，基本上成了一个废人，手不能抱，肩不能挑，还不得靠你养着？甭理她。既然她把前院分给你了，你爱怎么折腾就怎么折腾，爱养什么就养什么，别说是养些鸡鸭，就是养个汉子，她也管不着。"

这一席话，说得喜鹊脖子都红了。

此后一连数日，喜鹊频频出入于丁树则家中，用丁师母的话来说："用不了多久，我们家的门槛就要被你踏平了。"

纸上所书，有些是让喜鹊帮她在集市上所购之物的名称，如笔、砚、墨、纸之类，也有一些日常生活琐事，如"马桶漏水。宜速修之"或"昨夜汤略咸，淡之可否？"或"阁楼除尘，不必每日为之，十天一扫可也。"再如"群鸡破晓即唱，烦人烦人，何不尽杀之？"

这最后一句，丁树则看了，苦笑道："这孩子果然迂呆。唱晓的是公鸡，母鸡又不会唱，何必尽杀之？看来革命党人旧习尚未褪除。母鸡尽可留着下蛋，公鸡若杀了，送碗汤来我喝。"

第二天，喜鹊给他端来鸡汤的时候，丁先生道："她既然能听见公鸡打鸣，说明她的耳朵并未聋，只是哑了而已。你有什么事，不妨直接说给她听，不必让我来写字，我这把老骨头可经不起你们这番折腾。"

最离奇的是这样一张字条："亟须以下物品。备齐待用:隔年粪汁若干,石硫磺若干,塘泥若干,豆渣若干,活蟛蜞数只。"

丁树则看了,先是苦笑,继而摇头:"她要这些不相干的物事做甚?"

师母看了亦不明其义,只是叹息道:"要是事事都遂了她的意,说不定明天她就要你上天摘星星了。若照我说,根本就不必搭理她。"

但喜鹊还是暗自决定满足她。

她去塘池里淘塘泥的时候,跌在河里,差一点淹死。好不容易爬到岸上,再也没有勇气尝试第二次,只得在屋前阴沟里挖了一点硬泥,加水稀释,像和面一样地将它搅得又黏又稠,看上去与塘泥一般无二。豆渣倒好办,村西豆腐店里就有。粪汁呢,茅缸里随便舀一勺对付即可。反正她也闻不出是今年的还是隔年的。至于活蟛蜞,田野沟渠里多得是,她央村里的孩子去捉,不一会儿就捉来了满满一虾篓。最难弄的倒是那个什么石硫磺,她问了许多人,连药店的伙计都不知道是个什么玩意儿,最后她就买来了几枚炮仗,折开捻子,将火药抖出来,掺以黄沙,总算配制出了"石硫磺"。

她将这些东西备齐,整整齐齐地排列于后院阁楼边的石阶上。然后回到前院,隔着门缝窥探动静。一股强烈的好奇心促使她一探究竟。到了午后,她看见秀米睡眼惺忪地下楼来,看见她对这些稀罕之物闻了又闻,看见她挽起袖子,像个孩子似的兴奋不已。

原来她要种荷花。

家里原是养着两缸荷花,是那种又阔又深的青花瓷缸。一直由宝琛负责照料,每年六七月份开花。老夫人在的时候,常常用荷叶来蒸肉,蒸糍粑,她甚至还能隐隐记得荷叶的香味。到了冬天下雪前,她看见宝琛在缸上架上木条,覆以厚厚的稻草养根。

宝琛离开普济之后,这两缸荷花一直无人照管,喜鹊原以为荷花早已枯死了。到了今年初夏,她到阁楼打扫房间,突然发现缸内竟然开出了一朵红莲,又瘦又小。缸内的荷叶只稀疏的几片。浮于散发出恶臭的黑水之上,叶边或卷或残,四周镶有锯齿状的锈边。缸内聚集了数不清的臭虫,人一经过,则轰然而飞,直撞人的脸。那朵唯一的荷花,喜鹊信手摘下,将它拿到阁楼上,插在一只白色的长颈瓶中。

原来秀米要侍弄这两缸荷花了。只见她将豆渣、塘泥、"石硫磺"放入木盆中搅和,再加粪汁调匀,将木盆拖到阳光下曝晒。然后她来到荷缸边,轰去满缸小虫,捞出杂草,用木勺将缸内残水舀干。只忙得衣衫尽湿,气喘吁吁,甚至连脸上也都是泥迹斑斑。

等到太阳落了山,喜鹊终于按捺不住,从门后蹿出来,前去帮忙。秀米正在把木盆中的新泥敷在荷枝的根茎上。秀米见她过来,就用脚踢了踢身边的一只木桶,又看了看她。喜鹊立刻就明白了她的意思,她是让自己去池塘里打水。喜鹊飞跑着打来了水,看着秀米将清水缓缓注入缸内,不由得脱口问了一句:"这样,有用吗?"

当然,她得不到任何回答。

差不多一个月后,当喜鹊再度来到后院,经过花缸边时,她惊奇地发现。新出的荷叶竟然挤挤攘攘,把两个缸都涨满了。荷叶足有巴掌大小,又黑又绿又肥,莲叶间开满了花。一缸浅白,一缸深红,散发出淡淡的清香。喜鹊站在缸边一直看到天黑,久久不忍离去。早听宝琛说。这两缸荷花是老爷养了几十年的老根珍品,今日一见,果然惹人怜爱。那几只蜻蜓从荷叶上翻上翻下,搅得花茎微颤,风过莲动。习然有声。

第二天早上。她去阁楼打扫时,又从书桌上发现了一张字条。她拿去给丁树则看,丁先生笑着摸了摸她的头:"傻孩子,这是她随便写着玩的,不管你什么事。"

喜鹊追问他纸上写的什么,丁先生说:"纸上写的芙蓉、芙蕖、水芸、泽芝、莲、苓、菡萏之类,皆为荷名,而锦边、银红、露桃、雪肌、酒金、小白之类，则是花名，这是读书人的小把戏，以供骋怀幽思。与你并不相干。"

过了半晌，丁先生又捻须沉吟道："时花香草，历来有美人之名，既可养性，亦能解语。兰出幽谷，菊隐田圃，梅堆香雪于山岭，竹扬清芬于窗舍，独荷辱在泥涂，沦于污淖，然其出污泥而不染，其品修洁，其性温婉，秀米之于嘉莲，盖因其身世之舛乖乎？虽然，吾观其志，寂然有遁隐之意，可叹，可叹。"

喜鹊踌躇道："丁先生方才这番话，喜鹊倒是半句也听不懂。"

见她这么说，丁树则那浑浊暗淡的老眼里就放出一股绿光来，他盯着喜鹊看了一会儿，徐徐道："若要听懂我说话，倒也不难。"

喜鹊不知他话里是什么意思，就扭过身来看师娘。丁师娘解释说："我看你整天往我家跑，一惊一乍的，那哑巴但凡涂几个字，你就像得了圣旨似的飞报而来，时间长了也不是办法，你累，我们更累。说句不好听的话，要是先生一日归了西，你难道还要刨坟剖棺请他出来替你传话不成？昨夜我和丁先生商量，不妨让他教你识几个字，以我们家先生这一肚子学问，用不了一年半载，你自己就能看得懂她写的字了。你看如何？"

喜鹊朝竹床上的那个瘦骨嶙峋的糟老头子瞧了一眼，又看了看满地满墙的痰迹，不由得心生畏惧，面有难色。见师娘眼巴巴地望着自己。只得搪塞说："师娘容我再想一想。"

不料师母正色道："想什么想？丁先生有经天纬地之才，若时运相济，早就出将入相，位列仙班。今肯屈驾教你读书，也是你的福分，这么好的事你打着灯笼也找不着。若你不答应，从明日开始，你就不必往我们家跑了。"

喜鹊见师娘变了脸，一时慌了手脚，只得糊里糊涂应承下来。因地上有痰，不便行大礼，那丁师娘就过来按着她的脑袋给丁先生胡乱

鞠了三个躬,算是正式拜师入塾。一经拜了师,那丁先生即刻就露出一股凶相来,他一骨碌从床上爬起来,据床贴墙而坐,朗声说道:

"教书识字,按说,我可是要收钱的。例行的束脩,你没有什么积蓄,我也就不同你要了,只是每日里母鸡下了蛋,你就拣那个大的拿来我吃。也不需多,每日一两枚足矣。"

喜鹊满腹心事地从丁先生家出来,径直去了隔壁的花二娘家。她要将这事与她商量商量。花二娘正在窗下纺线,她一边摇着纺车,一边听着喜鹊说她的心事。末了,笑道:

"每日一枚鸡蛋?也亏那个老精怪想得出来!俗话说。人生识字糊涂始,这人活在世上,最要紧的不外乎穿衣吃饭,你一个女儿家,又不去考状元,费那个心思做什么?我看你还是不要理他那个茬儿。"

从花二娘家出来,她又去了孟婆婆家。孟婆婆毕竟与她沾亲带故,况且年轻时也略识得几个字,看法自然与花二娘有所不同。孟婆婆说:"识几个字倒也不妨。至少你日后卖小猪,记个账什么的也用得着。他又不要你的束脩,每月三十个鸡蛋,按说也不算多。那丁树则,无儿无女,这几年坐吃山空,也着实可怜,我料他早已记不起这鸡蛋是什么味了。"

经婆婆这么一说,喜鹊就放了心。从那以后,每日里去丁先生家识字,风雨不断。开头一两月倒也无事,时间一长,喜鹊又渐渐地多了一个心事。那丁树则有事没事总爱用他那脏兮兮的手去摸她的脑袋,又常常有意无意之间在她身上这儿触一下,那儿碰一下。开始的时候,喜鹊碍于长辈的脸面,不敢声张,到了后来,这丁树则越发荒唐无礼,竟然在言语之间,用那不三不四话来挑她,这些让人耳热面红的话,喜鹊虽然听得似懂非懂,可一看他那说话的样子,心里就全明白了。她知道师娘是个有名的醋坛子,一旦告诉她,少不得惹起一场风波,让别人知道了笑话,故而隐忍不发,只装听不懂。有一次,那丁树则跟她讲起了夫人与张季元之间的事：说到兴浓处，一把握住了她的手，摩挲揉搓不已，嘴里亲娘、亲妈地乱叫。

喜鹊只得去找师娘诉苦，谁知道师娘听了她的话之后，咯咯地笑了起来："你先生眼见得快要入土的人了，他胡乱摸几下，言语上占点便宜，只要不是十二分出格，就由他去吧。"

3

这幢阁楼建在一簇太湖石上。在阁楼的西侧略低的地方，修有六角凉亭一座。亭子的四周砌有护栏。亭内石桌、石凳之外，别无他物。亭柱左右两边刻有父亲当年撰写的楹联：

坐对当窗木

看移三面阴

秀米从狱中出来后，除了偶尔下楼照料花草之外，日日于凉亭内摊书自遣。无所用心的蛰居生活带给她想象中的宁静。看书看得倦了，就伏在石桌上小憩片刻。通常要在午后时分，她才能看到西院墙上缓缓移动的阴影。时间一长。她渐渐就能通过墙上光影的移动来判断时间了。

与日晷相似，用光影来计算时间，往往必须将季节、时序、昼夜的长短一并考虑在内。当年父亲曾亲手制出墙影与季节、时序关联的对照列表。作为父亲大量遗稿的一部分，它被宝琛小心地订装成册。

假如光影滞留在墙边的植物——比如蜀葵、芭蕉或枇杷的枝冠上，时间的计算就更不准确，因为植物每年都在生长，而开出花朵的数量与大小也不尽相同。如果父亲要想准确地计算出时间的变化，简单的办法就是制作一只沙漏。但父亲没有这样做。只有寂寞的人才会对时间有精深的研究，倘若你被内心的痛苦煎熬得无所事事。情形也差不多。

令父亲感到烦恼的是，阴天或下雨之时，时间就会搞得一团糟。清晨的晦冥更近于黄昏，而某一个秋日午后的温暖阳光亦会使人误以为置身于春和景明的四月。特别是你一觉醒来，大脑还处于失神状态，而亭子四周的风物则促使你即刻作出判断。

有数不清的夜晚，父亲都在这座小亭里仰观浩瀚的群星，并试图给一些有固定位置的恒星命名。这些名称五花八门，既有花朵，亦有动物，甚至还有家人或他所熟悉的人名。比如说在遗稿的某一页，父亲这样记述道：

　　宝琛与母猪隔河相望，中有茉莉、丁树则、余（他自己）以及山羊星四枚。余初不甚亮，几难于辨识。茉莉、山羊、丁树则呈品字形。宝琛、母猪一南一北，最为璀璨，为群星之冠。

在他的遗稿中，对时间的细微感受占据了相当大的篇幅。在他看来，时序的交替，植物的荣瘁、季节的转换，昼夜更迭所织成的时间之网，从表面上看，是一成不变的，而实际上却依赖于每个人迥然不同的感觉。比如说，一个钟点，对于睡眠者而言，它实际上并不存在，而对于一个难产中的妇女来说，却长得没有尽头。不过，睡眠若是在这一个钟点中做了一个梦，那情形又另当别论。父亲写道：

　　今日所梦，漫长无际涯。梦中所见，异于今世。前世乎？来世乎？桃源乎？普济乎？醒时骇然，悲从中来，不觉涕下。

当他静观墙上的树影之时,时间仿佛被凝固了,它"移寸许,有若百年",而他在石桌上只打了一个盹,则"俄尔黄昏一跃而至,暝色四合,露透衣裳,不知今夕何夕"。

除了对星象的观察、光阴的记录之外,书中遗存大量的杂记、诗词、歌赋以及信手写下的让人不明就里的片言只字。遗稿终于光绪三年腊月初八。父亲最后写下的几行小字:

是夜大雪。光阴混杂,犹若蛛丝乱麻。奈何,奈何。

凉亭与对面的院墙之间,有一小块狭小的荒地,父亲曾将它辟为花圃。而如今已被喜鹊开垦出来,种有一畦葱蒜,一垄韭菜。唯有树阴下的一座酴醾架还在原先的位置。木架虽还完好。但酴醾早已枯死,蔓枝挂拂其间,随风而动。

差不多每天中午,喜鹊就会到后院来掐葱、挖蒜。每当她蹲下身子的时候,都会抬头朝亭子的方向张望。如果正好秀米也在看她,喜鹊必会粲然一笑。她面色红润,走路极快,一阵风来,一阵风去。像影子悠忽出没,似乎永远都处于奔跑中。除了掐葱、挖蒜,到柴屋取柴,有时候,她也会到阁楼上来,帮她打扫房间,或是给她送来在集市上购得的花籽和花种。

每当黄昏来临,夕照移上西墙,将院墙上的茸草和葛藤衬得一片火红,秀米就会从阁楼上下来,匿迹于酴醾架、竹林和柴房之间。院落庭阶未经除扫,过雨之后,满地腐叶堆积,到处都是绿茸茸的藓苔,色翠而静闲。

缸荷开败之后,秀米想到了秋菊,可惜的是,满眼望去,只在篱落墙隅找到几丛野菊。单叶,花苞琐细而密,颜色或淡白或浅黄,犹若茉莉,闻之无香。秀米曾小心地挖出一丛,移入陶盆,悉心养护,置于阁楼下的幽阴处,不几日便枯死了。而院内的马兰、天竺、厌草、泽兰、蒿莱之属却随处可见。王世懋在《学圃杂疏》中以柴菊、观音菊、绣球菊等名目称之,虽有菊名,实非菊类。而且到了深秋,早已无花。日日环伺之下,庭院中除了正在结籽的大红石榴、两株木樨、一簇鸡冠花之外,开得最艳的,就要算东墙柴房外的那一溜凤仙花了。

这排凤仙常年未经养护,红色的根茎暴露于外,叶片亦被鸡啄食得有如锯齿一般,一副将死未死的样子。秀米撮来黄土,掺以细沙,培敷于花下,又以淘米水、鸡粪和豆饼沃根,并用石灰水杀灭蚯蚓,先后折腾了差不多一个月,等到金风送爽,秋霜初降的时节,叶片果然由黄转绿。一场冷雨过后,竟然开出花来。红紫纷罗,鲜秾绰约。先是单花,稀疏无可观,秀米于每日傍晚掐去残花小苞,又插竹扶蕊,花遂渐密,继而蕊萼相迭,蔚然成球,攒簇枝上,娇媚妖艳。

那些日子,秀米在花架下一蹲就是半天。痴痴骏骏,若有所思。白露这一日,秀米多喝了几杯酽茶,在床上辗转难眠。到了中夜,索性披衣下楼,取灯来看。夜风中,花枝微颤,寒露点点。而在青梗朱蕊之下的墙边。则是昆虫出没的世界。飞蛉、促织、花大姐、蜘蛛、金翅游走其间,鼓翼振翅,热闹非凡。秀米很快就迷上了这些小虫子。更有一只金龟子,趴伏于它的伙伴背上,顺着花梗,攀援而上。而数不清的蚂蚁则抬着一片巨大的花瓣,走走停停,犹如擎着花圈的送殡人长队。

虫儿们的世界虽是孤绝的,却与人世一样,一应俱全。假如一只跳水虫被遍地的落英挡住了去路,那么,它会不会像武陵源的渔户一样,误入桃源?

她觉得自己就是一只花间迷路的蚂蚁。生命中的一切都是卑微的,琐碎的,没有意义,但却不可漠视,也无法忘却。

秀米记得小时候,常常看见翠莲取凤仙花于陶钵,加入明矾少许,捣烂成浆泥,靠在墙根椅子上,跷着二郎腿,染她的指甲。一边染指甲,一边对喜鹊说:"今天你洗碗,我的手染了,下不得水。"

她记得母亲称凤仙花为"急性子",只因它霜降后结籽,果如青梅,剥开它,黑籽纷纷暴跳,皮卷如拳。母亲曾将卷皮夹在她的耳朵上作耳环,两个耳朵,一边一个。她听见母亲说:"这是你的嫁妆。"她甚至还能感觉到母亲说话时,喷在她耳旁边的暖暖的热气,弄得她直痒痒。

她还记得每到秋露渐浓,花瓣欲坠之时,村里的郎中唐六师就会来收花收籽,酿酒备药。据唐六师说,用晒干后的凤仙花制成的药,可治难产、白喉诸症。而她的父亲对于凤仙花的药效不屑一顾。他认为历代庸医都上了李时珍的当。因为据说,唐六师的老婆就是难产而死的。

她记得她的老师丁树则家中也有凤仙。但不是长在墙根。而是种于盆中。每当花开之日,他的浑浊的眼睛就有些痴呆。先生说,凤仙花丽骨软,艳若桃李,虽为美色,却能偏于一隅,自开自灭,不事张扬,不招蜂蝶,因而长有淑女之节……

原来如此,原来如此。

所有这些往事,秀米以为不曾经历,亦从未记起,但现在却一一涌入她的脑中。原来,这些最最平常的琐事在记忆中竟然那样的亲切可感,不容辩驳。一件事会牵出另一件事,无穷无尽,深不可测。而且,她并不知道,哪一个细小的片刻会触动她的柔软的心房,让她脸红气喘,泪水涟涟。就像冬天的炉膛边正在冷却的木炭,你不知道拣哪一块会烫手。

4

入秋之后,家里的访客渐渐多了起来。这些人有的身穿长袍马褂,一见面就不停地打躬作揖;有的则是一身洋装,挺胸凸肚,进门就密斯密斯地乱叫。有佩枪的武弁,有手执文明棍的文士,大多带着扈从;也有衣衫破烂、草帽遮颜的乞丐。所有这些探访者,秀米一概不见。

喜鹊忙着替他们传递字条。通常,来客一见到秀米的答复,大多叹息摇头,怅然而去。也有不死心的,一再让喜鹊进去传话。谁知到了后来,秀米竟不再作答。客人等得茶凉,挨得天黑,也只得悻悻离去。

开始的时候,喜鹊还让茶让座,待若上宾。客人离去时。还代为致歉,送出家门。因见秀米在客人走后,必有几日茶饭不思,黯然神伤,甚至木然落泪,喜鹊对那些访客就多了一层不屑与憎恶。到了后来,她渐渐地没了耐心。凡有来人,喜鹊亦不通报,即告以"主人不在",一律都替她挡了驾,连推带搡轰出门去了事。

喜鹊不知道这些人从何而来?因何事要见主人?而秀米缘何不问来者身份,一律不见?就把这件事拿去和先生说。

丁树则道:"这些访客多半是秀米的旧识。辛亥前,与你家主人多有往返。二次革命失败之后,袁世凯成了一世之枭雄,南方党人政客纷纷作鸟兽散,或投靠北平,或另谋出路。有些人平步青云,摇身而变为都督、参谋、司令,另一些人则沦落江湖,惕息而为布衣、乞丐。这些人来找秀米,请她出来做事者有之,衣锦还乡、招摇过市、睥睨自雄者有之,还有人纯粹出于私交旧谊,顺道探访,没有什么明确的目的。当然,也许这些都是借口。这些人不厌其烦,远道而来,无非是因为秀米的美貌而已。"

"先生果真觉得秀米貌美吗？"喜鹊好奇地问道。

"实话说，秀米容貌之秀美，实为老朽平生所仅见。她虽然杜门不出，不问世事，还是招来了那么多的游蜂浪蝶。"先生说到这里，又偷偷地觑了喜鹊一眼，抓过她的一只手来，放在手心里拍了拍，低声道，"不过。你长得也是蛮不错的……"

到了初冬，随着一场悄然而至的大雪，一个头戴毡帽的中年人一路打听来到了普济。他看上去四五十岁，满脸络腮胡子，满身满头的雪。身上穿着一件短袄，肩膀处磨破了，棉絮外露，下身却穿着单裤单鞋。棉袄的扣子都掉光了，只在腰间草草绑着一根白布条。这人走起路来有点瘸，手里拎着一只破蒲包。他一进门，就嚷嚷着要秀米出来和他说话，一边跺着脚，哈着气，借此来驱寒取暖。喜鹊故伎重演，想三言两语就打发他出门。没料到，喜鹊还没把话说完，这人就把那牛眼一瞪，瓮声瓮气地说："你只消告诉她，我的左手上长着六根指头，她自会出来见我。"

喜鹊见他这么说，只得往后院去了。

秀米正在把刚刚剪下的腊梅插入瓶中，一股浓香在灰暗的屋里萦绕不去。喜鹊把那个人要她说的话说了一遍。秀米就像没听见似的，依然在插她的梅花。她把掉在桌上的腊梅花苞，一个个地捡起来，放在一只盛满清水的碗中。喜鹊看着那些花朵像金钟似的漂在水中打转，一时不知如何是好。

过了一会儿，她来到前院，只得自编一套话来回他："我家主人身体不好，不便见客，你还是请回吧。"

那人一听，气得胡子直抖："怎么？她不肯出来见老子？她连老子也不肯见？你再去同她说，我是小驴子，小驴子呀！"

喜鹊再次上楼，据实以告。秀米似乎对什么驴呀马呀的，更不感兴趣。她只是看了喜鹊一眼,一言不发。不多久,喜鹊下楼来,一句话没说,冲着来人摇了摇头。她以为这个鲁莽心急的中年汉子必会暴跳如雷,大骂不止。谁知这人到了这时候,反倒没了脾气。他把手里的蒲包往地上一扔,摸了摸头皮,愣在那里半天。过了好久,这人将手伸进棉衣之中,从里面抖抖索索地取出一个手帕包着的东西,递与喜鹊,笑道:"你家主人既不方便见我,我也就告辞了。请把这个东西交给她。如今已经是民国,这个晦气的东西我留着也没有用,留给你家主人吧,遇有急事也可变卖些银子来用。"

喜鹊接了这个东西,跑到阁楼上。秀米正用一根缝衣针将腊梅的花蕊一层层挑开,抿着嘴,似笑非笑。喜鹊也没有说话。就将这些东西搁在桌上,自己下了楼。没想到她刚到楼下,秀米就捏着那手帕包从楼上追下来了。她们两个人来到厅堂,那个中年汉子已经离开了。

喜鹊把那个蒲包抖开,发现里面竟是两条鱼干。一挂腊肉,还有几枚冬笋。秀米站在门槛上朝屋外张望,不过,雪已下得大了,在纷纷的风雪中,那人连个影子也不见。

手帕里包着的是一只金蝉,与葬入小东西坟墓中的那只简直一模一样。〔小驴子,原名周怡春(1865—1937),1898 年夏东渡日本求学。1901 年回国,与张季元、童蓝年等人组织蜩蛄会,投身革命。1905 年策动花家舍土匪起义成功,并于翌年初春率部攻打梅城,历时二十七天,而告失败,受伤被捕。辛亥革命后入顾忠琛援淮军当幕僚。民国二年(1912 年)十二月重返花家舍,设馆授徒。1937 年 8 月,日军进攻南京,周手执鸟铳,率十余学生,立于当途阻击。弹尽,犹叱骂不止,身中十余弹而亡。〕原来,世上还有这等一模一样的东西! 喜鹊暗想。金蝉的存在使她觉出了这个世界的神秘与浩大。原来,这世上所有的门都对她一个人关着,她既不知来由,亦不知所终。

就像她的主人的缄默不语一样。

　　这个中年人是谁？从何而来？金蝉是怎么回事？秀米为何看见后会落泪？她为何放着好好的官家小姐不做，要去搞什么革命？可秀米的世界，不用说，她完全进不去，甚至连边都挨不着。似乎每个人都被一些东西围困着，喜鹊觉得自己也一样。当她试着要去冲出这个封闭的世界时，就如一滴水掉在烧得通红的烙铁上，"刺"的一声就没了。屋外的雪下得正大，那些纷纷扬扬的雪片似乎不屑于回答她的问题。

　　那时的喜鹊，已经能认得一些字了，用她的老师丁树则的话来说，已经可以算得上是半个"读书人"了。原先她每日里与那些猪、鸡、鹅、鸭打交道，奔波于集市、布铺、粮店之间，从来就没有觉得什么不满足，可是，当她略微识了一些字后，问题就来了。

　　秀米来前院的次数也渐渐多了。她做饭的时候，秀米就来帮她烧火，她去喂猪的时候，她就跟着她去看。这年冬天，母猪又生了一窝小猪，秀米和她提着一盏马灯，在臭气熏天的猪圈里守护了整整一个晚上。每当一个小猪生下来的时候，喜鹊笑，她也笑。看起来，她很喜欢这些小动物。秀米为了不伤着它们嫩嫩的皮肤，就用毛巾浸了热水拧干，替它们揩去血污。她还像哄婴儿一样将小猪抱在怀里，哄它睡觉。

　　秀米习惯了自己洗自己的衣服，自己打扫屋子，自己倒马桶。她学会了种菜、筛米、打年糕、剪鞋样、纳鞋底，甚至一眼就能辨认出小鸡的公母。可就是不会说话。

　　有一次，喜鹊去集市赶集，到天黑才回来。她吃惊地发现，秀米替她烧了一锅饭。在灯下等她。满头满脸都是烟灰。饭虽然煳了一点，菜里加了太多的盐，可为了表示自己的感激，她含着泪花拼命地吃,把自己的肚子都快撑破了。晚上,秀米又抢着去刷锅,最后锅铲将铁锅铲出一个洞来。

渐渐的,她觉得秀米胖了一点,脸色又红润了。她有事没事总盯着喜鹊看,脸上带着微笑。只是不会说话。自从她出狱之后,她从未走出过这个院子一步。花二娘儿子腊月里娶媳妇,三番五次派人来请她去吃喜酒,她也只是笑。

冬天的晚上,无事可做,两个人就在厅堂里合着灯做针线。屋外呼呼的北风,屋子里炉火烧得正旺。两个人偶尔相视一笑,静得连雪片落在窗纸上的声音都能听得见。喜鹊看着窗外越积越厚的雪。呆呆想,要是她不是哑巴,会说话,那该多好呀。只要秀米愿意,她可以陪她一直待到天亮。她有很多很多的事要对她说哩。这样想着,喜鹊的心里忽然一动,生出一个大胆的主意来。她跟丁先生也学了差不多半年了,自己也能写出不少字了,为什么不试着把要说的话写在纸上,与她谈谈?要是自己写得不对,秀米也能帮她改正。这样,又可以学得更快一点。她偷偷地看了秀米一眼,脸憋得通红。秀米觉察到她脸红了,就抬起头来看她,那眼神分明在询问。

她为这个主意兴奋了一个晚上。一直挨到第二天午后。终于憋不住了,她就一咬牙,一跺脚,猛吸了一口气,咚咚咚咚地跑到秀米的阁楼上,将自己写在描红纸上的一行字送给她看。

喜鹊写的那行字是这样的:

今天晚上,你想吃什么? 这字是我自己写的。

秀米看了一愣。她呆呆地看着喜鹊,似乎不相信她竟然也会写字。她研了墨,取了笔,又扭过头来看了她一眼。随后,秀米认认真真地写了一个字来回答她。喜鹊一看这个字,脑袋"嗡"的一下就大了。她取了纸,回到自己的房中,怎么看也不认得这个字。

她有点生气了,她觉得秀米写了一个很难的字来为难她,认定了秀米是在故意捉弄她,其目的是为了嘲笑自己。这个字笔画很多,张牙舞爪。鬼才能认得它呢!说不定连丁先生也不认得。

当她把秀米写的这个字拿去给先生看的时候,丁树则把痒痒挠从后背衣领里拔了出来,在她的脑袋上重重地敲了一下,吼道:

"这个字你怎么不认得? 木瓜! 这是'粥'啊。"

5

从此以后,为了识字,秀米和喜鹊开始了纸上交谈。凡有错字、别字以及不合文法的句子,秀米都替她一一订正。她们所谈论的,尽是日常琐事:庄稼、饮食、栽花、种菜,当然还有赶集。到了后来,她们的笔谈越出了这个范围,有了一些全新的内容。比如:

"今天又下雪了。"
"是啊。"

"隔壁刚过门的媳妇脸上有麻子。"
"是吗?"
"是的。"

"丁先生又病了,背上烂了一个洞。"
"噢。"

这多半是因为无聊。在深冬时节,昼短夜长,喜鹊熬不过寂寞,总要找出一些话来破闷排遣。不过,秀米的答复通常很短,只一二字敷衍一下而已。有时,秀米也会主动和她交谈,比如:"你知道哪儿可以弄到一株腊梅?"她就是喜欢花。冬天繁花凋零,百草偃伏。雪又下得这么大,到哪里去替她弄腊梅?

　　能够用笔来交谈,让喜鹊感到开心,多少也有点神秘。不过,她很快发现在两个人朝夕相处的日子里,真正需要说话的时候并不太多。比说话更为简便的是眼神,有时,两个人只是互相看一眼,就立刻能明白对方的心思。

　　大年三十这天晚上。雪还在下着,秀米和喜鹊在厨房里做完了汤团,两个人来到喜鹊的房中,生了一盆炭火,挤在一张床上睡下了。屋外北风呼啸,屋里却是暖融融的。微暗的火苗舔着墙壁,喜鹊还是第一次挨着她的身体。她觉得秀米如今就像需要她照料、受她保护的婴儿,心里既踏实又安宁。屋里太热了,再加上两个人缩在被子里一动不动,喜鹊很快就出汗了,好在屋顶的天窗上有一条小缝,一股冰雪的寒气透进屋来,在她的鼻前游来游去。

　　到了后半夜,屋外人家已稀稀拉拉地放起了除岁的爆竹,喜鹊还是没有睡着。这时,她忽然感到秀米的足尖在自己的胳臂上轻轻地蹭了一下。她开始还以为对方是无意的,就没当一回儿事。可过了不久,秀米又用足尖来钩她。这是什么意思呢?

　　"你还没有睡着吗?"喜鹊试探性地问了一句。

　　谁知经她这么一问,秀米干脆撩开被子,爬到她这头来了。两个人并肩躺着,喜鹊的心怦怦直跳。盆里的炭火噼啪作响,而密如贯珠的雪粒落在屋顶的瓦片上,簌簌如雨。黑暗中,她感到秀米在哭泣,就伸手摸了摸她的脸,湿乎乎的。秀米也摸了摸她的脸。随后,喜鹊就轻轻地扳过她的头来,将她按在自己的怀里。

自从秀米从监狱里放出来之后，喜鹊还是第一次看到她哭泣。秀米缩在自己怀里，哭得浑身颤抖，喜鹊就轻轻地拍着她的肩膀，她也渐渐安静了下来，慢慢地进入了梦乡。可喜鹊还是没有睡着。秀米的头压得她的肩膀麻酥酥的，她的长发撩得喜鹊的鼻子直痒痒，喜鹊仍是一动不动。刚才，秀米在摸她脸的时候，喜鹊感觉到了一种陌生而又复杂的甜蜜，觉得心里很深很深的地方被触碰到了。这是她从未感觉到的一种情感。当屋顶上透进来的一两粒雪珠落到她的脸上时，她才意识到自己的脸有多么的烫。

　　第二天早上喜鹊刚醒来，就发现秀米已经在灶下忙碌了。她穿好衣服，走进厨房，秀米腰间扎着一块布裙，正歪着头冲她笑呢。她的笑容也和以前不一样了。喜鹊的心里涨满了潮水，她张着嘴，只觉得眼前一阵晕眩。

　　唉！喜鹊叹了一口气，心里道：这是怎么回事呢？

　　过年这一天，两个人也不怎么说话，却总是往一块儿扎堆。秀米到哪儿，喜鹊就跟到哪儿。反过来也一样。有时，明明一个在前院，一个在后院，可不一会儿两个人不知怎么就坐在一起了。

　　很快，时间已过去了三年。

　　这一天的傍晚，下雨的时候，天空忽然滚过一阵春雷，秀米兴冲冲地抄了一句诗给她看。上面写的是：芙蓉塘外有轻雷。

　　这时的喜鹊已经颇能识得一些字了。她虽然不知道这是李义山写的，却明白它是诗，是读书人吃饱了饭没事干胡诌出来的东西，也知道了芙蓉就是荷花。她拿着那张纸，左看右看，横看竖看，慢慢地就琢磨出味儿来了。虽然门外的池塘里没有荷花，要说鸭子倒有几只，正在褪毛呢，可天空的雷声却是一点都不假。这么一句普普通通的话，看上去稀松平常，可仔细一想还真有那么点儿意思。她越想越喜欢,渐渐觉得空气中也多了一丝凉爽,不觉叹道,原来这世上的读书人也不尽是呆子,他们成天吟诗作赋,原来里边还藏着一些好的意思。

于是,喜鹊悄悄地问秀米,能不能教她作诗。秀米起初只是不理,后来被她催逼不过,想了想,只得提笔写了一句诗,让她照着作。

　　杏花春雨江南

喜鹊一见,如获至宝。拿着这页纸笺,回到自己的房中,一个人参悟体味去了。这句话看着就让人心里觉得舒服,喜鹊想。杏花,村里倒也常见,孟婆婆家门前就有一棵。春雨呢,过了惊蛰,每天淅淅沥沥,简直就下个没完。至于江南,那就更不用说了,说的就是普济、梅城一带。可把这三件东西搁在一起,意思好像立刻就不一样了,像画的画一样,却是能想不能看。妙哉妙哉,呵呵,原来作诗这样简单。她觉得这样的诗自己也能写,随便找几样东西放在一块就成了。

喜鹊躺在床上想了一夜,直想得脑壳、脑仁儿都分了家。又披衣坐起,一边骂自己是疯子,一边在灯下苦思冥想。到了中夜,好不容易凑成一个句子,数了数,却是多了一个字。喜鹊写的是,公鸡母鸡和鸡蛋。虽然后来她把"和"字涂掉了,可怎么看都觉得恶心。她觉得一点都不好。人家的诗又文雅又清爽,可自己的呢?隐隐约约地能够闻得着一股鸡屎味儿。

再往后,喜鹊觉得困了,就伏在梳妆台上睡着了。她做了一个梦。一只公鸡,一只母鸡,咯咯咯咯地叫个不停。不用说,母鸡还下了一个鸡蛋。她的这个梦又沉又长。等到她从桌上醒来的时候,已经是第二天的清晨了。满桌的灯灰,满屋的晨曦,满身的清凉。

她发现桌子上多了一只白瓷碗,里面有几只新摘的杨梅。知道是秀米晚上悄悄地来过了。她既是来了,干吗不把我叫醒呢?喜鹊捡起一只杨梅,放在嘴里含着,再看看桌上自己写的公鸡诗,脸一下就红了。正在面燥耳热之际,她还真的就想到了一个好句子。大概是担心这个句子会像鸟一样从她脑子里飞走,喜鹊赶紧研墨展纸,把它写了下来。墨迹未干,就拿给秀米看去了。可是满院子哪儿都不见她的人影。又叫又嚷,最后在阁楼下的酴醾架下找到了她。架子下摆满了花,少说也有三四十盆了。秀米戴着手套,手里拿着一把剪刀,正在修剪花枝花叶。喜鹊把自己写的诗给她看,秀米先是一愣,又抬头看了喜鹊一眼,似乎不相信这句诗是她写的:

灯灰冬雪夜长

〔沈小鹊(1879—1953),又名喜鹊,兴化沈家巷大浦乡人。1902年移居普济。终身未嫁,年逾三十始识字,作诗三百六十余首。诗法温、李,略涉庄禅;分寸合度,散朗多姿。有《灯灰集》行世。〕

这天晚上,秀米从阁楼上给她找出一本《李义山集》,这本书是她父亲旧藏中为数不多的元刻本之一,书页间密密麻麻布满了蝇头小楷:眉批、夹批以及随意写下的字句。不过,对于现在的喜鹊来说,李商隐的诗作显然还是太难了。一会儿萼绿华来,一会儿杜兰香去,大部分篇什不知所云。溽暑来临,喜鹊闲来卧于竹榻之上,随意翻看,尽挑一些雨啊、雪啊的句子来读,像什么"红楼隔雨相望冷",什么"雪岭未归天外使",什么"一春梦雨常飘瓦",虽然不明白这老头儿说了些什么,可用来杀暑消夏倒也正好。

一天深夜,屋外豪雨滂沱。喜鹊在翻看这本诗集的时候,发现一首《无题》诗中有"金蟾啮锁烧香入"一句,不知为何,陆家老爷在"金蟾"下圈了两个圆点。蟾,大概就是癞蛤蟆吧,他干吗要把这两个字圈起来呢？再一看，书页的边上有如下批注：

　　金蝉。
　　凡女人虽节妇烈女未有不能入者。
　　张季元何人？

　　看到这里，喜鹊不禁吓了一跳。本来李商隐原诗，喜鹊不明大概，什么叫"金蟾啮锁烧香入"？再一看老夫子批注"凡女人虽节妇烈女未有不能入者"，似乎是老夫子对原诗的注释，虽然荒唐无稽，但与"金蝉"、"张季元"连在一起，倒也并非无因。按照喜鹊的记忆，张季元是在陆家老爷发疯出走之后才来到普济的，那么，他是从何得知这个人的呢？难道说他们原来就认识？另外，"金蝉"又是何物？"金蝉"二字虽由"金蟾"而来，但喜鹊一想到小东西带到坟墓里的那只知了，还有几年前那位神秘的访客所赠之物，不由得背脊一阵发凉。

　　此时，屋外电闪雷鸣，屋内一灯如豆，暗影幢幢。难道陆家老爷的发疯和张季元有什么瓜葛？喜鹊不敢再想下去了，似乎觉得那个老头子就在她的身后。她把书合上。再也无心多看它一眼，一个人呆呆地缩在桌子边发抖。等到雨小了一点，她就赶紧抱了书，一溜烟儿地跑到后院找秀米去了。

　　秀米还没有睡。她正坐于桌前，呆呆地看着瓦釜发愣。那只瓦釜喜鹊一直用它来腌泡菜，秀米从狱中回来后，将它洗净了，拿到阁楼上去了。她的脸上绿绿的，眼神样子看上去有些异样。喜鹊将诗集翻到《无题》这一页，指给她看。秀米拿过去心不在焉地朝它瞭了一眼，就将书合上，随手丢在了一边。眼中冷冷的颇有怨怼之意。

　　她的目光仍在盯着那只瓦釜。她用手指轻轻地弹敲着瓦釜，并贴耳上去细听。那声音在寂寞的雨夜，一圈一圈地漾开去，犹如寺庙的钟声。她一遍遍地弹着瓦釜,眼泪流了下来,将脸上厚厚的白粉弄得一团狼藉。随后,她又抬起头,像个孩子似的朝喜鹊吐舌一笑。

在这一刻,喜鹊觉得她又变回到原来的秀米了。

6

这些年,喜鹊往丁先生家去得少了。不过,四时八节之中,喜鹊也偶尔去探望一下,先生爱吃的鸡蛋都按月挑大的送去,从未短少过一枚。丁树则自然无话可说。师母倒是动不动就到家中来喊她。每次,她都是踮着小脚,风风火火地赶来,一张口,就是"快快,你先生快要不行了"。每一次,喜鹊过去看他,都看见先生好端端地在床上哼着戏文呢。不过,到了今年十一月,丁先生真的是不行了。照例是师母亲自来报信,她只说了一句,"那个死鬼……"就哭起来了。

丁树则仰卧在竹床上,肚子胀得像个鼓一样,屋子里挤满了人。六师郎中、花二娘、孟婆婆,还有两个从外地赶来的亲眷,都侍立在床侧,一言不发,等着丁先生咽下最后一口气。听师母说,先生自从入伏之后,就没有像模像样地拉过一次屎。六师郎中开出的药方,用芦根加荷叶、大黄煎了汤,一连服了七八天总不见效。丁先生一会儿急喘,一会儿蹬腿,眼睛半睁半闭,从中午一直折腾到天黑。最后连师母都看不过去了,就流着眼泪,俯下身体对先生喊道:

"树则,你就走了吧。这样硬挺着,又有什么用呢。你走在我前头,好歹有个人替你送终,我要是死了,身边连个张罗的人都没有了。"

她这一喊,先生果是乖乖地一动不动了。不过,他还是抬起那只瘦骨嶙峋的手,抖抖地在床单上重重地拍了三下。他这一拍,把屋里的人都拍得面面相觑，不知道是什么意思。还是师母了解他，揭开床单，从铺下取出一张毛边纸来，打开它。孟婆婆拿过去一看，道：

"原来是丁先生自己写的墓志。"

花二娘笑道："多亏丁先生周到，这普济能写墓志的，除了丁先生外，再无别的人了。"

唐六师似笑非笑接口道："写墓志的人倒有的是，不过，依我看，丁先生是不放心让别人代笔罢了，他替人写墓志铭写了一辈子。到了自己的这一天也就不假手外人了。"

大伙儿只管议论，师母却早已趴在先生的身上哭了起来。六师过去替他号了脉，半晌才说道："凉了。"

〔丁树则自撰墓志铭。其铭文是陈伯玉的《堂弟孜墓志铭》一字不漏的抄袭。铭曰：

君幼孤，天资雄植，英秀独茂。性严简而尚倜傥之奇，爱廉贞而不拘介独之操。始通诗礼，略观史传，即怀轨物之标，希旷代之业。故言不宿诺，行不苟从。率身克己，服道崇德。闺门穆穆如也，乡党恂恂如也。至乃雄以济义，勇以存仁，贞以立事，毅以守节，独断于心，每若由己。实为时辈所高，而莫敢与伦也。〕

丁树则先生以八十七岁高龄寿终正寝，丧事多少也就有了喜事的氛围。师母虽然哭得死去活来，但言语之间总离不开一个"钱"字。普济的乡绅出钱替他置办了寿材，树碑立墓，延请和尚诵经、道士招魂。恰巧徽州来的戏班子路过，好事者也就请他们来村中唱戏，一连三天。麻衣相士、风水先生也闻风而来，左邻右舍也都出钱出物，丧事办得既热闹又体面，光酒席就摆了三十余桌。

孟婆婆对喜鹊说，你可是正式拜过的，一日为师，终身为父，这弟子之礼可含糊不得。师母闻说，立即夺过话头，补了一句："按理那秀米也是正式拜过师的。"花二娘答道："她一个哑巴，你与她计较个什么。"于是，喜鹊跟着孟婆婆和花二娘，更是整日在丁家帮忙，从天亮到天黑。

这天傍晚。喜鹊在丁家忙了一整天，正想回家看看，出门时，看到丁家屋外的树阴下，摆着一张破圆桌，一群衣衫褴褛的人正在那边吃吃喝喝。这些都是乞丐，循着酒香来的，上不得正席。丁家就在屋外摆上桌子，搁上米饭和简单的菜肴供他吃喝。那群乞丐又喊又叫，都在你争我拉，还有一个孩子，跳到桌上，抓起盆中的米饭就往嘴里塞。

在这群人中，有一个人身穿麻衣，头戴一顶破草帽，怀里掖着一只木棍，只是静坐不动，似乎在想什么心事。喜鹊觉得奇怪，就多看了那人两眼。当她回到家中，在灶下生火时，忽然觉得这个人有些面熟。但又想不起来是谁。她总觉得心里不踏实，就起身熄了火，又折回丁家而去，想去探个究竟。可到了丁家门前，发现那个人已经不在了。

到了出殡的这一天，那个神秘的乞丐再次出现了。

这人蜷缩在邻舍的房檐下。背靠着山墙。正在狼吞虎咽地吃着馒头。帽檐压得很低，抱着一根打狗棍，一双手又瘦又黑。不过，喜鹊看不到那人的眼睛。这个人一定在哪儿见过。当时，喜鹊手里托着一只簸箕正在和孟婆婆给送殡的人发丧花，那些小花是纸做的，有白、黄两种。她把自己认识的人全部在心里默念了一遍，还是理不出任何头绪。她决定上前看个究竟。奇怪的是，她刚往前走了几步，那个乞丐也顺着墙角往后退。喜鹊加快了步子，那个人也随之调整了步伐，一边往村外走，一边扭过头来看她。这说明，那个乞丐不仅认识自己，而且担心被喜鹊认出来。她一直追到村外，看见那个人走上了通往梅城的官道,这才停了下来,两手按着腰眼直喘气。过后好多天,喜鹊一直心事重重的,心里老想着这个乞丐。

当然,令她心烦的事可不止这一件。丁先生葬礼后的第二天,不知从哪里刮来的一股邪风,带来了鸡瘟,把她辛辛苦苦养大的几十只母鸡全都瘟死了。她把那些死鸡全都煺了毛,腌了十几只,给孟婆婆和花二娘家送去了几只。孟婆婆笑道:

"要不怎么说丁先生这个人有福气呢,他一死,鸡也就跟着死了。他若活到现在,你哪来的鸡蛋送给他去吃。"

到了八月,村上枣子都红了。这天早上,喜鹊起床后忽然不见了秀米。屋里屋外都找遍了,就是不见她人影。最后喜鹊掐指一算,这天刚好逢集,她会不会一个人去长洲赶集?到了中午,还没见她回来,喜鹊实在憋不住了,就赶紧往集市上跑。到了长洲,集市已经快散了。喜鹊旮旮旯旯都找了一遍,碰到熟人就打听,一直待到傍晚,这才返回普济。

她回到村里的时候,看见隔壁的花二娘正带着两个儿子在树下扑枣。一看到她满头大汗的样子,花二娘朝她努努嘴,笑了。她告诉喜鹊,一听说秀米不见了,她和孟婆婆就帮着去找。

"她其实哪儿都没去,在村西小东西的坟头上坐了一整天。我们两个刚把她劝回来。这会儿在家躺着呢。"

喜鹊听她这么说,就把心放下了。正要往家走,只听得花二娘在背后说道:"这会儿才想起那个可怜的孩子来,不也太迟了?"

喜鹊回到家中,见秀米躺在阁楼里睡得正香,一颗悬着的心总算放下来了。不料,就在同一天的晚上,发生了这样一件事。

喜鹊做好饭,秀米没有起来吃,只在床上蒙头大睡。喜鹊匆匆忙忙扒拉几口饭,想到楼上去陪她。她看见秀米似乎正在流泪,枕巾和被头都哭湿了。喜鹊想,也许是她看见中秋节家家户户都去上坟,不知怎么就想起那个小东西来了。一想到小东西,喜鹊的眼泪也止不住地掉下来。听说秀米在狱中还生过一个孩子,不知是死是活。如果活着,也该有当初的小东西那么大了吧。渡口的水金一口咬定那孩子是谭四所生,曾几次上门询问孩子的下落。他说,就算是把渡船卖了,也要把这个孩子寻回来。可他碰上这么个哑巴,又有什么办法呢。任凭他说什么,秀米照例是脸色铁青,一言不发。想到这些伤心事,她陪着秀米流了半天的泪。随后就褪去鞋袜,吹了灯,挨着她昏昏睡去了。

到了半夜,朦胧中喜鹊忽听得有人长长地叹了一口气:

"唉——"

喜鹊一下子就被吓醒了。谁在叹气呢?那声音听上去仿佛是从很远的地方传过来的,既清晰又沉重。喜鹊一骨碌从床上坐了起来,点了灯,看了看秀米,她似乎睡得很香,牙齿磨得咯咯响。喜鹊疑神疑鬼地打开了门,阁楼外月亮在云层里若隐若现,树木在风中摇晃,飒飒有声,并不见半个人影。会不会是自己听错了,或者做了一个梦?她的心里七上八下的。

喜鹊重新回到床上躺下,刚要入睡,忽然听见秀米翻了一个身,在黑暗中朗声说道:

"唉——脸上没有热气了,雪才会积起来。"

这一次她听得真真切切,不由得吓出了一身冷汗。见鬼,见鬼,见鬼!原来她会说话!原来她不是哑巴!原来……

喜鹊抱膝坐在床上,身子就像打摆子似的一阵阵发冷。约摸过了半个多时辰,她听见秀米又磨了一会儿牙,发出了均匀的鼾声,这才慢慢地把心稳住。她居然骗了我三年半!如果不是做梦泄漏了秘密,她很可能就这样蒙我一辈子。可这一切又是为什么呢?等到明天早上她醒了,我可要好好问问她,喜鹊想。不过,到了第二天她在酴醾架下碰见秀米的时候，又忽然改变了主意。

7

到了二三月间，春气萌动，池塘波绿，雨水绵绵。又细又密的花针小雨从惊蛰一直下到清明，柳丝在雨中亮了。等到天气晴和的日子，秀米偶尔路经后院的酴醾架，突然发现这些年移栽的十余盆梅花全都开了。

江梅花信单薄，疏瘦有韵，淡香扑鼻；而官城梅则花敷叶腴，心色微黄，花蕊繁密。其余如湘梅、绿萼、百叶、鸳鸯、杏馨诸属，花枝扶疏，随风而颤。其色或紫红或嫩白，其香或浓或淡，也都挤挤簇簇，争奇斗艳。

经过数年的栽培，酴醾架下的花草已有百余种。春天有海棠、梅花、芍药、紫苏和蔷薇；夏天则是芙蓉、蜀葵、石榴；秋天是素馨、木樨、兰蕙和凤仙；冬天有腊梅和水仙。普济人多有养水仙的习惯，约在冬至前后，于集市上购得一二苞头以瓷盆贮水，叠以卵石，明窗净几，傲雪而放。唯腊梅最不易得。范成大《梅谱》中说，腊梅本非梅类，以其与梅同时，性酷似，香又近，色如蜜脾，故有梅名。秀米曾多次嘱咐喜鹊赶集时留心寻访。但年复一年，终无所获。

去年冬末的一天，喜鹊去村西的金针地里挖菜，途经皂龙寺，忽闻得一股幽香随风浮动。循香而去，终于在寺中倒塌的伽蓝殿瓦砾中斫得几枝，回来插在阁楼的花瓶里。这束腊梅颜色深黄，花密香浓。等到花掉尽，从桌上移走数日，室内尚有余香。

秀米知道，皂龙寺的腊梅是一个和尚种的，俗名狗蝇。她还记得小时候，每到过年，母亲带着她踏雪去寺中剪枝时的情景。当然，她也不会忘记这座现已废弃的寺院一度曾是普济学堂的旧址。不过，秀米想极力忘却的也就是那些事情，就像指甲里扎进了一根木刺，说不定什么时候抬起手就会钻心地疼痛。

秀米和喜鹊每次去长洲赶集，都会在一处道观前看见一个卖花的老头。但她们几乎从未看到过有什么人问他买花。她们经过道观时虽然也偶尔停下来观看，可卖花担上都是一些寻常花草，无甚别致的品色。也从未问过价。终于有一天，老头叫住了她们。他说，他家有一株古梅，原是会稽府的旧物。他经手之后，也已养了六十年了。他的家离这儿不远，老头问她们想不想去看看。秀米看喜鹊，喜鹊看秀米，一时未置可否，但最终还是跟着他去了。

他们绕过道观，穿过两条狭长的石巷，又过了几座小桥，最后来到了一座干干净净的院落前。院子很大，三面围有竹篱，园中种着菜，也有花。但大多早已凋零。看得出院子的主人原是一个有钱人家。但不知何故只落下老汉伶仃一人。老汉带她们穿过园中的小径，来到一个草亭里。果然是一株古梅。虬枝盘曲，凛然苍劲之气，让人一见难忘。此花久历风日，地气所钟，花枝虬曲万状，苍藓鳞皴，封满盆身。又有苔须垂于枝间，或长数寸。偶尔风过，绿丝披拂，惹人怜爱。

那老头道："这花跟了我一辈子，若不是为了几个棺材钱，我是断断舍不得让出它去。"

秀米看了半日，流连再三，只是老头索价太贵，只得作罢。两人刚刚走出院门。那老头又追出来叫住了她们，老头道：

"这长洲地方，多鄙俗浮浪之人。懂得品藻花木的幽人韵士万无其一，二位既肯造访寒圃，亦是惜花之人。这株古梅你们若看得上眼，就带走吧。钱，你们看着给就行。过去，不知有多少人慕名前来买它,因舍不得它寄人篱下,故而一直没卖。现如今,我已这把年纪了,今天脱下的鞋袜,明天早上就说不定穿不穿了。这古梅有个落脚处,我也安心。"说话间不觉坠下泪来。

秀米见他这么说,就和喜鹊将衣袋里的钱全都翻了出来给他。老梅易手之时,老者抚之再三,抖抖索索,心犹不忍。反复告以翻盆浇灌之诀,护养培土之术,最后又将两人一直送出长洲镇外,这才挥手而别。

不料,这株古梅移至普济家中,任凭秀米如何悉心照料,不到两个月,竟恹恹而枯。喜鹊叹道:"这花原来也通人性,怕是舍不得离开主人。"一席话,说得秀米黯然神伤。后来,两人赶集时曾专门去老头家探访。却见园林凋敝,门户歪斜,院中已空无一人。只有满树的枯豆荚在风中习习作响。问及邻舍,说老头已死去多日了。

8

这年夏末,普济出现了百年未遇的旱情。村里的老人们说,这一年的雨水都在春季下完了,从七月开始,天上再也没有落过一滴雨,土地龟裂,河水干涸。烈日流火,赤地千里。连孟婆婆家门口长了二百多年的一棵大杏树都枯死了。秀米养在酴醾架下的那些花。因受不了井水的寒洌,黄的黄,蔫的蔫,不出月余,相继死了大半。

村里的男女老幼都跪在皂龙寺前祈雨,而一些精明的商人早已预感到了秋冬季节即将来临的大饥荒。他们暗中囤积粮食,导致米价飞涨,人心惶惶。那天要把喜鹊养的小猪推到集市去卖,花二娘说,人都快饿死了,哪来的粮食喂猪呢?果然,到了集市上,除了几个眼珠发绿,四处打听粮价的外乡人之外,集市上人烟稀少,她的小猪一只也没卖出去。

到了这年的八月,旱情还未缓解,飞蝗又跟着来了。第一个发现飞蝗的是渡口的谭水金,他从船舱只发现了三四只,就朝村中呼号狂奔:要死人了!要死人了……

不到三日,那些飞蝗,密密麻麻地从东南方向飞来,在天空中像箭镞一般纷纷扬扬,所到之处,犹如乌云蔽日。那些村民,一开始还燃放鞭炮,将火把绑在竹竿上去田间驱赶。飞蝗越集越多,头上、领子里、嘴里到处都是。到了后来,他们索性就蹲在田埂上痛哭起来。飞蝗过后,田里的粮食颗粒无存,就连树上的树叶也都被啄食一空。

丁师母显然也意识到了问题的严重,她站在村口,一遍遍地自语道:这蝗蝻一闹,到了秋后,我们还吃什么呀?孟婆婆没好气地接话道:

"吃屎。"

村里的那些愁容满面的农民哄然而笑。当时,谭水金没有笑,正一声不吭地捡那些死蝗虫。捡了好几麻袋,全都用盐腌在水缸里。他和老婆高彩霞正是靠着这几麻袋腌蝗虫度过了这个难熬的饥荒。

过了小寒,村里就开始死人了。丁师母也是那个时候死的,当时无人知晓。等到这年的腊月,当人们想起这个人来的时候,才发现她在床上早已变成了一具干尸。

那些日子,喜鹊饿得两眼发绿,用她的话来说,饿得连桌子、板凳都想拆了吃了。秀米每天只喝很少一点麦皮汤,卧在床上看书,很少到楼下来,看上去既不慌乱,也不痛苦,甚至更乐意这样。家里的东西,可以卖的都卖了。

那枚金蝉,秀米一直把它收在身边,当她小心翼翼地打开手绢,将它交给喜鹊的时候,眼睛里亮晶晶的。一看到这只金蝉,喜鹊就想起小东西来,想起秀米在梦中说:

唉——脸上没热气了,雪才会积起来。

喜鹊将这枚金蝉拿到当铺去,当铺的掌柜拒不肯收。他甚至连看都不好好看一眼,拢着袖子,淡淡地说:"我知道它是金的,可如今人都快饿死了。这金子也就不值钱了。"

喜鹊听说屠夫二秃子家里尚有余粮,就厚着脸皮到二秃子的门上借粮。这二秃子原来跟着秀米办过普济学堂,后来顶了大金牙的缺,在村里杀猪卖肉,赚了一些钱后又开了一家米店。

那二秃子正在中门烤火,见喜鹊来到院中,也不说话,只拿眼睛来瞅她。喜鹊低着头,红着脸,站在庭院中很不自在地左右扭摆着身子。最后,二秃子放下手中的脚炉,嬉皮笑脸地来到她的跟前,把脸凑到她耳根说:"你是来借粮,对不对?"

喜鹊点点头。

"我如今是老鼠尾巴上生个疮——有脓也不多。"

喜鹊刚想要走,只听二秃子又道:"除非——"

"除非怎样?"喜鹊听得二秃子的口气松了,赶忙问道。

"你跟我到房中,让我弄几下。粮食的事,好说。"二秃子低声道。

喜鹊没想到他竟会说出这么下流的话来,又羞又急,一扭头就跑出了院子,去了孟婆婆家。

可还没等她进门,就听见屋里孩子的哭声响成了一片。她没有敲门,又去了隔壁的花二娘家。

花二娘一手搂着一个孙子,正坐在阴暗的屋子里看着门口漫天飞舞的雪花发呆,嘴里喃喃道:"不怕,不怕,要死咱们仨一起死。"喜鹊只得装出偶尔路过她门上的样子,一声不响地回了家。

到了后半夜。当她在阁楼里饿得醒过来,抠下墙上的一点石灰放在嘴里咀嚼的时候。喜鹊的心里就有点后悔。当初还不如就答应了二秃子,让他弄几下算了。她从床上坐起来看了看秀米,问道:"怎么办？”

秀米丢下手里的书，笑了一下，似乎在说："怎么办？死呗！"

第二天，喜鹊早早就起了床。可等她到了厨房的灶下，才想起来已无饭可做了。自己一个人坐在灶下流了一会儿泪，不觉中就看见房子在眼前直转，等到稍稍定了定神，房子倒是不转了，可眼睛看什么都有了重影。她想站起身来，可晃晃悠悠就是站不稳。她知道自己的日子也不多了。她从缸里舀了一瓢冷水，喝了几口，就想回到床上躺下。

在经过天井的时候，忽然看见墙边有一个鼓鼓囊囊的东西。下了一夜的雪把它盖住了。喜鹊走过去，用脚踢了踢，是个布袋子。她扒开积雪，用手压了压，心里就是一紧。她赶紧打开布袋：天哪，不会吧？里面装着的竟全是白花花的大米！

"天哪！"喜鹊失声尖叫了起来，"哪来的这么多米？"她抬头看了看天井的院墙，再看了看地上，墙头的瓦掉下来好几片，在墙脚摔得粉碎。一定是什么人在昨天夜里将米袋从墙头翻下来的。

她也来不及细想，撒腿就往后院跑。她也不知是哪来的那么大力气，一口气咚咚地跑到楼上，对着正在梳头的秀米大叫：

"米，米，是米啊！"

秀米听她这么一嚷，也有些慌了神。赶紧丢下手里的梳子，跟着她下了楼，朝前院跑去。果然是大米。秀米掏出一把米，凑在鼻前闻了闻，立刻转过身来，对喜鹊说：

"你去把孟婆婆、花二娘她们叫来。"

"干吗叫她们？"

"你只管去叫，我有事和她们商量。"

喜鹊"噢"了一声，就往外走。她光顾着高兴，开始，一点都不觉得这样的对话有什么不同寻常。可当她跨过门槛时,忽然像钉子一样钉住了。她回过头来,吃惊地看着秀米。什么什么什么? 她说什么?!

她,她她……喜鹊的眼泪一下子涌了出来:她终于开口说话了。她不是哑巴。我早就知道她不是哑巴,哑巴怎么会说梦话呢?

现在好了,粮食有了,秀米也能说话了。什么烦恼都没有了。她觉得自己有的是力气,就是再饿上十天半个月也能撑得住。

也许是兴奋过了头,也许是饥饿让她有点神志不清,喜鹊一推开孟婆婆家的门,就对着屋里的人宣布道:

"我们家秀米开口说话了。"

"她说话了吗?"孟婆婆有气无力地问道。她正用一把汤匙使劲地刮着锅底的锅巴,可只刮下来一点铁屑。

"说话了。"喜鹊道,"她突然就说话了,不是哑巴。"

"噢,这么说,她不是哑巴。不是哑巴,能说话,好,好好。"孟婆婆颠来倒去地说着,又去刮她的锅巴了。

随后,喜鹊又到了花二娘家:"二娘,刚才我听见我们家秀米说话来着。"

"说话? 她说话又怎么了啦?"花二娘手里搂着自己的小孙子。那孩子饿得脸色发青,双手乱抖。

"我原来还以为她是哑巴呢。"

"她是哑巴吗?"花二娘冷冷地道。她显然是饿糊涂了。

奇怪,她们怎么一点都不吃惊,也不高兴?

喜鹊满腹狐疑地往回走,到了家门口,这才想起自己把最重要的事给忘了。又原路踅回去。

看着这一袋雪白的大米,花二娘先是"菩萨菩萨"地叫个不停,好一会儿才说："谁有这么大的家业，到了这会儿还能有这样稀罕的东西！"

孟婆婆道："闺女，你是哪来的这袋子米？"

喜鹊说："早上起来，我就见它在院子里，兴许是昨晚从墙头上翻进来的。"秀米道："别商量这粮食是从哪里来的了，先救人要紧。"孟婆婆道："是啊。先救人要紧。闺女，你打算怎么办呢？"

按照秀米的意思，这袋米每日由两位老人负责施粥，全村人熬一天是一天。孟婆婆道："闺女，说句不好听的，你当年闹疯病那会儿，又是革命啦，又是食堂啦，整天舞枪弄棒，大婶看了，心里不是滋味……"

花二娘拉了拉孟婆婆的袖子，不让她说下去，笑道："这下全村的人都有救了。等到饥荒熬过去。我让人给你立碑。"

孟婆婆和花二娘忙踮着小脚，分头去各家说了。很快，说来也奇怪，村民们自发地从家中送来了麸子、米糠、豆饼，也有人把来年的豆种都拿来了，就连二秃子夫妇也送来了一袋白面。

两位老人就着那袋米，每日一次，在孟婆婆家门口施粥。看着村里的男女老幼井然有序地在孟婆婆家门口等着分粥，秀米的心里真是悲欣交集。原先担心的哄抢局面并没有发生，甚至当队伍中混进来几个来历不明的外乡人和乞丐，村里人也没有赶走他们，一人一勺，一个也不少。这一幕多多少少让她想起了张季元以及他尚未来得及建立的那个大同世界；想起了自己在花家舍的日子，那个夭折了的普济学堂；还有父亲出走时所带走的那个桃花梦。

这天中午，喜鹊照例去帮着花二娘分粥。当最后一个人将破碗伸过来的时候，锅里的粥没有了。花二娘道：

"怎么就这么巧？就差你这一勺。"

喜鹊抬头一看，这个人正是去年在丁先生丧礼上露过面的乞丐。

喜鹊盯着他看了好半天,脱口道:"你从哪里来?我怎么觉着认得你似的。"

那人一慌,手里的碗就掉在了地上,也顾不得去捡,扭头就走。这一次,喜鹊迈开一双大脚,跟着那人一直追到河边。她心里想,一定要问问这人到底是谁。那个人明显是跑不动了,不时地按着腰,停下来喘气。最后,他们隔着一个池塘追了好几圈,喜鹊实在跑不动了,就朝那人喊了一句:

"你不要跑了。我认出你来了。你是翠莲。"

这一喊,那人果然立住不动了。怔了半晌,蹲在地上,"哇"的一声哭了起来。

池塘边有一架废弃的水车。两个人正好坐在水车上说话。当时艳日高照,天气晴暖。融雪顺着水车的凹槽流入池塘中,哗哗地响。

喜鹊陪着翠莲哭了一阵,抬袖揩了揩脸,齉着鼻子问她,怎么是一副男人的装扮。这些年都是怎么过的?

翠莲只是啜泣不作声。

"你不是和那个,那个什么龙守备结婚了吗?怎么落到这步田地?"喜鹊道。她这一问,翠莲就哭得更凶了,不时地甩出一道道清鼻涕,抹在水车扶手上。

"唉。"翠莲长叹了一口气,徐徐道,"命该如此。"

她说。她离开普济之后,就跟着龙守备搬到梅城去住。可不到一年,龙守备就在别处添了房产,先后娶进两房姨太。从那以后,他就再也没有踏进过她的房门。翠莲厚着脸皮又在龙家苦熬了三个月,最后,龙守备就派了一个亲信来传话。

"他其实什么话也没说,只是把枪往桌上一拍。我当时就知道在龙家待不住了,就问他,是不是要赶我走。那亲信也就是一个十八九

314

岁的孩子,一脸坏笑,满嘴酒气地凑了过来,道:不忙,不忙。等小弟先舒服舒服。"

翠莲离开守备府之后,曾先后托迹于两家梅城妓馆,干起了老本行。后来鸨母访得翠莲原来是守备府出来的人,就不敢收留她了。鸨母说:"不管真的也好,假的也好,你毕竟做过人家夫人,日后龙长官要是知道了,还当我是故意羞辱他呢,况且,你也这么大年纪了。"

后来,翠莲又去另一个妓院,鸨母还是这番话。于是,她只得行乞为生。

说来也奇怪,在行乞路上,不管她朝哪个方向走,走来走去总会走到普济来。"好像被小东西的魂儿带着。"翠莲道。

一谈到小东西,喜鹊的心头就是一紧。"按说,在普济学堂那会儿,校长也待你不薄……"后半句话,喜鹊忍住了没有说。

"我知道。"翠莲猛吸了一口气,叹道,"命该如此。"

她说,早年她流落在郴州时,在途中遇到一个乞丐,带着个不到五六岁的孩子。当时,那个孩子已饿得只剩下一口气了。她看他们父子俩可怜,就给了他们两个馒头,正要走,那个瞎子就把她叫住了。他说,受人一饭之恩,当衔环结草以报。他又说没什么本事,只是给人算命看相,倒有几分灵验。当下就给翠莲看了相,说她这辈子,乞讨为生,最终饿死街头,为野狗所食。若要免除此劫,却也不难,只要找一个属猪的人嫁了就成。

"那龙守备当年装扮成一个弹棉花的,来村中查访革命党人的动向。我全不知他的真实身份。恰好校长,也就是秀米,让我去村中找六师郎中来看病,她那些日子牙疼得厉害。路过孙姑娘家时,见他歇着工,正在门前抽烟,就与他随便搭了几句话。这狗日的东西。心肠虽黑,倒是一表人才,能说会道,我还没来得及弄明白怎么回事,就着了他的道儿了。对天发誓,当时我真不知道他是朝廷的密探。就是打死我。我那会儿也不敢存心背叛校长。后来……"

"是不是因他是属猪的,你才拿定主意跟他?"喜鹊问。

翠莲想了想,先是点了点头,后来又摇了摇头。道:"也不全是,你还没碰过男人,不知道这男人的好处。这狗日的龙守备,高大英武,仪表堂堂,真是一副好身手。咱们做女人的,只要被他们男人掐住了软的地方,就由不得你不依,一步错,步步错,到后来只能闭着眼睛由他摆布了。"

一席话,说得喜鹊面红耳赤,低头不语。

过了半晌。翠莲又问起秀米的近况,问起她这些年有没有提起过自己。喜鹊道:"还说呢,她这些年一句话也没说过,我还以为她是哑巴。"

"不是哑巴,她能说话。"

"你怎么知道?"

"只有我知道她的心思,她不说话,是为了惩罚自己。"

"为什么? 我不大明白。"

"还不是为了那个小东西。"翠莲回忆说,"其实,在学堂的时候,别人都以为她是疯子,连自己生的孩子都不管不问,实际上她每天都想着这个孩子。"

"你又是怎么知道的?"

"有一天。我去伽蓝殿和她说话,曾问过她,为什么对那个小东西那么狠? 不管怎么说,这孩子毕竟是你身上掉下来的一块肉,怎么能忍心。你知道她怎么说……"

喜鹊摇了摇头。

"她说,她一旦走上了这条路,就得抱着必死的决心,就像薛举人、张季元一样。她对孩子凶一点,免得她死后,孩子会想她。"

听她这么说,喜鹊又哭了起来。好不容易止住泪,喜鹊就问她日后打算怎么办。

"怎么办？"翠莲反问了一句，似乎在问喜鹊，更像是问自己，"我也不知道，走到哪里是哪里了。不过，普济我以后再也不回来了。"

喜鹊宅心仁厚，一听她说出这样的话来，心里就有些酸酸的。半晌，低低说："要不然，我去和秀米说说，你留在普济，我们一块儿住。"

"不成，不成。"翠莲道，"就算她肯收留我，我也无脸面见她。陆家一百八十亩地，虽说秀米经手卖与龙庆棠父子，但计谋还是我出的。小东西虽不是死在我手上，但确是因我而死……"她忽然想起了一件什么事来，问道："听说。她在狱中还生过一个孩子……"

喜鹊说："据说出生三天就被人抱走了，现在也不知流落到哪里，是不是还活在世上。"

两个人从中午一直说到太阳偏西。当时西北风刮得正急，不知不觉中，喜鹊觉得自己的手脚都冻僵了。翠莲拎起打狗棍，戴着破草帽，看样子要走。

喜鹊不知说什么才好，怔了半天，才说："要是到了实在没有法子的时候，还是到普济来吧。"

翠莲回过头来苦笑了一下，没有说话，径直离去了。

喜鹊两眼红红地往回走，不忍心回过头去看她。走到村口，远远地看到秀米正站在门口等她。她看了看喜鹊，又看了看她身后一望无际、风雪呼啸的旷野，道："怎么，翠莲到底还是不肯来？"

9

十二年以后。

到了十一月初，田里的稻子都已割完，光秃秃的稻田地已覆盖着一片白茫茫的薄霜。溪边，路侧的一簇簇乌桕树，一夜之间全都红了。白色的浆果点缀于枝头，像雪，像柳絮，又像梅花。

秀米说，地里的稻子熟了，它的时候到了，接下来就要被割掉了。秀米又说，连乌桕树都红了。等到它的叶子落尽，雪白的果实发了黑，天就该下雪啦。

这些话全都没有来由，让喜鹊猜不着她的心思。天是出奇的好。在无风的日子，天空一碧万顷，正是江南人所说的阳春天气。阳光温煦，光阴闲静。不时有雁阵掠过树梢。可秀米说，雁阵一过，寒鸦就跟着过来了。她的这些话似乎在暗示着什么。好在喜鹊早已习惯。虽有讶异，亦未过多留心。

十多年来，秀米一直在后院照料她的那些花花草草。院子里摆满了大大小小的花钵、花盆和花桶。玉簪、牡丹、蜀葵、棠棣、杜鹃、甘菊、腊梅之属，充盈其间。酴醿架上、阁楼的台阶上、菜地里、墙脚、竹林边。都摆满了。

虽说禁语誓已破，但秀米话通常很少。眼下正是深秋，晚菊开得正好，秀米有时也会凭记忆所及，抄录几首菊花诗给喜鹊看，聊作破闷解语之思。那些诗的意思，也让喜鹊深感不安。比如：

> 东篱恰似武陵乡，
> 此花开尽更无花。

要么：

> 有时醉眼偷相顾。
> 错认陶潜作阮郎。

或者：

> 黄蕊绿茎如旧岁，
>
> 人心徒有后时嗟。

似有万端愁绪，郁结在胸。忽然有一日，她们正在院子里剪花枝，秀米对喜鹊说：

"你可曾听说过一个叫花家舍的地方？"

喜鹊点点头。

秀米又问："你可认得去花家舍的路？"

喜鹊摇了摇头。

除了去长洲赶集，喜鹊从未出过远门。她抬起头，看了看天。花家舍，就是天上的一片浮云，虽然看得见，却像梦一般遥不可及。喜鹊不知道秀米为何忽然想到要去这么一个地方。

秀米说，她想去看看那座小岛。

不过。既然她想去，喜鹊所能做到的只能是四处探听前往花家舍的路径，并着手准备盘缠和路上的干粮了。

喜鹊心里想的，出一趟远门也好，至少能够让她消消愁，解解闷。过了几天，秀米又忽然提出，让喜鹊请人来将夫人和小东西的坟修修，诸事停当之后，这才上路。

喜鹊准备了三天的干粮。在她看来，三天的时间已经太长了，足以走遍这个世界的每一个角落。一路上，哪怕是累得走不动路了，秀米也不肯雇轿夫。她们在丘陵沟壑中不紧不慢地走着，一路上，喜鹊看见秀米不停地流泪，待人接物，走路说话，动作都十分迟缓，喜鹊的一颗心又悬了起来。

她们看到一个村庄就问路,看到一口井就停下来打水喝,迷了七八次路,在六七个陌生的农户家落脚。途中,秀米还发过一次痢疾,高烧使她一个晚上都在不停地说胡话。最后,喜鹊只得背着她赶路。当她们于第八天的中午到达花家舍的时候,秀米却在她的背上睡着了。

秀米迷迷糊糊地睁开眼睛,泪水又一次溢出了她的眼眶。她们所在位置恰好就在村口的一个酒肆边上。酒旗烂了边,褪了色,斜斜地飘在窗外。店里几乎看不到什么客人,门上的春联也是褪了色的,褪了又褪的,一个穿花袄的小姑娘坐在门槛上绕绒线,不时地打量着她们。

这个依山而建的村庄比她记忆中的要小得多,也寒碜得多。许多年前的那场大火所留下的断墙残壁,仍旧历历在目。只是连接各院各户的长廊早已拆除。路面两侧留下了一个个浅浅的廊柱的圆坑,大风一吹,尘土飞扬。

山上的树木大都砍伐殆尽,光秃秃的。行将颓圮的房屋一座连着一座,似乎随时都会坍塌下来。道路两侧的沟渠依然流水琤琤,鱼鳞般灰灰的屋顶上飞过几只老鸹,咕咕地叫着,给这个村庄带来了些许活气。

她们正想离开那里,酒店的窗户突然打开了。从里面探出一张胖胖的虚肿的妇人的脸。

“要吃饭吗?”她问道。

“不要。”喜鹊笑了笑,回答她。

那扇窗户“啪”的一声又关上了。

她们来到了湖边。那座小岛与村庄隔着一箭之地,远远望去,一片灰蒙。岛上的那座房屋(秀米和韩六在那儿住了一年零三个月)已不复存在。岛上密密麻麻地种满了桑树。她们看见一个打鱼的,正摇着小船在湖中捕鱼。除此之外,再也看不到第二个人。

她们在湖边一直等到午后,那艘渔船才靠了岸。秀米问渔夫,能不能送她们去岛上看一看。那渔夫打量了她们好一阵子,才道:

"岛上没人住了。"

秀米说:"我们只是想上去看看,能不能渡我们过去?"

"没什么好看的,岛上全是桑林,一个人也没有。"渔夫道。

喜鹊见他这么说,就从腰间摸出一张银票来,递给他。渔夫见了银票。也不伸手来接,嘴里嗫嚅道:"你们既要上去,我就划船送你们过去就是,钱就不用了。"

两人上了船,渔夫道,自从他来到花家舍的那天起,这个岛子就是现在这个样子,不过,他听说原先岛上有一座老房子,也曾住过一个尼姑。可不知什么时候,房子就拆掉了。那个尼姑也不知道到什么地方去了。

"这么说,你不是本地人?"喜鹊问道。

渔夫说,他入赘到二姨妈家做倒插门的女婿,已经五年了。他每天都在湖中捕鱼,从来就没看到一个人。只是到了三月份,乌毛蚕孵出来了,花家舍的妇女才会到岛上去采桑叶。

他说,他的堂客也养蚕,有四五匾。有一次,半夜里蚕饥,她就央求他打着灯笼陪她去岛上摘桑叶。可她不知道桑叶浸满了露水,蚕吃了会死。第二天,雪白雪白的蚕就全都倒进湖里了。他还说,他很喜欢听蚕吃桑叶的声音,就像下雨一样。

说到这儿,渔夫又抬头看了看她们,问道:"你们的府上在哪里?因何要到那座岛上去?"

秀米不作声,只是看着远处的那一大片桑园发愣。风将桑枝吹得琅琅作响。

船渐渐靠向岸边,喜鹊已经能够看见桑园中一段倒塌的墙基了,这时,她听见秀米叹了一口气。道:

"算了,我们不上去了,回去吧。"

"怎么又不想去了？船都靠岸了。"渔夫道。

"赶了七八天路,来一趟也不容易,"喜鹊劝道,"不如上去稍待一会儿,也算是了却一桩心事。"

"我已经看过了。我们回去吧。"秀米说。

她的声音不高,语调却是冷冷的,硬硬的,不容辩驳。

她们决定当天就离开花家舍。

一艘乌篷船载着她们,沿着水路返回普济。船户说,如果运气好,一直顺风,第二天中午就能驶入长江。秀米躺在阴暗、冰冷的船舱里,听着头顶上哗哗的水声进入了梦乡。不时有芦枝拂过船篷。发出清脆的飒飒声。她又一次梦见了那座被湖水围困的小岛,月光下蓝莹莹的坟冢,那些桑田,还有桑林中的断墙剩瓦。当然还有韩六。不知有多少回,她们两个人坐在窗边说话,看着黑夜一点点褪了色,铁水似的朝阳战栗着跃出水面,岸边的树林都红了。她听见韩六在她耳边说:其实,我们每个人的心,都是一个被围困的小岛。

可如今,韩六又去哪里了呢?

半夜里,一片昏暗的灯光将船舱照亮了。秀米披衣坐起,透过舱门朝外一看,原来是有船队经过。每一艘船上都点着一盏灯。秀米数了数,一共七艘。这些船用铁索连在一起,远远看去,就像是一行人打着灯笼在赶夜路。

起风了,天空群星闪烁。在这深秋的午夜,看着渐渐走远的船队。秀米不由得打了寒战,泪水夺眶而出。她知道,此刻,她所遇见的不是一个过路的船队,而正是二十年前的自己。

这年冬天的一个清晨,秀米像往常一样从阁楼上醒来。天气实在是太冷了。秀米赖在被窝里久久不愿起床。太阳出来了。喜鹊在菜地里冲着阁楼大叫。她说:酴醿架下几株腊梅全都开花了。

秀米从床上起来到五斗橱前梳头。她看见摆在桌上的那只瓦釜里结了一层晶莹的薄冰。她记得昨晚用这只瓦釜洗过脸,大概是水没有倒干净,釜底就结了一层冰碴儿。秀米只是不经意地朝那瓦釜瞥了一眼,她的眼神一下就呆住了。由于惊骇,她的整个脸都变了形。

她从冰花所织成的图案中看到了一个人的脸。这个人正是她的父亲!她简直不敢相信自己的眼睛,父亲似乎在捻须微笑。他坐在一条宽敞的大路边,正和什么人在下棋。

阁楼里的光线太暗了。秀米随手将木梳一丢,端起瓦釜来到了屋外的凉亭里。

正好有一缕阳光从东院墙的树梢顶上照过来,秀米坐在凉亭边的石凳上将冰花凑在阳光下仔细观看。父亲的对面还坐着一个人,但她只能看见他的背影。两人坐在一棵大松树下,背后是一片低缓的山坡,山坡上似有羊群在吃草。他们的身边有一条大路,路边是一条湍急的河流。人物、大树、草木、河水和羊群无不清晰在目。栩栩如生。

大路上停着一辆汽车,车门开着,车上的一个什么人(是个秃头)跨下一只脚,正要从车上下来。秀米觉得这个人面目晦暗却又似曾相识,她想细细辨认,可画面变得越来越模糊了。这温暖的阳光下,冰花正在融化。它一点一点地,却是无可奈何地在融化。

这幅正在融化的冰花,就是秀米的过去和未来。

冰花是脆弱的,人亦如此。秀米觉得心口一阵绞痛,就想靠在廊柱上歇一会儿,喘口气。于是,她就靠在那儿静静地死去了。

1956 年 4 月,梅城县县长(谭功达(1911—1976),原名梅元宝,为陆秀米次子,降生后即由狱卒梅世光妻抱走。长年居住于浦口。梅世光于 1935 年病故。临终前告以来历实情。其生父一说为普济人谭四,毕竟无可详考。1946 年任新四军挺进中队普济支队政委,1952 年出任梅城县县长。)坐着一辆崭新的吉普车,行驶在通往普济水库的盘山公路上。谭县长从车窗中偶然看见两个老人盘腿坐在一棵大松树下对弈,便让司机停车。同车的姚秘书嘴里噙着一枚水果糖,正在欣赏沿途的风景。见他喝令司机停车,她便轻轻地碰了碰谭功达的胳臂,笑道:"县长,是不是您的棋瘾又犯啦?"

图书在版编目（CIP）数据

人面桃花/格非著.-上海：上海文艺出版社.2012.4(2015.1重印)
（江南三部曲）
ISBN 978-7-5321-4402-0
Ⅰ.①人… Ⅱ.①格… Ⅲ.①长篇小说-中国-当代
Ⅳ.I247.5
中国版本图书馆 CIP 数据核字（2012）第 057012 号
上海市重大文艺创作项目　由上海文化发展基金会资助
上海作家协会重点创作资助项目

出 品 人：陈　征
策　　划：曹元勇
责任编辑：陈　蕾
封面设计：王志伟

人面桃花
（江南三部曲 之一）
格　非 著
上海文艺出版社出版、发行
上海绍兴路 74 号
新华书店经销　上海鸿建印务有限公司印刷
开本 700×9700 1/16　印张 20.75　插页 2 字数 260,000
2012 年 4 月第 1 版　2015 年 1 月第 3 次印刷
ISBN 978-7-5321-4402-0/Ⅰ·3412　　定价：30.00 元

告读者　如发现本书有质量问题请与印刷厂质量科联系
T：021-59241533